Reinhold Bilgeri

Das Gewissen der Tauben

REINHOLD BILGERI

DAS GEWISSEN DER TAUBEN

ROMAN

Amalthea
Verlag

Gefördert von der Stadt Wien Kultur

Bleiben wir verbunden!

Besuchen Sie uns auf unserer Homepage **amalthea.at**
und abonnieren Sie unsere monatliche Verlagspost unter
amalthea.at/newsletter

Wenn Sie immer aktuell über unsere Autor:innen und
Neuerscheinungen informiert bleiben wollen, folgen
Sie uns auf Instagram oder Facebook unter
@amaltheaverlag

Sie möchten uns Feedback zu unseren Büchern geben?
Wir freuen uns auf Ihre Nachricht an **verlag@amalthea.at**

Trotz Namensgleichheiten bzw. Ähnlichkeiten
sind die hier beschriebenen Charaktere Romanfiguren,
also zu einem großen Teil fiktiv.

1. Auflage: November 2024
2. Auflage: Dezember 2024

Umschlaggestaltung: Anna Haerdtl und Barbara Reiter, Bureau A/O
Herstellung und Satz: VerlagsService Dietmar Schmitz, Erding
Gesetzt aus der Alegreya 10,9/13,66 pt
Designed in Austria, printed in the EU
ISBN 978-3-99050-279-2

FÜR LAURA

Ain't no one gonna find me

I.

Als hätte der Tag geahnt, was kommen würde, begann er zögerlich.

Es war am Morgen des 25. Februar 1959. Ein Mittwoch. Noch keine Geräusche im Haus, bis auf das Knarzen der Eiche im Treppenaufgang. Die Art, wie Gerda die Stiege hinunterlief, ließ vermuten, dass Schlimmeres passiert sein musste. Das beschwingte *Tadam Tadam* fehlte.

Jede Stufe mit gleichförmiger Bedächtigkeit, das war nicht ihr Rhythmus; der saloppe Sprung über die letzten drei Tritte war ausgeblieben und auch die Schlussgrimasse in den Spiegel am Treppenaufgang. Ihre fast fahrlässige Sorglosigkeit schien beim Teufel.

Sie tastete sich im Halbdunkel durch Mamas verkrustete Frühstücksreste im abgestellten Geschirr, lutschte kalten Kaffee von den Fingern – Mama hatte es wieder eilig gehabt und war wohl sehr durch den Wind gewesen. Schmutziges Geschirr konnte dann lange liegen bleiben, wie das Herbstlaub draußen vor der Tür. Die kleine Grübel-Villa, umkränzt und versunken in dichtem Efeu, dämmerte inmitten vornehmer Häuser aus der Gründerzeit– aufgereiht an einer ehemaligen Schlossstraße in Wien-Döbling, die einst direkt zum Schloss Pötzleinsdorf geführt hatte und noch dessen Namen trug. Als wäre das Haus nach zwei Weltkriegen in ein trübes Nachdenken verfallen und hätte seine Bewohner damit angesteckt. Die Innenausstattung, ein Sammelsurium an ererbten Möbeln verschiedenster Epochen und Stile, die hinten und vorne nicht harmonierten. Das Loslassen fiel der Familie schwer. Die Gebäude und Gärten ringsum schwärmten vom Rückzug in biedermeierliche Idylle, die sich mit Gerdas Temperament und ihren Sehnsüchten nicht wirklich vertrug. Architekten, Diplomaten, Beamte, Bauunternehmer, Theaterdirektoren, Kriegsgewinnler, Profiteure der Nazizeit – etliche der Villenbesitzer waren enteignet und ermordet worden – und natürlich Privatiers, die sich's nach dem Krieg wieder richten konnten, lebten hier ihre Leben, in stiller Ordnung. Lasst uns in Frieden, sagten die Häuser.

Kurz nach sechs. Übelkeit stieg ihr vom Magen hoch. Sie ließ den Wasserhahn laufen, führte den Strahl über Teller, Tasse und Besteck und trank schließlich aus der hohlen Hand zwei kräftige Schluck, um den Brechreiz zu vertreiben. Vergeblich. Nur Galle. Sie säuberte, was zu säubern war, ließ den Kopf auf die Brust sinken und beugte sich über den Abwasch. Die schlaflosen Nächte der letzten Tage begannen an ihrer Kraft zu zehren. Das morgendliche Erbrechen nicht weniger.

Vom französischen Fenster im oberen Stock floss erstes Tageslicht ins Untergeschoß und machte den Staub auf Kommode und Esstisch sichtbar. Trostlos sah das aus, passend zu ihrer Stimmung. Dabei galt sie in aller Augen als sorglose Frohnatur. Wenn sie lauthals loslachte, warf sie gleichzeitig den Kopf in den Nacken und klatschte ausgelassen in die Hände – angeborener Übermut, dem man zutraute, auch den Tod eines Tages auszulachen.

Von feierlichem Ernst aber heute keine Spur. Sie wollte nichts wissen vom Tag, sie sah einen Ausnahmezustand heraufziehen, der sich allmählich in allen Lebensbereichen breitmachen würde. Mama war schon auf dem Weg zur Schule – früher als gewohnt, schlaflos wie Gerda – bepackt mit ihren Sorgen und biblischen Geschichten – Sodom und Gomorra, Turmbau zu Babel, die Arche Noah samt Sintflut usw. Die wusste sie so fesselnd zu erzählen, dass sogar Kinder aus der Brigittenau ihre Ohren spitzen würden.

Die Kleinen zwängten sich dann eins nach dem andern aus den engen Sitzbänken, um sich nah bei Frau Lehrerin zu platzieren, die mit einer Backe ihres mächtigen Hinterns am Pult klebte und die wispernde Herde genoss, die sich um sie scharte. Andacht allerseits. Sie war beliebt. Alle mochten sie. Respekt und Wärme waren, wo sie war. In dieser Reihenfolge.

Gerda kannte all die Geschichten, war ja selbst Mamas Schülerin gewesen, vor vielen Jahren. Sie erinnerte sich an die erzieherischen Details des Unterrichts, ihre noble Strenge und ihre sturen Deutungen religiöser Gleichnisse. Wenn seitens der Kinder mal eine vorsichtige Frage zur Plausibilität des Erzählten auftauchte (... am siebten Tag der Schöpfung ruhte der Herr ... Warum musste der ruhen, als Allmächtiger?), wurde sie mit der gewagten Logik beantwortet, die den Geschichten selbst zugrunde lag. Ohne die Krücke der Allegorie war sie unsicher, ja verletzlich. Hartnäckiges Nachfragen oder gar Widerrede waren nicht erwünscht. Ein Ärgernis, das sich aus Gerdas Leben nie wirklich verflüchtigen sollte.

Im Gegenteil. In den letzten Tagen war es zwischen den beiden zu lauten Streitereien gekommen und immer wieder hatte sich Gerda dazu hinreißen lassen, Worte nicht mehr zu wägen, sondern ihrer Wut freien Lauf zu lassen. Jetzt, ein paar Tage vor ihrem zwanzigsten Geburtstag, fühlte sie sich »Autoritäten« gegenüber, und Mama im Besonderen, weniger aufgeschlossen als früher. Neuerdings kreisten die Themen kaum noch um ihre unausgegorenen politischen Standpunkte oder Mamas katholisches Regelwerk als vielmehr um tadellose Lebensführung und das Ansehen der Familie, im Licht der Verwandtschaft, der Nachbarn, der Tugend und ja, vor Gott natürlich.

Gerda – und das war der Punkt – war schwanger. Ledig und schwanger. In der fünften Woche. Ihr Zustand unterlag, auf Mamas Rat, höchster Geheimhaltung. Im Umkleidezimmer im ersten Stock lag ein weißes Hochzeitskleid bereit, auf ihre schlanke Taille angepasst, mit bodenlangem Schleier übers Sofa drapiert. Unschuld. Makellos. Mutter wollte das so. Allabendlich, wenn ihre Hand über die Vorarlberger Spitze des Dekolletés strich und den Schleier glatt zupfte, gab sie sich der Illusion hin, ein hastig anberaumter Hochzeitstermin könnte den außerehelichen Fauxpas noch erfolgreich vernebeln. So bekam der Faktor Zeit täglich eine größere Bedeutung. »Wie konntest du mir das nur antun?«, ihre erste Reaktion aufs Gerdas Beichte. Aber dann: »Was soll's, der Herr hat's gegeben, hätt's der Himmel nur verhüten mögen!«

»Ja, der Herr hat's gegeben, genauso war's!«, rotzte Gerda, sie hatte etwas Ähnliches erwartet, aber andererseits auf eine verzögert einsetzende Erinnerung an Mamas Muttergefühle gehofft, allein – kein Hauch von Vorfreude auf das Enkelkind, keine großmütterliche Sorge um ein heranwachsendes Leben, denn unehelich Entstandenes verletzte einen Kodex, der gnadenlos war: Todsünde. Außerdem können ledige Kinder nicht in den Himmel kommen, hieß es.

»Stell dir das Gerede vor, ich bin Religionslehrerin, Kind Gottes, eine Moralinstanz, die ihre eigene Tochter nicht im Griff hat!«

Mag sein, im ersten Schock war die Sorge um ihren untadeligen Ruf größer als die Freude auf Nachwuchs, und natürlich würden auch Empörung und Urteil des Pfarrers den Ton vorgeben für künftige Schuldsprüche. Aber Gerda schluckte den ersten Groll – Mama hatte zwei Weltkriege überlebt, vier Kinder großgezogen, zwei Buben, Roland und Raimund, zwei Mädchen, Agnes und Gerda, in lebensgefährlichen Zeiten – die letzten 14 Jahre ganz auf sich allein gestellt, ohne Papas starke Hand, selbstlos und verlässlich wie die Schwerkraft. Gleichwohl, oder gerade deshalb, empfand sie Mamas Reaktion als Kränkung, die noch nach Worten suchte. Sie trug immerhin ein *Gottesgeschöpf* unterm Herzen, das Besseres verdient hatte als diese eisige Reaktion.

In solchen Momenten, wenn alles über ihr zusammenschlug, hielt sich Gerda an ihren tröstlichen Notnagel: *Wir werden eines Tages sowieso alle so gut wie nie gewesen sein.* Half auch nicht immer. Sei's drum – es galt nun, ein Geheimnis zu bändigen, das den Schatten lebenslanger Schmach über die Familie werfen könnte. So stand es zumindest in Mutters Augen geschrieben, und was dort geschrieben stand, war von testamentarischer Konsequenz. Das Geheimnis hatte selbst vor Gerdas Geschwistern lange standgehalten. Die Hochzeit sollte jedenfalls mit schlanker Taille über die Bühne gehen. Die Leute. Der Ruf. Die Schande.

Entscheidungen standen an. Die eine war schnell gefällt: »Das Kind ist meins, ich werde es behalten« – anderes wäre sowieso nie zur Debatte gestanden, zumal eine Abtreibung nicht nur den Tod ihres eigenen Fleisch und Bluts, sondern auch Mutters Vernichtung bedeutet hätte, selbst wenn die Geheimhaltung gelungen wäre. Von wegen Heimlichtuerei, ein lächerliches Theater im Hinblick auf das Offensichtliche: *Gott sieht alles*. Da war sich Mutter sicher. Die zweite Entscheidung stand für Gerda noch in den Sternen, für Mama aber bereits am schwarzen Brett des Pfarramts in Wien-Währing, Maynollogasse 3. Aufgerufenes Paar: Piero Burkhardt und Gerda Fässler, am Dienstag den 5. Mai, im Jahr des Herrn 1959. Ohne Gerdas Wissen angeschlagen. Übrigens, den Hochzeitstag gleich mit Gerdas Geburtstag zusammenzulegen, war auch Mutters Idee gewesen – aus budgetären Gründen.

Das Haus in der Pötzleinsdorfer Straße war ja ein Erbstück der Großmutter mütterlicherseits, Lintschi Maastrich, die alleine den ersten Stock bewohnte. Sie stammte aus Böhmen, hatte einen Klimatologen und späteren Wiener Universitätsdozenten geheiratet und mit ihm die kleine Villa in der Pötzleinsdorfer Straße erstanden. Er war zeitlebens ein sehr kränklicher Mann gewesen und schon im vierzigsten Lebensjahr einer Tuberkulose erlegen, also beschränkten sich die finanziellen Mittel der Familie künftig auf ein dürftiges Lehrergehalt und die Mieteinnahmen, die sie von einem ungarischen Ehepaar lukrieren konnte, Flüchtlingen aus dem Ungarnaufstand 1956, die man in der Dachmansarde, die über eine Außenstiege erreichbar war, einquartiert hatte. Mama hatte also alle Hände voll zu tun, ihre vier Kinder durchzubringen. Auch Gerdas Papa fehlte. Seine Kraft und seine trockene Autorität versuchte sie durch besondere Strenge wettzumachen, nicht immer mit Erfolg, weil es zu Ungerechtigkeiten führte. Eine Frauenstimme hatte für die Kleinen einfach weniger Nachhall als ein Männerorgan. Die Dinge wuchsen ihr über den Kopf und oft genug war sie der Verzweiflung nahe. So empfand es Gerda, wenn sie Mama beobachtete, wie sie hoffnungsvoll zwei mit Klosterfrau Melissengeist durchtränkte Würfelzucker in den Mund schob und bei geschlossenen Augen, wie eine Hostie, zergehen ließ, ein stummes Stoßgebet auf den Lippen. Ruhe bitte und Frieden. Auch für den Papa selig. Manchmal reichte sie den Geist der Melisse an Gerda weiter, mit einem aufmunternden Nicken, so wie man in Mangelzeiten einen Zigarettenstummel die Runde machen lässt. Herzenstrost. Aber es war nicht nur die Endgültigkeit von Papas Abwesenheit, die einem die Luft nehmen konnte, sein noch immer nicht geklärter Tod in einem britischen Kriegsgefangenenlager, sondern auch Mamas Weigerung, endlich ans Licht zu rücken, was vor über elf Jahren in Ägypten geschehen war.

Gerda hatte sich schon vor langer Zeit über Mamas abweisenden Schmerz gewundert, den sie von Anfang an nicht als Sehnsucht nach einem »Vermissten«, der eines Tages wiederauftauchen und heimkommen würde, sondern als Trauer ausgelegt hatte. Zu lange hatte Mama ihr Wissen um seinen Tod mit abstrusen Lügen verheimlicht.

»Wir haben jetzt anderes zu tun, als uns um *Warums* oder *Wies* zu kümmern. Er ist tot. Fertig.« Es müsse wieder vorangehen mit dem *ohnmächtigen* Österreich und all das. Überforderung – die Krankheit der Zeit. Dabei war ihre materielle Situation nicht hoffnungslos. Dem Mangel an

Barmitteln stand nämlich als kleiner Rettungsanker eine Immobilie in Vorarlberg gegenüber, ein geschindeltes Häuschen in Hohenems, das Papa schon vor Jahren von seiner Schweizer Mutter als Schenkung erhalten hatte. Ein von allen geliebtes Nest. Vor allem die Kinder hatten das Haus zum Kleinod verklärt, trotz der kümmerlichen Einrichtung und bescheidenen Infrastruktur. Für sie war's ein »Knusperhaus«, in dem sie öfters ihre Sommerferien und manchmal die Weihnachtstage verbringen durften, meist ohne Papa, denn der war ja im Krieg. Als dann die Russen im April 45 in Wien auftauchten, zur »Endschlacht«, und sich am Ende vielleicht für immer festsetzen würden, war das kleine Haus im Westen sogar als Fluchtpunkt angedacht, im Fall der Fälle. Als dann der Krieg zu Ende war, bestätigte sich Hohenems tatsächlich als die angenehmere Besatzungszone, hinterließen doch die französischen Soldaten einen geradezu freundlichen Eindruck im Gegensatz zu den Russen in Wien, die nicht alle so nett waren, sondern öfters Stiefel voraus in die Häuser drangen, um Wodka, Frauen oder anderes zu holen. Unter denen waren auch *klobige Mongolen*, wie Mama sie nannte, die ihr Angst machten. Da hielten die Franzosen in Hohenems buchstäblich mit farbigem Charme dagegen. Nicht alle, aber einige. Im 55er-Jahr war's, da hatten sich Gerda und Agnes, beide schon hübsche Teenager, in einen dunkelhäutigen marokkanischen Offizier verschaut, Bastien Nafissa hieß er. Ein Colonel. Er hatte ihnen, in vornehmer Zurückhaltung, die ersten Französischvokabeln beigebracht und kreuzte, nachdem er erfahren hatte, dass Papa ein Deserteur war, alle paar Tage mit einem halben Kilo Salz oder Zucker auf, abgefüllt in seinem Stahlhelm, um ihn der Mama feierlich zu kredenzen. Fraternisierung. Kurz vor dem Abrücken hatte er, als Abschiedsgeschenk, einen Weihnachtsstern in seinem Helm eingetopft. Eine Friedensgeste, die nicht nur die Mama rührte, sondern vor allem in Agnes' Kopf einen schwärmerischen Hang zu exotischen Franzosen auslöste, was sich erst später verfestigen sollte – egal ob braun oder schwarz, ob aus Marokko oder Guadeloupe, sie hatte ein Bild vom Franzosen-Mann gefunden, den sie ins Herz schließen wollte. Versöhnung war allseits angesagt damals – ein gutes Jahr, auch ganz oben – und sie wurde im selben Jahr mit dem Staatsvertrag besiegelt.

Gerda lehnte noch immer über dem Abwasch und wartete, bis die Übelkeit sich legte.

Es wurde heller, ein Streifen Sonnenlicht traf den Spülhahn und zeigte deutlich, dass hier Arbeit anstand. Sie begann das Geschirr zu waschen, besonders gründlich und mit einem neuerdings flüssigen Spülmittel, *Lux. Licht. Mal sehen.* Die Konzentration auf diese Verrichtung brachte sie in die Spur zurück. Sie war trotz der finanziellen Engpässe, die sie selbst gar nicht als solche empfand, nicht unzufrieden mit ihrer Lage, hatte die Lehrerbildungsanstalt mit gutem Erfolg abgeschlossen, träumte von einem Leben, in dem Bücher einmal ihre wichtigsten Gefährten sein sollten, und sah sich imstande, alle Weichen selbst zu stellen, auf eigene Faust, wäre nicht diese verstörende Geschichte passiert, die nun ihr Leben und das aller anderen auf den Kopf stellte.

Dabei standen die Dinge, insbesondere die Verwicklungen in ihrer Familie, wie sich herausstellte, auf merkwürdigste Weise in Verbindung. Was die Quantenphysik längst wusste und was Gerda, wie die meisten, nicht verstehen konnte (ihr Physiklehrer hatte selbst seine liebe Not damit), dass nämlich tatsächlich alles *irgendwie* in Verbindung stehe (was selbst Einstein »spukhaft« erschienen war), diese verschworene Verschränkung aller Teilchen über Raum und Zeit, das wirkte plötzlich auch in allem, was sich gerade in ihrem kleinen Leben abspielte, nicht nur als Metapher, plausibel. Das Gewirr zu entflechten, erforderte nicht nur gute Nerven und Menschenkenntnis, sondern auch detektivischen Spürsinn, denn das »Mysteriöse« bündelte sich in einer einzigen Person, deren Herkunft und Gegenwart sich nur lückenhaft klären ließen – ihrem Bräutigam: Piero Burkhardt.

II.

Seine Spur führt zurück in den Herbst des Vorjahres. Am 24. November 1958 hatte ein hartnäckiger Eisregen die Margaretenstraße in ein gefährliches Pflaster verwandelt. Ein Eisfilm auf dem Asphalt reflektierte die armselige Leuchtreklame eines Etablissements, die zum »Ersten Südamerikanischen Tanzkurs« nach dem Krieg einlud, von Samba bis Cha-Cha-Cha. Wiens 5. Bezirk hatte sich schon recht gut erholt, die Bombentreffer im Herbst 44 hatten hier geringere Spuren hinterlassen als in Floridsdorf, in Simmering oder sonst wo im verletzten Wien. Das Leben hatte längst wieder Einzug gehalten, zerbombte Häuser waren abgetragen, neue hochgezogen worden, der öffentliche und der normale Verkehr geizten nicht mit neuen Erfindungen und Automarken, das Wirtschaftswunder kam in die Gänge – statt politischem Gebrüll bahnten sich bescheidene Sehnsüchte den Weg, leichte Musik von Strauss bis Kálmán – »Tanzen möcht ich, jauchzen möcht ich«, und lateinamerikanische Sinnlichkeit lockte die Hungrigen aus der Reserve.

Gerda ging bester Dinge auf den Eingang zu, tat sich aber schwer, sich am eisglatten Asphalt aufrecht zu halten. Mit weit ausgestreckten Armen versuchte sie, ihr Gleichgewicht zu halten, vergeblich, sie drehte unfreiwillige Pirouetten auf dem Eis, glitt mit fuchtelnden Armen, nach hinten gebeugt, Richtung Gehsteigkante und schon flogen beide Beine himmelwärts. Sie wäre wohl mit dem Hinterkopf aufgeschlagen, wäre nicht, welch diskreter Zufall, ein kräftiger Männerarm dazwischengefahren:

»Sie verzeihen, Signorina, den Griff habe ich gelernt.«

»Oooh ... mein Lebensfilm lief grade vor mir ab!«, rief sie. Alles ging so schnell. Er zog sie geschickt mit einem ausladenden Schritt auf den Bürgersteig. Ein hochgeschossener Bursche, dunkles Haar, spitzes Kinn, eine scharf gewinkelte Kieferpartie wie aus einem Egger-Lienz-Bild, ein forscher Typ um die dreißig, der so sprach, wie er aussah – mit italienischem Akzent.

»Italiener?«

»Schweizer, Ticino, aber Schwyzerdütsch geht auch.«

»Ah – Tourist.«

»Nein, nein, im Moment sind wir Wiener, Mama gebürtig, ich assimiliert.«

»So viel wollte ich gar nicht wissen«, sagte sie, verwundert über sein Mitteilungsbedürfnis. »Aber danke, Sie haben mich gerettet.«

»Con piacere.«

Sie wollte sich wieder zum Gehen wenden, hielt dann aber doch inne – wäre ja undankbar und unhöflich dazu, sich einfach aus dem Staub zu machen. Also blieb sie stehen und musterte ihn mit einem aufgesetzten Lächeln.

Er war nicht attraktiv im landläufigen Sinn, aber doch ein stattliches Mannsbild.

Koteletten, rauchblaue Augen, krause Brauen, die sich bewegen konnten wie Tausendfüßler.

Das Leninkinn verlieh ihm einen rabiaten Grundton, um seine Stirn eine Witterung von Resolutheit. Gerda schwankte zwischen Dankbarkeit und Verblüffung. Und es schien, als beruhte das Wohlwollen auf Gegenseitigkeit. Der Kavalier erbat sich jedenfalls für die *Lebensrettung* einen kleinen *Dankesdrink*, und versprach ihr, gleich nebenan in der »Cine Bar« *geduldig* zu warten, denn Tanzen sei nicht sein Ding. Gerdas Neugier vertrug sich irgendwie mit seinem frechen Charme. Aber dieses Tempo war sie nicht gewohnt. Seine Unverfrorenheit schien echt zu sein, er war kein Schauspieler. Oder doch? Er küsste ihre Hand, *bacio la mano*, und weg war er. »Ich bin Piero, ich kann warten«, rief er nach ein paar Metern, ohne sich umzudrehen, hob dabei seine rechte Hand und ließ vier Finger winken.

Die hungrigen Tänzer in diesem Kurs waren in der Mehrzahl, Frauen mittleren Alters und eine Gruppe jüngerer Mädchen, alle geschminkt und aufgemascherlt, eine attraktive Garde, in einer strengen Parfumwolke. Ein Tanzlehrerpaar und ein Taxitänzer waren vom Haus gestellt. Vier, fünf verunsicherte Herren, darunter auch Kriegsversehrte, hatten es vorgezogen, dem Treiben lieber zuzusehen als mitzumachen. Sie hockten am Rand der Tanzfläche auf dem Parkett, zwei Einbeinige lehnten, auf ihre Krücken gestützt, an der Eingangstür. An den Kragenspiegeln der Sakkos, wo einst Rangabzeichen prangten, waren notdürftig gestopfte Löcher zu erkennen. Armselig sahen sie aus, ausrangiert. Ihr Anblick machte Gerda verlegen. Ob auch der Papa so ausgesehen hat, am Ende?

Die Räumlichkeit war offensichtlich ein herausgeputzter Sportsaal und zu anderen Tageszeiten von Geräteturnern benutzt worden, denn es hingen zwei Ringe von der Decke, an der Rückwand standen Sprungpferde, ein Reck und ein Barren unter Tüchern verstaut, an den Wänden hingen noch Girlanden aus Tannengrün und geplatzte Luftballons, wohl Reste einer Ballnacht.

Aber sobald die Musik einsetzte, bekam der kuriose Ort einen Hauch von Würde und Feierlichkeit und so vertiefte sie sich, noch aufgewühlt von der merkwürdigen Begegnung im Eisregen, mit unterschiedlichen Partnerinnen ins Regelwerk von Samba, Rumba und Cha-Cha-Cha. Frau an Frau. Und ehe sie sich's versah, war sie Teil eines Ereignisses, das sich anfühlte wie ein kleiner Wettersturz, der eine

vom Schicksal zusammengewürfelte Frauentruppe heimsucht und augenblicks eine solidarische Wohligkeit ent-
facht – das wird ein Spaß, Mädels! Man raufte sich zusammen. Fremde Schenkel zwischen die eigenen geklemmt,
nachgiebige Brüste, große, kleine, straffe, weiche; Hände an
schlanken Taillen, an schwitzenden Speckröllchen, Paso
Doble, viel Schminke und viel Gelächter in der Luft. Buenos
Aires. Sie hatte noch nie, außer mit gleichaltrigen Mädchen
in der Kindheit, mit Frauen getanzt, nicht in dieser Art und
fand sich auf dem falschen Fuß, was ihren Gemütszustand
zusätzlich verunsicherte, als wäre ihre sinnliche Ausrich-
tung noch nicht ganz justiert, jetzt mit bald zwanzig.
Berührungen und Umarmungen, die die Choreografie verlangte, hatten in ihrem Bauch etwas in Gang gesetzt, das sie
nicht wirklich verstand, aber trotzdem genoss. Ja, auch
Lust, aber anders als das, was sie bei Männern gespürt
hatte, in ähnlichen Situationen. Sie fühlte sich behütet und
beschützt, ohne Absichten und Kalkül. Mancher Blick war
ernst und verunsichert. Ein bisschen Verwirrung allerseits,
aber in den Zärtlichkeiten lag etwas Verlässliches, kein
Schabernack.

Als hätte man sich kurz gefunden, verboten zwar, und ein
bisschen schamlos, ohne sich preiszugeben. Eine kleine Irri-
tation der Kompassnadel, mit der sie nicht gerechnet hatte.

Auch das noch – schlechtes Gewissen. Es war nicht leicht,
sich den Rhythmen sorglos hinzugeben, zumal ihr auch
noch dieser Kerl durchs Hirn spukte.

Wie soll ich das alles IHR erzählen? Hab mich verrannt,
liebe Mama, weiß der Kuckuck ...

Nach einer Stunde hatte sie entschieden, genug, es
reicht, sie war verschwitzt, erschöpft und aus der Spur,
musste sich mit einem Seifenrest vor dem zersprungenen
Spiegel einer Toilette zurechtmachen für eine Begegnung,
die sie einerseits reizte und ihr, andererseits, im Magen lag.
Was sie zwischen den Sprüngen und tauben Flecken des

Spiegels sah, hielt sie aufrecht. Ihr langes braunes Haar trug sie hochgesteckt, wellige Strähnchen, um die hohe Stirn drapiert, die schmale Nase, nicht ganz im Lot, würzte die Symmetrie ihres blassen Gesichts. Chanel-Rot auf die Lippen und ein Kussmund in den Spiegel.

*

Piero *Wer*?

Eine ältere Empfangsdame am Eingang wies sie in eine verwegen designte Café-Bar. An der linken Wand Filmplakate aller großen Hollywoodklassiker, von »All about Eve« bis »Citizen Kane«, darunter über die ganze Länge eine rote Sitzbank, davor aufgereiht runde Tischchen und Thonetstühle mit farbigen Sitzpölsterchen, Art-déco-Lämpchen an der Wand, die für Schummerlicht sorgten. Am hintersten Ende eine Spiegelwand mit Getränkeregalen, darüber wölbte sich eine Tapete mit Motiven exotischer Flora und Fauna, tropische Pflanzen, fliegende Fische, Paradiesvögel mit aufgefächertem Federschmuck und all das gerahmt von einer halbkreisförmigen Theke. Hier sprang sie Gerda ins Auge: die Moderne. *Seht her, ich bin's – die neue Zeit!*

ER saß ganz hinten. An einem der runden Tischchen, lässig ins Eck gepflanzt und machte keinen Muckser, als er sie hereinkommen sah. Für einen Moment fühlte sie sich fast beleidigt, hätte sich zumindest jene kleine Geste der Höflichkeit erwartet, wenn sich der Körper kurz seiner Haltung besinnt, um jemandem Respekt zu erweisen. Aber nichts. Ach ja, eine Braue zog er hoch, den Tausendfüßler.

Als er kurz seinen Arm hob, um nach der Kellnerin zu schnippen, schwappte ihr sein Duft in die Nase. *Old Spice ...?* Jedenfalls frisch aufgetragen, was ihre verdrießliche Sekunde milderte und im Gegenteil einer gewissen Verheißung wich. Warum sollte er sich auch Duftwasser ins Gesicht klatschen, wenn er kein Interesse hätte.

Sie waren schnell wieder im Gespräch oder besser, sie stellte Fragen, die ihm Zeit gaben, sich zu erklären und ihr die Zeit, ihn zu studieren. Jetzt erst bemerkte sie eine Narbe, die sich von seinem linken Nasenflügel bis zum Ohransatz zog.

»Ein Schmiss?«, fragte sie geradeheraus. Es sah tatsächlich aus wie das Ergebnis einer ausgepaukten Mensur. »Schlagende Verbindung?«

»Oh nein, ich habe zwar eine Zeit lang Jura studiert in ... äh, Zürich und wieder abgebrochen, war aber nie Mitglied in einer dieser ... come si dice: Männergesellschaften. Nein, nein, nichts Schlagendes.« Das hier, er deutete auf seine Narbe, habe er sich in Taiwan geholt und es hat auch ohne Salz gehalten.

»Mein Vater war dort kurze Zeit in einem Bankhaus beschäftigt und ich vertrieb mir die Zeit mit asiatischen Kampfsportarten.«

»Ah ...« Sie gab sich wenig beeindruckt.

»Ich sagte ja, den Griff hab ich gelernt.« Pause.

»Und das Jurastudium haben Sie abgebrochen. Das konnten Sie sich leisten?«

»Ich muss gestehen, das Schicksal hat's gut mit mir gemeint. Meine Mutter stammt aus einer alten Bankiersfamilie, in die mein Vater vor dreißig Jahren eingeheiratet hat. Damals bin ich entstanden. Hat nicht allzu lange gehalten ... die Ehe meiner Eltern, meine ich.« Er zündete sich eine Zigarillo an, hüstelte vor sich hin und wurde richtig redselig.

»Mein Vater ist jetzt im diplomatischen Dienst in Bern, viel Beamtenkram, er hat mich eingeschult, ich werde wohl auch dort Fuß fassen. Das mache ich jetzt seit ein paar Jahren.«

»Das heißt, Ihre Eltern sind geschieden?« Er nickte und zerdrückte seine Zigarillo wieder im Aschenbecher.

»Piero Burkhardt mein Name.«

»Gerda Fässler.« Noch ein Handkuss.

»Jetzt pendle ich zwischen den beiden. Im Moment ist Mutter dran.«

»Sie pendeln also zwischen Wien und Bern?« Er nickte.

»Mutter und Vater.«

Wieder nestelte er in seinem Sakko, Flanell aus feinstem Tuch, um diesmal ein goldenes Zigarettenetui herauszufischen. Er schien irgendwie nervös und verlor seine anfängliche Gelassenheit. Welches Thema genau ihn aus der Bahn zu werfen schien, war ihr nicht ganz klar. Wohl der Krieg der Eltern, aber da war noch etwas anderes. Er musterte sie genau, berührte sie nicht, aber es fühlte sich so an. Offensichtlich hat er keine Freundin, dachte sie, oder wenigstens nichts Aktuelles am Laufen, wie man so sagt, sonst gäbe es keinen Grund, eine Stunde lang auf ein wildfremdes Mädchen zu warten. Wenn wenige Augenkontakte schon genügten, Interesse in ihm auszulösen, und sie, als wohlerzogene, anständige Frau, ohne Zögern einwilligte auf ein Treffen, dann muss es einen Grund geben, gestand sie sich ein – welchen auch immer. Sie nippte an ihrem Pfefferminztee, wunderte sich über die vergangenen neunzig Minuten und die wallenden Ereignisse, die ihr Herz und Hirn verdreht hatten. Eine Unsicherheit stieg hoch in ihr und weckte eine Traurigkeit, die ihr eigentlich fremd war. Wohin geht's mit mir? Noch schaffte sie's nicht, die Befürchtung hinunterzuschlucken, sie könnte nicht ganz normal sein. Eine Sünderin sowieso. Mit wem sollte sie darüber sprechen? Mama wäre die letzte, die ihre Sorgen verstünde.

»Und Ihre Eltern haben den Kontakt untereinander abgebrochen?«, fragte sie abwesend.

»Ja, wie gesagt, das klappte nicht mehr.« Er zündete sich eine Parisienne an und blies den ersten Zug taktvoll auf seine Wildlederschuhe. Mit seiner Linken fuhr er durch die Stirnsträhne, die nun das ganze linke Auge bedeckte.

»Kennen Sie Elvis?« fragte er. Ach ja, die Koteletten.

»Ach, äh ... dieser ...«

»Ja, dieser Amerikaner, der sich die Hüften verrenkt – *It's alright, Mama*.«

»Ich mag Harry Belafonte«, sagte sie und dachte was ganz anderes.

Er spürte, dass sie noch nicht bereit war, Privates preiszugeben und holte nun weiter aus, ließ anklingen, dass es durchaus Ideale gebe in seinem Leben. Die Nachkriegsjahre hätten ihn geprägt und all die Gespenster, die seit Kriegsende durch den Kontinent irrten, die Heimat- und Obdachlosen, die Vertriebenen, die Um- und Aussiedler, die Pässe und Identitäten verloren hatten auf der Suche nach der Brücke in ein anderes Leben. Seine Worte.

»Was genau sind das für Leute, ehemalige Soldaten? Zivile? Kriegsflüchtlinge? Zigeuner gibt's ja fast keine mehr, geschweige denn Juden.«

»Alles Mögliche ist dabei: Heimatlose, auch Juden natürlich, alle Sorten von Gestrandeten.«

»Und was genau ist Ihre Tätigkeit?«

»Das Rote Kreuz hilft diesen armen Leuten, Papiere zu beschaffen, das Ausreisen zu ermöglichen, Gelder und Adressen aufzutreiben für Bedürftige, solche Dinge. Die Hilfsorganisationen meines Vaters sind eng verflochten mit Botschaften außerhalb Europas, deshalb auch stets überlaufen mit Bittstellern aus aller Herren Länder.«

Ja, und zugegeben sei es teilweise auch ein gutes Geschäft, fügte er noch an, achselzuckend, weil Letzteres ja den sozialen Anstrich der Sache schmälerte. Er wolle immer wieder mal hinaus in die Welt und nicht in einer Kanzlei versauern, sagte er, dazu sei er noch zu jung. Gerdas interessierter Blick schien seinen Erzähldrang zu befeuern. Sein Bericht kreiste um Lebensmodelle, um Empathie, worin er den wahren Sinn sehe usw. Er war wirklich bemüht, den Eindruck zu erwecken, soziales Engagement sei sein eigentlicher Lebenszweck. Warum erzählte er das alles? Durch all die Beteuerungen, ein ordentlicher Mensch sein zu wollen, schimmerte nämlich auch die Abgebrühtheit eines weltgewandten Gentlemans, der sich jeder Umgebung anzupassen wusste, wie ein Chamäleon. Der Mama jedenfalls wäre er mit diesem Vortrag im Handumdrehen auf den Schoß gesprungen und sie hätte ihn wohl gebeten, ihrer Tochter doch bitte den Weg zurück zur Kirche zu weisen, denn die Entfremdung ihres Kindes vom Mutterschiff sei die größte Sorge ihres Lebens.

»Und Sie? Sie sind so schweigsam?«, stellte er fest.

»Ich höre Ihnen gerne zu und habe nun ein erstes Bild.«

»Eine Skizze«, schmunzelte er. »Ich kenne nur Ihren Namen, ist auch schon was.«

»Mit Ihrer Weltläufigkeit kann ich leider nicht mithalten«, sagte sie kokett.

»Sie lassen mich auflaufen. Ist das ein Spiel?«

Um den Mundwinkel ein Grinser, der wie eine gewinnende Geste wirkte, auf den zweiten Blick. Der seltsame Rhythmus zwischen seriös und schurkisch war tatsächlich gewöhnungsbedürftig. In allem, was er bislang sagte und tat, seine Bewegungen eingeschlossen, lag eine gewisse Geschmeidigkeit, fast Erlesenheit, und gleichzeitig wurde Gerda das Gefühl nicht los, dass er ein gerissener Schlawiner sein könnte.

»Gewisse Schnittmengen gibt es ja in unserm Leben«, sagte sie mit einem freundlichen Lächeln.

»Und die wären?«

»Mein Vater ist auch gebürtiger Schweizer, aber am Tag nach seiner Geburt hat's ihn schon nach Österreich verschlagen, aufgewachsen ist er im Bregenzerwald.«

»Dann verstünden Sie sogar meinen Dialekt?«, wobei er das »k« schon mit dem schweizerischen »ch« verbrämte. Das brachte sie zum Lachen.

»Oh ja. Ich denke schon. Wir haben schon viele Sommer in Vorarlberg verbracht.«

»Alemannen sind nicht jedermanns Sache.«

»Ich kann ganz gut mit ihnen«, sagte sie, fast schon ein Schäkern war das.

Er wurde wieder ernst und schien sich jetzt wohlerzufühlen.

»Und Ihre Eltern? Ich meine beruflich?«

»Eine Lehrerfamilie, wie man so sagt – fast alle, liegt bei uns in der DNA: Vater, Mutter, meine Schwester, ich habe die Ausbildung gerade abgeschlossen.«

»Was unterrichtet Ihr Vater?«

»Französisch, Geschichte und Bildnerische Erziehung hat er unterrichtet.«

»Hat?«

»Ja, er ist tot.«

»Krieg?«

»Gefangenschaft.«

»Oh ... das tut mir leid. Das ist besonders traurig, den Krieg überlebt und dann ...«

»Ja, das ist traurig. Er fehlt uns sehr.« Noch während sie den Satz sagte, sank wieder der Kropf in die Kehle. Er spürte ihre Verlegenheit und wechselte in weniger verfängliche Themen, indem er Sitzstellung und Tonfall änderte und den *Italiener* parlieren ließ. Es war weniger der Schliff eines Diplomaten als die Gewandtheit eines Spitzbuben. Sie ließ sich gerne ablenken und fand sich in Geschichten wieder, die haarsträubend, abstrus und zum Totlachen waren, dabei wunderte sie sich weniger über die merkwürdigen Inhalte als über die Art des Vortrags. Kasperltheater wäre übertrieben, aber er war imstande, mit Worten und Gesten zu jonglieren, was Gerda im Laufe des Abends in eine behagliche Stimmung versetzte, ähnlich der Gänsehaut, die ihr als Kind aufgestiegen war, wenn Papa ihr aus seinen Büchern vorgelesen hatte. Minutenlang saß sie stumm wie ein Stein, versuchte einerseits den Merkwürdigkeiten zu folgen, um passende Antworten parat zu haben und gleichzeitig in ihrer inneren Kammer auszuloten, was gerade mit ihr geschah.

Seine Antennen hatte er weit ausgefahren, der Herr Piero, war also nicht nur auf seine Erzählung bedacht, sondern auch wach genug, in Gerdas Haltung und Gesicht zu lesen.

»Verzeihen Sie, ich habe zu viel geredet, aber ...«

»Nein, nein, schon gut. *Sie* müssen verzeihen – das war weniger ein Gespräch als ein Interview und das ist meine Schuld, ich stelle Ihnen indiskrete Fragen ... und Sie reden sich freundlicherweise den Mund fusselig.«

»Ich wollte nicht ... ermüdend wirken«, und dann ganz entschlossen: »Erlauben Sie mir, für Sie ein Taxi zu rufen?«

Er drückte die letzte Zigarette im Irish Coffee aus, denn er wähnte sich kurz unbeobachtet (dabei gab's Spiegel hier), was Gerda kurz aus dem Konzept brachte, eine Sekunde, die sich nicht mit seinem moralischen Eifer vertrug.

Die Luft draußen war immer noch kalt und feucht, Bürgersteig und Straße nach wie vor ein Eislaufplatz. Er bot ihr den Arm und sie klemmte sich zu ihm unter den Schirm, um sich vor den einfallenden Schauern zu schützen.

Er half ihr galant in den Wagen, bezahlte üppig im Voraus und bekam noch die Adresse mit, die Gerda dem Fahrer in den Rücken rief: Pötzleinsdorfer Straße 43.

*

Als sie aus dem Taxi stieg, hatte sich der Regen wieder gelegt, nur der Wind schlug noch um sich. Im Haus brannte Licht, die Vorhänge nicht vorgezogen, freie Sicht. Gerda kannte dieses Zeichen, es sollte der Nachteule vermitteln, dass hier jemand sorgenvoll wartete. Seit Stunden. Vergeblich. Mama sah sich noch immer als verantwortliche Instanz der *erhellenden* Jahre ihrer Kinder (ihre Worte), vor allem der Mädchen, zumal sich Gerda längst als *Abtrünnige* erwiesen hatte. Die beginnende Abkehr ihrer Tochter von der Kirche und damit vom »christlichsozialen Fundament«, dem sie ihr ganzes Leben gewidmet hatte, empfand sie als Respektlosigkeit gegenüber ihren Bemühungen, rechtschaffene Menschen und Staatsbürger aus ihren Kindern machen zu wollen. Man war sich oft genug in den Haaren gelegen in dieser Sache. »Frontgespräche« nannte sie das. Gerda hartnäckig verzweifelt um Vernunft bemüht, statt blinden Glaubens. Wer ist denn ein ordentlicher Staatsbürger? Nur Katholiken? Protestanten? Oder auch die Zweifler? Gerda hatte sich immerhin schon eine kleine Bibliothek zugelegt, war schließlich Aushilfskraft in einer Buchhandlung an der Fischerstiege im 1. Bezirk und hatte sich bereits an einschlägigen Philosophen versucht wie Kierkegaard, Sartre oder Nietzsches »Gott ist tot« in »Also sprach Zarathustra«, um endlich zünftige Argumente gegen Mama in der Hand zu haben. Die beiden kamen ohnedies nie auf einen grünen Zweig, denn Gerda nahm seit längerer Zeit kein Blatt mehr vor den Mund, sie hielt, und das sagte sie frei heraus, die Verdrehungen der Frohbotschaft für so alt wie die Botschaft selbst. Sie habe größtes Misstrauen gegenüber dem kirchlichen Bodenpersonal, da seien *unbedarfte Fälscher* am Werk gewesen, vor 2000 Jahren, mit dem kargen Wissen ihrer Zeit, fromme Fälscher natürlich, was Mutter als persönlichen Affront empfand und deshalb in Hinkunft ein größeres Augenmerk auf Gerdas Umgang legen wollte, um etwaige Querschüsse von der *falschen* Seite rechtzeitig auszuschalten. Woher kamen nur diese Einsager, wer waren die Verführer, die ihrer fehlgeleiteten Tochter *den falschen Weg* wiesen?

Als Gerda aufs Haus zuging, aufgewühlt und müde, den Schatten ihrer Mutter im Blick, überkam sie doch ein Schauer schlechten Gewissens und sie verwarf die zornigen Sätze, die ihr schon auf der Zunge lagen. Von wegen, ich bin kein Kind mehr usw. Trotz aller Gegensätze in ihren Weltsichten war sie sich der Liebe zu ihr genauso sicher wie ihres Standpunkts in den strittigen Fragen und nahm sich deshalb einen versöhnlichen Ton vor. Sie ging auf Zehenspitzen, um Agnes, die im ersten Stock schlief, nicht zu wecken. Raimund war längst ins Internat abkommandiert und Roland zu der Zeit bereits im Studentenheim in der Pfeilgasse untergebracht. Das einzige Geräusch von oben, ein dumpfes, unrhythmisches Klopfen, rührte vom Gehstock, der Großmas Nachtwandern stützte, wenn sie keinen Schlaf finden konnte. Gerda öffnete die Salontür einen Spalt.

Mutter saß eingeknickt im Morgenmantel mit blutleerem Gesicht am Tisch und strickte an einem Schal, einem langen Schal. Sie drehte sich nicht um, hatte die Maschen im Fokus, obwohl das auch blind ging. Das satte Rums der Taxitüre muss sie gehört haben, war also vorbereitet.

»DU leistest dir ein Taxi?«

Gerda verharrte eine Weile hinter ihr und beendete schließlich die Stille mit einem resignierenden Seufzer.

»Wieso hast du so wenig Vertrauen zu mir, Mama? Könntest schon stundenlang schlafen.«

»Wie soll ich denn ruhig schlafen? Wie soll ich dir vertrauen, Mädel, wenn mir keiner sagt, mit wem du umgehst?« Ohne sie anzublicken kam das, in die Strickerei hinein.

»Ich hab doch gesagt, ich bin in einem Tanzkurs, ganz harmlos, Paso doble, Rumb – mein Gott!«

»Bin ich auf der Brennsuppe daherg'schwommen?« Jetzt nahm sie ihre Tochter ins Visier:

»Es ist zwei Uhr früh, Fräulein, kein Tanzkurs dauert bis zwei Uhr früh!!«

»Ich ging halt noch auf einen ... kleinen Drink.«

»Was sind denn das für Ausdrücke – *Drink. Kleiner Drink*!?« Sie packte die ganze Strickerei und warf sie samt Nadeln und Knäuel über den Tisch. Eine Träne, oder war es kalter Schweiß, rann ihr bis zum blassen Mund.

»Ich hab mir erlaubt, einen Tee zu trinken, Herrgott noch mal.«

»Lass gefälligst den lieben Gott aus dem Spiel! Mit wem hast du getrunken?« Sie hatte sich wieder gefangen.

»Mit einem Mann.«

»Na bitte.«

»Ich bin bald zwanzig, Mama. Ich bin ein erwachsener Mensch.«

»Nach Mitternacht mit einem Wildfremden in einer Absteige ... Du bist eben *nicht* erwachsen.«

Sie stand auf, stützte sich am Tisch ab, um einen kleinen Schwindel zu parieren und ging schließlich zum französischen Fenster, breitete beide Arme weit aus, zog mit einer einzigen rabiaten Bewegung beide Vorhänge zu und drehte sich wieder zu ihr, in Erwartung einer Antwort.

»Und?«

»Er ist ein höflicher, g'scheiter Mann, mit Anstand und Manieren«, sagte Gerda, dabei zuckte ihr die im Irish Coffee ausgedrückte Zigarette durchs Hirn.

»Irgend so ein Sozialistenlümmel?«

»Nein, kein Sozialistenlümmel.«

»Ausländer?«

»Ja.«

»Gütiger Gott, ich sag's ja.«

»Ein Schweizer, Mama. Sohn einer begüterten Bankiersfamilie.« Ein langer Augenblick.

»Ach ...« Als würde in der Sekunde ein Schalter in ihr umgelegt, glätteten sich ihre Stirnfalten und ihr Blick wurde weicher. Dennoch hob sie die Brauen. »Bankier also.«

»Ja, und seine soziale Ader würde jedem Katholiken gut zu Gesicht stehen.«

»Was soll das denn heißen?«

»Er arbeitet mit dem Roten Kreuz und angesehenen Hilfsorganisationen zusammen.«

»Als Bankier?«

»Nein, er ist mehr im ... diplomatischen Dienst tätig, zusammen mit seinem Vater. In Bern.«

Mutter begann ihre Nadeln, das Wollknäuel und das Gestrickte zusammenzuklauben, sortierte alles, fasste sich und setzte sich ans Tischende. Ein aufgeräumter Blick, als würden diese Informationen ein neues Kapitel im Lebensplan aufschlagen, den sie sich für Gerda zurechtgedacht hatte.

Ein seriöser, charakterlich *einwandfreier* Mensch könne jedem Leben eine neue Richtung geben ... kam es butterweich, so einer wäre imstande viel Verstörendes zu glätten und für klare Sicht zu sorgen. Pause.

»Ist er gläubig?« setzte sie nach.

»Weiß ich nicht. Bin ich vielleicht verstört?«

»Jedenfalls führungslos, mein Kind.«

»Du meine Güte, Mama! Ich will mein eigener Herr sein, ist das so schwer zu begreifen?«

»Was ist denn das für hochtrabendes Zeug, ›mein eigener Herr‹! In welchem Heftl steht denn so was?«

»Ich will jedenfalls nicht versauern ... in irgendeinem ... einem ... Schulbetrieb ... und ich lass mir nicht in meine ... meine ...«

»Flausen, nix als Flausen und in die red ich dir noch lange drein. Von wegen freie Journalistin, eigene Buchhandlung ... Das ist doch Kokolores und Blödsinn. Ich hab zwei Weltkriege und x Wirtschaftskrisen überlebt, also sag mir nicht wie's Leben geht. Was du brauchst, ist Sicherheit! Und die kriegst in einer pragmatisierten Stellung, Punktum!«

Gerda setzte sich ans andere Ende des Tisches, leicht vorgebeugt und fixierte Mutters Gesicht, mit einer seegrünen Sturheit in den Augen. Aufgeben war nie eine Option. Soweit käm's noch, sie war fest entschlossen, das wankelmütige Herz ihrer Teenagerjahre hinter sich zu lassen.

»Ich will nicht dauernd auf Ereignisse warten, die von anderen in Gang gesetzt werden, Mama, begreif das endlich!«, sagte sie, entschlossener als die Sätze zuvor.

»Du solltest gefälligst froh sein, dass andere dir eine Spur gelegt haben, ich mach mir, seit ich denken kann, Sorgen um dich, um euch! Agnes ästimiert das sehr wohl!«

»Du zerbrichst dir dauernd *meinen* Kopf ... auch wenn's aus Liebe ist, wie du sagst, aber ich will das nicht und die Agnes würde ich nicht unterschätzen, das wirst noch erleben!«

Mutter atmete tief ein und lange aus.

»Du lieber Gott ... Wenn bloß der Papa noch wär«, seufzte sie.

»Ja ... wenn er bloß da wär«, wiederholte Gerda, legte ihren Kopf in beide Hände, fuhr sich über Stirn und Haare, die Ellbogen fest im Tisch vernagelt.

Die Beklemmung würde anhalten. Patt. Mama packte ihr Strickzeug zusammen und ging wortlos in ihr Zimmer.

In den letzten Jahren hatten Erfahrung und einschlägige Lektüre immer effektivere Argumente geliefert, um Mamas Standpunkten wenigstens intellektuell auf Augenhöhe zu begegnen, und oft genug hatte Gerda versucht, sich dieses Rondo als übliche Quengeleien zwischen den Generationen zu erklären, die halt um ihre Welten kämpften und sich eines Tages ohnehin versöhnen oder wie ein Spuk auflösen würden, in alle Wolken zerstäubt. Aber es zeichnete sich einfach keine Lösung ab.

Todmüde lag sie im Bett und schaute zur Decke. Die Schatten der Stores spielten dort, sie hatte das Fenster einen Spalt geöffnet und hoffte auf eine beruhigende Wirkung der Novemberluft. Die kahlen Äste des Birnbaums ächzten wie die Takelage eines Seglers, der sich hob und senkte in der Dünung.

Vereinnahmt von den Eindrücken eines Tages, der irgendwie auch berauschend war und eigentlich an ihr Innerstes gerührt hatte, wollte sie nicht so nüchtern davonschleichen. Was sollte sie tun? Mama klein beigeben, um des Friedens willen? Oder sich in ein Arrangement fügen, ein Stillhalteabkommen. Darunter schwelt dann alles weiter … Ein Rückgrat wie ein Gartenschlauch, hätte Papa gesagt.

Aber was wäre geschehen, hätte Gerda diesen Abend einfach auf den Tisch gelegt, ohne Vorbehalte, wie man das bei Vertrauenspersonen so macht, salopp erzählt: *Ich hatte heute kurz gleichgeschlechtliche Anwandlungen und traf dann einen Schweizer Samurai, der Gutes tut und in der Freizeit herumsäbelt.* Aus nervenschonenden Gründen blieb nur eine neutrale Variante, über den Rest den Mantel des Schweigens, um des Friedens willen.

Schonung war in Bezug auf Mutter eine wichtige Formel, um Krankheiten zu vermeiden. Wie oft hatte sie vom gebrochenen Herzen ihrer Großmutter erzählt, die, nachdem sie der Großvater wegen einer Jüngeren verlassen hatte, tatsächlich an einer Myokarditis gestorben war. »Ein fröhliches Herz bringt gute Besserung, aber ein zerschlagener Geist vertrocknet das Gebein«, sprach König Salomon im Alten Testament. Mutter hatte den weisen König oft genug zitiert, und ja, mag sein, dass sie strategisch vorgebaut hatte, bei Gerda jedenfalls hatte das Menetekel gründlich verfangen. Was also Salomon schon wusste – bloß keine Langzeitkonflikte, die an Herz, Magen, Nieren oder an die Leber gehen könnten, alle Karzinome haben ihre Ursache, heißt es, und Gerda wollte bestimmt keine davon sein. Obwohl sie, wie gesagt, eine Frohnatur war, sollte die Angst um Mamas Gesundheit wie auch ihre Schuldgefühle zu einem leisen Kummer in ihrem Leben wachsen, der durch ein schwarzes Telefon (ein Viertelanschluss, aber immerhin), das seit zwei Wochen im Haus installiert war, eine weitere Dimension bekommen hatte. Denn sobald Mama aus dem Haus war, in der Schule, zum Einkaufen oder sonst wo, wuchs in Gerda die Angst vor diesem schrillen Ton, der wie ein Brüller durchs Haus fuhr, um potenziell eine Hiobsbotschaft zu verkünden. *Fräulein Fässler? Mit großem Bedauern müssen wir Ihnen mitteilen ...* Noch war's nicht so weit, aber aufs Klingeln war sie konditioniert wie ein Pawlowscher Hund. Statt Speichelfluss und Freude aufs Fressen Herzklopfen und Sorgen.

III.

Als sie am folgenden Tag am Fenster stand und zwischen den vereisten Bäumen ein Taxi vorbeischleichen sah, an dessen halbgeöffnetem Fondfenster eine Silhouette zu erkennen war, die keinen Zweifel zuließ, war sie nicht sonderlich überrascht. Es hätte sie auch nicht gewundert, wenn noch in der Nacht Kieselsteine und Gute-Nacht-Wünsche an ihr Fenster geflogen wären. So weit hatte sie ihn richtig eingeschätzt. Bei diesem Kerl war mit allem zu rechnen.

Wundersamer war schon Mamas Verhalten am nächsten Tag. Der Groll schien verflogen, über den Graben hinweg hat man sich wieder zugelächelt, die Dinge mit vernünftigem Abstand gesehen. Keine Revierverteidigung heute. Als hätte Mama durch dicke Mauern Selbstzweifel gewittert, jedenfalls schien ihr die diplomatische Karte vernünftiger.

Sie hatte gerade ihre Schulbücher im Arbeitszimmer abgelegt und nun den Kopf frei, um sich der Zukunft ihrer *verirrten* Tochter zu widmen.

Agnes hatte sich ja scheinbar schon in ihr Schicksal gefügt und unterrichtete an einer Hauptschule am Alsergrund. Aber auch das konnte sich schnell als Staffage herausstellen. Die jungen Frauen waren fest entschlossen, sich auf die Hinterbeine zu stellen; jenseits von Mamas Vorstellungen. Papa war ja tot.

Gerda stand noch am Fenster und spürte die freundlichen Wellen hinter ihr.

»Ein Schweizer also«, sagte Mama.

»Ja, wie der Papa.« Dagegen war nun wirklich nichts einzuwenden.

»Ein Schweizer!«, wiederholte sie.

»Und einer, der mich zum Lachen bringt«, ergänzte die Tochter trotzig.

»Kann ja nicht schaden in Zeiten wie diesen. Und aus gutem Hause wie's scheint.«

»Begütert jedenfalls«, präzisierte Gerda. Sie genoss das Spiel.

Mutter schien lange wach gelegen zu sein, Zeit genug, um verschiedenste Szenarien durchzuspielen. Auf eine Kurzformel gebracht – sie sah Gerda an einem entscheidenden Punkt, an dem sich die Möglichkeit auftat, materielle Sicherheit und – *Gott geb's!* – potenzielle Bekehrung einzufordern, anstatt in ein existenzielles Fiasko zu irren, denn das soziale Engagement des Schweizers ließ immerhin auf ethische Grundsätze schließen. *Der Franken steht gut, wie stehen die Sterne?* Das flog der jungen Frau so beiläufig durch den Kopf, ohne Mamas Sorgen kompromittieren zu wollen, aber von der Hand zu weisen war es nicht. Jede Mutter macht sich Sorgen um ihre Kinder, vor allem um die Mädchen, erst mal pragmatisch, dann ideell, »erst das Fressen, dann die Moral«. Es schien jedenfalls, als stünden für diese kleine Affäre, die nicht mal *das* war bis jetzt, alle Ampeln auf Grün. Dieses Blitztempo war Gerda gar nicht recht, und – was, wenn der Kerl irreversibel verdorben ist? Sie machte sich eher lustig über die Situation.

Eine Stunde später wieder das vorbeischleichende Taxi und klar erkennbar der Mann im Fond.

»Der Schweizer schon wieder«, sagte Gerda. Das hatte dann doch Mutters Neugier gereizt, sie kam vor zu ihr ans Fenster und konnte ein Grinsen nicht vermeiden.

»Wieso schon wieder?«

»Weil er vor einer Stunde schon mal vorbeigefahren ist.« Mutter nickte.

»Wer sich's leisten kann ...«

Das Taxi blieb kurz stehen, da kniff Mutter sie in den Unterarm, als wären sie schon unter einer Decke. Das Taxi rollte langsam wieder an, gab schließlich Vollgas und verschwand mit quietschenden Reifen.

Wie schnell der Wind doch drehen kann. Als hätten sich die Prioritäten plötzlich verschoben.

Offensichtlich sah Mutter einen sicheren Hafen am Horizont, der Gerdas waghalsige Arbeitssituation ein für alle Mal lösen konnte. Sie hatte ja, trotz abgeschlossener Ausbildung, nur eine Teilzeitanstellung angenommen, montags und dienstags je vier Stunden Englisch und Deutsch in einer Hauptschule in Währing, um die restlichen Tage Zeitungskolumnen schreiben zu können, Buchrezensionen und sogar politische Artikel, die immer häufiger auch veröffentlicht wurden, im »Kurier« und, unter wechselnden männlichen Pseudonymen, in der »Arbeiter-Zeitung« (Mama hätte ihr die Ohren langgezogen, hätte sie's gewusst). Die übrigen Tage half sie in der Buchhandlung an der Fischerstiege aus. Eine *Weder-Fisch-noch-Fleisch*-Situation, die Mutter große Sorgen machte.

»Siehst du, hartnäckig der Bursche.« Schon wieder schlich es vorbei, das Taxi mit derselben Fracht.

»Er fährt um die Häuser«, konstatierte Gerda trocken.

Mutter stellte sich wieder zu ihr ans Fenster.

»Jetzt geh halt raus, Mädel, bevor die Leut hinter den Gardinen reden.«

Sie schien sich augenblicks und taktsicher in Gerdas Stimmung zu finden. Ein Stück Opportunismus, den sie von Großma übernommen hatte – das Herz habe sein eigenes Gedächtnis, heißt es ja. Das Hirn wohl auch.

Als Gerda vors Haus eilte – sie trug vor dem Gangspiegel noch etwas Lippenstift auf – hielt das Taxi an. Er stieg aus, beide Arme hinterm Rücken versteckt und präsentierte seine weißen Rosen erst, als sie vorne am schmiedeeisernen Tor stand.

Aus der Körpersprache der beiden konnte Mutter schließen, dass hier witzig Charmantes ausgetauscht wurde, als Gerda mit einem gespielten Knicks die Blumen übernahm.

Mutter beobachtete sehr genau, was da geschah, jede seiner Bewegungen, die merkwürdige Gestik seiner Hände, seine Haltung, die, wie sie sich einbildete, doch eine gewisse Seriosität ausstrahlte.

Gleichzeitig war ihr bewusst, dass er sie hinter der Gardine am Fenster vermuten musste, obwohl er das mit keinem Blick verriet, also Kalkül in seinem Auftritt nicht gänzlich auszuschließen war. Wie auch immer. Gerda schien von ihm eingenommen, so viel Realitätssinn traute sie sich noch zu.

Und: Die Mutter fühlte in diesen Minuten auch einen heimlichen Stolz auf ihre Tochter, die mit leicht zurückgeneigtem Oberkörper, die Arme vor der Brust verschränkt, die Beine im Stehen leicht überkreuzt, *ihn* kommen ließ, souverän. Bei aller Verrücktheit, die sie ihr zumaß, stand da, trotz ihrer Jugend, ein gestandener Charakter, der Hoffnung machte. Sie sah den Auftritt einer reifen Frau, die gerade noch ihr kleines Mädchen gewesen war, auf Irrwegen und verwundbar, noch gar nicht ausgebacken. Und dann das. So was wie Zärtlichkeit regte sich, zwischen Überraschung und Wehmut. Mein Kind ist erwachsen, *Gott behüte*.

*

Die Sache mit Piero entwickelte sich zunächst vorhersehbar. Es gab einige weitere Treffen, die dazu beitrugen, das gegenseitige Interesse zu steigern und vielleicht sogar das

Herz zu öffnen, wer weiß. Man traf sich in Cafés, im Kino, einmal im Akademietheater (Schnitzlers »Reigen«) oder spazierte entlang des Donaukanals am Franz-Josefs-Kai. Man hatte sich einiges zu erzählen, konnte sich gut riechen, inklusive der Schnittmengen im Kopf. Er schien ihr auch belesen zu sein, vielleicht nicht so bücherverrückt wie sie selbst, aber Dürrenmatt, Sartre, Kafka oder die großen Russen und die aktuellen Deutschen – Brecht, Grass, Böll und Mann waren ihm ein Begriff und er ließ sich gerne abklopfen, ohne dabei ins Stolpern zu geraten, was ihn in ihren Augen zumindest politisch unverdächtig machte. Sie hatte vor einem Jahr einen kleinen Essay über »Sartre und das Absurde« geschrieben, eine Prüfungsarbeit, erzählte sie stolz, und sie könne noch frei aus dem »Ekel« zitieren, was sie auch tat und er mit anerkennend vorgeschobener Unterlippe zur Kenntnis nahm. Das Absurde interessiere ihn ja auch, sagte er, ganz im Ernst. Sie begann ungläubig zu lachen. Beide lachten, lauthals. Doch, doch, beharrte er, das Absurde passe besser in diese Welt als alles andere und die Existenzialisten seien ihm sympathischer als der heilige Augustinus, *gerade Michels* seien die, diesseitige nämlich, nüchterne und schnörkellose Köpfe, und er werde sich wohl den Sartre-Roman zulegen müssen, um halbwegs nachzuziehen. Sie mochte sein schelmisches Grinsen inzwischen, man sah sich auf Augenhöhe, auch ihr Film- und Kunstgeschmack harmonierten im Großen und Ganzen, bis auf seine zornige Schelte über einen Georg-Wilhelm-Pabst-Film, den er mit Karacho verteufelte, was ihr noch lange im Magen lag ... Andererseits faszinierten sie diese plötzlichen Ausfälle, die blitzartig aufzuckten wie Nervenkrämpfe. Unberechenbar wie das Tourettesyndrom. Langeweile kam jedenfalls keine auf, wenn sie mit ihm zusammen war, und dennoch erschien er ihr nach jedem Treffen wie ein Phantom, das nicht wirklich zu fassen war. Im wahrsten Sinn, denn sie wusste noch immer nicht, wo er wohnte – den 1. Bezirk hatte er mehrmals erwähnt, aber die genaue Adresse nie preisgegeben. Einfach nachzufragen schien ihr zu aufdringlich und taktisch unklug. Sie rätselte, ob er sich vielleicht schämte für die verfahrene Situation mit den Eltern oder ob er grundsätzliche Zweifel an ihrer Beziehung hegte. Jedenfalls wollte sie der Sache am folgenden Abend auf den Grund gehen. Selbe Zeit, selber Ort, der Donaukanal an der Stiege zum Franz-Josefs-Kai. Diesmal waren beim Spaziergang schon kleine Zärtlichkeiten dabei, er hatte seinen rechten Arm um ihre Schulter gelegt und sie an sich gedrückt, wenn sie lachten. Gerda wusste zu schätzen, dass er seine Annäherungsversuche behutsam anlegte, als ahnte er, dass auf ihrer Schulter Mutters Geist saß.

Den hatte sie im Taxi, bei der Heimfahrt, mit einer einzigen Bewegung vom Mantel gewischt und Piero geküsst, oder sich küssen lassen, jedenfalls verschmolzen ihre Münder. Eine Trotzreaktion eigentlich und dann – eingedrungen in die warme Andersheit. Ihr Gaumen und ihre Zunge registrierten noch Restaromen von Sahne, Whisky und braunem Zucker. Eine karibische Mischung, herbsüß, als wäre sie in eine verrauchte Bar in Havanna gefallen. Während des Schmusens öffnete sie die Augen ein Spältchen, weil sie seine sprechenden Brauen sehen wollte, die Tausendfüßler. Beide reckten sich hoch zur Zornesfalte. Volle Hingabe? Sie schloss die Augen und glaubte ihm. Ja, sie war ein Neuling, das war sie, ihre Erfahrung in diesen Dingen beschränkte sich auf eine Unsäglichkeit mit einem hölzernen Pennäler bei einer Schulparty ein Jahr zuvor, einem Idioten, der sie abgegriffen hatte wie ein Maurer seine Ziegel, dabei muss es im hilflosen Tumult zur Entjungferung gekommen sein, zumindest blieb eine kleine Blutspur und eine enttäuschte und gekränkte Sehnsucht. Das also sollte der Zauber sein? *Das*!! Fast hätte sie einen Hauch von Verständnis empfunden für Mutters Vorstellung in Sachen

Sex, den diese immer als notwendiges Übel gesehen hatte, das halt zu ertragen sei, um neues Leben zu schaffen, sozusagen in Duldungsstarre, wie bei Kühen und in Gottes Namen. Natürlich – auch diesen Rucksack hatte Mutter von Großma übernommen, die es ähnlich sah und mit der Bibel vereinbar, also empfohlen von oben. Wahrscheinlich leitete Großma daraus Marias unbefleckte Empfängnis ab, der Heilige Geist, die reinste aller Tauben, kann ja nicht wehtun, geschweige denn beschmutzen.

Bei dieser Taxifahrt aber begann Gerda wieder an Fluchtwege zu glauben. Was sie aus Trotz begonnen hatte, wurde aufregend und machte sie neugierig, auf andere Aromen und neue Vokabeln, die sie zu lernen hatte.

Als das Taxi schließlich bei Nr. 43 anhielt, mussten die beiden Luft holen und sich adjustieren, der Taxler war ungeduldig geworden, hatte den Preis schon zweimal in den Rückspiegel gerufen.

»Sie können die Uhr gerne weiterlaufen lassen«, beruhigte ihn Piero, was der Fahrer sowieso getan hätte. Es schien nicht die erste überzogen lange Fahrt zu sein, die die beiden hinter sich brachten, jedenfalls hatte Gerda das Gefühl, als würden sich die Herren schon länger kennen.

Im Haus war alles dunkel, was nicht heißen musste, dass Mutter im Bett lag und schlief. Sie konnte durchaus hinter einer der Gardinen stehen, auf Posten. Gerda bat Piero, im Taxi zu warten, sie habe noch eine Überraschung für ihn, aber es könne ein Weilchen dauern, bis sie wieder zurück sei, ob das in Ordnung ginge. Ging es.

Piero steckte sich eine Zigarillo in den Mundwinkel und bot dem Fahrer seine letzte Parisienne an, mit der höflichen Bitte, sie schweigend zu rauchen, falls er wisse, was er meine. Nichts sollte den Moment verwässern. Der Fahrer wusste, was er meinte.

Es roch nach Liebespaar und Nachtclub.

Gerda schlich, die Stöckelschuhe in der Hand, von Raum zu Raum. Vorzimmer, Salon, Küche. Keine Mutter hinter den Gardinen. Alle im Bett. Sie fischte Sartres »Ekel« aus dem Regal, setzte sich ans Telefon im Gang und rief über die Autorufsäule Gersthof ein Taxi in die Pötzleinsdorfer Straße 26, also circa 60 Meter von ihrem Haus entfernt. Nach ihrer Berechnung sollte der Wagen in sieben oder acht Minuten dort eintreffen, also blieb sie noch ein paar lange Minuten sitzen und kritzelte eine Widmung ins Buch. »Das Absurde hat uns ...« Zugegeben, fast eine Anbiederung. Dann eilte sie hinaus, übergab dem überraschten Piero den Sartre-Roman, küsste ihn zum Abschied, notierte sich heimlich die Autonummer (W 445 30), als er losfuhr, und wartete winkend am Gartentor, bis das Taxi in Richtung Währinger Straße verschwunden war. Im selben Moment kreuzte dort ihr bestellter Wagen auf, dem sie im Laufschritt entgegenstürmte, um den Fahrer, mit wilden Gesten, zu einer Wende zu bewegen, die er auf Kommando ausführte. Gutes Timing, alles lief wie am Schnürchen. Sie fühlte sich wie Detective Fenner in einem James-Hadley-Chase-Krimi und nahm die Verfolgung auf. Richtung 1. Bezirk mit Herzklopfen und Vollgas und tatsächlich, zwei Minuten später waren sie schon im Rückspiegel von Pieros Taxi – W 445 30. Gerda bat den Fahrer, seinen Kollegen bis zu dessen Zielort zu verfolgen – diesen Luxus wollte sie sich leisten, um endlich Klarheit zu schaffen. Kaum Verkehr, es war nach Mitternacht, die Trams schon in der Remise, sie kamen gut voran, Währinger Straße, Spitalgasse, Richtung Spittelberg. Als das Piero-Taxi dann in der Museumstraße seine Geschwindigkeit drosselte und schließlich in die Prachtallee einbog, deren Glanz sich mit seinen Erzählungen von der traditionsreichen Bankerfamilie deckte, war Gerda doch etwas mulmig ums Herz. Sie spürte ihren Puls in den Ohren. Das war ihr eine Stufe zu hoch: Die Babenbergerstraße mit ihren einschüchternden Fassaden – seit je Residenz der vornehmen und betuchten Wiener Gesellschaft. Keine Frage, hinter diesen imposanten Mauern lebten die Mächtigen. Geldmenschen, Wirtschaftsführer, Aristokraten, prominente Künstler, vielleicht hohe Politik.

Pieros Taxi hielt vor der Nummer 5. Gerda machte sich im Fond ganz klein, als sie an ihm vorbeirollte. Sie bat ihren Fahrer, sie in der Elisabethstraße abzusetzen, um keinen Verdacht zu wecken, dann lief sie zurück in die Babenbergerstraße und versteckte sich in einem der verschatteten Hauseingänge, von dem aus das Entree zum Haus gut einzusehen war.

Er stand vor dem herrschaftlichen Eingang, schaute immer wieder hoch zum erleuchteten Fenster im zweiten Stock, ein lautes »Mama« schien ihm offensichtlich zu peinlich, obwohl er mehrmals ansetzte: »Ma–!«, und sich dabei nach etwaigen Beobachtern umschaute. Aber da war keiner. Dann setzte er wieder seinen Schlüssel an, murkste fluchend herum, schlug mit der flachen Hand gegen die Tür, setzte von Neuem an, wieder vergeblich.

Er konnte einfach nicht glauben, was da geschah. Auch mit Sturmläuten versuchte er es, hielt den Daumen auf die Klingel, bis er schmerzte und sich echauffierte Stimmen rührten in den oberen Stockwerken des Nachbarhauses.

Dann ein Knacken und ein sirrendes Pfeifgeräusch, das in den Ohren schmerzte, gefolgt von seinen schweizerischen Dialektflüchen, die von den Mauern widerhallten:

»Verreckti Siächä, Gottverdammi!«

Gerda nutzte den Moment, um zehn Meter näherzurücken, in die nächste Eingangsnische. Wie aus dem Nichts plärrte aus einem vergitterten kleinen Lautsprecher im Hauseingang eine verzerrte Frauenstimme in die Nacht, die aufploppte und gleich wieder überlappt wurde von Pieros Stimme. Hinter der Frauenstimme maulte zudem eine Männerstimme, in einer kehligen Sprache, die Gerda nicht verstand. Ein wüstes Gewirr. Entweder ließen die Rückkoppelungen einer defekten Wechselsprechanlage diesen Streit eskalieren, oder einfach nur der Umstand, dass immer nur einer der Gesprächspartner sprechen konnte, während der andere wohl oder übel zuhören musste. Wer gerade sprach, brachte den andern zum Schweigen. Bei vermögenden Leuten waren solche Anlagen prophylaktischer Standard, um kontrollieren zu können, wer vor der Haustür stand, nicht unbedingt um Gespräche zu führen.

Dass hier gestritten wurde, war offensichtlich, aus den Satzfetzen konnte man sich zusammenreimen, was Sache war. Eine zornige Mutter wollte ihren Sohn nicht mehr in der Wohnung sehen, und zwar nie mehr. Dann ist noch etwas geschrien worden, das Gerda erst beim zweiten Mal, als es noch lauter geschrien wurde, verstand: »Bastarde ihr, der Teufel soll ...«, der Rest wurde wieder von Pieros Fluchen zugedeckt. Warum Bastarde *IHR*? Plural! Sie hatte sich nicht verhört, die Mutter hatte es zweimal geschrien, zweimal im Plural. Wer also war noch gemeint? Wer ist der andere? Wer waren die Bastarde?

Eines war offensichtlich, Pieros Mutter hatte das Türschloss ausgetauscht, um ihm endgültig den Zutritt zu verwehren. Aber was muss einer angestellt haben, dachte Gerda, dass sich eine Mutter dermaßen verletzt fühlt, dass sie ihr eigenes Fleisch und Blut vor die Tür setzt, endgültig. Gerda war etwas durch den Wind, sie konnte nicht wirklich klar denken, es war saukalt und die eisigen Wiener Böen schnitten ihr in die Augen. Auf Drama war sie nicht vorbereitet gewesen.

Immer wieder schlug Piero mit beiden Fäusten gegen die Tür, bis sich im Nachbarhaus Fenster öffneten und verärgerte Leute mit Nachdruck ihre Nachtruhe einforderten.

In Pieros Stimme lag nicht nur Wut, da war auch Kränkung oder schlechtes Gewissen, jedenfalls ein weinerlicher

Hass, er stampfte zwischen zwei wuchtigen Steinsäulen hin und her, aufgelöst, mit kindischen Bewegungen. Am Ende schluchzte er, lehnte sich erschöpft mit dem Rücken an die Mauer und ließ sich zu Boden sacken.

Gerda sah eine Weile zu, wie sein gebeugter Oberkörper in den unrhythmischen Stößen eines Weinkrampfes zuckte. Er begann seinen Hinterkopf hart an die Wand zu schlagen, fünf-, sechsmal, dann ließ er ihn auf die Brust sinken, verschränkte die Hände im Nacken und presste die Ellbogen an die Ohren. Ein paar verschreckte Tauben flatterten vom Dach. Gerda stellte den Mantelkragen hoch, ihr Atem wolkte vor dem Gesicht. Wohin jetzt? Sie fühlte, wie das Pendel auf Pieros Seite ausschlug, was auch immer hier an der Leine zog, sie wäre gerne zu ihm hin, hätte ihn umarmt und getröstet. Was war es denn, was sie sah – eine gequälte Kreatur, ein Häufchen Elend, das in einem Hauseingang kauerte wie ein Obdachloser. Sie fühlte sich hingezogen, irgendetwas rührte an ihren Grundfesten, weiß der Teufel, trotz der Ungewissheit und böser Ahnungen hinter dem Gemetzel. Sie wollte ihn umarmen, aber konnte sich nicht bewegen, sah nur gebannt auf diesen Mann, der sich wand wie ein Wurm.

Wieder öffnete sich, sehr ruppig diesmal, das Fenster im zweiten Stock, aber kein Licht, alles dunkel. Da war nur die Silhouette einer Frau, die Gegenstände aus dem Fenster warf, Kleidungsstücke und Zerbrechliches. »Bastard!«, diesmal unverzerrt und klar, die Stimme der Mutter. Gerda dachte nur an Rückzug, schlich die Wand entlang, unter dem Schutz vorstehender Fassaden bis zur Ecke Elisabethstraße und wartete ab, verdeckt hinter einem Mauervorsprung. Dann Pieros hastige Schritte, er ging ein paar Handbreit an ihr vorbei. Sie konnte seinen Atem sehen, er zog zornig seine Rotznase hoch, hatte wohl geheult, mit beiden Armen umfasste er einen schwarzen Mantel, den er zu einem Tragesack umfunktioniert hatte, in dem er wohl die Gegenstände, die auf den Asphalt gekracht waren, zusammenhielt und weit ausschritt Richtung Burggarten.

Wie angewurzelt stand sie und überlegte. Eine Sache war noch zu klären. Sie versicherte sich, dass das Fenster im zweiten Stock wieder geschlossen war und tippelte, mit dem Rücken zur Wand, Blick nach vorn, Blick nach oben, Blick zurück zu Piero, den sie noch zwischen den Zedern des Burggartens sehen konnte, und huschte in den ominösen Hauseingang. Die in Gold gefassten Namensschilder würden Rückschlüsse erlauben ...

Erster/zweiter Stock: Judith Schwartz/B. Goldmann, dritter Stock: Dr. Biedermann – ohne Berufsbezeichnung.

Sie notierte sich die Namen und versteifte sich gleich auf diese Frau Schwartz als Pieros Mutter. Offensichtlich hatte sie nach der Scheidung den Namen ihres Mannes (Burkhardt) abgelegt, zugunsten ihres Mädchennamens. Schwartz also mit »tz«.

Immerhin ein Stück weiter im Puzzle, dachte Gerda und machte sich auf den Weg. Sie war fast bis zum Palmenhaus gelaufen, im Dauerlauf, als sie ihn an der Albertina auftauchen und wieder verschwinden sah. Sie verfolgte ihn bis zur Kapuzinerkirche, wo sie in einer Mauernische innehielt. Blick auf den Neuen Markt – da war er wieder, das Gewicht seines Beutels hatte sein Schritttempo sehr verlangsamt. Er steuerte geradewegs auf den marktseitigen Eingang des Ambassador Hotels zu, mit einer Entschiedenheit, die vermuten ließ, dass er dort wohnte, vielleicht sogar als Stammgast. Was Gerda wissen wollte, wusste sie nun, eigentlich wusste sie mehr, als sie wollte. In dem Moment, als sie ihn im Hotelfoyer verschwinden sah, ungelenk und genervt vom schweren Gepäck, wäre sie bereit gewesen, mit ihm zu schlafen, einfach so, trotz der Nebel in seinem Leben. Sie musste an die Quantenteilchen denken, was diese so aufführen können in Raum und Zeit. Dass die Teilchen auch

Wellen sein können und sich gleichzeitig entlang verschiedener Pfade bewegen, das sei ja das Fantastische dran, nämlich vom puren Zufall regiert, woraus die Wissenschaft wieder den Schluss zog: »*Der Alte würfelt ja doch*.« Wie auch immer. Ihr Physiklehrer hatte ihr geraten, Telepathie nicht mit Physik zu verwechseln. Eines schien dennoch klar: Die Teilchen wussten voneinander; »*Spukhafte Fernwirkung*«. *Von mir aus.* Sie legte sich die Quanten für sich und ihre Geschichte zurecht. Mehr war ja nicht. Das Taxi nach Hause hatte sie sich auch noch gegönnt. Da war sie nun, im Herzen der Sache.

Sie stand vor Mutters Schlafzimmer, lauschte an der Tür – gleichmäßiges Schnarchen. Also war wohl Ruhe eingekehrt, obwohl – sie war auch eine begabte Wachschnarcherin, diese Als-ob-Spiele beherrschte sie aus dem Effeff.

Gerda aber konnte keinen Schlaf finden. Einiges lag schief und die heikelste Frage blieb ein Mysterium: welches Kapitalvergehen in Pieros Leben den radikalen Schnitt seiner Mutter verursacht hatte.

Sie lag lange wach, beobachtete die winkenden Äste am Fenster und wusste, es war noch immer nicht die Zeit, in der man über alles offen reden konnte, auch nicht in ihren eigenen vier Wänden. In vielen Familien, wie auch vielleicht bei den Burkhardts, hatten die Kollateralschäden des Krieges Risse hinterlassen, die nicht mehr zu kitten waren, auch nicht in der Friedenszeit. Obwohl man Ende der Vierzigerjahre glauben mochte, jetzt reißen die Wolken endlich auf. Aber die Nachwehen ließen sich nicht so einfach aus dem Leben bügeln. »Zur Hölle damit«, hieß es, »also hat man die Vergangenheit in einem Dunst aus Scham, Verlegenheit, Verklärung oder schlechtem Gewissen ad acta gelegt«, schrieb Gerda ins Tagebuch.

Der Blick zurück kam für die meisten einer Zumutung gleich, für Mama sogar einem ganz privaten Albtraum.

Ihr Mann, und das hatte sie lange vor den Kindern (vor allem vor Gerda und Raimund) verheimlicht, war unter seltsamsten Umständen ums Leben gekommen, nicht gefallen in einer Schlacht, sondern bei einem mysteriösen Vorfall in einem britischen Kriegsgefangenenlager östlich von Kairo, nach Kriegsende. Seine Überreste lagen wohl irgendwo in den Dünen um den Bittersee, im Sand der ägyptischen Wüste. Von alledem hatte Gerda nur löchrige Nachrichten und Vermutungen gehört. Es hatte ja nicht mal ein Ritual zu seinem Todesgedächtnis gegeben, keine Beerdigung. Nichts. Papa war einfach tot. Irgendwann hatte Agnes von einer kleinen Urne gemunkelt, deren Asche Mama heimlich in der Donau verstreut habe.

Diese Geschichte hing wie ein Schatten über der Familie, und Gerda war drauf und dran, den Vorhang zu lüften. Die Sehnsucht nach ihrem Vater war so groß wie die Wut über das ewige Versteckspiel.

IV.

Sie konnte sich noch genau erinnern an die Zeit, als die in armeegraues Packpapier gebundenen Briefbündel aus dem fernen Griechenland eingetrudelt waren, während seiner Stationierung in Saloniki und Athen. Alle zwei Wochen ein Päckchen, Papa war ein fleißiger Schreiber und Zeichner. Mama hatte alle Briefe und auch jede Tagebuchseite, die er mitgeschickt hatte, fein säuberlich in ihrer Mahagonikassette verstaut und weggesperrt. Ende Sommer 44. Den kleinen Schlüssel fürs Einwegschloss hatte sie stets so raffiniert in einer Schürzenfalte verschwinden lassen, dass Gerda mit dem Schauen gar nicht mitgekommen war. Wenn Klein Gerda auf einem Stuhl stand, war sie auf Augenhöhe mit dem Regal, in dem das Geheimnis schlafen musste. Die

Briefe und vor allem die Tagebuchseiten. Wenigstens die Briefe bekam sie von Mama vorgelesen (nur das Kindgerechte ...), die Tagebuchseiten blieben tabu. Papas Handschrift hätte sie sowieso noch nicht entziffern können.

Wie oft hatte sie auf diesen Schatz gestarrt, in der Hoffnung, das Geschriebene würde eines Tages zu ihr flüstern, oder besser das Schloss würde sich, wenn Mama wieder mal durch den Wind war, öffnen lassen – aber vergeblich.

Wenn sich damals der Briefträger mit seiner schwarzen, prallen Ledertasche durchs Gartentor zwängte, war sie hinausgestürmt, hatte ihn umschwänzelt und an seinen Trageriemen gezerrt, um noch vor Mama Papas Nachrichten in Händen zu halten.

Wie eine Trophäe stemmte sie das kostbare Konvolut in die Höhe, presste es an ihre Brust, roch daran und schüttelte es kräftig durch, in der Hoffnung auf einen kleinen Staubregen. Immer dasselbe Spiel, bis ihr Mamas Ungeduld das Päckchen aus der Hand gerissen hatte. Das Prozedere hatte seinen Sinn, denn sie war fest davon überzeugt, den Duft von Papas Rasierschaum herauszuriechen und, noch aufregender, echte Athener Erdkrümel aus dem Papier rieseln zu sehen. Er hatte mit jedem Brief ein Stück griechischer Erde mitgeschickt. Auf Gerdas ausdrücklichen Wunsch. Väter und kleine Kinder waren damals allerdings keine natürliche Gemeinschaft. Aber Gerda war mit ihm in zwei kurz aufeinanderfolgenden Fronturlauben sehr eng geworden und wich ihm nie von der Seite, wenn er im Haus war, hatte ihn quasi für sich vergattert. Dabei ahnte sie sehr wohl, dass Väter mit ihren Töchtern eher schweigsam sind und wenn sie etwas sagen, dann höchstens wo's langgeht. Mama hatte, als seine Stellvertreterin, zum Gesetz erhoben, was Väter zu sein haben für die Menschheit: *Der Mensch braucht einen Vater. Die Väter sind Vertreter einer höheren Gewalt, die weise zu sein hat, straft und richtet, Großmut zeigt und wenn's sein muss gewähren lässt* (soll ein weiser Mann gesagt haben, wer denn sonst). So hatte das zu sein. Im Klartext: Das Recht ging vom Vater, also vom Manne aus, der Instanz für letzte Lebensfragen. Agnes könnte ein Lied singen davon, es kam auch vor, dass er bei ihr den Gürtel aus der Hose zog und zulangte, wie's auch für den kleinen Raimund ab und an einen Fitzer über den Po gesetzt hatte. Überhaupt waren ihre drei Geschwister über Papas endgültige Abwesenheit nicht ganz so traurig wie sie selbst, aber Gerda fühlte sich anders gestrickt und deshalb privilegiert, weil zwischen ihr und Papa das genaue Gegenteil geschah. Vielleicht hatte sie früher als die anderen begriffen, wie sich ein *Gott* besänftigen lässt. Als wär's eine geheime, nie ausgesprochene Abmachung gewesen, zu intim, um sie mit andern zu teilen: Wenn er sich auf seiner Ottomane ausstreckte, nach dem Mittagessen, halb lag, halb saß und in seinen Büchern blätterte, schwang sie sich an seine Seite. Wange und Ohr auf seiner Brust, *Herzschlag hören*. Unnachgiebig aufmerksam und kichernd lauschte sie seinen Darmgeräuschen, genoss seinen warmen Atem, der beim Vorlesen aus seiner Nase strömte, direkt auf ihren Scheitel und seinen Geschichten von den fernen Orten mit den singenden Namen – Thessaloniki, Santorin, Piräus, Akropolis. Das Buch mit den Flaggen war ihr das liebste, eine Enzyklopädie der Nationalfahnen aller Staaten der Welt. So stolz war er auf *seine Kleine*, wenn sie beim Abfragen bei keiner einzigen Flagge danebenlag. Sie kannte sogar die Kriegsflagge Japans, die sich vom Original nur durch kleine grafische Besonderheiten unterschied. Das Buch war dick und schwer, hatte viele Seiten, zum Glück, denn zu jedem Land gab es Wissenswertes zu erzählen, also würde sich Papa lange, lange nicht mehr aus diesem herrlichen Möbelstück bequemen. Er hatte ihr auf dieser Ottomane sogar die ersten Brocken Französisch und Italienisch beigebracht. Sie spürte, wie er diese Heimeligkeit mit ihr genoss und sie fühlte ihre Macht über seine Zeit.

Roland, der Älteste, war schon neun damals und eher zurückhaltend, ein braver Bub, der sich aufs Albertus-Magnus-Gymnasium freute; Agnes, fast reserviert im Umgang mit Papa, konnte sich mit seinen Schnauzereien nie anfreunden, man hat sie nie in einer Umarmung mit ihm gesehen, außer zu Weihnachten unterm Christbaum, und der kleine Raimund – der war meist nicht da, irgendwo im Freien unterwegs, bei jeder Witterung auf der Flucht, mit seinem roten Dreirad, immer wieder mal vermisst und nicht nur einmal von der Gendarmerie gestellt und abgeliefert. Die großen Schwestern, allzu lasche Wächterinnen, bekamen den Ausreißer nicht in den Griff. Und so war Gerda eben *Vaters Kleine* geworden, für die Zeit, die ihnen noch geblieben war.

Wenn er wieder seine Uniform abklopfte, der Fronturlaub zu Ende war und es ans Abschiednehmen ging, hing sie an seiner Koppel, bis er aus der Tür war.

»Und bitte die Krümel nicht vergessen, Papile!« – Er drehte sich dann noch mal um, kam zurück und hob sie hoch für einen Abschiedskuss, strich ihr die Locken aus der Stirn und sagte zu Mama ein paar kryptische Sätze, die sie nicht einzuordnen wusste, eine verklausulierte Andeutung, dass diese ganze *Schweinerei* nicht mehr allzu lange dauern könne. Dass Papa wieder in einen Krieg ziehen musste, der doch so ein *Blödsinn* sei, wollte der Kleinen nicht in den Kopf. Als er mit seinem Seesack aus ihrem Blickfeld verschwunden war, heulte sie los, als hätte sie geahnt, dass dies die letzten gemeinsamen Augenblicke ihres Lebens waren.

Mutter hatte Gerdas aufmerksamen Blick registriert, als er das kryptische Zeug vom *blödsinnigen Krieg* geflüstert hatte. Deshalb nahm sie die Kleine zu sich auf den Schoß, hielt sie an beiden Ärmchen fest und sah ihr tief in die Augen, ganz nah an ihrem Gesicht, dass sich ihre Nasen fast berührten:

»Bitte, hör mir jetzt ganz genau zu ... Kind Gottes.«

Die Kleine sah sie mit einer so ernsthaften Aufmerksamkeit an, dass es Mutter fast die Stimme verschlug, als wäre diese kleine Kreatur mit dem Code der Erwachsenen auf Augenhöhe.

»Ich bin deine Mutter (Mama wäre jetzt zu harmlos gewesen), hörst du … und du weißt, ich will nur das Beste für uns alle. Es sind schwere Zeiten und es gibt viele Menschen da draußen, die Böses im Kopf haben, drum müssen wir vorsichtig sein.« Gerda nickte: »Vorsichtig. Ja, Mama!«

Mutter sah in ihrem strengen Blick (zwei Stirnfältchen über dem Nasenansatz) die Ahnung eines Satzes, der unausgesprochen in ihren Augen stand:

»Halt mich nicht für blöd, Mama, du hast mich schon mal angelogen.«

Sie fühlte sich ertappt, obwohl die Kleine kein Wort gesagt hatte.

»Weißt du, was ich meine, Kind?«

»Ich weiß, was du meinst.«

»Also: Wenn der Papa sagt, der Krieg ist ein Blödsinn und der … der Führer ist …«

»… ein Depp«, flüsterte Gerda in Voraussicht, dass derlei Rede nie nach draußen dringen durfte.

»Kein Wort, ich flehe dich an, mein Kind. Auch nicht zu andern Kindern, zu niemandem!«

»Weil sonst die Bösen kommen …« Mutter nickte. Gerda nickte.

»Genau. Da kann die Polizei kommen und uns einsperren …«

»Die Frau Stern aus der Antonigasse hat man gehaut, auf den Kopf, weil sie Stern heißt, sagt die Agnes, jetzt musste die Frau Stern wegfahren mit dem Zug. Kriegen wir auch den Stern auf den Mantel und müssen auf den Zug? Den Fässler-Stern?«

»Nein, Kind. Wir kriegen keinen Stern, wir sind nicht jüdisch, wir sind katholisch.«

»Was ist jüdisch?«

»Die jüdischen Menschen glauben andere Dinge als wir glauben, sonst ist kein Unterschied.«

»Was für Dinge?«, wollte Gerda wissen.

»Sie glauben zum Beispiel nicht, dass unser Herr Jesus, der ja auch ein Jude war, der Sohn vom lieben Gott ist.«

»Und drum haut man ihnen auf den Kopf?«

»Es sind böse Menschen, die das tun.«

Und Ende. Ausgeredet wurde es nicht. Zu kompliziert.

V.

Gerda setzte sich im Bett auf und streckte sich. Die Erinnerungen waren so hartnäckig wie die Gegenwart. Der Zwischenfall in der Babenbergerstraße hielt sie hellwach. Sie stand auf und öffnete das Fenster, um einen Schwung der klirrenden Luft einzuatmen.

Es half tatsächlich, die Dinge aus der Distanz zu betrachten und neu zu ordnen, auch Mamas Rolle in den Kriegsjahren. Im Nachhinein erst wurde vieles klarer.

Mama hatte, aus Angst vor Repressalien, erst nach dem Krieg begonnen, über Papas politische Haltung und seine vagen Fluchtpläne, in die sie immer eingeweiht gewesen war, zu sprechen, und auch das nur hinter vorgehaltener Hand. Sie war stolz auf seinen Mut und seinen ungebrochenen Widerstand gegen die *Lümmel* (wie er sie nannte), obwohl sie wusste, wie gefährlich das war, für ihn und die ganze Familie.

Die kleine Gerda ahnte zwar, dass etwas in der Luft lag bei Papas letztem Heimaturlaub, aber wie weit sein Plan schon gediehen war, zu den griechischen Partisanen überzulaufen, das wusste nur Mama. Ein verrücktes Unterfangen, das er, wenige Tage nachdem er zum letzten Mal von Gerda Abschied genommen hatte, in die Tat umsetzen wollte. Allmählich verstand sie auch Mutters Zurückhaltung in *diesen Angelegenheiten*. Erst später hatte sie begriffen, welchen Schmähungen und scheelen Blicken sie ausgesetzt gewesen sein musste wegen Papas Flucht. Denn Deserteure hatten in den Nachkriegsjahren noch immer einen miesen Ruf, galten als Verräter oder Feiglinge, obwohl die Verbrechen der Wehrmacht längst bekannt waren. Wenigstens das war Papa erspart geblieben.

Nach Kriegsende war Gerdas Neugier auf seine weggesperrten Tagebuchseiten noch wacher geworden, nachdem ihr Mutter klargemacht hatte, dass seine Heimkehr noch *fraglich* sei, weil die Engländer ihn in einem Lager in Afrika festhielten. *Irgendwo draußen in der Wüste*, unweit des Suezkanals. Nach anfänglicher Skepsis begann das Mädchen schließlich Mamas Erzählung zu glauben, denn aus seinen letzten Briefen waren tatsächlich keine griechischen Erdkrümel mehr gerieselt, sondern arabischer weißer Sand.

Es gab allerdings auch Zufälle, die Gerda mit fehlenden Puzzlestücken zu seiner Geschichte versorgten. Schon als Sechsjährige war sie eine fleißige Radiohörerin gewesen und fand es seit damals faszinierend, stundenlang durch den Frequenzendschungel zu streifen.

Eines Tages um Punkt zwölf war sie dabei an eine deutsche Nachrichtensendung geraten, in der ein Wort fiel, das sie nicht verstanden, aber stutzig gemacht hatte. Das war im Sommer 1948. Das britische Militärkommando in Kairo hatte beschlossen, die Repatriierungen von deutschen und österreichischen Kriegsgefangenen bis zum Juni 48 abzuschließen, hieß es. Dutzende Schiffe, vollbepackt mit Soldaten der Wehrmacht, seien bereits in See gestochen, mit Zielhafen Genua. Da musste also auch Papa dabei sein, war sich Gerda sicher. Nachdem die Nachrichten ja stündlich wiederholt wurden, rief sie für die 13-Uhr-Ausgabe Mama vors Gerät – Gerda hatte diese Neuigkeit einerseits als Frohbotschaft verstanden, die Mama unbedingt erfahren sollte, und gleichzeitig schwante der Kleinen eine böse Wahrheit, die ihr Mama schon lange verschwieg. Sie kam aus der Küche, wischte ihre Hände an der Schürze ab und stellte sich vor den Kasten, konzentriert nach vorne gebeugt, das Gesicht von Gerda halb abgewandt, als ahnte sie was kommen würde.

»Kairo: Das britische Militärkommando hat heute bekannt gegeben, dass ...« – Gerda fixierte Mamas Augen, ohne den Blick auch nur mit einem einzigen Wimpernschlag zu unterbrechen, während der Sprecher die Meldung verlas, und sie konnte in ihrem blassen Gesicht lesen, was sie dachte.

»Was ist das, Mama? Repatii –?«

»Repatriierung«, ergänzte sie ungeduldig mit belegter Stimme.

»Was heißt das? Repa...tri...« Mama musste sich setzen, vergrub die Hände in ihrer Schürze und fuhr sich damit über die Stirn, als hätte sie einen ihrer lästigen Schweißausbrüche.

»Das heißt, dass man die im Krieg gefangenen Soldaten wieder freigelassen hat und heimschicken wird zu ihren Familien. Das heißt es.« Sie stand auf, drückte den Aus-Knopf und ging wie ferngesteuert Richtung Küche.

»Auch den Papa?« Mutter blieb stehen. Mit dem Rücken zu ihr.

»Der darf noch nicht raus, Kind, sie brauchen ihn noch ... für Arbeiten, er ist Zeichner und er muss für die Engländer noch Karten zeichnen, Gelände- und Straßenkarten und ...«

»Er ist tot, Mama ... gell?« Noch zwei Schritte, dann blieb sie wieder stehen.

»Ich sagte doch ... er muss noch zeichnen ...«

Dann zog sie die Schürze über den Kopf, verknotete sie umständlich mit beiden Händen, als wollte sie sie auswinden und schloss die Küchentür hinter sich. Ihre Erschütterung machte sie taub für Gerdas Fragen. Und Gerda dachte: *Alles nur Männersache. Da sind die Mamas und die kleinen Mädchen ausgeladen. Aber ich will wissen, was da los ist.*

Neun Jahre war sie alt, als sie an diesem Tag begonnen hatte, erste Sätze in ihr Tagebuch zu schreiben, fein säuberlich in Blockbuchstaben, in Schreibschrift und mit niedlichen Zeichnungen, die das Geschriebene illustrieren sollten.

Sommer 1948.

Der erste Satz (in Rosa) lautete: »Mama ist traurig.«

Der zweite (in Schwarz): »Mama lügt. Der Papa kommt nicht mehr.«

Das *nicht* war durchgestrichen und durch ein »nie« ersetzt worden.

VI.

Das war nun fast zwölf Jahre her und Gerda hatte seitdem vieles verstanden, zumindest besser verstanden, was lange verworren war, aber von der vermeintlichen Vernunft und Einsicht auf der Schwelle zum Erwachsensein war noch nichts zu spüren. Im Gegenteil, die nächste Verwirrung lag direkt vor ihr, wie angerichtet.

Da war einer in ihr Leben gepoltert, wie ein Weckruf. Möglicherweise ein Verrückter, der dabei war, aus der Bahn zu fliegen, und gleichzeitig ein Artverwandter, zehn Jahre älter, aber selbst noch nicht auf festen Gleisen. Gerda schien auch die Möglichkeit plausibel, Erwachsenwerden könnte ein ganzes Leben in Anspruch nehmen, ohne je das Ziel zu erreichen. Sie kannte solche Menschen, oder hielt sie für solche. Alte Gesichter, deren Glanz in den Augen nie erloschen war. Wer konnte so naiv sein, wenn nicht ein Kindskopf, der sich immer eine Hintertüre offen ließ.

Also warum sofort ausweichen? Noch konnte sie in seinem Leben keinen großartigen Frevel erkennen, der sie von einem Versuch abhalten müsste. Ihre Neugier und vielleicht auch ihre Eitelkeit waren herausgefordert und gaben ihr Mut. Neben Mutters Geist saß ihr manchmal auch ein kleiner Hasardeur im Nacken, der sich die Hände rieb.

Jedenfalls streifte sie am folgenden Tag, aufgeputzt und geschäftig, entlang der Fassaden des Hotels Ambassador, mal in der Kärntner Straße, mal am Neuen Markt. Sie wollte den Dingen auf den Grund gehen. Wie immer.

Vorsichtshalber machte sie ein paar Pro-forma-Einkäufe, ließ ein Baguette aus der Tasche lugen, um im Falle eines Zusammentreffens einen zufälligen Einkaufsbummel vortäuschen zu können. Falls er tatsächlich auftauchte, was sehr naheliegend war, könnte man gleich auf Augenhöhe weitermachen, ohne zu viel Initiative gezeigt zu haben. Die Balance der Ambitionen war ihr wichtig, sie wollte nicht als offensichtliche Bittstellerin um ihn buhlen und dabei Gefahr laufen, sein Interesse zu verlieren. Einen Rest Raffinesse und Kalkül hatte sie aus Mamas DNA übernommen, die ihr oft von ihren Mätzchen bei Papas Eroberung erzählt hatte. Die Gelassenheit, die sie gleich zur Schau stellen würde, war eine hart erkämpfte. Das Warten hatte schließlich über drei Stunden gedauert, hätte ihr fast den Mut genommen, sie beinahe wütend gemacht: Der muss doch längst ausgeschlafen sein, oder war er noch gar nicht im Bett? Wo verdammt treibt er sich herum? Sie hatte sich vor einem Schaufenster, in dem sich der Hoteleingang spiegelte, die Beine in den Bauch gestanden und verzweifelt versucht, nicht dieses drohende Gefühl höflicher Gequältheit aufkommen zu lassen, falls es zu einem Gespräch kommen sollte. Sie lehnte mit der Stirn am Glas, hätte eigentlich auf der Stelle einschlafen können, was sie als Fluchtreflex auslegte, um der Demütigung zu entgehen, vergeblich einem Kerl aufzulauern, den die eigene Mutter als *Bastard* verstoßen hatte. *Herkunftslos.*

Aber es war nicht vergeblich. Nach drei Stunden und vier Minuten trat er durch die Eingangstür, lehnte sich an die Marmorwand, zündete sich eine Parisienne an und sah gelassen dem träge dahinrollenden Verkehr zu. Es war schon nach Mittag, ein Freitag, also viel Getümmel. Gerda bog den Rücken durch, nachdem sie ihn erblickt hatte, machte sich etwas zurecht, als wär's nach einem Nickerchen, starrte auf Schaufensterpuppen in Chanel-Kostümen, ohne sie wirklich wahrzunehmen und bemerkte dabei in der Spiegelung der Fensterscheibe einen Abdruck auf ihrer Stirn, einem rötlich gezackten Bergkamm ähnlich. Sie spazierte ein paar Schritte weiter, bis zum nächsten Schaufenster, dessen Spiegelung noch immer den Hoteleingang reflektierte, konnte also Piero den Rücken zukehren, ohne ihn aus dem Blick zu verlieren. Die Stirn glatt zu reiben, brachte nichts, das Kainsmal blieb. Dann eben mit Makel in die nächste Runde. Sie wechselte die Straßenseite, ohne auf den Verkehr zu achten, wäre ums Haar auf einem Kühler gelandet – Hupen, Flüche, quietschende Bremsen, ihr Baguette flog durch die Luft. Leute reckten die Hälse, sahen über ihre Schultern. Alle Blicke auf ihr. Dümmer geht's nicht. Die Souveränität war dahin. Sogar auf die Knie war sie gefallen, scharf an einer Stoßstange vorbei, in der sich für einen Moment ihr Gesicht gespiegelt hatte, leicht verzerrt im gebogenen Chromstahl. Als sie wieder auftauchte, war da plötzlich Pieros Arm. Schon wieder. In der andern Hand hielt er ihr Baguette und grinste. Sie hätte aus der Haut fahren können.

»Immer wenn sie fällt, ist er da.« Redet in der dritten Person von sich, der Angeber.

»Ist ja gut ...« Sie hätte im Boden versinken mögen.

So hat es sich zugetragen, so ungefähr jedenfalls. Um gleich wieder alles ins Lot zu bringen, zog sie ihn aus dem

Trubel weiter Richtung Neuer Markt, zum Donnerbrunnen, auf dessen Einfassung sie sich setzten. Sie schaufelte eine Handvoll Eis aus dem Wasser, um damit die Stirn zu kühlen und war schnell wieder klar im Kopf.

Von der gestrigen Niederlage war ihm nichts anzumerken, schien es. Neuer Tag, neues Rennen.

»Wie kommst *du* plötzlich daher?«, fragte sie unschuldig.

»Ich sagte doch, ich wohne im Ersten.«

»Und wo genau?«

»Je nachdem«, sagte er. Das war überraschend, weil wahr.

»Je nachdem, ob Mama zu Hause ist, oder nicht?«

»Ja. So ähnlich.«

»Also, wo genau?« Schon etwas ungeduldig diesmal.

»Babenbergerstraße.«

»Oh ... und ... hast du keinen Schlüssel?« Da stutzte er tatsächlich und sie bildete sich ein, ihn denken zu hören.

»Und die Nummer interessiert dich nicht?«, fragte er leicht irritiert.

»Werde ich schon noch erfahren, was denkst du?«

Er stand auf und lächelte. Ihm gefiel die Antwort. »Wir frieren uns hier den Arsch ab, meinst du nicht. Oh, Verzeihung.«

»Alles gut, ist ja wahr.«

»Geh'n wir irgendwohin, wo weniger Leute sind?« Er sah überraschend entspannt aus, ausgeschlafen, jedenfalls nicht wie einer, der sich verletzt und verstoßen fühlt.

»In die Gruft?«

»In die *was*?«

»Die Gruft. Drei Schritte von hier, nur Särge und Stille.«

Ein kleiner dicker Mann in brauner Kapuzinerkutte, der nach Bohnerwachs und Kartoffelschalen roch, führte sie den düsteren Stufengang hinab in die Katakomben der alten Monarchie, ins Mausoleum der Habsburger. Piero war zum ersten Mal in der Kaisergruft und angemessen beeindruckt vom verstaubten Glanz des alten Österreichs. Die paar Besuchergrüppchen, die andächtig zwischen den mächtigen Metallsärgen aus Zinn und Kupfer defilierten, verloren sich im weitläufigen Gewölbe.

Nicht ohne Stolz spielte Gerda ein wenig Fremdenführerin und führte ihn zu Kaiser Franz Josephs Sarkophag, der von den Särgen seiner Frau und seines Sohnes flankiert war.

»Du weißt ja, die Habsburger ... das waren ursprünglich Schweizer, wie du ... Ihr Stammhaus steht im Kanton Aargau. Wusstest du das?«

»So ganz sicher war ich mir nicht mehr, aber irgendwie hängen die ja alle zusammen, die haben Fäden gezogen von Holland bis Spanien, nicht?«

»Haben sie ... allerdings.« Sie konnte nicht verbergen, dass sie beeindruckt war, der wissende Diplomat schöpfte aus dem Vollen. Zudem musste sie bei seiner Antwort wieder an die Teilchen denken und die Wellen, an kommunizierende Pilzfäden und netzwerkende Bäume und all das. Beim Versuch, die drei Särge in eine historische Zusammenschau zu packen, kam ihr auch noch ein Schuss Pathos auf die Zunge.

»Da liegen sie, in Kupfer gegossen, die alten und die neuen Zeiten. Der Bewahrer, die Ausreißerin und der *Republikaner*, der nie Kaiser werden durfte.«

»Ganz schön geschwollen, Frau Lehrerin.«

»Tschuldige, das hab ich von meiner Schweizer Oma, väterlicherseits – die Habsburger waren ihr Steckenpferd, sie hat mich da eingeschult ... Aber ich hör ja schon wieder auf.«

»Nein, nein, mach nur weiter. Ich hab mit Vergangenheit mehr am Hut als mit der Zukunft.«

»Wirklich?«

»Ehrlich.«

»Das beruhigt mich jetzt, sonst käm ich mir ein bissl blöd vor und ... besserwisserisch.«

»Ich bin ganz Ohr«, sagte er.

Sie wurde nicht schlau aus ihm, nahm er sie ernst oder auf den Arm? In der Hoffnung auf Ersteres fuhr sie fort.

»Also die Oma ... hatte vor allem am Kronprinzen einen Narren gefressen ... Das ist der da.«

Sie zeigte auf den Sarg rechts vom Kaiser.

»... und ich muss zugeben, der hat's auch mir ein bissl angetan.«

»Warum er?«

»Weil er g'scheiter war als sein Vater und seiner Zeit voraus und zwischen ihm und der Mutter zerbröselt ist, darum.«

»Soso ... willst mich auf eine Parallele aufmerksam machen?« Er sah sie dabei gar nicht an, sondern grinste nur auf den Sarg des armen Rudolf.

»Überhaupt nicht ... Jedenfalls nicht absichtlich ... Ist es denn so?«

»Ein bisschen Rudolf steckt in jedem Scheidungskind, schätze ich ... Keine Ahnung, ist mir auch scheißegal und die waren ja gar nicht geschieden.« Sie sah ihn wieder im Hauseingang hocken, die Hände im Nacken, die Ellbogen an die Ohren gepresst und war sich in derselben Sekunde nicht mehr sicher, ob sie ihn am gestrigen Abend nicht doch gesehen hatte. Jedenfalls hatte sie für Augenblicke das Gefühl, er könne ihre Gedanken lesen.

Eine lange Minute hörten sie nur dem Flüstern der andern Besucher zu, die meisten von ihnen Ungarn, die Blumensträuße mit rot-weiß-grünen Schleifen vor Sisis Sarg legten.

»Was ist denn? Geht's nicht weiter mit dem Rudolf?«, fragte er plötzlich.

»Verzeih ... ich wollte dir nicht auf die Nerven geh'n oder auf deine Situation anspielen ... Eigentlich wollte ich nur sagen, dass er halt so was wie ein sanfter Rebell war und gleichzeitig Schiss hatte vor seinem Vater ... und ...«

»Und wo das hinführte.«

»Genau. In den Selbstmord nämlich.«

»So einer bin ich nicht, falls du das meinst.«

»Weiß ich ... Ich wollte nur sagen, dass die Weltgeschichte vielleicht anders verlaufen wäre, wenn *er* Kaiser geworden wäre, das ist alles. Vielleicht hätt's keinen Ersten Weltkrieg gegeben und auch keinen Zweiten ...«

»Tja, was wäre, wenn ...«, unterbrach er, ein bisschen müde.

»So viel Scheiße in einem halben Jahrhundert.«

»Ja. Das reicht für die Ewigkeit«. Sie wollte nicht mehr an die Elternsache rühren.

»Weißt du, meine Schweizer Oma ist eine stolze alte Dame – ja, das ist sie und sie mag halt Außenseiter«, das ist der Punkt, »sogar Falotten, weißt du, Hauptsache, sie schwimmen gegen den Strom. Ich glaube, deshalb hat sie ihn Rudolf genannt.«

»Wen?«

»Meinen Papa.«

»Und? Wie hat er's ausgehalten?«

»Was ausgehalten?«

»Das Gegen-den-Strom-Schwimmen. So was konnte eine ziemliche Hypothek sein ... im Krieg.«

»War's auch. Er konnte seinen Mund schwer halten. Als Soldat hat er auch Dinge gesehen, da gefriert dir das Blut. Das meiste hatte er Mama erzählt und einen Teil davon in seinem Tagebuch beschrieben, nicht alles, sagt sie. Vor einer langen Mauer in Athen hat er einmal zwei Dutzend von der Wehrmacht massakrierte Einheimische entdeckt, die wie abgelegte Kleiderfetzen im Staub lagen. Wenn Windböen hineinfuhren, konnte man die Leichen drunter erkennen und die Rinnsale aus Blut und Fäkalien; Frauen, Kinder, viele mit Genickschuss, verstehst du, auch die Kinder. Im September 44 hatte er genug und ist zu den griechischen Partisanen übergelaufen, das war ziemlich mutig, musst du wissen, auf Desertion stand die Todesstrafe.«

»Ja, weiß ich.«

»Jetzt ist er tot und nicht einer vom britischen Militärkommando konnte oder wollte uns sagen, was genau geschehen war bei diesem ... diesem Transport damals, weil auch die Zeugen nicht mehr leben. Sagen sie ...« Eine halbe Minute verging, sie hörten sich beim Atmen zu. Eine ganze halbe Minute lang schwiegen sie.

»Das ist bitter«, sagte er schließlich leise, »den Krieg überlebt und dann ... Das ist bitter ... Jeder hat seine Sterbezimmer im Kopf ... und gefälligst die freie Wahl ...« Die letzten Worte waren gemurmelt, für niemanden bestimmt. Seine linke Hand berührte dabei ihre rechte, sein Zeigefinger strich kurz über den ihren, zuckte aber gleich wieder zurück, als wäre er zu weit gegangen. Die Geste tat ihr gut.

Einen Moment lang stand er still, wie aus der Welt, schluckte leer. Sie sah, wie sich sein Adamsapfel bewegte, er hatte die Augen zu und schwankte ganz leicht vor und zurück, blass war er, vielleicht der Kreislauf, dachte sie, seine Hände umschlossen jetzt fest den Handlauf der schmiedeeisernen Umzäunung, die den Trakt der toten Monarchen schützte. Seine Handknöchel wurden ganz weiß dabei. Gerdas erster Gedanke war, er versenke sich bewusst, aus einem solidarischen Gefühl heraus oder aus Respekt in eine Stimmung, die ihrem Papa galt und ihrer Trauer. Oder er spielte ihr was vor, weil die Aura dieser Totenkammer ihn anmachte. Seltsam war es allemal.

Sie ärgerte sich über ihre Skepsis und traute sich auch nicht zu fragen, was ihm in diesen Minuten durch den Kopf ging.

Sie drehte sich weg von den Särgen, sah ihm eine ganze Weile beim Schwanken zu, ungläubig und hätte zu gerne gewusst, was genau da ablief; Wahrhaftiges oder Schauspiel – sie beide waren inzwischen die einzigen im Raum, alle Ungarn weg. Schließlich zupfte Gerda an seinem Ärmel, hielt ihm die Hand hin, besorgt und ungeduldig, und zog ihn Richtung Ausgang. Er ließ es geschehen, fast achtlos, mit müden Augenlidern und mechanischen Schritten, als hätte er ein Betäubungsmittel geschluckt. Erst als sie wieder auf die Straße traten, ins Tageslicht, und ein dünner Sonnenstrahl durch die Wolken brach, fand er seine gewohnte Haltung wieder und allmählich auch seinen lässigen, leicht schlurfenden Gang, den die schwarzen GIs so gut beherrschten. Sie fassten einander an den Händen, vertraut und entschieden, und wirkten im Weggehen fast wie ein Liebespaar.

*

In den folgenden Wochen schien sich in ihm eine Wandlung zu vollziehen, keine grundlegende, aber doch eine bemerkenswerte. Aber möglicherweise hatte sie sich schon wieder getäuscht und kannte noch lange nicht alle Facetten seines Charakters. *In sich gekehrt* würde ein Psychologe sagen, behutsamer und ernsthafter als zuvor war er geworden und er konnte so befremdliche Dinge sagen wie »Jeder hat seine Sterbezimmer im Kopf und gefälligst die freie Wahl«. Ein Satz, den sie in der Gruft schon nicht verstanden hatte. Sie spürte, das hier war Neuland. Ihre bisherigen Männerbekanntschaften waren ja keine besonderen Leuchten gewesen, emotional unterversorgte Mitschüler, Experimente, um Grundbegriffe zu erlernen und einem verwirrenden Gefühlsstau nachzugeben, von Mama war sie ja nie aufgeklärt worden, woher also sonst das Wissen holen – aber dann gleich so ein unwägbares Kaliber ...

Mutter drängte schon seit Wochen darauf, ihn endlich kennenzulernen, aber Gerda hatte noch nicht den Mut gefunden, ihn der Familie vorzustellen. Es könnten ja Welten zusammenprallen und neue Gräben aufreißen.

Sie hatten sich, jeweils an den Wochenenden, eine Art Kokon eingerichtet, das junge Paar; eine Blase, in der man sich aufeinander einlassen konnte, in der Hoffnung, keine Entzauberung des ersten Schwalls zu erleben. Gerda fühlte sich abgeklärt und erwachsen genug, um zu wissen, dass eine zu stürmische Romanze auch Risiken mit sich bringen konnte. Also gingen sie es langsam an. Behutsam und ernsthaft.

Pieros kurze und etwas merkwürdige Unpässlichkeit in der Kapuzinergruft war bald kein Thema mehr, leichter Blutzuckerabfall, weiter nichts.

Aus Mamas Erfahrungen mit Männern war übrigens kein Ratschlag zu erwarten, denn sie hatte nur einen einzigen gehabt, ihr ganzes Leben lang, und das war Papa. Sex als reines Vergnügen war in ihren Augen Sünde und, wie gesagt, in Duldungsstarre und in Gottes Namen als notwendiges Übel zu ertragen. Der Heilige Geist wäre ihr lieber gewesen, die reinste aller Tauben. Wie auch immer.

*

Weihnachten 1958 rückte näher, Wien war pünktlich in sauberes Weiß gehüllt und Mama hatte kein einziges Rorate versäumt. Selbst als das Thermometer auf minus 20 Grad gefallen war, stiefelte sie durch den knirschenden Schnee, um ihre Pflicht zu erfüllen. Eine nüchterne Konsequenz, die Gerda sehr bewunderte, sie fast neidisch machte. Mag sein, dass Mamas militante Frömmigkeit ihr einmal ewiges Leben bescheren würde – aber Gerda konnte und wollte da nicht mit, zu Mamas Leidwesen.

Um diesen Kummer nicht noch länger zu strapazieren, nahm sie sich schließlich einen festen Termin vor, um ihren *Neuen* endlich vorzustellen. Wobei die Termingebarung kein Leichtes war. Piero war in letzter Zeit immer wieder nach Bern zurückgekehrt, sein Vater führte ein strenges

Regime und hielt ihn durch hartnäckige Anrufe und Aufträge davon ab, in Wien *zu viel Zeit zu vergeuden*. Seit einer Woche war Piero mit seinem Vater unterwegs, ohne ein Lebenszeichen von sich zu geben. Aber er hatte sie ja vorgewarnt, sie würden intensiv reisen, auch Grenzen überqueren, um die neuen *Fälle* unter Dach und Fach zu bringen, von Bern nach München, Meran, Genua, Rom und zurück, wie er angekündigt hatte, viel Arbeit, Verhandlungen, Gelder akquirieren, Botschafter beknien, Beamte bestechen, zahllose Telefonate, was halt so anstehe, wenn man fremden Leuten, die nicht mehr wissen wohin, ein neues Leben organisieren will.

Natürlich berichtete sie auch Mama von Pieros anstehender Agenda im Dienste der Menschlichkeit, um vorzubauen, sie gnädig zu stimmen für das erste Zusammentreffen. Die ehrenwerten Motive, die seiner Arbeit zugrunde lagen, mussten Mutters christliches Gemüt doch freundlich stimmen, war Gerdas Kalkül, und sollte ihm im Gespräch zuweilen ein Dämon auskommen, konnte man auf Nachsicht hoffen.

Drei Tage vor Heiligabend – ein Sonntag bot sich als Termin an, denn Raimund und Roland wären da noch in ihren Heimen und Agnes mit ihrer Nüchternheit und Ruhe ein beruhigender Faktor. Sie hatte Piero zwar ihre Telefonnummer hinterlassen, mit der Vorgabe, nur zu bestimmten Zeiten anzurufen, also in Mamas Abwesenheit (denn würde sie persönlich abheben und ein Gespräch beginnen müssen mit einem gutherzigen Phantom, das ihrer Tochter den Hof machte, könnte sie ins Trudeln geraten). Sogar Mamas Stundenplan hatte sie ihm auf einen Notizzettel gekritzelt, um ihm mehrere Zeitfenster zu bieten. Aber das Warten war vergeblich, kein Anruf, kein Brief, kein Telegramm. Natürlich war anzunehmen, dass sein Vater ein scharfes Tempo vorgeben und ihn beschäftigen würde, um ihn jede Minute auf Trab zu halten – das war zumindest aus Pieros

Vorberichten zu erwarten und damit die schlüssigste Erklärung für die Funkstille. Sehnsucht oder etwas Ähnliches wollte sie sich noch nicht eingestehen. Und Pieros Schweizer Telefonnummer in Gerdas Händen hätte genauso zu peinlichen Situationen führen können, zumal sein Vater es nicht ausstehen konnte, wenn seine Kreise gestört wurden – alles sehr geheimnisvoll und wie bei Bankiers üblich: Diskretion an erster Stelle. Auch in den folgenden Tagen noch immer kein Anruf. Nicht, dass sie sich Sorgen machte, aber eine vorsichtige Enttäuschung hatte sich in ihre Tage gemischt. Es schien doch mehr als eine Affäre zu werden. Sie hatten immerhin ein paar beglückende Momente erlebt, nicht nur im Taxi. Aber welche Anteile Mitleid und Beschützerinstinkt an ihrer Zuneigung hatten, war noch nicht klar.

Ein sanfte Glut hatte sich eingenistet, sonst hätte sie sich nicht auf den Weg gemacht, so weit kannte sie sich. Zu Fuß nämlich, auf den weiten Weg in die Babenbergerstraße. Das schnelle Gehen machte die verrinnende Zeit erträglicher und irgendwo da vorne funkelte etwas, das sie antrieb.

Es war müßig, alles dauernd durchzukauen, aber was sie gerade im Begriff war zu tun, musste einen Grund haben, und sie ließ ihn zu.

Und dann, als sie von der Museumstraße in die Babenberger einbiegen wollte, stockte ihr der Atem. Über die Fassaden der Häuser jagten blaue Lichtsplitter, in einem steten Rhythmus. Sie blieb stehen und hätte fast einen alten Mann zu Fall gebracht, der ihr in den Rücken gelaufen war. Zwei Polizeifahrzeuge mit rotierendem Blaulicht vor der Nummer 5 eingeparkt. Ein grauer VW-Käfer-Streifenwagen und ein Kleinbus, der aussah wie eine grüne Minna. Mehrere Männer in Uniform standen im Halbkreis vor dem Eingang, als wollten sie einen Tatort gegen alle Richtungen hin absichern. Gerda näherte sich von der anderen Straßenseite, um vielleicht ein paar Sätze aufzufangen. Einer der Uniformierten stand vor der Eingangstür und schlug sich mit der

Gegensprechanlage herum, wieder die quietschenden Rückkopplungen und zwischendurch eine Frauenstimme. Frau Schwartz – war sich Gerda sicher. Ein zweiter Beamter war offenbar schon in der Wohnung, rief unverständliche Kommandos aus dem Fenster im zweiten Stock. Einige Zuschauer hatten sich eingefunden, zufällige Passanten wahrscheinlich. Sie standen in kleinen Grüppchen, mit Respektabstand zur Polizei, und flüsterten miteinander. Man konnte sich ja irgendwas zusammenreimen.

Das Wort *Verhaftung* war gefallen und auch *Razzia*. Alles mit Fragezeichen.

Gerda platzierte sich hinter einem der Zuschauergrüppchen, das am nächsten zum Polizeikordon stand. In der ersten Verwirrung war es schwer, sich ein halbwegs logisches Bild zu machen. Auf den zweiten Blick schienen zwei Möglichkeiten plausibel: Unfall oder Verbrechen. Sollte es sich um einen Unfall handeln, was hätte dann ein Mannschaftswagen hier zu suchen, der wirklich aussah wie ein Arrestantenfahrzeug. Da müsste doch ein Streifenwagen zur Abwicklung genügen. Und falls ein Unfall, wer war involviert? Pieros Mutter wohl nicht, ihre Ansagen über die Sprechanlage klangen quicklebendig. Der Dialog zwischen ihr und dem offensichtlichen Leiter der Aktion war durch die technischen Probleme der Anlage nur bruchstückhaft zu vernehmen, aber doch erhellend genug für Gerda, um sich auszumalen, was hier ablief.

Auf eine Frage des Polizisten, die Gerda nicht verstehen konnte, weil er mit dem Rücken zur Straße ins Mikrofon murmelte, kam eine Antwort, die Rückschlüsse zuließ:

»Nein«, sagte die feste Stimme der Frau Schwartz, »ich sagte es doch schon«, dann noch eine Murmelei des Polizisten und etwas lauter und klar verständlich sie:

»Nein, und nochmals nein – und wenn ich's wüsste, Herr Inspektor ... ich würde es Ihnen sagen, glauben Sie mir.«

Dann setzte sie noch nach: »Übrigens, auch in meinem eigenen Interesse würde ich das.« Was auf doch nicht gänzlich gekappte Familienbande schließen ließ. In diesem Moment tauchte noch ein dritter Wagen auf, ein unscheinbarer Ford Taunus mit Wiener Kennzeichen, dem zwei Herren in Zivil entstiegen, um gleich mit dem Chef dieser Veranstaltung ein konspiratives Getuschel zu beginnen. Der eine sprach Englisch, britischer Akzent, der andere steuerte nur kurze Kommentare bei, mit dem kehligen Zungenschlag der Araber. Gerda konnte nur flach atmen – das hier war keine Filmszene.

»Wenn ich's wüsste, Herr Inspektor, ich würde es Ihnen sagen, glauben Sie mir.«

Wenn sie *was* wüsste? Wo *er* ist natürlich – was sonst.

Ein Polizeiaufgebot fahndete also nach einem Verschollenen, der ihr Geliebter war. Oder nach dessen Vater, oder nach beiden. Was zum Teufel lief da? Hätte sie einen der Ermittler gefragt, ob vielleicht ein gewisser Piero Burkhardt Anlass dieser Aktion sei, sie wäre selbst verdächtigt und womöglich verhaftet worden. Also Mund halten. Die beiden Herren in Zivil hatten sich nach einem gehetzten Wortwechsel wieder zurückgezogen in ihr Auto, wo sie sich wild gestikulierend anschnauzten, um dann mit quietschenden Reifen davonzurasen. Gerda stand inzwischen abseits der Szene, die sich allmählich aufzulösen begann. Ein Fehlschlag also. Die involvierten Beamten waren jedenfalls sehr ungehalten und fuhren unerledigter Dinge von dannen. Auch die Gaffer hatten sich bald verzogen und Gerda saß frierend, die Arme um sich geschlungen, auf einem Steinmäuerchen vis-à-vis des Eingangs 5 und sah hinauf zum Fenster, aus dem Pieros Mutter Kleidungsstücke und Zerbrechliches geworfen hatte. Noch waren Gerdas Mitleid und andere Gefühle stärker als ihr Misstrauen. So sehr sie das alles bestürzte, genoss sie gleichzeitig, ein kleines Randgeschehen in einem ungelösten Fall zu sein. *Nicht erwischt,*

Piero! Sie, die Komplizin. Irgendwie hatte sie das Zeitgefühl verloren, als hätte das Leben sie vor die Tür gesetzt. Warum war sie eigentlich hier? Und genau zur rechten Zeit, als führte jemand Regie. Zufall wahrscheinlich. Telepathie? Was wäre in diesem Fall seine Information gewesen? *Sieh dir die Kerle an, sind hinter mir (uns) her ... Dabei bin ich unschuldig.*

Ursache und Wirkung waren ein Paar, dem sie grundsätzlich vertraute. Warum sind denn im Krieg die Ehefrauen von Kampfpiloten nachts aufgeschreckt, in der Sekunde des Todes ihrer abstürzenden Männer? Da war nicht jeder Fall Einbildung einer Trauernden. Was ging vor zwischen Himmel und Erde? Energien, Wellen, Seelenschreie über die Kontinente hin, die Teilchenpfade – schon wieder? Seit sie halbwegs klar denken konnte, hatte sie sich an die Vernunft gehalten, im Gegensatz zur Mutter, an Hausverstand, Logik, die Empiristen, die Positivisten, den Physiklehrer, das Messbare, Tatsächliche und sich ferngehalten von Hirngespinsten und metaphysischen Spielchen. Bis auf die Kerzen, die sie anzündete, wenn Mama krank oder alleine unterwegs war. Das ja schon.

Was hatte sie also hierher getrieben, in diese Straße, in diesem Moment – die Neugier? Er war doch in Bern, oder schon in München. Die Sehnsucht? Oder zumindest eine Ahnung davon. Und dann wieder die Frage: Ist er wirklich mit seinem Vater auf Reisen?

Nein, mit Esoterik hatte sie nichts am Hut. Dann eher mit den Wellen der Physik, aber die schloss ja derlei Zufälliges auch nicht aus. Gewürfelt oder nicht gewürfelt – wenn wir jemanden lieben oder uns sorgen um ihn, zieht es uns in seine Nähe, sagte sie sich, zu seinen Spuren, dorthin, wo sein Körper war, und wenn er nicht mehr da ist, an die Orte und Dinge, die er belebt und berührt hatte. Wir stehen an Gräbern, streicheln Grabsteine, küssen vergilbte Fotos, stecken unsere Nasen in Kleiderkästen und Kopfkissen.

Also. Da bin ich nun. Und zwar Pieros wegen. Ist ihm etwas zugestoßen? Hat mein Hirn ein Signal empfangen wie die Frauen der Kampfpiloten?

Gerda stand auf und ging los, eiligen Schritts, *holst dir noch eine Blasenentzündung* – die Mauer war einfach arschkalt, hätte Piero gesagt, zu kalt zum Nachdenken. Sie machte sich den langen Weg zur Pflicht und marschierte hundert Minuten durch, ohne Stopp. Dabei zogen ihr Erinnerungen durch den Kopf, die sie mit Mutter versöhnen wollten; eine Automatik, die immer dann einsetzte, wenn die Haltegriffe ausblieben und sie alleine balancieren musste, dann wuchs ihr Respekt vor der zärtlichen Verlässlichkeit ihrer Mutter, die auch dann noch wirkte, wenn sie nur dasaß und strickte, ein Kirchenlied summend, und zwischendurch ihre Hand ausstreckte, um Gerdas Stirn nach Fieber zu befühlen. Dass dies keine Selbstverständlichkeit war, hatte sie erst später begriffen. Sie hätte ihr gerne vom heutigen Abend erzählt.

Schon wieder ein Geheimnis, das auch eines bleiben musste, also umso schwerer wog. Geheimnisse zu bewahren, kann anstrengend sein. Der 21. Dezember rückte näher und noch kein Anruf von Piero. Immer wieder ertappte sie sich, wie sie ein ums andere Mal in den Gang hinaustrat, ins Leere schaute oder ums Telefon schlich, um mit dem Bleistift Muster auf den Notizblock zu kritzeln in Hoffnung und Angst vor dem brüllenden Ton, der endlich Klarheit bringen würde.

Was sollte sie sagen, wenn er anriefe, sie war aufgelöst und noch unsicherer als in den Tagen, da er sich auf die Reise gemacht hatte. Würde er tatsächlich die Wahrheit erzählen, oder würde sie ihn beim Lügen ertappen, wären alle Karten neu gemischt oder überhaupt schon vom Tisch? Natürlich müsste sie die Ahnungslose spielen und zwar so geschickt, dass er auch zwischen ihren Worten nicht lesen konnte. Der Kerl war hell genug, auch nur die kleinste Nuance einer Verstellung zu bemerken.

»Was ist denn mit dir? Gefällst mir gar nicht in letzter Zeit.« Mutter stand hinter ihr, mit angekratzter Stimme, weniger besorgt als neugierig. »Worauf wartest du denn?«, setzte sie nach.

»Weißt du doch.«

Mutter, eben von einem Nickerchen erwacht, tätschelte ihr tröstend die Schulter, als hätte sie Gerdas Qualen über die letzten Tage mitgetragen.

»Hab dich in letzter Zeit genauer beobachtet, Kind, da fällt einem einiges ein.«

»Grade eben hast du noch geschnarcht, Mama, hat nicht wie ein Gedicht geklungen.«

»Kannst es ruhig zugeben.«

»Was denn?«

»Du bist doch verliebt, Mädel, eine Mutter spürt so was und noch mehr.«

Dieser Ton kam Gerda gar nicht ungelegen, sie fühlte sich aufgehoben in der warmen Autorität dieser Frau, die ihr immer ein Gefühl umfassender persönlicher Sicherheit vermittelt hatte, mehr noch nach Papas Tod, sie fühlte sich jedenfalls nicht mehr so allein mit ihrem Durcheinander, hätte sich auch gerne umarmen lassen in diesem Moment und vielleicht gleich losgeheult, wenn es geschehen wäre. Aber sie wollte jetzt stark sein, eine Art Auftritt lag vor ihr, da musste sie alleine durch.

Zwei träge Tage später, 11 Uhr 30, Gerda hatte die ersten zwei Unterrichtsstunden hinter sich und war wieder zu Hause, hatte also noch eine Stunde, bevor sie in die Buchhandlung an der Fischerstiege musste. Mama war noch im Dienst bis halb eins, als das drängende Plärren im Gang loslegte und von den Wänden widerhallte. Gerda musste sich ans Telefontischchen setzen, um erst ihren Kreislauf zu beruhigen. Nach dem vierten Klingeln hob sie endlich ab.

»Hallo? Bei Fässler.«

»Gerda?«

»Piero?«

»Ja.«

Beider Atem ging zu schnell und beide hatten ihre Gründe.

»Geht's dir gut?«, er keuchte, als hätte er einen Hundertmeterlauf hinter sich.

»Alles gut. Ich bin allein, du kannst reden.«

»Viel Zeit hab ich nicht, mein Vater ...«, er unterbrach sich kurz, hustete, im Hintergrund hörte man Verkehrslärm, hupende Autos, eine klingelnde Tram.

»Ich bin in einer Telefonkabine, mein Vater ist kurz in ... eine Apotheke ... Insulin holen, er ist Diabetiker, weißt du und äh ... wir sind ab morgen wieder ein paar Tage in Wien ... Was ist mit 13 Uhr vor dem Ambassador ... nicht drinnen, nicht drin ... *vor* dem Hotel! *DAVOR!*«

Sehr gehetzt alles, sein Vater konnte ja jeden Moment dazwischenfahren und Pieros außertourliches Telefonieren schien ganz und gar nicht in dessen Sinn zu sein – das strenge Regime.

»Ich werde da sein«, sagte Gerda schnell, »ich freu mich.«

Bei ihrem zweiten Satz hatte er schon aufgelegt. Sie legte den Hörer unsicher auf die Gabel. Gut, das Wichtigste war geklärt. Er ist gesund, kann sich frei bewegen, bis auf die Einschränkungen, die ihm sein eigener Vater auferlegt hatte. Morgen würde sie mehr wissen.

Um Punkt eins stand sie vor dem Schaufenster mit den kessen Holz- und Porzellandamen in Chanel-Kostümen, in denen sich der Hoteleingang spiegelte.

Durch die Glastüre sah sie ihn pünktlich durch die Lobby rennen, diesmal mit Hut, und als er ins Freie trat, gab es kein langes Suchen, er hatte sie sofort im Blick. Er schob seinen Borsalino tiefer in die Stirn. Seine Kopfbewegung Richtung Stephansdom reichte zur Orientierung. Sie ging los. Er mischte sich in eine Fußgängergruppe auf der Kärntner Straße, drehte sich alle paar Schritte nach dem Hotel um, ob sich wohl ein Vorhang in einem der Fenster rührte. Der Vater war die drohende Konstante in seinem Nacken.

Er steuerte direkt auf den Haupteingang des Doms zu. Sie fischte ihn aus dem Pulk und zog ihn in eine der Nischen neben dem Portal, an dem sich Menschen stauten. Sie umarmten sich, hielten sich fest, als wollten sie einander entschädigen, einer den andern; fiebrig, erlöst, den unverwüstlichen Sandstein des Doms im Kreuz. Partners in Crime.

In solche Mauern wurden schon heilige Eide geschworen und anarchische Codes geritzt und man sah den beiden an, dass sie an keine Hölle glauben wollten, an keinen der steinernen Teufel, die über ihnen aus dem Gemäuer grinsten. Sie begannen zu lachen, lauthals. Hielten sich fest im Arm. Und dann – als ahnten sie, dass es flüchtig sein musste, lachten sie weiter. Das konnte Gerda gut. Bis zu den Tränen gab's kein Halten mehr.

Dann begann er zu erzählen, von sich aus. Sie wollte sein Mitteilungsbedürfnis nicht bremsen und stellte keine Fragen, nahm sich vor, sich ahnungslos zu stellen. Ein leichter Schneefall hatte eingesetzt, das Gleichmaß der niedersinkenden Flocken schien seine Redseligkeit zu beflügeln und die Schneeräumung gab sich zögerlich, als wollte sie der Stadt den makellosen Pulversaum gönnen, diese kleine Weile, bevor sich wieder die dreckigen Schneewälle türmten. Das Glitzerweiß gab Wien einen Anstrich von Sauberkeit, der im aperen Zustand fehlte.

Sie gingen zügig im Gleichschritt, die Arme ineinandergehakt, den Graben entlang, dann nach Osten hin über den Hohen Markt und hinunter in *ihr Refugium*, zum Franz-Josefs-Kai. Der träge gleitende Donaukanal würde ihn verlässlich in seiner Erzählspur halten, dachte sie, und so war's dann auch.

Was er berichtete, klang tatsächlich nachvollziehbar und schlüssig bis ins Detail. Er sprach von mehreren *Fällen*, die zu erledigen gewesen wären, dass aber schon beim ersten Endstation war, was zudem zu ziemlichen Komplikationen geführt und alle andern Fälle obsolet gemacht hatte. Ein Maschinenbauingenieur aus Omsk hatte sich für eine Überfahrt nach Südamerika angemeldet, angeblich Jude, hoch gebildet, polyglott, überzeugende Papiere, astreine Affidavits et cetera, so weit alles korrekt. Er hatte den notwendigen Papierkram und die Beamtengänge schon hinter sich. Vater hatte also in Bern gute Vorarbeit geleistet, trotz gewisser Zweifel, was die Authentizität dieses *Mongolen*, wie er ihn nannte, betraf. Es schien alles perfekt. Zu perfekt.

Im Hotel Bayerischer Hof in München hatten sie ihn zum zweiten Mal getroffen, um ein paar Reiseformalitäten für die Zugfahrt nach Genua und die dortige Einschiffung zu besprechen. Der *Mongole*, ein gewisser Sergej Petrow – an dieser Stelle holte Piero kurz aus, um ins Detail zu gehen:

»Namen und zwar wirkliche oder Aliasnamen sind bei uns Schall und Rauch, musst du wissen, denn wenn einer das Glück hatte, eine auf falschen Namen ausgestellte Einreisegenehmigung nach Südamerika zu ergattern, kann er über das Rote Kreuz bei uns in Bern ein entsprechendes Reisedokument bekommen, verstehst du – das ist Usus.«

»Als Ersatz für den Reisepass, versteh ich das richtig?«, fragte sie. Er nickte.

»So einfach geht das?«

»Sicher, wenn man einen Zeugen mit amtlichem Lichtbildausweis vorweisen kann, der deine Identität bescheinigt.«

Es war nicht nur die Kälte, die sie zittern machte, sie fühlte sich wie in einer Zwischenwelt, in der sie nichts verloren hatte.

»... und schon bist du ein neuer Mensch?«

»Genau«, sagte er. »Normalerweise war das für Flüchtlinge gedacht, die ihre Pässe verloren haben.«

»Also der Petrow könnte in Wirklichkeit auch anders heißen?«

»So ist es und so war's dann auch«, sagte er. »Dieser Idiot hat uns reichlich Geld und Reputation gekostet.«

Der Ärger der letzten Tage stieg wieder hoch in ihm. Das Problem seien die überlasteten Büros der Flüchtlingsorganisationen, in denen Tausende Anträge gleichzeitig abgefertigt werden mussten, also sei es leicht möglich, vorausgesetzt, man hatte genügend Bestechungsgelder im Koffer, auf Schleichwegen zu Dokumenten jeder Art zu kommen.

Trotzdem passiere es eher selten, dass sie so *verarscht* werden wie in diesem Fall, erzählte er und vergaß dabei im Zorn die Etikette, sein Vater sei nämlich, was derlei Machenschaften anbelangt, *ausgebufft* genug, um sich nicht aufs Kreuz legen zu lassen. Aber dieser Halunke habe vermeintlich saubere Papiere auf den Tisch gelegt. Sauber und gestempelt. Einreisegenehmigung nach Argentinien bzw. Paraguay, den Rot-Kreuz-Pass, Visum, Identitätsbescheinigung. Was noch fehlte, war eine Untersuchung durch einen von der *Delegacion Argentina de Immigracion en Europa* gestellten Arzt in Genua. Dann aufs Schiff und ab nach Buenos Aires. Aber so weit sei es eben nicht gekommen.

Dieser Sergej »*wie auch immer*« schien Piero und seinen Vater in mehrerlei Hinsicht beeindruckt zu haben, zu sehr sogar – Französisch, Englisch, Italienisch fließend, Russisch sowieso, dazu ein paar Brocken Deutsch, frappierend aber vor allem seine spezifischen Kenntnisse. Ein ausgebildeter Nachrichtentechniker, der mit Sendeanlagen und Verschlüsselungscodes vertraut war. Am Vorabend an der Hotelbar des Bayerischen Hofs waren es ein paar erhellende Wodkas zu viel, die den Guten zum Plaudern verführt hatten.

Pieros Vater habe da endgültig Verdacht geschöpft, sagte er, habe aber auf weitere Recherchen verzichtet, da sein Honorar schon überwiesen worden war.

Um zwei Uhr früh (!) dann ein Anruf vom amerikanischen Konsulat in Zürich und ein Telegramm der Briten mit der Meldung, dass dieser russische Klient nicht nur bei Interpol zur Fahndung ausgeschrieben sei. Sein wirklicher Name sei Sergej Smirnow, er sei weder Jude, noch aus Omsk, sondern ein Burjate aus Krasnojarsk, der einiges auf dem Kerbholz habe – Sabotageakte in zwei europäischen Häfen, Waffenschmuggel, Dokumentenfälschung et cetera. Die kurze Botschaft lautete: *Finger weg von diesem Schnüffler* – der habe sich erst so richtig verdächtig gemacht, nachdem er begonnen hatte, sich bei den alliierten Geheimdiensten als Antikommunist zu gerieren und seine *Kompetenzen* in der Bekämpfung des Kommunismus anzubieten. Die Optik jedenfalls war für Vater und Sohn fatal – sie waren tatsächlich im Begriff, einen Kriminellen, der für die Bolschewiken spionierte, nach Südamerika zu schleusen, und damit selbst schon im Visier der Fahnder. Sie hätten sich dann, logischerweise noch in der Nacht, aus dem Staub gemacht, um *die Dinge* zu klären. Zum Glück mit Vaters Dienstauto, also flexibel genug, um noch rechtzeitig in die Schweiz zu gelangen. Gerda musste an die *Razzia* in der Babenbergerstraße denken, die offenbar zur selben Zeit stattgefunden hatte und ahnte schon, dass sich alles, was er erzählte, logisch zusammenfügen würde. Die Gleichzeitigkeit der Ereignisse vor ihrem inneren Auge – beruhigend und zweifelhaft zugleich. Sie war Pieros Geschichte bis hierher atemlos gefolgt und fühlte sich wie im falschen Film. Einerseits war sie beängstigend fasziniert von den Milieus, in denen er sich herumtrieb, ohne dabei seinen sozialen Anspruch zu verlieren, und andererseits machte sie sich Sorgen, welche der Methoden, die er schon von seinem Vater gelernt hatte, er selbst anzuwenden imstande war. Was sie sich dabei ausmalte, waren unschöne Spionagethriller – sämtliche mit bösem Ausgang.

Apropos – Pieros Erzählung war noch nicht zu Ende. Es ging also im Eiltempo Richtung Lindau, problemlos über die Grenze nach Vorarlberg und weiter nach Feldkirch zum Grenzübergang nach Liechtenstein. Hier war plötzlich Ende der Reise, kein Durchwinken mehr, Grenzbalken runter. Exakt um vier Uhr dreißig in der Früh wurden sie von einer Blaulichtgarbe empfangen. Wien und Bern hatten einander bereits verständigt. Gerdas Herz klopfte, als wäre sie dabei gewesen, war sie ja auch irgendwie, nur virtuell versetzt. Ein Teilchen in Wien, eins an der Grenze zum Fürstentum Liechtenstein.

Verhandlungen, Zurechtweisungen, Beleidigungen, Vorwürfe, Drohungen, Telefonate und schließlich Aufklärung und Rettung – so seltsam es klingen mag – durch den Vatikan. Und das kam so: René Burkhardt war ein sehr beflissener Mann, fast pingelig, ein Erbsenzähler in Pieros Augen, dem Genauigkeit und militante Disziplin wichtiger waren als *verwaschene Gesetze und hemmende Vorschriften* – paradox genug, Disziplin und Genauigkeit gerade bei Gesetzen auszublenden. Jedenfalls hatte er sämtliche Korrespondenzen, Briefe, Telefonprotokolle, Gesprächsabschriften und Telegramme, die im Rahmen seiner Arbeit anfielen, fein säuberlich stets in seiner Aktentasche und griffbereit. Darunter auch Telefonprotokolle mit dem Emissär eines österreichischen Bischofs in Rom und den Briefwechsel mit einem gewissen Kardinal Caggiano (samt Briefkopf des Vatikans), der schon einmal schriftlich die Identität dieses Russen angezweifelt hatte. Diese beiden Geistlichen zählten traditionellerweise zu einer Gruppe williger Wegbereiter für Fluchtwege nach Übersee, waren also immer wieder in Kontakt mit den Burkhardts.

Ein Telefonat mit dem Sekretär des Kardinals, um exakt acht Uhr früh, bestätigte schließlich René Burkhardts Version der Abläufe – dass man hier leider einem üblen Schurken aufgesessen sei und selbstverständlich bereit wäre, den Fahndern sämtliche Reisedaten und sonstige Informationen zur Verfügung zu stellen, um diesen Mistkerl zur Strecke zu bringen, bevor er ein rettendes Schiff bestiege.

»Damit war die Sache vom Tisch«, sagte Piero und blies pausbackig seinen Atem in den Kanal hinunter, dabei ließ er die Krempe des Borsalino zizerlweise durch seine Finger gleiten.

»Ich hatte also kaum Gelegenheit, dich zu erreichen, wie du siehst.« Sie wollte ihm glauben. Nein, sie glaubte ihm. Was hier ablief, war kein Kinderkram, da ging es hart zur Sache.

Hier sprangen Menschen über die Klinge, Gute und Böse, Exilanten, Verbannte, Vertriebene, Pioniere, Entwurzelte, Abenteurer, aber auch Kriminelle – alles mit unsicherem Ausgang. Ein überfüllter Umschlagplatz für Existenzen, in deren Leben er eingreifen, dessen Fortgang er mitentscheiden konnte, eigentlich eine Arbeit, um die sie ihn beneidete – hier konnte jemand, wenn er guten Willens war, als Retter an den Schrauben fremder Biografien drehen, und ja, gut bezahlt, auch das. Einen kleinen Restverdacht aber, ganz hinten in ihrer skeptischen Ecke, wurde sie nicht los.

Die Tatsache, dass er alles so perfekt, so detailversessen, in einem Schwung als stimmige Geschichte verpackt hatte, könnte auch einem klugen Plan entsprungen sein, um sie zu beruhigen und nicht mal einen Funken eines Verdachts aufkommen zu lassen, er könnte an illegalen Aktionen beteiligt sein. Wie viel von seinem Vater war in ihm, wie viel von seiner Mutter? Je mehr sie von ihm erfuhr, desto größer das Rätsel.

Eine Weile lang blickten sie gemeinsam in die ruhige Strömung.

»Und dein Vater ... der ist doch sehr dominant, nicht?«

»Kann ich nicht bestreiten«, sagte er mit einem verständigen Lächeln, als hätte er die Frage schon lange erwartet.

»Dominanz ist das eine ... aber manchmal hab ich das Gefühl, er kommandiert dich herum wie einen Schuljungen.«

»Kann ich auch nicht bestreiten ... aber ...«

»Eben. Das verträgt sich rein gar nicht mit deinem Temperament, wie ich dich kenne ... ich meine, du bist doch dreißig, kannst ihm längst Paroli bieten.«

»Ja, kann ich, aber laute Streitereien versuche ich inzwischen zu vermeiden, weißt du, er ist schon zweimal kollabiert bei solchen Disputen. Zuckerschock. Wenn er sich zu sehr aufregt, greift er gleich mal ins Leere. Das möchte ich nicht noch mal herausfordern.«

»Oh ... Verstehe. Das tut mir leid.«

»Konntest du ja nicht wissen.« Dann verstummte er wieder. Das konnte er gut, Tür auf, Tür zu und weg, mit einem Schritt auf seine Insel. Die Auszeit konnte dann dauern, aber Gerda hatte schnell gelernt, diese Abmeldung zu respektieren, zumal sie das Gefühl hatte, darin eine Form von psychischer Störung zu erkennen, zu deren Repertoire auch die aus dem Nichts kommenden aggressiveren Töne passten, als er den G.-W.-Pabst-Film in der Luft zerrissen hatte. Reflexe, die sie ans Tourettesyndrom erinnerten.

In letzter Zeit hatte die plötzliche Dichte der Ereignisse auch in Gerda Gefühle aufkommen lassen, die ein Umdenken verlangten. Wenn sie den abenteuerlichen Lauf seines Lebens Revue passieren ließ, kam ihr das eigene so plump und brav vor, dass sie in Hinkunft mehr auf ihren Zorn hören wollte, der durch die Zähne summte: *Jetzt trau dich endlich was! Das ganz andere nämlich!* Sie fürchtete, das Leben könnte ein einziges langes Warten werden, wenn sie jetzt nicht zugriff, da die Trauben so nah hingen. *In deinem Alter werden die Weichen gestellt. Warst lange genug das Musterkind, die gute Tochter, demütig, gehorsam, beflissen an Mamas Seite, ver-*

unsichert, fröhlich und unentschlossen. Die ganze Kindheit hindurch ein Lamm, das nie von »schlimmen« Sachen zu träumen wagte. Jetzt war sie aufgewacht oder eher geweckt worden durch diesen unberechenbaren Vagabunden, der eine Tür aufgerissen hatte, die das ganz andere offenbarte, jenseits der ausgewalzten Pfade, hinter der vielleicht ein Leben lag, das sie wach und lebendig machen könnte – Heimlichkeiten, das Prickeln des (fast) Illegalen, ein Gefühl von Selbstständigkeit, Bedeutsamkeit, ohne den Kindskopf zu verlieren, Wagnis und Abenteuer noch und noch. *Sich nie gängeln lassen*, hatte ihr schon Papa ins Ohr geflüstert. Das immerhin war eine Erkenntnis, die sie aus den Konflikten ihrer Kindheit ziehen konnte. Trotz der Zwangsjacke, in die Pieros Vater ihn geschnürt hatte, ließ er sich nie unterkriegen. Ist so ein Leben erstrebenswert? Einen Versuch könnte es wert sein, entschied sie, ich bin jung, neugierig und weiß mich zu wehren ...

Inzwischen war mit dem Ostwind eine beklemmende Winterdämmerung in die Stadt gezogen. Aschgraue Wolkenkämpfe über den Dächern. Bevor es dunkel wurde, stellte sie die Frage und bekam eine klare Antwort.

Der 21. Dezember käme ihm grade recht, sagte er am Ende der Schweigeminuten, sie habe recht, man müsse jetzt die nächsten Schritte tun.

VII.

Die selten benützten Schubladen in Großmas alter Kommode wurden geöffnet und schließlich sogar die vornehmen, mit purpurnem Samt ausgeschlagenen Besteckkassetten, in denen das schwere Familiensilber ruhte. Der Bedeutung des Abends angemessen – ein neues Mitglied wurde möglicherweise in den Schoß der Familie aufgenommen – wurde nur vom Feinsten aufgetischt. Inklusive einer vollständigen Garnitur Meissener Porzellans, Alter und Qualität gekennzeichnet durch die überkreuzten Schwerter des kursächsischen Wappens in kobaltblauer Unterglasur, Großmas Prunkstück, das sie üblicherweise nur zu Heiligabend aus der Hand geben wollte. Sie selbst war seit Tagen *unpässlich*, ein Ausdruck, den sie eigentlich immer vorschob, wenn sich fremde Menschen ankündigten. Das war so, seit ihr geliebter Mann gestorben war, und das würde wohl immer so bleiben. Diesmal hatte sie aber tatsächlich eine hartnäckige Verkühlung ans Bett gefesselt, sodass man nur zu viert am Tisch saß, der eigentlich für sechs konzipiert war. Mutter und Agnes auf der einen Seite, Gerda und Piero gegenüber.

Mutter hatte (im Gedenken an Papa) als Vorspeise eine Vorarlberger Gerstensuppe aufgetragen, verfeinert mit fein gehackten Speckwürfeln, Karotten und Selleriewurzeln, genau nach Papas Gusto, ein Gericht, das auch einem Schweizer Gaumen zuträglich sein sollte. Piero langte jedenfalls kräftig zu – er hatte sich übrigens extra in Schale geworfen, taillierter schwarzer Zweireiher, dazu eine Fliege in antikschwarzer Seide. Nicht dass Mutter gleich in Ohnmacht gefallen wäre, aber diese urbane Eleganz hatte doch ihre Wirkung, zumal er gleich, nebst der köstlichen Suppe, auch das kostbare Gedeck in höchsten Tönen lobte und in kurzen Zügen und kenntnisreich durch die Geschichte des Porzellans streifte, wobei er einen Bogen über die chinesischen, japanischen und sächsischen Variationen des weißen Goldes spannte. Die Strähne übers linke Auge hatte er nach hinten gekämmt, zeigte die hohe Stirn, um seriöser zu wirken.

Gerda musste einerseits einen Lachkrampf unterdrücken ob seiner Bemühungen und war andererseits überrascht von seinen spezifischen Kenntnissen, die er locker in die Runde warf. Wobei zumindest an diesem Abend nicht zu klären war, ob das alles historisch korrekt oder einfach nur erstunken und erlogen war. Gerda traute ihm beides zu. Wichtiger aber: Mutter schien fasziniert von seiner Art, die tatsächlich nicht alltäglich war, so wie sein Beruf nicht alltäglich war. Sie beobachtete, sobald er sich den beiden Schwestern zuwandte, seine Hände, die manikürten Fingernägel, die Art wie er das Besteck hielt, seine gewandten Gesten (wie diese Zauberer, die aus einem Seidentuch lebende Tauben fingern), seinen routinierten Griff zur Fliege, um ihren Sitz zu korrigieren, während er scheinbar nach Worten suchte und ja, sie schien aufgewühlt von dieser Begegnung der anderen Art und sah ihn mit diesem »*Sie können mir gerne Ihre Sorgen beichten*«-Blick an.

»Dann wissen Sie also Qualität zu schätzen, das ...«, Mutter musste sich nach dem langen Zuhören räuspern, um einer leichten Heiserkeit Herr zu werden, »... das freut mich sehr.«

»In jeder Hinsicht, gnädige Frau.« Die Schmeichelzunge persönlich, dabei fiel sein Lächeln auf Gerda. Die legte ihre Hand auf seinen Arm, drückte ihn kurz, um ihn einzubremsen, denn sie wollte nicht, dass der Abend zur zivilisierten Fassade verkam.

»Es muss ein gutes Gefühl sein, einem verzweifelten Menschen eine neue Perspektive zu geben. Ich meine, wenn Ihr Tagewerk erledigt ist, müssen Sie doch immer eine positive Bilanz ziehen, nicht?«, sagte Mutter, ihre Stimme hatte sich wieder gefestigt.

»Fast immer, aber Sie haben recht, es ist ein gutes Gefühl. Ab und an sind allerdings auch Taugenichtse dabei, die unserer Hilfe nicht wert sind. Das kann frustrierend sein, wenn man sich ins Zeug gelegt hat, um jemandem auf die Beine zu helfen, und am Ende merkt, man ist einem Kriminellen aufgesessen.«

»Braucht sicher einiges an Menschenkenntnis, nicht?«, fragte Agnes, sie hatte Gerda zwischendurch beeindruckte

Blicke zugeworfen, um ihren guten Geschmack zu bestätigen.

»Ja, kann nicht schaden, ein bisschen herumgekommen zu sein in der Welt, und doch ist man nie gefeit vor Gaunern. Die Schuld steht nicht jedem ins Gesicht geschrieben, jeder könnte ein Heiliger sein oder ein Massenmörder. Diese Zeiten bieten alles. Es gibt auch blendende Schauspieler, müssen Sie wissen ... Da kann einem durchaus ein Großkotz unterkommen, den man zurechtstutzen muss.«

»Zurechtstutzen? Handgreiflich, meinen Sie?«, Agnes ließ nicht locker.

»Auch das. Durchaus. Was machen Sie mit einem, der sich wie ein Agent aufführt, aber in Wahrheit ein Hausierer ist, der einen Anzug samt Papieren geklaut hat? Wir bekommen es auch mit gespenstischen Gestalten zu tun, die nicht mehr vor und zurück wissen, weil sie auf einer Rasierklinge leben und deshalb aggressiv werden, was ihnen nicht zu verdenken ist.«

»Und dann werden auch Sie aggressiv?«

»Oh ja, weil mir mein Leben lieb ist ... Da sind auch Verzweifelte dabei. Würden Sie die andere Wange hinhalten, wenn Ihnen einer mit dem Messer kommt?«

Er sah dabei auch Mutter an, in deren religiösen Kodex er eingeweiht war.

»Nein, würde ich nicht«, sagte Agnes, »natürlich nicht.«

»Wer sich nicht an die Regeln hält, der fliegt aus dem System«, sagte er ganz nüchtern. »Das hat Jesus nicht anders gemacht, als er die Geldwechsler aus dem Tempel jagte. Sogar mit der Peitsche, wenn ich mich recht erinnere ... an die ... Bibelstelle ...«

»Wobei ein Gebetshaus und eine Fluchthilfeorganisation als Vergleich doch etwas hinkt, finden Sie nicht?«, warf Mutter vorsichtig ein, sie fühlte sich persönlich angesprochen.

»Sie haben natürlich recht, Frau Fässler«, sagte er, »denn das eine ist ein Platz, der Gott geweiht ist, während in unserer Organisation, das muss ich einräumen, eine Art Menschenschmuggel betrieben wird. Allerdings guten Willens. Und für viele der Beteiligten mit gutem Ausgang.« Mutter nickte, konnte aber eine gewisse Ratlosigkeit nicht verbergen. Was für ein seltsamer Beruf, so ein Menschenbasar im Niemandsland. Gerda war erstaunt, dass er keine Schönfärberei betrieb, sondern nur erzählte, was Sache war. Er hatte also den »Armdruck«, der die zivilisierte Fassade verhindern sollte, sehr wohl verstanden und ließ nun auch die harten Bandagen nicht aus, die Teil seiner »Geschäfte« waren. Als wären die beiden schon ein Paar: eingespielt und verschworen.

Schließlich begann er die Geschichte vom falschen Juden aus Omsk zu erzählen, in allen Einzelheiten. Gerda beobachtete Mutters Reaktionen sehr genau, und als er schließlich zu der Stelle kam, an der Kardinal Caggiano auftauchte, nämlich als Retter in der Not und Piero seine Zusammenarbeit mit der päpstlichen Hilfskommission, der Pontificia Commissione Assistenza in der Via dei Monti Parioli in Rom präzisierte, schien auch jegliche Skepsis, die sich anfangs noch durch Mutters Stirnfalte verraten hatte, verflogen. Hier sprach für sie ganz eindeutig ein Mann, der von ethischen Prinzipien durchdrungen war, einer, der sich Rat von allerhöchster Stelle holte. Selbst die Sekündchen Gossencharme, die ihm hin und wieder entfuhren, schien sie zu überhören, zumal ihm die Namen von mehreren Kardinälen und selbst der seiner Heiligkeit ebenso selbstverständlich über die Lippen kamen, als wäre er Dauergast in jenen Kreisen. Ein triftiger Grund, diese Verbindung ihrer Tochter mit Wohlwollen zu segnen und Piero als argumentative Stütze, die helfen könnte, Gerdas kirchenskeptische Haltung und ihre Probleme in Glaubensfragen zu mildern oder ganz aus der Welt zu schaffen.

»Dann muss man sich ja um Ihre Gesundheit sorgen, wenn das alles so gefährlich ist?«, sagte Agnes. In ihrem

Tonfall schwang weniger Neugier als vorauseilender Respekt mit. Piero schüttelte den Kopf.

»Alles halb so schlimm. Nur wenn wir *teure Spezialisten* schleusen, kann's auch mal heikel werden, die sind sehr gefragt und bringen Geld, aber sonst ...«

»Was für Spezialisten?«, wollte Mutter wissen.

»Ingenieure, Techniker, Architekten, Wissenschaftler, Leute, die im Militär bewandert sind, die sich mit Landwirtschaft auskennen, in der Industrie und so was. Bei Präsident Peron waren solche Herrschaften heiß begehrt, bis ihn die Junta vor drei Jahren aus dem Amt gejagt hat. Der konnte solche Leute gut gebrauchen für den Aufbau seines glorreichen Argentiniens. Kostbare Klienten, die man uns natürlich abwerben wollte ...«

»Ach, das meinten Sie mit *heikel*«, stellte Agnes fest.

»Keine Sorge, Fräulein Agnes, man weiß sich zu wehren und wir sind bestens vernetzt mit ...«, er zögerte kurz.

»... dem Vatikan?«, vollendete Mutter den Satz. Ein wenig sorgenvoll tat sie das.

»Ja, auch mit dem Vatikan, Frau Fässler. Und das ist ein Segen.«

Mutter nickte, nicht wirklich beruhigt.

»Und ansonsten«, fuhr er fort, »jeder hat seine Sterbezimmer im Kopf ... und gefälligst die freie Wahl.« Den allerletzten Satz hatte er in sich hineingemurmelt. Diese seltsamen paar Worte, die schon Gerda beim ersten Mal verstört hatten, sorgten in der Runde sichtlich für Beklommenheit. Keiner sagte etwas. Alle entschieden sich fürs Schweigen, stachen mit ihren Gabeln ins Hühnergeschnetzelte oder stocherten verlegen im Salat, der schon zu lahmen begann.

»Ich glaube, Piero weiß sich sehr gut zu wehren«, beruhigte Gerda, »er beherrscht sogar asiatische Kampfsportarten.« Sie tätschelte ihm dabei die Schulter und kicherte ein bisschen zu offensiv, um die Stimmung zu lockern.

»Das ist ja erfreulich«, sagte Agnes. »Im Klartext: Da kann einem ja bang werden.«

Dann eine Weile schweigendes Kauen. Hie und da ein helles *Pling*, wenn eine Gabel oder ein Messer ans Porzellan klopfte. Die Verunsicherung der drei Frauen war zum Greifen. Jede machte sich ihre eigenen Gedanken zu dieser Merkwürdigkeit, die ungeklärt im Raum stand.

Gerda sah Piero von der Seite an und spürte sofort, dass er gerade dabei war, sich *abzumelden*, das leichte Schwanken seines Oberkörpers, wie letztens in der Gruft. Bloß jetzt nicht, lieber Gott! Sie fürchtete, sollte sein Zustand zu lange andauern, schon beim ersten Familienkontakt in die Verlegenheit zu geraten, eine vermeintliche psychische Störung ihres Quasiverlobten erklären zu müssen. Also begann sie eifrig, über die Vorzüge seiner Netzwerke im In- und Ausland zu referieren, insbesondere über seine Kontakte zum katholischen Klerus, alles nur, um seine *Abwesenheit* zu überbrücken, natürlich auch, um seine Vatikan-Vertrautheit als bleibendste Erkenntnis des Abends in Mamas Gedächtnis zu brennen. Ihr Redeschwall, der im Grunde nichts anderes als ein Buhlen um die Anerkennung ihrer Partnerwahl war, erstaunte sie selbst mehr, als es Mutter oder Agnes erstaunte, die auch ohne diese zusätzliche Anstrengung d'accord zu sein schienen.

Piero war schließlich der erste Mann, den sie der Familie offiziell vorstellte. Gerda hatte sich noch vorbereitet, um ihn – trotz gewisser Eigenheiten, die nicht zu verheimlichen sein würden – als seriösen Menschen präsentieren zu können.

Letztlich kniff sie ihn in die Seite und bat ihn, so freundlich zu sein, dieses eine Schreiben von Kardinal Caggiano samt Briefkopf herzuzeigen, das er in der Innentasche seines Sakkos griffbereit hatte, um im Fall der Fälle Mama zu beeindrucken. In diesem Zustand schien Piero zu Wachs zu werden und er tat umgehend, worum sie ihn gebeten hatte, ja – er legte sogar noch weitere Schreiben dazu. Darunter einen Briefwechsel mit einem gewissen Monsignore Hudal, jenem österreichischen Bischof und Rektor des Deutschen Priesterkollegs, der in der Via della Pace 24 hinter den Mauern des päpstlichen Kollegiums Santa Maria dell'Anima in Rom ein höchst betriebsames Büro führte.

Die Wirkung war offensichtlich. Durch Mamas andächtige Hände glitt vor allem der Kardinalsbrief wie ein heiliges Relikt, während Agnes bei der Durchsicht der Papiere betont gelassen versuchte, so etwas wie Respekt zu heucheln. Jedenfalls wirkte ihr Versuch wie ein kleiner Seitenhieb auf Mamas Andacht, die sie für Einfalt hielt. Auch Gerda war diese Reaktion nicht entgangen. Die beiden Schwestern sahen sich kurz an – einvernehmliches Komplizenlächeln. Piero schien inzwischen wieder bei sich zu sein und grinste ebenfalls in die Runde, als hätte in seinem Kopf nicht die geringste Verwerfung stattgefunden.

Draußen begann es zu schneien. Träge, fette Flocken, die einen schon beim Zusehen müde machten und dem Abend etwas Versöhnliches gaben.

*

Auch zu Heiligabend lag Friede in der Luft, was nicht immer der Fall war.

Piero war inzwischen wieder in Bern und würde auch die Feiertage dort verbringen, sein Vater hatte gleich mehrere Events organisiert, bei denen sich die Honoratioren der Stadt, Botschafter aus aller Herren Länder, Journalisten, Manager aus Wirtschaft und Industrie (unter anderem die Chefetage der holländischen Fluglinie KLM), Konsule, hochrangige Beamte aus dem Justizministerium und nicht zuletzt Vertreter der Schweizer Nachrichtendienste samt deren Chef Oberstbrigadier Masson die Hände reichten. René Burkhardt war ein unermüdlicher Netzwerker und natürlich darauf bedacht, seinen Sohn so früh wie möglich in dieser *seiner Welt* zu etablieren. Eine dieser Veranstaltungen fand in den Räumlichkeiten der Argentinischen Auswanderungszentrale in der Marktgasse 49 statt, einer historischen Straße im Zentrum Berns, dort, wo sie zum Zytglogge-Turm mündet – eine ominöse Adresse, an der unheilvolle Deals beschlossen wurden, die die Welt nicht besser machten.

Noch war ihre Welt in Ordnung. Ihre Weihnachtstage waren unter Mamas Ägide als besinnlicher Rückzug in eine Fässler-Idylle angelegt, was auch tägliche Kirchenbesuche einschloss, inklusive der Mitternachtsmette und einer Christvesper am Nachmittag des 25. Dezember. Gerda genoss die ruhigen Tage und das Zusammensein mit den Geschwistern. Roland und Raimund, außer Rand und Band, wie Freigelassene aus einer geschlossenen Anstalt, was zumindest bei Raimund Sinn ergab – dem war jede Mauer eine zu viel. Seinem Temperament schienen die Präfekten des Internats nicht wirklich gewachsen, das hatte Mama aus blauen Briefen erfahren müssen. Zudem hatte sich eine Tür in seinem Leben geöffnet, die er nicht erwartet hatte: ein kleines grünes Batterieradio, in der Größe eines *Gotteslobs*, das sein zweites Kopfkissen wurde. Amerikanische Soldatensender (American Network Europe), die eine Musik spielten, die mit allen Regeln brechen wollte; Bluesriffs, Elektrogitarren, Töne, die wild und frech gegen die Zeit traten. Ein Gefühl wie damals, als er in den Sommerferien in Hohenems mit seinem roten Dreirad unterwegs war Richtung Bahnhof, weil er wusste, dort würde es weitergehen, viel weiter. Er hielt sein grünes Gotteslob auch an Gerdas Ohr, um ihr seine neuen Götter vorzustellen – Elvis, Chuck Berry, Fats Domino, Muddy Waters, Carl Perkins; all die Botschafter, die wussten, was das ist: *Footloose*. Er war jetzt 15 und in einem krächzenden

Stimmbruch, der seinen Seelenzustand besser beschrieb als jede Beichte.

Roland gab sich zwischendurch schon erwachsen und seriös, trug gerne Anzug mit Gilet – ganz Anwalt, hatte schon erste Prüfungen hinter sich, Römisches Recht, Deutsche Rechtsgeschichte und Kirchenrecht. Durchkommen ist alles, sagte Mama in ihrer Güte. Versöhnliche Tage. Viele Kirchgänge und Mama in ihrem Element. Ein mit Weihrauch geflutetes Kirchenschiff und weihnachtliche Chorgesänge hatten Gerda immer schon gerührt, die Töne und Düfte schafften das, ganz ohne religiöse Ergriffenheit. Das hatte sie übrigens auch bei Bertrand Russell, dem sie sich verwandt fühlte, gelesen: *Es war dies eine Macht über meine Gefühle, nicht jedoch über meine Anschauungen.* Mama wusste das und sie wusste auch, dass sich ihre *Verlorene* nicht mehr in die Erzählungen des Katechismus wickeln ließ, von der unbefleckten Empfängnis bis zur Himmelfahrt. Ein alter Graben tat sich da auf, denn für Gerda blieben diese Feiern nur ein Brimborium, das Menschen veranstalteten, die ihren Verstand der Bigotterie geopfert hatten, für einen lieben Gott, dem sie selbst nicht mehr über den Weg trauten, nach zwei Weltkriegen. Da wollte Mama ein Bollwerk sein, an dem sich Gerda reiben musste. Ihr Tagebuch blieb der einzige Kumpel – *ich sag's dir ... ich sag's dir:* »Wenn es ans Glaubensbekenntnis ging in der Kirche, hab ich in ihren Gesichtern gesucht, ob sie's meinen wie sie's sagen, neben mir die Frau Handarbeitslehrerin Ute Haschek, die Frau Dr. Wagner, eine blitzgescheite Ärztin, Agnes, die sich halt fügte, was soll's ... der Friseur Gressl auf der Männerseite, ein Sozi, Studienrat Dr. Kainz, ein Biologe, ungläubig auch er, der nichts weiß vom Heiligen Geist, der, weil zu faul für die Wahrheit, Theater spielt, und natürlich die Idioten aus der 7a, von den beschränkt Bigotten ganz zu schweigen, wenn sie Sätze sagen, die allen Naturgesetzen widersprechen – ich glaube an seinen eingeborenen Sohn, empfangen durch den Heiligen Geist (!) ... geboren von der

Jungfrau Maria. Ich habe mir abgewöhnt, die Sätze mitzu-plappern, nur um nicht aufzufallen. Der Glaube ist mir davongelaufen, jeden Tag ein bisschen mehr. Mit Allegorien lässt sich alles zurechtbiegen. Will gar nicht wissen, wie viele Abermilliarden Gebete an der Himmelstür verpufft sind. Auf-sässigkeit vor Gott ... das geht gar nicht, ich weiß. DU weißt ja, was ich mein. Du schon. Du schon.

... Und weil's Du bist, möchte ich Dir sagen, was ich über die Kirche als ›moralische Großmacht der Weltgeschichte‹ denke: Wer mit Lohn verführen und mit Strafe Angst machen kann, ist ein mächtiger Mann – die Kirche ist ein mächtiger Mann, mächtiger Mann, mächtiger Mann und ich könnte die Wände hoch.«

Natürlich durfte das alles die Mama nie zu Gesicht bekom-men. Den Schlüssel zum Tagebuch hatte sie gut versteckt. Immerhin, mit dem rosa Büchlein konnte sie wenigstens ihre Wut teilen, sonst wollte es ja keiner hören. Zwischendurch hatte sie auch Angst, SIE könnte die Verrückte sein an Bord.

»Am dritten Tage wieder auferstanden von den Toten, aufgefahren in den Himmel« ... Sobald's um den Kern ging, verlor sich die intellektuelle Schärfe der Theologie im Nebel von Gleichnissen, und wenn hochgebildete Menschen, denen man scharfsinnige Intelligenz nachsagte und die vor-gaben, an Vernunft und Naturgesetze zu glauben, das Credo beteten oder Gottesbeweise vorlegten, hielt sie das für eine hinterfotzige Unredlichkeit ihres Verstandes (mächtiger Mann) und sie hatte sich oft gefragt, wieso sie sich den Kopf so zermartert hatte, statt einfach zu lassen, was es war: ein Märchen, das sich einst alte Männer zurechtlegen mussten, um ihre Schäfchen in Schach zu halten.

Mama aber ließ sich nicht beeindrucken von Gerdas Nüchternheit. Immer sorgenreiche und vorwurfsvolle Bli-cke, verbohrt und überzeugt in ihrer Lehrerseele, die missi-onieren wollte in eigener Sache. Papa war nicht mehr da, der hätte Tacheles geredet. Mamas Sorge rührte ja an den Kern der Sache, den Schutz ihrer Kinder *vor ewiger Verdammnis*, wie sie sagte, also musste sich auch Gerda wohl oder übel damit auseinandersetzen, vor allem zu Weihnachten, in der Hoffnung, eines Tages zu einem friedlichen Modus Vivendi zu finden. Einzig die liebe Frau Horvath, eine sehr belesene Dame, die immer noch mit Feuer die alte Buchhandlung an der Fischerstiege führte, war in dieser Sache ein Segen für sie geworden. Eine, mit der man reden konnte, die sie herumackern ließ in ihrem zornigen Schädel und zugegeben eine gewisse Richtung vorgab, als ehemalige Bezirksvorsteherin der Sozialdemokratischen Partei. Eine Freundin, die die richtigen Fragen stellte und manchmal sogar Antworten wusste. Keine Tabus – nichts blieb ausgespart. Ja, auch die Mama war Thema, ihr verzehrender Glaubenseifer, ihre Sturheit und vor allem ihr »*Schwamm drüber*«, die Schweigerei und Verdreherei zu dem, was war. Auch von Papa hat sie der Frau Horvath erzählt, von seiner Desertion und seinem ungeklärten Tod in der Gefangenschaft, von seinen Tagebuchblättern, die ihr Mama vorenthielt, um sie zu schützen. Frau Horvath hatte ihr geraten, alles aufzuschreiben, bevor sie verrückt werde, samt ihren Glaubenszweifeln. *Schreib's auf, dann kannst damit arbeiten.*

Schließlich entschied sich Gerda, ein paar Sätze zu all dem in eine Kolumne zu packen, noch unter männlichem Pseudonym, in einer der Dezemberausgaben der »Arbeiter-Zeitung«, in der sie resümierte mit einem zornigen Zitat des Holocaustüberlebenden Elie Wiesel zum Antisemitismus, der so alt sei wie die Christenheit: »In Auschwitz ist Gott gestorben ... der Christengott.« Papa hätte den Satz sicher verstanden. Mutter hätte sie gegeißelt für das Zitat ... Gerda ging in diesen Tagen ganz auf in ihrer »Journalistenarbeit«, zumal das feuchte Wetter sie am Schreibtisch hielt, an dem sie üben konnte, Gedanken ungestraft in die Öffentlichkeit zu setzen, die Mama als Blasphemie verdammt hätte.

Die Zeit bis zum Jahreswechsel schlich langsam. Wie so oft machten sich Föhntage über den Schnee her und verbliesen die Sauberkeit, die Wien so gut gestanden hatte.

Die Gedanken an Piero wollte sie nicht zu sehr strapazieren, sie hing sehr an ihm, wollte sich aber nicht darin verlieren. Sie hatten sich in den letzten Tagen noch Briefe geschrieben und sogar ein Telegramm, um sich gegenseitig zu versichern, dass alles gut sei, einschließlich Mutters positivem Befund über den gemeinsamen Abend.

Ihr Schreibtisch bog sich unter den Wälzern, die sie noch lesen wollte, furchtlose Amerikaner und Briten, die sie auch Agnes unter die Nase rieb – J. D. Salinger, Ernest Hemingway, John Williams, Scott F. Fitzgerald oder Bertrand Russells »Warum ich kein Christ bin«, also immer das Gegenteil dessen, was ihr Mama an Lektüre empfohlen hätte – etwa Franz Werfels »Das Lied der Bernadette« oder eine vergilbte Ausgabe der »Fackel« (!), nämlich genau die Nummer mit Karl Krausens Dollfuß-Apologie – genau genommen Mamas boshafte Volte, weil sie dort Argumente entdeckt hatte, die ihren *heiligen Engel*bert, den Antisemiten, lobten, noch dazu aus dem Mund eines liberalen Juden, was vielen seiner Kollegen ungut aufgestoßen war. Mama hatte ihr dieses Kraus-Zitat schon einmal genüsslich um die Ohren gefetzt, »*weil der schwarze Faschismus das kleinere Übel sei und also imstande den braunen zu vertreiben*« usw. Dass ihm nach diesem Unsinn sogar Bertolt Brecht die Freundschaft aufgekündigt hatte, fand Mama zwar weniger beeindruckend, dass sie aber von der Fehde der Giganten überhaupt wusste, hatte Gerda doch überrascht. Sie war also pfiffig genug, auch in *Feindesliteratur* zu blättern, um sich Argumente zu holen. Das Dollfuß-Thema hatte zwischen den beiden auch Risse hinterlassen. Tagelang. Eng wurde es für Mama, wenn Gerda mit belegten Zitaten daherkam, etwa: »Die braune Welle können wir nur auffangen, wenn wir das, was die Nazis versprechen und in Deutschland getan haben ... selber machen«, das sagte der liebe, von Gott geführte Engelbert im März 1933 ... stellte Gerda trotzig fest. Eine Woche Kampfschweigen. Wobei Mutter schon ahnte, an welch *kirchenferne Abgründe* sie ihr Kind verloren hatte, durch Ideen, die links der Mitte lagerten, wie Straßenräuber, die auf Beute lauern. Dabei war's nur die brave Frau Horvath, die dort lagerte. Diesmal zog sich der Riss bis ins neue Jahr, ein beiderseitiges Verstummen, das erst gebrochen wurde, als die drei Geschwister Mutter an die Tugend der Barmherzigkeit erinnert hatten. Schließlich knickte sie ein, weil enttarnt als durchschnittliche Sünderin, vielleicht auch weil sie wusste, dass sie gar nicht so unbegabt war für Lüge, List und Finten, vor allem wenn sie mit dem Rücken zur Wand stand. Auch Gerda zog schließlich den Fehdehandschuh zurück – man wollte das neue Jahr nicht mit Streit beginnen. Die hereinbrechende Abenddämmerung brachte jedenfalls Ruhe ins Gebälk und die folgenden Ereignisse ruhten noch, harmlos wie schlafende Hunde.

VIII.

Montag, 5. Jänner, der Tag vor dem Fest der Heiligen Drei Könige. Ein Borgward Isabella war es, der die Stimmung zunächst aufhellte. Er kreiste ums Haus, wie noch vor Wochen das Taxi gekreist war, mit der bekannten Fracht. Schon zum zweiten Mal rollte er am schmiedeeisernen Tor vorbei. Im Schritttempo. Im Fond saß niemand. Agnes hatte ihn gleich erkannt, den Fahrer und auch sein Auto. Sie war ein Autonarr, erkannte jede Marke auf Anhieb. Er fuhr den grazileren Nachfolger des Borgward Hansa 1500, den Isabella, CH, Berner Kennzeichen. Dass Piero Geschmack hatte, wusste inzwischen die ganze Familie. Und dass im Hintergrund Geld sein musste, war auch klar.

Eigentlich schien er ja selbstbewusst zu sein, spielte aber noch immer den schüchternen Diplomaten und blieb erst nach der dritten Runde stehen. Da war Gerda schon zur Stelle, unter der Laterne am Tor. Mutter beobachtete die beiden durch die Gardinen und hätte ihn liebend gerne hereingebeten, auf einen englischen Tee mit Milch (im Porzellangedeck) und einen Plausch, der zu einem ernsten Gespräch hätte führen können, um ihn endlich einzubinden in ihre Mission: die verlorene Gerda.

Aber die beiden hatten anderes vor, das war auf den ersten Blick zu sehen. Die leidenschaftliche Umarmung zeigte eine Entschiedenheit, die Zuschauer ausschloss. Ein unbestimmter Schmerz zuckte in Mutters Bauch, das Bild war zu eindeutig.

Gerda war verrückt nach dem Kerl. Zum ersten Mal in ihren fast zwanzig gemeinsamen Jahren spürte sie die Gewissheit, dass hier etwas zu Ende ging, sie würde nie mehr das Zentrum von Gerdas Lebens sein. Dabei hatte sie ihr schon den Segen gegeben, ja, hatte sie, aber bevor sie es bereute, gab sie sich der Hoffnung hin, ausgerechnet der *verrückte* Piero würde Gerda eines Tages Halt geben und dank seiner *Verbundenheit* mit der Kirche vielleicht sogar ihr verlängerter Arm werden.

Das schöne Auto rollte gemächlich vornehm aus Mutters Blickfeld, Richtung Neustift am Walde, Gerda am Beifahrersitz. War's das? Hinter ihnen ein Schleier, durch den keiner schauen durfte. Kluge Ratschläge unerwünscht. Ein wenig betrüblich, so ein Abschied. Mutter war wirklich beleidigt – woher seine plötzliche Zurückhaltung, er war doch akzeptiert worden, und dass Gerda nach ihrer überschwänglichen Umarmung und der übertriebenen Küsserei direkt ins Auto gestiegen war, ohne sich von der Familie zu verabschieden, obwohl alle an den Fenstern standen (*das wusste sie genau!*), Raimund sogar draußen am

Tor, um das schicke Gefährt nicht zu verpassen – also nein, das war nicht Gerda, nicht mal umgedreht hat sie sich, obwohl sie wusste, dass auch Mama hinter den Gardinen stand, sich sorgte und Fragen gehabt hätte, wohin, wie lange und ...

Weg war sie. Mit Tunnelblick offenbar. Eine neue Autorität hatte das Kommando übernommen. Alle standen versteinert und wunderten sich über diese Ungezogenheit.

Die vorderen Sitze im Borgward Isabella waren als durchgehende Bank konzipiert, nur die beweglichen Lehnen waren getrennt. Gerda konnte also mit einer einzigen Bewegung an ihn heranrutschen und ihn beim Fahren stören, mit Küssen und Ohrgeflüster.

»Wo fährst du hin ... was denkst du ... was geht dir durch den Kopf, Liebster?« Ihre Zunge in seinem rechten Ohr.

»Wir fahren drauflos, hinein in den Wald und wieder hinaus, denk ich und in meinem rechten Ohr steckt eine Zunge.« Sie knabberte an seinem Läppchen, flüsterte freches Zeug und klemmte sich mit beiden Armen an seine Seite. Er erwiderte ihren Druck mit seinem Kopf, ließ sie ihr Gesicht in seinen Strähnen vergraben, die inzwischen bis in den Nacken reichten. Stürmischer als sonst, als hätte man schon zu viel Zeit vertan.

»Ich habe vergessen, höflich zu sein«, sagte er so leicht dahin, als wäre ihm das Verzeihen der Familie sicher. Sie ging gar nicht darauf ein, wühlte weiter in seinem Hals. In den letzten Tagen hatte sie schon einen Schwall nervöser Energien in ihrem Bauch zugelassen, die sie abwesend und rücksichtslos wirken ließen. Das war nicht unbemerkt geblieben.

»Wir haben das Gefühl, du schaust uns nicht wirklich an in letzter Zeit, nur durch uns durch, als wären wir gar nicht vorhanden«, hatten sich Mutter und Agnes fast unisono über ihren seltsamen Zustand beklagt. Sie hatte sich tagelang lesend und schreibend verkrochen und alle ihre Luken dicht gemacht. Worte wie »*Fremdkörper*« fielen, »*übertrieben geheimnisvoll, überheblich, arrogant, gar nicht mehr du*«, als wollte sie sich langsam von ihren familiären *Rapportpflichten* lösen und als wäre da ein neues Selbstbewusstsein im Anmarsch, verwegen wie eine Überdosis dieser alten Droge, die in jeder ersten Verliebtheit zündelt und die Umwelt ratlos macht, nicht immer zum Vorteil der Verzauberten. Gerda war denen daheim nicht mehr ganz geheuer. *Verrückt* und *außer sich!*

Piero schüttete noch Öl ins Feuer, indem er sich kurz bei einer Buschenschank einparkte, um einen Zweigelt zu bunkern. Er überreichte ihr die Flasche durchs offene Fenster, wie ein Geschenk, so wie man ein Baby hält.

»Flaschenöffner?«, fragte sie fröhlich.

»Handschuhfach. Gläser detto!« Sie musste laut lachen und trommelte mit den Stöckeln in die Fußmatten. Für alles hatte er vorgesorgt. Sein Plan hatte ihr Herz noch ein paar Schläge schneller gemacht. Weiter ging's zur Agnesgasse und zur Sieveringer Straße, am Korken zwar geschnüffelt, aber keine Ahnung ... und als sie – etwas harsch – in die Höhenstraße einbogen, hatte sie schon das erste Glas verschüttet.

»Alles Nappaleder, kein Problem.« Abgesehen von seinem lockeren Verhältnis zu Luxus war sowieso alles verziehen, und dann die Musik. Er drehte einen Schalter und wie ein warmer Sommerregen strömte Jazzmusik aus dem Armaturenbrett, dem ersten Autoradio, das sie je gesehen hatte. »*Blaupunkt verbindet die Kontinente*« – hatte sie mal in einem Werbeprospekt gelesen, aber das hier war die Wirklichkeit: richtige Musik im Auto.

Sie rückte wieder ganz nah, die Flasche so ungeschickt zwischen die Schenkel geklemmt, dass er ihre Strumpfhalter sehen konnte. Die Weingläser, die sie bis dato in ihrem Leben geleert hatte, konnte sie an fünf Fingern abzählen. Aber sie begann zu lernen, dass ein paar Schluck Rotwein ihr guttaten, ihre Zunge lösten und alles Mögliche ins Rollen brachten, wie ein Song von Nat King Cole, der sich einschlich ins ganze Gewebe und einen Rhythmus vorgab, der es nur gut meinte mit der Welt. Jazz sei wie ein Reinigungsmittel nach den marschverseuchten Jahren der Nazis, sagte sie, man lerne wieder Gehen, Schlendern, Tanzen, Flanieren, Lachen und Leben.

Sie war schon beim zweiten Glas und zeigte ihm die blaue Zunge.

Er war inzwischen in eine der Pannenbuchten eingebogen, die auf einen Forstweg wies, der sich aus dem Schoß des Wienerwalds wand, kehrte um, sodass sein Auto wieder Richtung Höhenstraße zeigte, gut getarnt zwischen Strauchwerk und Rotbuchen, mit freier Sicht. Kaum hatte er die Lichter gelöscht und alle Türen geschlossen, fielen sie übereinander her. Zu bereden gab es nichts mehr. Rittlings auf ihm, strampelte sie sich frei von allem und überließ seiner geschickten Rechten das Streicheln in ihrem Schoß und das Eintauchen.

»Ich bin alt genug«, keuchte sie lachend. »Alt genug, hörst du!« Er gab sich ihr hin und ließ sie machen, ihre offenen Haare bedeckten sein Gesicht, immer wieder kamen ihr spitze Lacher aus, überrascht von ihrer Kraft und der Geschmeidigkeit ihrer Gelenke, als wäre das alles die natürlichste Sache der Welt. So hatte sie das noch nie erlebt. Sie sah sich zu dabei, ungläubig, wie alles plötzlich so schmiegsam gleiten konnte, so leicht und im Einklang und wieder ein schriller Lacher, diesmal über die Gesichter der 7a, die nicht wusste, was sie jetzt wusste. Seine Hände hielten ihr Gesicht, erst zärtlich, dann fest wie eine Stahlzange, er wollte ihr in die Augen sehen, wenn sie so weit war, das hatte er sich fest vorgenommen, als mache er sie zu seinem Geschöpf, andächtig und ernst. Ihre Becken schoben aggressiver, einvernehmlich grob, ihre Augen eingerastet ineinander. Gerda schloss sie nicht, als sie kam: *Sieh mich an dabei*, sagte sie, *sieh mich gefälligst an*, sie feierte gleichzeitig den Triumph über Mamas Ahnungslosigkeit – die Duldungsstarre – und schließlich wusste sie, was gemeint war mit dem großen Wort, als grelles, weißes Licht durch die beschlagenen Scheiben glühte, das ihr Stöhnen beendete. Schneeweiß. Du lieber Gott, dann gibt's ihn doch? Ein bebendes Häufchen – so rollte sie weg von ihm, um Luft zu holen. Sie presste ihre Faust zwischen die Schenkel und hätte sich auflösen können. Ohne Wehmut. *Das also war es. Das glaubst du nicht ... das glaubst du ja nicht, was so ein Orgasmus an Merkwürdigkeiten liefert*, dachte sie, noch während es passierte, das reinste Theater, Blitz und Donner, oder war's halluziniert? Sie kicherte vor sich hin, ließ ihre Beine weit offen und genoss den warmen Luftstrom der Motorheizung. War sie besonders beschenkt? Die Lichtblitze, die seltsamen Klopfgeräusche, im Rhythmus, hart auf Glas geschlagen, fast synchron zu den Wallungen in ihrem Schoß, dazu ihr holpriger Puls, der sich nur langsam beruhigte, bevor wieder alles friedlich wurde, im Brummen des Viertakters – langsam kam die Ernüchterung – nein, nicht wirklich! Noch ein Lichtkegel ruckelte über den Autohimmel, wieder das Licht von vorhin. Doch keine Halluzination? Doch nicht der liebe Gott. Nur eine Taschenlampe! Piero schoss hoch. Schhhh. Wie in Zeitlupe hob er seinen nackten Hintern, zog langsam seine Hosen hoch und zurrte den Gürtel fest.

»Was ist?« Er hielt ihr die Hand vor den Mund.

»Schhh!«, deutete auf den linken Außenspiegel, in dem ein Schatten auftauchte, das Gehäuse einer Taschenlampe, dahinter ein Kopf mit Kapuze. Publikum ...

Im Rückspiegel eine zweite Gestalt, die auf die andere Seite des Wagens schlich. Im selben Moment zog Piero mit seinem linken Mittelfinger das Wagenschloss und kickte die Tür mit einem harten Stoß auf, sodass der Seitenspiegel mit voller Wucht ins Gesicht der Kapuze fuhr, mit einem zweiten Schlag traf er noch einmal den Kopf des Spanners, öffnete die Tür nun ganz und schwang sie immer wieder gegen den Kerl, der vor Schmerzen aufjaulte, zusätzlich bearbeitete er ihn mit seinen spitzen Stiefeln, während der andere, auf Gerdas Seite, schon etwas eingeschüchtert wirkte und mit seiner Taschenlampe ungelenk gegen ihre Seitenscheibe hämmerte – hart auf Glas geschlagen ... Da machte der Kapuzenmann vor Pieros Tür schon keinen Muckser mehr. Der andere war noch unschlüssig, in welche Richtung er fliehen sollte, da hatte er ihn schon am Kragen und demonstrierte mit wenigen Griffen, wie das in Taiwan gemacht wird, begleitet von Schweizer Flüchen: »Gottverdammi, eländä Sukrüppel, wa wotsch du, hä?«, und noch eine, mit dem Stiefel: »Wa wotsch du? Bizzli luägä, hä?«, und noch eine, »Goht dich än Schiißdreck a«, der Rest war dann weniger asiatisch, als vulgäre Fußarbeit. Gerda musste ihn am Ende zurückpfeifen, weil er im Furor ein anderer war, das hatte ihr Angst gemacht.

Beim Wegfahren sahen sie die beiden im Rückspiegel, auf allen vieren am Boden kriechend, blutverschmiert ihre Taschenlampen suchend. Was genau er da gemacht hatte, hatte sie im Rück- und den Seitenspiegeln beobachtet, während sie sich schnell anzog und sich immer wieder die Hände vors Gesicht hielt. Durch die gespreizten Finger sah sie einen Berserker, der übers Ziel hinausschoss. Die Männer waren ja schon erledigt, es reichte längst.

Eine Zeit lang fuhren sie schweigend, sein Atem hatte sich noch nicht beruhigt, seine Hände aber lagen (die rechte mit Blutschlieren) friedlich auf dem Lenkrad. Er strahlte dabei eine eigenartige Ruhe aus, wie ein alter Soldat, der schon alles gesehen hat, und lächelte sie an.

»Tut mir leid ... wegen dieser Deppen. Tschuldige.«

»Dass du dich wehren kannst, hab ich ja geahnt ... aber ... das andere, das war neu.«

»War's schön für dich?« Sie nickte und klemmte sich wieder an seine Seite.

»Ja, das war's.« Er schmiegte seinen Kopf an den ihren. Sie wollte ihm noch nicht sagen, dass sie während dieser Schlägerei große Angst hatte. Vor IHM nämlich, nicht vor den fremden Männern.

Dann fuhren sie hinauf zum Cobenzl, um sich mit dem Blick aufs leuchtende Wien ein schönes Bild zu holen. Halb auf der Motorhaube saßen sie, der Viertakter unter ihnen tuckerte friedlich und wärmte ihre Hintern. Der Himmel war bleiern, tief verhangen, das gab den Lichtern der Stadt eine Wichtigkeit.

»Ich bin im Lainzer Krankenhaus geboren, weißt du ...«, sie zeigte Richtung Hietzing, »... eine Zangengeburt. Mama schon betäubt. Zwei Ärzte haben mit vier Fäusten in ihren Bauch gepresst, ein Dritter hat mich mit der Zange geholt.«

»Und dann so was Makelloses.«

»Tu nicht übertreiben, du Schweizer ... Charmeur.«

Er zog sie zu sich und wiegte sie.

»Ich mag die Stadt«, sagte sie nach einer Weile, »sie liegt so lässig in ihrem Becken, wie ein müdes Flittchen, das sich streckt.«

Es war schon nach Mitternacht, als sich Gerda auf Zehenspitzen in ihr Zimmer schlich. Mutter war wohl wach, aber rührte sich nicht. Gerda hatte jetzt andere Dinge im Kopf.

Sie schnupperte und tastete ihren Körper ab, das Gesicht, die Hände, die Brüste, den Bauch, ihre Scham, wickelte sich ein in die Zudecke, um alles festzuhalten.

Das Einschlafen fiel leicht.

Am folgenden Morgen: Kirchgang, Dreikönigsamt. Stephansdom. Mama zuliebe. *Christus mansionem benedicat.* Ohne Frühstück, denn der Gang zur Kommunion war obligatorisch mit nüchternem Magen. Ja, so war sie. Zwei-, dreimal im Jahr reihte sie sich ein, die »strikte« Gerda, in die lange

Schlange, jeweils zu den höchsten kirchlichen Feiertagen. Zum eigenen Ärger und um Mamas willen nahm sie alle nagenden Selbstvorwürfe in Kauf – ein schwer verdauliches Gebräu aus Inkonsequenz, Opportunismus und Heuchelei. Aber Mamas Gram hätte sich sonst über die ganzen Feiertage hingezogen. Beim anschließenden Familienfrühstück im Café Aida lag wieder Versöhnliches in der Luft, Raimund und Agnes erfuhren Einzelheiten über PS, technische Details und Innenausstattung des Borgward Isabella und Mutter ließ in ihrem Blick eine vorsichtige Genugtuung über Gerdas Kommunionsgang erkennen, obwohl sie genau wusste, dass er eine Friedensgeste war. Allein die Tatsache, dass ihr Kind gerade den Leib des Herrn, als ungesäuerten Brotteig, in sich aufgenommen hatte, schien sie einer spirituellen Kraft zuzuordnen, die imstande sein könnte, Gerdas Skepsis zu neutralisieren. *Solange mein Kind den Herrn in sich trägt, ist nicht alles verloren.*

Zwischendurch wurde auch geschwiegen und Gerda hörte ihre Geschwister denken, wenn sie ihr in die Augen starrten, als wär sie ein Alien. *Was Verliebtheit so alles anstellt mit den Menschen!?* Denn der Schleier um ihr Gesicht war noch immer da. Dabei kam ihr die neue Rolle gar nicht ungelegen, man konnte sich ungestraft abmelden, obwohl man anwesend war, kleine Unaufmerksamkeiten und Fauxpas des Alltags wurden entschuldigt – man hatte ihr schließlich den Patientenstatus zugebilligt. Ihre Wachheit aber funktionierte tadellos. Raimund hatte klipp und klar und ungeschickt laut »plemplem« in Agnes' Ohr geflüstert und die hatte genickt. Zufällige Wendungen des Lebens hatten sie in die jetzige Situation gebracht, sie begann diesen Zustand aber zu genießen wie einen kleinen Urlaub von der Familie und legte gleich ein wenig nach, indem sie für den Nachmittag die Fortsetzung des Rendezvous ankündigte. Resigniertes Seufzen am Tisch. Aber auch aufmunternde Blicke und Verständnis für die arme Kranke.

Wind war aufgekommen, es begann wieder zu schneien, über den Dächern zog grauer Rauch, den starke Böen bis in die Kärntner Straße drückten und ein dichtes Gestöber auslösten.

Gerda entschuldigte sich und machte sich auf den Weg, raus an die frische Luft, ohne ihr genaues Ziel zu nennen. Das Objekt der Begierde war ja bekannt. Die vielsagenden Blicke störten sie nicht mehr, sie wurde verabschiedet wie ein verirrtes Schaf, das vielleicht nie mehr zur Vernunft kommen würde, keine Gehässigkeit, aber ein bisschen Hochmut war dabei, als diskreditiere sie mit ihrer Vernarrtheit ihr bisheriges Leben. Als sie bei der Tür draußen war, sah sich Raimund, wer sonst, zu einem kleinen Scherz bemüßigt: *Vielleicht sollte man ihr einen Voodoo-Fetisch schenken, dann wär eine Ruh!*

Gerda war unterwegs. Es war angenehm und beruhigend, durch den knarrenden Pulverschnee zu marschieren. Die Straße war inzwischen eine Schneefahrbahn. Die wenigen Autos rollten oder rutschten vorsichtig an ihr vorbei. Die paar Schritte bis zum Ambassador Hotel füllten ihre Lungen mit klarer Winterluft.

In Pieros Zimmer, nach Josephine Baker benannt (alle Zimmer hatten die Namen berühmter Künstler), gaben sich Bedürfnisse und Sehnsüchte der letzten Nacht noch nicht geschlagen. Der Hunger war noch nicht gestillt. Den ganzen Nachmittag hindurch waren sie unermüdlich und auch in der Nacht war der Schlaf nur eine Zwischenstation. Piero hatte diesmal einen Fotoapparat mitgebracht, eine Nikon SP, um zwischendurch festzuhalten, was sich so flüchtig anfühlte. Sie verewigten sich gegenseitig. Manchmal stand Gerda für ruhige Minuten im Erkerfenster, Richtung Neuer Markt, und sah dem spärlich beleuchteten Schneetreiben zu, einem wirbelnden Flockenzylinder, den der Wind um den Donnerbrunnen jagte. Sie fühlte mit den Flocken. Sich vollkommen gehen zu lassen, war eine Disziplinierung in die verkehrte Richtung, so weit war sie noch nie gegangen in ihrem kurzen Leben und sie schwankte noch immer zwischen gläubigem Vertrauen in ihn und einer dumpfen Angst, gleich alles zu verlieren. Ihm schien es ähnlich zu gehen, sie konnten nicht von einander lassen und trieben es bis zur völligen Erschöpfung. Nur stellte sich kein Friede ein, eher Verunsicherung, die sich zwischen ihnen aufs Laken setzte; sie saß am linken Bettrand, nach vorn gebeugt, mit dem Rücken zu ihm, er am andern Bettrand, nach vorn gebeugt, mit dem Rücken zu ihr – wie ein altes Ehepaar, das nicht mehr weiterweiß. Die Traurigkeit war ein unerwarteter Gast, aber sie war da und machte ihnen Angst. In die Weite konnten sie nicht sehen, beide nicht, also – hier und jetzt, tiefer – das machte die Tage so kostbar und die Angst so groß.

Verbarrikadiert waren sie, auf ihrer ausgelagerten Bühne, spielten Anarchie und wollten mit kruder Wut der Bigotterie den Hals umdrehen, allem den Hals umdrehen, was ihre heilige Ausgelassenheit stören könnte. Er war noch nicht verhärtet oder verstockt, wie man hätte erwarten können, trotz der Schikanen seines kranken, drohenden Vaters, sondern auf entwaffnende Weise zutraulich, wie ein Hund, der bedingungslos lieben will, und dann wieder ein unberechenbarer Zweigeist, als könnte er nach einem Mord, den er begangen hatte, unschuldig in eine Wiege fallen und wäre in beidem zu Hause. Sie hatte auch Angst um ihn, um sich, um ihrer beider Zukunft. Eine ungestörte Reinheit konnte hier nicht sein, das wussten sie genau. Deshalb vielleicht das schwarze Loch zwischen den Exzessen, da hatten sie losgeheult – ratlos, beide. Es war übrigens die erste Nacht, die Gerda ohne Vorankündigung außer Haus verbracht hatte, und sie versuchte auszublenden, was wohl in der Pötzleinsdorfer Straße alles besprochen wurde während ihrer Abwesenheit und wie Agnes vielleicht verlegen in Gerdas Zimmer stand vor ihrem Bett und mit dem Zeigefinger auf ein verschlossenes rosa Tagebuch klopfte.

Noch einen Tag und noch eine lange Nacht später hatte ein wütender Anruf von Vater Burkhardt der Glut ein Ende gesetzt. Piero hatte um einen Tag überzogen, ohne Gerda eingeweiht zu haben. Dabei hatte sich sein Vater ohnedies schon großzügiger als üblich gezeigt. Der Borgward war eine überraschend generöse Geste gewesen, eine Leihgabe an Piero über den Jahreswechsel, als Dankeschön für getane Arbeit, während sich der Chef mit dem Dienstwagen begnügen musste. Gerda nahm diese Extrazeit, die Piero herausgeschunden hatte, natürlich als Kompliment und Bestätigung seiner Gefühle. Und sie hatte sich unbekümmert fallen lassen, rückwärts und blind, im festen Glauben auf sanfte Landung.

Der Abschied war dann kurz und schmerzlich und ließ der Sehnsucht kaum noch Platz. Trübsal aber war nicht angebracht, sie wusste, es würde weitergehen und ließ sich schnell von einer schöpferischen Ruhelosigkeit packen, die sie wie eine Freundin an der Hand nahm. Einige der Wälzer lagen ja noch auf ihrem Schreibtisch, die würden alle drankommen – aber die letzten Tage mit Piero hatten sie aus dem Tritt gebracht.

Deshalb machte sie sich mit ausgedehnten Tagesmärschen müde, ordentliche Strecken, straffes Tempo, um den Körper an seine Grenzen zu bringen, im tief verschneiten Wienerwald. Erschöpfung war das Ziel, taube Erschöpfung. Es gab so vieles, das sie gerne besprochen hätte, aber mit wem? Mama und Agnes standen offensichtlich auf der andern Seite des Ufers und hätten wohl nicht verstanden, was sie meinte mit ihrer neuen Welt, mit Piero, seiner Geschichte, seiner Arbeit, seinen Ticks, ihrer Verliebtheit, ihrer Verunsicherung und auch ihrer neuen Einsamkeit, in die sie sich selbst manövriert hatte, durch ihre überbordende Ergebenheit. Sie fühlte sich wie ein Paria, der nicht mal ernst genommen wurde. Und sie wollte *sich behalten*, niemandes Besitz werden.

Die Wochen flogen und die weiten Märsche brachten Ruhe ins System.

*

Es war der 4. Februar, frühmorgens. Sie war schon um sechs Uhr wach, frisch und ausgeschlafen, dabei war sie ein Nachtmensch. Alles durcheinander. Die Briefe aus Bern oder sonst wo waren letztens ausgeblieben, denn die *Fälle* hatten sich nach Neujahr gehäuft, weil aufgestaut, er hatte davon berichtet, war offensichtlich viel unterwegs und hatte sie auch verlässlich vorgewarnt. Vaters Regime war verschärft worden. Sie hatte sich rechtzeitig auf die längere Trennung eingestellt und war überrascht, wie gut seine Briefe sie über Wasser hielten. Er konnte so merkwürdig schreiben, wie er war, zwischen blumig und hartgesotten, verunsichert und überschwänglich, zerrissen und zielbewusst – eine Achterbahn, die sie nach wie vor zum Einsteigen reizte.

Manchmal fühlte sie sich, als wäre in ihrer Brust eine neue Heiterkeit erwacht, eine rohe Leidenschaft, alles anzupacken, was immer sich in den Weg stellte. Sie stand nackt vor dem Spiegel – Hohlkreuz, Bauch raus, Seitansicht, Bauch rein, Hintern raus, die Hände in die Hüften gestützt, dann fuhr sie alles ab mit der Rechten, die klüger war als die Linke. Schließlich trat sie näher an ihr Spiegelbild, verharrte eine Weile, atmete tief ein und langsam wieder aus und wie sie so ihre Brüste beobachtete, die sich hoben und senkten, gefiel sie sich, aber ihr strenger Blick meinte nicht die Schönheit – er konzentrierte sich auf ihre rechte Brustwarze, die dunkler und größer geworden war, die Symmetrie verschoben, die Brüste schielten.

Dieses *Risiko* war in all ihrer Ergebenheit auch schon mitgedacht und sie war auf einen gefassten Umgang mit dieser

Wendung eingestellt, als wäre sie schon 35 und mitten im Leben. Das Schicksal sollte entscheiden – oder was auch immer hier was oder wen zusammenführte.

Also begann sie in ihren Körper hineinzuhören und die entscheidenden Teile auf kleinste Veränderungen hin zu inspizieren. Sie genoss die Atmosphäre des Zuwartens, als könnte sie mit Glücksgefühlen in den biologischen Lauf der Dinge hineindirigieren. Jedenfalls ging sie davon aus, dass der Zellverfall für eine Weile ins Gegenteil verkehrt war: Schöpfung, Aufbruch, Mobilmachung.

Den Pschyrembel, den sich Agnes vor Jahren schon ins Regal gestellt hatte, um ihre ausgewachsene Hypochondrie zu neutralisieren (was natürlich ins Gegenteil führte), hatte nun auch Gerda genauer inspiziert. Und als hätte es ihr schon der erste Sonnenstrahl des 4. Februar geflüstert, traten all die klassischen Symptome auf den Plan: morgendliches Erbrechen, vermehrter Harndrang, Kopfschmerzen, die wachsenden Brüste. Der wahre Quell der neuen Heiterkeit.

»Tja, Fräulein Fässler«, schmunzelte Dr. Cerha, der erfahrene, bescheidene Dr. Cerha, dem die Weisheit ins Gesicht geschnitzt war, einer der alten Garde, die Hausbesuche machte und mit Frauen reden konnte wie eine große Schwester.

»Da tut sich was ... Sie haben recht, der rechte Brustwarzenhof ist größer und dunkler geworden ... hat schneller begriffen als der linke.« Er lächelte zufrieden.

»Du meine Güte, ich hatte schon im Pschyrembel geblättert ...«

»Also ja, fünfte Woche in etwa. Sie sind guter Hoffnung, junge Frau.«

Sie umarmte ihn so herzlich; verunsichert und dankbar zugleich, als wäre er der Vater und sah gleichzeitig im Geiste Mama hinter ihm stehen, bleigrau, wie sie niederplumpst in ihren Sessel und die Welt versinkt. Das »*Wie konntest du mir das nur antun*« hing schon im Raum, als sie noch ahnungslos war.

Ihre Reaktion hatte fünf triste Tage eingeläutet, in denen Mama lernte, ihren Schock zu bewältigen, wobei sich schließlich der Fokus auf ein unschuldig weißes, schlank tailliertes Hochzeitskleid als beste Therapie und einzige Lösung erwies.

Gerda war seltsam ruhig in diesen Tagen, obwohl doch Dr. Cerhas Bestätigung ihr ganzes Leben und auch das ihrer Familie in neue Bahnen lenken würde, als hätte sich vor ihr ein alter Plan entfaltet, eine vorgeträumte Geschichte, die sich nun ganz selbstverständlich vollzog. Ich werde Mama. Bin schon eine. Zu früh, ja. Entrückt, von mir aus, aber es geht mir gut. Jeder hat mit sich selbst fertig zu werden. Sie wollte sich früh anfreunden mit der Verantwortung für das, was sie tat und verursachte, was sie dachte, was sie plante – mit dem Erwachsensein eben.

Ihre Hand steckte tief in ihrer rechten Manteltasche, spielte mit einem Häufchen Fünfschillingmünzen, wie im Klingelbeutel, sehr konzentriert auf das, was gleich zu sagen wäre und wie es zu sagen wäre, dem Vater des Kindes nämlich, während die Münzen im Hals des Automaten schepperten. Sie marschierte geradewegs zur Telefonzelle in der Gersthofer Straße, die zum Glück unbesetzt war, schloss die Tür hinter sich und hauchte eine kreisförmige Öffnung in die Eisblumen, die das Fenster blind gemacht hatten. Immer größer hauchte sie die Rundung, bis ihr ganzes Gesicht hineinpasste, und sah dem Verkehr draußen zu. Sie mochte beides – das stoische Verweilen, den Einklang mit der Zeit und die wilden Tage mit Piero, an denen die zwei mit dem Leben gespielt hatten.

An die Seitenwand der Telefonzelle hatte jemand Liebesschwüre gekritzelt, dazwischen vulgäre Obszönitäten und über allem eine stilisierte Version eines erigierten Penis, signiert mit einer Wiener Telefonnummer. Gerda musste an die Taschenlampenspanner denken und schmunzeln, als drehte sich überall und alles um den Einen, den Erigierten.

Dann wählte sie Pieros Nummer, ließ dreimal läuten, noch ein viertes Mal, legte wieder auf, wartete, bis sich der Puls beruhigt hatte und dachte nach.

Sie hatten sich bei ihren endlosen Spaziergängen am Donaukanal über alle Varianten eines gemeinsamen Lebens unterhalten, über Verliebtsein, Exzesse, Trennung, über die Mütter, die Väter, die Großmütter, die Konventionen, die Regeln und Regelbrecher, all die Widersprüche, die so produktiv sein konnten. Auch über die Variablen einer Ehe hatten sie beraten und zu ihrer Überraschung war ihm keine böse Suada entfahren, obwohl er doch ein gebranntes Kind war. Sogar vom *sicheren Hafen* hatte er gesprochen und noch nobler, *einem heiligen Bezirk*, in dem alles gemeinsam gestemmt werden könne, als hätte ihn tatsächlich keiner der Giftpfeile getroffen, die zwischen seinen Eltern noch immer flogen. Natürlich war er nicht unversehrt entkommen, als *Bastard*, das wussten sie beide, seine Seele hatte nicht alles weggesteckt, aber eine Stelle in seinem Kern schien unschuldig geblieben zu sein – wie sonst wäre seine Zutraulichkeit zu erklären. Sie waren zu einer stillen Übereinkunft gekommen, damals im Gespräch am Kanal, dass alles möglich wäre, gemeinsame Flucht inbegriffen. Die Unwiderruflichkeit hatte sie als Paar keineswegs verunsichert, im Gegenteil, sie war ihnen Ansporn.

Noch mal seine Nummer – diesmal reichte ein kurzes Klingeln. In den ersten Ton hinein wurde abgehoben:

»Oh mein Gott, Piero«, sagte sie ins Nichts, ohne abzuwarten. Sie konnte ihn atmen hören.

»Piero, kannst du sprechen?« Die Münzen fielen ungeduldig.

»Ja, ganz kurz, Liebes«, flüsterte er.

»Weißt du was?« Langes Schweigen. Dann vernahm sie den Ansatz eines Lächelns, das durch seine Nasenflügel glitt.

»Wir sind schwanger –«, sagte er mit fester Stimme. Die folgenden Sätze standen besonnen, fast getragen, wie Glockenschläge.

»Ja ... Wir sind Eltern.« Sagte Gerda.

»Eltern ... Wie das klingt.«

»Erwachsen.«

»Hat es deine Mutter überlebt?«

»Mit Schmerzen. Großer Skandal und all das, die Leute ...«

»Kann ich mir denken.«

»Und nur *EINE* Lösung, sagt sie.« Eine lange Pause dann.

»Willst du meine Frau werden?«, fragte er. Gerda fühlte sich blass werden. Im Ton der Frage schwang nämlich eine verzweifelte Forderung mit, als wollte er sein altes Leben auf der Stelle hinter sich lassen, als ob Freiheit winke am Horizont, Erlösung. Das vaterlose Leben.

»Ja, will ich«, hörte sie sich sagen und dachte *scheiß drauf*. Die mutterlose Freiheit.

Dann begann er plötzlich zu flüstern, Vater war wohl wieder aufgetaucht.

»Er ist wieder da, entschuldige ... Ich liebe dich, was immer jetzt passieren wird –«

Er hatte schon aufgelegt, als sie antworten und fragen wollte, was genau er meinte mit »*Was immer jetzt passieren wird*«. Sie hielt den Hörer noch eine Weile mit beiden Händen und schaute durch das Guckloch zwischen den Eisblumen ins blasse Licht.

Das Rundherum, all die Umstände in Wien und Bern mochten ja ärgerlich sein, die spöttischen Reaktionen ihrer Familie auf ihre Verliebtheit, die Geheimhalterei ihrer Schwangerschaft, das Gerede der Leute, die wochenlange Trennung von ihrem Geliebten, die Ungewissheit, die offenbar essenzieller Teil seiner Arbeit war, sein unberechenbarer Vater, der drohte wie ein Berg. Aber gleichzeitig wollte ihr ein optimistischer Schulterklopfer weismachen: Die Straße, die vor ihnen liege, sei eben und gerade, ohne Hindernisse. *Wir lieben uns*, sagte sie sich. *Wir sind jung, mutig und rotzfrech, wenn es sein muss.* Welche Veränderungen standen jetzt eigentlich an? Würde sie nach Bern ziehen? Würden sich die Nebel um seinen Vater eines Tages lichten? Sie müsste wohl zu ihm fahren und sich vorstellen, was sonst, er würde ja immerhin ihr Schwiegervater werden. Vor diesem Treffen hatte sie Angst. Er war ihr unheimlich. Obwohl er seinen Piero so eisern an der Kandare hatte, erschien er ihr verletzlich, ganz abgesehen vom Diabetes und der latenten Gefahr, in Stresssituationen zu kollabieren, was seine mentale Verfassung so unberechenbar machte wie eine Windhose in Nebraska. Außerdem wurde sie das Gefühl nicht los, er könnte in illegale Machenschaften verwickelt sein, *Angelegenheiten und Fälle*, in die selbst Piero nicht zur Gänze eingeweiht war. Sie hatte einfach Angst, diesen undurchsichtigen Herrn Burkhardt und seine tatsächliche Welt näher kennenzulernen, geschweige denn mit dieser klar zu kommen.

IX.

Dieses Dilemma führt uns zurück in die Gegenwart, in diesen trägen Vormittag des 25. Februar 1959, in den Gerda so schwer hineinfand, an dem nun der Rest ihres neuen Lebens begann. Nach ersten Kotzattacken hatte sie sich wieder gefangen, Lux hatte tatsächlich Licht ins Geschirr gebracht, die Übelkeit hatte sich gelegt, aber Mama war noch immer nicht zurück aus der Schule.

Als sie dann endlich, mit einer Stunde Verspätung, auftauchte, war es eher ein Heimschleichen, denn sie tippelte leise durch den Vorraum, so wie es Gerda zu tun pflegte, wenn schlechtes Gewissen sie spätnachts zum Leisetreten zwang.

Kaum war sie durch die Tür, wurde sie von Gerda zur Rede gestellt.

»Darf ich mal zur Abwechslung fragen, wo DU herkommst?« Gerda hatte tatsächlich ihre Fäuste in die Hüften gestützt.

»Was ist denn das für ein Ton, Kind?«

»Du redest doch immer von Ehrlichkeit und Vertrauen – und was tust DU?«

Mutter ließ ihre Bücher aufs Telefontischchen plumpsen und setzte sich daneben.

»Wie meinst du das, Ehrlichkeit, Vertrauen ... Ich war halt noch unterwegs.«

»Am Standesamt vielleicht? Oder gar im Pfarramt?!«

»Willst du's mir verbieten?«

»Jetzt werd nicht kindisch, Mama!«

»Ja, im Pfarramt. So was muss rechtzeitig erledigt werden, sonst kannst dein schönes Kleid da oben vergessen und die Leut glauben uns kein Wort mehr.«

»Ach, die Leut! Wär's am End nicht vielleicht naheliegender gewesen, zuerst die Braut zu fragen, wann sie heiraten will? – Das ist MEIN Hochzeitstermin, Mama, nicht deiner!«

»Ich hab halt gedacht, du hast zu viel –«

»Zu viel was?! Wie soll denn diese arme Urschel wissen, wie man heiratet? Hast du das gedacht? Die lebt ja hinterm Mond und kann vor lauter Rosa die Welt nimmer sehen. Die Agnes hat zufällig den Anschlag im Schaukasten des Standesamts gelesen. So hab ich's erfahren müssen. Toll. Von meiner eigenen Hochzeit.« Dann knallten mehrere Türen. Mutter blieb sitzen und hielt sich an ihren Büchern fest.

Zwei Stunden trotziges Schweigen. Auch gut. Gerda legte sich einen schon lange angedachten Handel, eine Art Ultimatum zurecht. Die passenden Worte fehlten noch, eine überzeugende Mischung aus Diplomatie und Zurechtweisung sollte es werden, wurde am Ende aber eine schlichte Drohung, die auch ohne Schnörkel saß:

Entweder unbegrenzte Einsicht in die Mahagonischatulle, also in Papas Briefe, sämtliche Tagebuchblätter, seine ganze Vergangenheit, oder die Hochzeit findet nicht statt, jedenfalls nicht zum vorgeschlagenen Zeitpunkt. So sieht's aus. *Ich, Gerda, bin der Herr des Verfahrens*, hieß das. Als hätte Mutter den schroffen neuen Kurs geahnt, hielt sie ihrer Tochter, um den Streit noch vor dem Abendessen zu klären, das Schlüsselchen zur Schatulle, zwischen Daumen und Zeigefinger geklemmt, vors Gesicht, wortlos – sie hätte ihr auch ein Kruzifix oder Knoblauch vor die Nase halten können, der Effekt wäre der gleiche geblieben. Gerda war die Siegerin.

Sie schnappte sich den ersehnten Schlüssel und verwahrte ihn fortan in ihrem abschließbaren Tagebuch. Obwohl Neugier sie drängte, sich unverzüglich in Papas Geschichte zu stürzen, hielt sie sich noch zurück, denn die *Einverleibung* sollte sich in Respekt vor seinem Leben und seinem Tod in einem andächtigen Ritual vollziehen, das Zeit beanspruchen würde und nicht gestört werden sollte vom logistischen Wirrwarr, das sich unausweichlich anbahnte.

Also begann sie sich gewissenhaft vorzubereiten auf ihren großen Tag und ließ in den folgenden Wochen, mit Bedacht auf eine sanfte Schwangerschaft, etwas mehr Milde zu, in ihrer rabiat gewordenen Natur. Jedenfalls dämmerten ihre Tage nun beschaulich dahin, in gelassenem Einverständnis mit den Änderungsvorschlägen der Schneiderin, die das Hochzeitskleid im Hüftbereich anpassen musste; kleine Adjustierungen, die Gerdas aufblühendem Hintern geschuldet waren, keine große Sache also.

Zweimal noch war Piero in Wien aufgetaucht, um sich bei Mutter und Familie für die freundliche Aufnahme zu revanchieren, einmal mit einem Festmahl im Restaurant Lugeck und ein zweites Mal bei einem ausufernden Heurigenabend, an dessen Höhepunkt ihm Agnes und Mutter das Du-Wort angeboten hatten. Alles schien sich, trotz der nur sporadischen Kontakte, in ruhige Bahnen zu entwickeln, wozu Gerdas Zuversicht und Entschlossenheit ein Gutteil beitrug.

Mutters Aktivitäten in den Frühlingsmonaten zielten im Wesentlichen darauf, die kirchliche Hochzeit bis ins kleinste Detail zu planen und für das anschließende Fest die Verwandtschaft zusammenzutrommeln, zum Ereignis des Jahres, das in der ehrwürdigen St.-Josefs-Kirche in Währing (die wunderschön gearbeitete Kanzel hatte es ihr angetan) gefeiert werden sollte. Die Standesamtliche war zwei Tage nach der Kirchlichen festgelegt, im engsten Familienkreis. Kurz und nüchtern wollte Gerda diese Prozedur, zumal ihr die Sache sehr im Magen lag, da ihr klar war, dass jede Frau mit ihrer Unterschrift am Standesamt ihre Selbstständigkeit aufzugeben hatte, gezwungen, bei beruflichen Entscheidungen erst mal ihren Mann um Erlaubnis zu fragen. Sie hatte mit Piero zwar per Handschlag geklärt, dass ihre Autonomie unangetastet zu bleiben hatte, aber allein diese offizielle Unterwerfungsgeste schmerzte sie. Es war gerade mal zwei Jahre her, dass auch Frauen bewilligt wurde, ein eigenes Konto zu eröffnen. Wie großzügig! Gerda war nicht gut zu sprechen auf die Regierung. Für Mutter war die rechtliche Verbindlichkeit, die der Staat einforderte, eher zweitrangig. *Hauptsache mit der Kirche ist alles im Lot.*

Wie auch immer, aus Böhmen hatte sich schon Großmas jüngere Schwester angekündigt, aus Südtirol zwei Nonnen im Habit der Kongregation der »Figlie della Carità« (Töchter der Nächstenliebe) mit weißen Kopfbedeckungen, die

Windrädern ähnelten. Aus Innsbruck Mutters fromme Freundinnen aus der Schulzeit in der LBA, dazu zwei brave Pfadfinderführerinnen aus Hohenems, und schließlich Papas gesamter Anhang aus der Schweiz – keiner dieser Menschen war je in Wien gewesen – seine Schwestern Annemarie und Elisele, die es beide zu Großrätinnen in der Basler Kommunalpolitik gebracht hatten, sein Bruder Ernst aus Amriswil, ein Kunstmaler, dem nicht viel Zeit vor seiner Staffelei vergönnt war, weil er tagsüber in der elterlichen Stickerei zupacken musste, und natürlich die Schweizer Oma selbst, eine hochgewachsene, spindeldürre Gutmütigkeit, dünn wie ein Christbaum, Stamm wie Äste, mit geflochtenem weißen Haarkranz und durchsichtigen Händen, eine Frau, die in Gerdas Erinnerung mächtig wie ein Strommast in der Küche stand, im schwarz-weiß getupften Schürzenkleid, allzeit bereit, abstruse Geschichten zu erzählen und den besten Rhabarberkuchen der Welt zu backen. Gerda wurde es warm ums Herz, als ihr Mutter, fast devot diesmal, die Einladungsliste vorlegte.

Die schob Gerda gleich in ihren gepackten Koffer und freute sich auf eine längere Reise, westwärts.

X.

Bern, 21. April 1959.
Die medizinische Apparatur, vor der sie saß, erinnerte an ein ferngesteuertes Wesen, mit Tentakeln aus einer andern Welt, eine merkwürdige Konstruktion, die sich bewegte und offensichtlich ein menschliches Organ simulieren oder ergänzen sollte. Eigentlich ein liegender Zylinder, von Holzlatten zusammengehalten und von Zellophanschläuchen umwickelt, eine Art Trommel, die um ihre Achse rotieren konnte, aus der weitere Schläuche zu Teflonkanü-

len führten, die einen Zugang zu den Blutgefäßen des Patienten ermöglichten, der wie aufgebahrt in seinem Bett lag, in komatösem Schlaf. Sie starrte abwechselnd auf den ruhigen Blutfluss in den Schläuchen, der durch die Rotation der Trommel aufrechterhalten wurde und auf das zerfurchte Gesicht des alten Mannes, dessen Stirn, Brauen, Backenknochen und Leninkinn ihr so vertraut vorkamen. Ein Haarbüschel stand ihm waagrecht vom Kopf, was rein optisch am Nimbus des Souveräns kratzte. Pieros Hand versuchte vergeblich zu glätten.

Eine Dialyse sei das, sagte er. Blutwäsche. Der Patient: sein Vater. Diese seltsame Gerätschaft besitzen nur wenige Kliniken auf der Welt, erzählte er, aber sein Vater habe durch seine weitläufigen Beziehungen Zugang zu dieser Behandlung bekommen. Der Diabetes habe seine Nieren bereits so empfindlich geschädigt, dass diese Therapie, obwohl noch unausgereift, das Wagnis wert sei. Gerda saß wie vernagelt, konnte ihren Blick nicht losreißen von diesem störrischen Mann, der ihren Piero so lange schon gepeinigt hatte und nun hilflos wie eine Mumie mit gesäubertem Blut versorgt werden musste. Es erstaunte sie, wie gelassen Piero diese beängstigende Situation deichseln konnte, war doch ein Exitus, sollte es während der Prozedur zu Komplikationen kommen, nicht ausgeschlossen. Als wäre die momentane Hilflosigkeit seines Vaters eine Injektion für sein Selbstbewusstsein, begann er im Ton eines Dozenten sein Wissen über diesen Vorgang auszubreiten, keineswegs arrogant oder hochnäsig, eher mit dem besorgten Blick eines Forschenden in dieser Materie – obwohl er sich alles gerade angelesen hatte. Seine beharrliche Neugier und seine Verwandlungslust packte sie immer wieder aufs Neue; beides so radikal wie seine Wut. Was hier gerade mit seinem Vater geschah – die Hälfte seines Blutes in der »Waschtrommel« – zerpflückte er in die mechanischen Abläufe, die ihm das Leben retten würden.

Dieser Dialysator basiere, wie alles Geniale, auf simplen physikalischen Prozessen wie Osmose und Diffusion, was zu einem reinigenden Stoffaustausch führen werde usw., usw. Dem Körper werde Blut entnommen –

»Das versteh ich noch«, flüsterte Gerda. Dabei berührte er eine der Glaskanülen:

»Siehst du? Und dieses Blut wird dann durch die Poren einer Membran gefiltert und gereinigt, dem Körper wieder zugeführt, so genial einfach.« Dabei war er aufgestanden, umkreiste die *Trommelniere* (die Ärzte hatten sie so genannt) und beschrieb mit seinen Händen den Weg des Blutes zurück zu den Venen seines Vaters. Schließlich sank er auf einen Stuhl, der am Kopfende des Bettes stand und starrte auf den alten Mann, wie abgemeldet, weg aus der Welt, wie damals in der Gruft oder beim Abendessen mit Mama. Ganz nah an seinem Gesicht saß er und Gerda betrachtete mit Staunen den Gleichklang ihrer Züge.

Erste Tautage waren über Bern gezogen. Spaziergänge an der Aare gingen sich schon aus. Pieros Vater hatte sich halbwegs erholt, zumindest war er aus dem Koma erwacht, aber noch zu schwach, um Besuche zu empfangen, die Trommelniere hatte vorerst ihre Funktion erfüllt.

Gerda war auf Einladung der Familie Burkhardt im Bellevue-Palace-Hotel einquartiert – ein schöner Ort, um alles zu besprechen. Sie ließ sich, erschlagen vom üppigen Luxus, aufs Bett fallen. *Haben's ja nur gut gemeint, die Herren.*

Wie die Lage so sei, wollte sie wissen, behutsam und auf alles gefasst. Piero meinte zwar, Vater habe sich *so lala* arrangiert mit der Hochzeit. *So lala* ... fühle sich aber zu schwach für Einwände oder gar eine Teilnahme am *Getümmel*. Alle Beteiligten mögen das bitte verstehen, habe er noch als versöhnliche Geste nachgeschoben.

Hätte er Gerda in seinem Elternhaus im Gästezimmer untergebracht, wie sie erwartet hatte, wären Diskussionen nicht ausgeblieben, befürchtete Piero. Was sie in der Klinik gesehen hatte, auch wenn's nur ein Schlafender war – bestärkte ihre Befürchtung. Der Tyrann war auch im Koma noch zu erkennen, und sie entschloss sich zu höflicher Zurückhaltung. Was die ganze Wahrheit war, wollte sie irgendwann herausfinden, da bliebe noch Zeit, eine Ehe lang.

Das Erlebnis in der Klinik hatte nämlich ihre Absichten nicht im Mindesten geschmälert. Alles wie gehabt. Sie waren beide entschlossen, Verantwortung zu übernehmen, für das Kind, füreinander, für die Zukunft.

Es folgten noch zwei Liebesnächte im Bellevue, lange Nächte, die nur bestätigten, was klar war. (Wenn einer das Zimmer verließ, um Luft zu holen, hatten sie als Klopfcode die Morsezeichen für SOS vereinbart.) Sie lagen lange ineinander verschlungen – alle drei, in heiliger Dreieinigkeit. Das könnte das Göttliche sein, dachte Gerda und konnte nicht mehr einschlafen.

In dieser Hochstimmung schrieb sie ein kurzes Briefchen an Mama, an dessen Ende sie ein versöhnliches Nietzsche-Zitat setzte, das Mama ins Grübeln bringen sollte:

»Das Reich Gottes ist nichts, das man erwartet: Es hat kein Gestern und kein Übermorgen, es kommt nicht in ›tausend Jahren‹ – es ist eine Erfahrung an einem Herzen: Es ist überall da.« *Das hat derjenige geschrieben, der Gott für »tot«* *erklärt hat, Mama, siehst du, kein böser Mensch ...*

Auf der Heimfahrt ließ sie alles noch mal Revue passieren. Ihr war sehr bewusst, welche Unwägbarkeiten sich bald einstellen könnten – für schräge Szenarien hatte sie ausreichend Fantasie, aber alle Einwände und Unkenrufe waren längst durchgekaut und die Motive, die die beiden antrieben, waren stärker als alle Skepsis.

Draußen legten sich Nebelfetzen aufs Land, die der Zug teilte. Sie lehnte mit einer Schläfe am Fenster, in dem sich ihre ewig optimistischen Augen spiegelten. Sie lächelte sich an. Dass der Gedanke ans Heiraten etwas Befreiendes haben könnte, für beide und aus ähnlichen Gründen, bestätigte und überraschte sie zugleich. Piero hatte übrigens mit kryptischen Andeutungen sogar eine Hochzeitsreise nach Portofino in den Raum gestellt und zwar so verdruckst, dass man annehmen konnte, alles wäre schon fix gebucht. *Ich heirate ihn nicht nur (was heißt nur?) aus Liebe, Leidenschaft, Mitleid oder Beschützerinstinkt,* sagte sie sich, *sondern auch aus Neugier und Abenteuerlust,* was hätte die Vernunft da einzuwenden?

Während der Fahrt durch Vorarlberg überkam sie ein vertrautes Gefühl von Heimeligkeit, das ihr wie eine warme Hand unter die Kleider kroch, das *Sommerland.* Das musste nichts heißen, aber es war da, wie eine machtvolle Einladung.

Als der Zug neun Stunden später in Wien einfuhr, hatten sich die vagen Antworten schon wieder verflüchtigt und die Zeit verlangte nach einem Plan.

Piero würde sich zwei Tage vor der Hochzeit noch einen Polterabend (mit seinen Berner Kumpels) in Südtirol gönnen, bei einem Wirten in Meran, der für seine Törggele-Feiern berüchtigt war.

Er würde verlässlich am Vorabend mit dem Zug in Wien eintreffen und wie gewohnt im Ambassador nächtigen.

Die angekündigten Verwandten der Familie Fässler waren allesamt pünktlich eingetroffen und in kleinen Pensionen in Neustift am Walde, in Döbling und Währing untergebracht. Nur die Schweizer Oma, Papas Mutter, war für die paar Tage bei der Familie eingezogen. Großma hatte in ihrem Reich eine ausziehbare Couch angeboten, eine Geste, die allseits Beachtung fand. Gerda bildete sich ein, eine Brise Rhabarberduft in der Nase zu spüren, seit die Schweizer Gutmütigkeit im Haus war; sie verströmte ein Gefühl von Leichtigkeit und Gelassenheit, das ansteckend war.

Abends, nachdem sich Gerda telefonisch vergewissert hatte, dass ihr Bräutigam schon wohlbehalten im Hotel gelandet war, ließ sie sich das Hochzeitskleid ein letztes Mal anpassen, mit dem festen Vorsatz, am großen Tag nicht allzu üppig zu frühstücken. In voller Montur rief sie ihn noch einmal an, stellte sich dabei vor den Spiegel, in aller Würde und Schönheit einer gefassten Braut.

Piero war am Telefon ganz aufgeräumt und charmant, vielleicht auch noch angespitzt vom Feiern in Meran, jedenfalls beschrieb er seine ganz persönliche Fantasie der Frau in Weiß mit einer kindhaften Zärtlichkeit, die sie fast traurig machte, weil sie im wahrsten Sinne nicht zu fassen war – als hätte er etwas Kostbares beschrieben, zu dem er nie Zutritt bekommen würde. Sie hatten zusammen noch Witze gemacht und herzlich gelacht über platzende Nähte und sonstige Fauxpas, die passieren könnten, er hörte sie dabei sogar zweimal in die Hände klatschen und *sah*, wie sie übermütig ihren Kopf in den Nacken warf. Ihr Lachen hallte noch nach, als er längst aufgelegt hatte.

Und so kam schließlich dieser Dienstag, der 5. Mai 1959, an dem Gerdas Geburts- und Hochzeitstag zusammenfielen. Einer der Tage, die Meere teilen können.

Mutter hatte keinen noblen Korso geplant, sondern im Gegenteil, eine herzliche, gemütliche Familienfeier, die sich über zwei Tage erstrecken sollte. Die Zeremonie in der Kirche allerdings sollte ein unvergessliches Erlebnis werden, nicht protzig, aber von angemessener Relevanz. Da wollte Mutter nicht knausern, ohne allerdings ihren illusorischen Elan zu übertreiben. Sie liebte ihre Tochter und das sollte sie an diesem Tag besonders zu spüren bekommen.

Der Morgen verlief ohne besondere Vorkommnisse. Ein gewürfelter Apfel, eine Tasse schwarzen Kaffees und ein halbes Bürli mit Butter (hatte Oma aus der Schweiz mitgebracht), das war's mit dem Frühstück, karg und gesund. Agnes hatte Gerda ins Kleid geholfen und als sie sich zur Begutachtung noch mal vor den Spiegel stellte, bekamen beide feuchte Augen und umarmten sich, als wär's tatsächlich ein Abschied. Sogar im Hochzeitskleid ging sich Gerdas angestammter Stiegenrhythmus noch aus, *Tadam Tadam*, und wenn sie das Kleid in Schenkelhöhe anhob, gelang sogar der Sprung über die letzten drei Tritte. Das Lampenfieber hielt den Übermut dann doch im Zaum.

Ist er schon bei der Kirche oder erst auf der Fahrt? Um Punkt elf wollte er vorne am Altar (gemeinsam mit dem Pfarrer) auf sie warten. An Papas statt würde sie sein Bruder, Onkel Ernst aus Amriswil, unter den feierlichen Klängen des Hochzeitsmarsches von Mendelssohn Bartholdy zu ihm führen.

Sie blieb beim Telefontischchen stehen, wartete ein paar Augenblicke. Schließlich griff sie zum Hörer, wollte wählen – Besetztzeichen ... die Nachbarn telefonierten ... Viertelanschluss. Sie setzte sich, vorsichtig ... die Nähte. Der zweite Versuch klappte. Agnes legte ihr beruhigend die Hand auf die Schulter. Herr Burkhardt sei nicht mehr im Hause, hieß es im Ambassador, schon vor einer halben Stunde habe er das Hotel verlassen. Er habe auch schon bezahlt, aber das Gepäck sei noch da. Gerda legte auf, grußlos. Agnes umarmte sie, aber Gerda war schon im Tunnel.

Draußen wartete das Taxi, das wohlweislich schon tags zuvor auf die Minute bestellt worden war. Auf der Fahrt versuchte Gerda, die einstürzenden Bauten wieder aufzurichten – er wird sicher noch irgendeine Überraschung geplant haben, sie kannte doch seine verrückten Ideen – ein grandioses Blumenbukett vielleicht, aus einem Heißluftballon vors Kirchenportal geworfen oder Ähnliches – ihm war alles zuzutrauen, außerdem: Es ist ja Werktag, alle Geschäfte sind offen. Nur keine Panik jetzt, am Ende löst sich alles in Wohlgefallen auf.

Auf dem Kirchplatz von St. Josef war schon geschäftiges Treiben.

Vor den Stufen des Eingangsportals hatte sich eine Musikkapelle, dreißig Mann hoch, postiert, zehn Mädchen in weißen Kleidchen waren fürs Reiswerfen vergattert. Mutter war aufs Ganze gegangen. Ihre Schülerinnen hatten die Bogentreppe zur Kanzel hin, die Kanzel selbst und auch die dem Mittelgang zugewandten Einfassungen der Betbänke mit Girlanden aus Blumen, Tannenreisig und goldenem Lametta geschmückt. Gerda war nicht wirklich glücklich über die wohl gemeinte *Verschönerung*, aber respektierte die gute Absicht.

Es ging schon auf halb elf. Mamas Kirchenchor, in dessen Schutz sie sich als Mezzosopran schon an Mozart-Messen gewagt hatte, war auf der Empore versammelt und bereit loszulegen. Sie selbst würde heute nicht mitsingen, da sie zu sehr in die Organisation eingebunden war, die Nerven. Sie stand vorne in der ersten Bankreihe, wie eine Säule, links und rechts flankiert von den weißen Windrädern der *Töchter der Nächstenliebe*. Immer wieder drehte sie sich um nach Braut und Bräutigam. Agnes war bei ihr.

Alle Blicke waren auf das Kirchentor gerichtet.

Sogar Schüler hatten sich eingefunden, auch Lehrerkollegen und Aufsichtspersonen, Nachbarn, der Postbote, die Blumenfrau vom Markt, Feuerwehrleute. Das Tuscheln wurde lauter. Einige schauten schon achselzuckend auf die Uhr.

Und dann endlich ihr Auftritt, im Gegenlicht des offenen Portals – die Silhouette der Braut. Mutter winkte ihr zu, ein unsicheres Lächeln. Der Organist auf der Empore hatte sich mutig an Bach-Fugen gewagt, um die Wartenden in angemessene Stimmung zu versetzen. Vergeblich. Seine Versuche wurden eher als lästiger Pausenfüller empfunden, um ein gröberes Problem zu kaschieren. Jeder im Raum spürte, dass hier etwas im Argen lag. Wo war der Bräutigam? *Wo verdammt ist Piero?*

Die Menschentraube um Gerda wurde unruhig – Fragen, Ratschläge, Befürchtungen. Und als die Turmglocke elfmal anschlug, wurde alles, auch die Orgel, wie auf Kommando stumm. Kein Räuspern mehr. Nur Stille.

Verloren stand Onkel Ernst in seinem schwarzen Maßanzug, mit weißer Rose am Revers, am Rand der aufgewühlten Gäste und ahnte, dass sein großer Auftritt nur ein Gedanke war.

Dann ein paar Extrasystolen – als plötzlich zwei Männer in grünen Arbeitsschürzen mit einem imposanten Bukett aus hundert oder mehr weißen Lilien (Gerdas Lieblingsblumen) die Stiege zum Portal hochkeuchten, schöpfte Gerda wieder Hoffnung. *Dieser Kerl, dieser elende Kerl!*

Gleichzeitig sah sie draußen am Kirchplatz zwei Polizeifahrzeuge vorfahren, mit rotierendem Blaulicht, dahinter ein weiteres Auto – die Person am Steuer mit Hut war nicht zu erkennen, schien jedoch zu den Beamten zu gehören. Gerda verlor für Sekunden ihre Balance, musste sich an Onkel Ernst festhalten. Im Nu war die Nachricht von der Ankunft der Polizei bis in die Kirche und zur ersten Bank vorgedrungen. Kaum hatte Gerda die ersten Worte mit dem Inspektor in Zivil gewechselt, wurde sie von verzweifelten Stimmen in die Kirche zurückgerufen:

»Die Mama, Gerda, schnell ... die Mama!!«

Als sie, in diskreter Begleitung des Mannes in Zivil, beim Altar ankam, lag Mama am Steinboden und atmete flach. Eine der Nonnen kniete über ihrem Gesicht, versuchte Mund-zu-Mund-Beatmung, bis ein Herr, dessen Autorität ihn als Arzt auswies, sie höflich zur Seite schob und nach wenigen Augenblicken eine Parese am linken Arm feststellte – Schlaganfall. Ihre linke Mundhälfte hing etwas nach unten, sie lallte Unverständliches. Dann wurde es schwarz um Gerda.

Als sie wieder zu sich kam, lag sie in einem Ambulanzauto, eine Blutdruckmanschette am linken Arm. Neben ihr saß der diskrete Herr, der sie in die Kirche begleitet hatte.

»Sie verzeihen, es ist mir überaus unangenehm, aber wir müssen noch ihre Personalien ... so leid es mir tut.« Er schien ehrlich zerknirscht.

»Was ist mit meiner Mutter?«

»Sie ist wieder halbwegs auf dem Damm, den Umständen entsprechend, die andere Ambulanz hat sie ins Evangelische Krankenhaus gefahren.«

»Du meine Güte, gibt's kein katholisches?« Der Beamte stutzte kurz.

»Es gibt gute Ärzte dort, auch katholische, soweit ich weiß ... sie ist in guten Händen.«

Gerda war noch nicht ganz auf der Höhe, aber was sie im Nebel so mitbekam, war ein Déjà-vu, das sie nicht sehr überraschte – eine Fahndungsliste, die wieder zwei bekannte Namen ausgespuckt hatte: René und Piero Burkhardt. Das Verhör war rasch beendet, nur Unklarheiten eigentlich, sie würde in nächster Zeit wahrscheinlich von anderer Stelle benachrichtigt werden über den Lauf der Dinge, sagte der Inspektor mit sanfter Stimme – die ganze Sache war ihm höchst peinlich. Dann stieg er wieder um ins Polizeiauto, das dem Ambulanzwagen ständig gefolgt war.

Der Notarzt hatte einen hypotoniebedingten Kreislaufkollaps festgestellt, ohne weitere Komplikationen zu erwarten, und sie freundlicherweise gleich nach Hause gebracht. Roland und Raimund waren mit dem halben Pulk der Mama ins Krankenhaus gefolgt und auch Agnes ließ sich schließlich überzeugen, dass Mama ihres Beistands mehr bedurfte als Gerda, die wieder bei Kräften schien. Wohin sich die übrige Verwandtschaft im Chaos verzogen hatte, hatte sich ihr noch nicht erschlossen.

Jedenfalls war sie jetzt allein im Haus. Es war gespenstisch, die flirrende Aufregung und Freude des Morgens und jetzt – trostlose Stille. Sie hätte losheulen können. Tat sie aber nicht. Das edle Ticken der Wanduhr im Gang war das einzige Geräusch. Obwohl die Mechanik des Pendels die Zeit so verlässlich teilte, schien sie ihr wie eine Zumutung, die verfluchten Teilchen und Wellen waren entgleist. Chaos. So verging eine Stunde oder mehr.

Zusammengesunken saß sie am Telefontischchen, die Ellbogen auf den Knien, den Kopf in den Händen, in Erwartung der nächsten Hiobsbotschaft. Sie spürte ihr Blut kaum noch in den Adern, als das schwarze Ding losbrüllte.

»Ja, bei Fässler?

»Eidgenössische Fremdenpolizei Bern, Major Rothemund. Spreche ich mit ... äh ... Gerda ... Burkhardt?«

»Fässler, Gerda Fässler ... noch.« Sie streckte sich.

»Sie wissen, worum es geht.« Kein Fragezeichen.

»Nicht wirklich. Aber ... ich nehme an, Sie suchen meinen Bräutigam?«

»Allerdings. Und seinen Vater.« Die blechernen Schweizer Vokale klangen wie eine Schuldzuweisung. Das machte sie wütend.

»Und wie könnte *ich* Ihnen helfen? Ich wüsste ja selber gern, wo er ... wo die sind.«

Mit dem Zorn kam auch das Blut wieder in ihre Adern.

»Haben Sie Vermutungen?«

»Nicht die geringsten ... wie auch.«

»Sie werden verstehen, dass wir unsere Arbeit tun müssen«, wies sie der Major zurecht.

»Und Sie könnten sich freundlicherweise in meine Situation versetzen ... Ich wollte grade heiraten und ... und meine Mutter hatte einen Schlaganfall ... und dann –«

»Hören Sie, Frau Fässler –«

»Fräulein!«

»Fräulein Fässler, wir müssen einer Sache auf den Grund gehen, die größere Dimensio–«

»Ihren Mutmaßungen sollten Sie gefälligst auf den Grund gehen«, fuhr sie dazwischen, »so ist es doch ... Mutmaßungen, die vielleicht gar nichts mit der Wahrheit zu tun haben, sondern mit Hirngespinsten ... größerer Dimension.«

Ein kurzes Knacksen im Hörer, der Anrufer schien irritiert, ein paar dumpfe Worte im Hintergrund, eine Hand auf der Sprechmuschel. Dann wieder deutlich:

»Was die Wahrheit ist, müssen Sie wohl oder übel uns überlassen!«

»Und jetzt? Was wollen Sie?« Sehr ungehalten kam das.

»Ich möchte Sie auffordern, sich weiterhin zu Verfügung zu halten. Das ist alles.«

Dann das Besetztzeichen. Der Major hatte aufgelegt. Grußlos.

Papa, wo bist du, sagte sie vor sich hin. Sie konnte sich auf nichts konzentrieren, konnte nicht mehr klar denken; jeder Gedanke wurde erschlagen von hundert anderen. Sie war ein Opfer und doch an allem schuld, was jetzt folgen würde. Das Seltsame dabei, irgendwie verschmolzen all die durchbrennenden Sicherungen zu einer wohligen Wärme, die sich im Bauch breitmachte ... Aus den Angeln, alles ... Für Sekunden machte sich ein Kichern selbstständig, das sie nicht beabsichtigt hatte, es flog durch den Raum, bis ihr klar wurde, dass sie das war.

Sie stand auf, kickte die schmerzenden Stöckelschuhe über den Boden und setzte langsam einen Fuß vor den anderen. Der Saum des Kleides und die lange Schleppe glitten hinter ihr wispernd übers Parkett. Da man ihre Füße nicht sehen konnte, schien sie zu schweben, von einem Raum zum nächsten. Beide Hände zart um den Bauch

geschmiegt. Zwei klobige Kommoden, ein hübscher Sekretär an der Wand, eine zerschlissene Ottomane in Blau, ein
Nierentischchen, neumodische Lämpchen, ein alter Lüster,
zwei zu große Kandelaber, ein Samowar und ein schwerer
spanischer Buffetschrank aus massiver Pinie waren ihre
Zuschauer. Gerda mochte den verstörten Charme, den diese
Möbel versprühten, als wollten sie sagen: *Ist ja gut, wir wissen, dass wir nicht zusammenpassen, aber wir haben viele Leben
gelebt. Jedes von uns.* Dann ein Durchzug. Jemand musste ein
Fenster offen gelassen haben. Die Gardinen bauschten sich
in den Raum hinein, flogen auf, fingen das Mittagslicht und
ließen Musterschatten über den Boden springen. Feierlich
sah das aus, eine Ahnung von Mendelssohn Bartholdys
berühmtem Marsch half ihr beim schleifend verzögerten
Schreiten, sie neigte ihren Kopf grüßend, nach rechts und
nach links, an ihrer Seite ging der virtuelle Onkel Ernst aus
Amriswil.

In Großmas Lederfauteuil, oben im zweiten Stock, rollte
sie sich ein wie ein Baby. Eine gnädige Erschöpfung ließ sie
auf der Stelle einschlafen.

Der traumlose Flug wurde jäh beendet, als der Dialekt-
Singsang der Schweizer Oma an ihr Ohr drang. Von unten.
Ihre Stimme hatte, obwohl ihr Körper dünn und durchsichtig schien, eine Wucht, die über mehrere Stockwerke reichen konnte. Vielleicht hatte sich Gerda erst verhört, aber
zwei Worte, die aus der Küche gerufen wurden, identifi-
zierte sie eindeutig als »Chäsknöpfli« – offenbar ein Angebot an alle, die trotz der widrigen Umstände Hunger hatten. Normalerweise neigen Menschen dazu, sich mit
verhaltener Stimme an tragische Situationen anzupassen,
wenn jemand im Sterben liegt oder die Welt grade aus
anderen Gründen untergeht. Man spricht automatisch leiser, flüstert oder schweigt, um die eigene Betroffenheit zu
zeigen. Aber Omas Rufen hatte etwas Fröhliches, sie wollte
dem Schicksal nicht jede Gemeinheit verzeihen und fand in

jedem Schlamassel noch etwas Positives. Das »i« der »Chäsknöpfli« hatte sie hochgezogen, also Frage. Zwei Jas, die Buben hatten Hunger, schloss Gerda, denn Agnes wird noch bei Mama im Spital geblieben sein.

Wenig später drang ein altbekannter Duft nach oben, viel Emmentaler und *a bizzli Bergkäs*, so wie es Oma schon in Gerdas Kindertagen portioniert hatte. Dazu gab es Apfelkompott und am Ende Selbstgebrannten, den sie wohlweislich aus der Schweiz mitgebracht hatte. Dort war ja alles um eine Nuance besser als bei uns – das Brot, die Milch, die Schokolade, der Schnaps, der Käse und die Währung, das hatten selbst die Tiroler in der Familie so akzeptiert. Die Schweizer hatten als Wächter über das Geld der Welt genügend Zeit, auch im Alltag für Hochkultur zu sorgen – so hatte sich Mama einmal ausgedrückt, nicht ohne Neid.

Gerda schämte sich fast für den Appetit, der in ihr aufstieg. Eigentlich hätte sie auf der Stelle zur Mama fahren sollen, aber irgendwas sträubte sich noch in ihr. Als sie, den Schlaf noch in den Knochen, wie in Trance die Treppen hinunterstieg, standen Oma, Roland und Raimund eng gezwängt auf der Schwelle zur Küche und starrten sie an – das Hochzeitskleid noch makellos, bis auf ein paar Knitterfältchen, der vier Meter lange Schleier mit den aufgenähten weißen Tüllrosen floss über die Stufen hinter ihr. Sie musste gähnen: kein Auftritt, aber unschuldige Grazie, die alle rührte. Da schüttelte es die alte weise Dame und Tränen rannen ihr über beide Wangen. Gerda lief ihr in die Arme und auch Raimund und Roland schmiegten sich in die Umarmung der Frauen. Schließlich heulten sie alle vier, wobei das Schluchzen sich allmählich in ein verhaltenes Kichern und am Ende in hysterisches Gelächter steigerte. Am Ende sahen sie sich entgeistert an und wussten, dieser Ausbruch war der Lage angemessen.

Oma öffnete andächtig den Reißverschluss, half Gerda aus dem engen Kleid und legte es vorsichtig auf den Lehnstuhl draußen im Gang, weit weg vom dampfenden Käse. Raimund stand wie ein Diener mit Livree, bereit, seiner halb nackten Schwester in den Bademantel zu helfen. Er musste kurz schlucken, als er sich ihrer in Spitzenwäsche gehüllten Schönheit bewusst wurde, eigentlich zum ersten Mal. *Armer Bräutigam, armer Piero! Und wie geht's deinem Borgward? Ist der auch verloren? Wo seid ihr zwei, verdammt!* Das hätte ein runder Tag werden können.

Nachdem man sich wieder gefasst und gegessen hatte, wurde Gerda aufgeklärt.

Was den Aufenthalt der zersprengten Gesellschaft anging, war der Informationsstand eher dürftig. Ein Teil der Gäste habe sich bald schon in anliegende Beisln und Restaurants zerstreut, um wohl ausgelassen über das Geschehene zu palavern und so den Schock zu verdauen, erzählte Oma. Alle hätten sich den Kopf zerbrochen über diese peinliche Angelegenheit. Man erlebe das ja nicht alle Tage. »*Mein Gott, die Arme*« seien die meistgehörten Worte gewesen.

Mamas Zustand habe sich übrigens zusehends gebessert, sie stehe zwar noch unter Sedativa, aber das *Schlägle* hätten die Ärzte so weit im Griff, meinte sie, und der hängende Mundwinkel habe sich schon wieder gehoben, was wiederum das Lallen gemildert habe. Großma habe sich im Spital gleich in einen frei stehenden Rollstuhl fallen lassen, an der Seite ihrer Tochter, und sei ebendort eingenickt.

Die »Töchter der Nächstenliebe« sollen für eine Nacht im Karmelitinnenkloster am Hanschweg untergekommen sein, während Agnes die gesammelten Schweizer in den nächstbesten Zug nach Westen gesetzt hatte, der allerdings, so die Bedingung der Verwandten, einen Speisewaggon mitführen sollte, da in dieser Aufregung an Schlaf sowieso nicht zu denken sei und das eine oder andere Gläschen helfen könne, die Enttäuschung besser wegzustecken. Agnes habe den Wink verstanden und deshalb zum Abschied eine Runde spendiert.

Auf Gerdas Frage, was denn der Tenor der Gespräche gewesen sei, als der Abbruch der Veranstaltung feststand, schien sich Omas Stirn zu verfinstern, denn neben Mitleidsbekundungen sei auch eine gewisse Verwunderung zu spüren gewesen, erzählte sie, auch Argwohn und Kopfschütteln, was auf wirre Brocken zurückzuführen war, die Mama in ihrer Aufregung hingelallt hatte. Vielleicht ein missverständlicher Nebensatz, in dem Worte wie Spionage, Interpol oder Vatikan gefallen waren. *Weiß der Gugger*, sagte Oma. Damit war die Verwirrung vollkommen, da prinzipielle Fragen aufkamen: *Was hat diese Familie mit Interpol und dem Vatikan zu schaffen?* Damit waren Verschwörungstheorien Tür und Tor geöffnet. *Geht's um Mord und Totschlag? Was Politisches? Ein Unfall? Er soll ja eine große Nummer sein beim Roten Kreuz in Bern, aus reichem Hause dazu, ein Menschenretter* usw. … Die Sache würde sich noch lange am Köcheln halten.

Das ahnte auch Mutter und habe deshalb um stärkere Beruhigungsmittel gebeten. Sie wollte noch nicht imstande sein, sich die ganze Malaise mit allen Konsequenzen auszumalen.

Aber eines war schon klar: Sollte Piero nicht bald auftauchen, würde die befürchtete Katastrophe tatsächlich eintreten, die Schande perfekt sein und das uneheliche Kind ein ewiger Makel in ihrer Familiengeschichte.

Wie ein böser Spuk war der Zug, ohne zu halten, durch die Station gedonnert. Die Gäste waren ratlos Spalier gestanden.

»Alles für die Fisch«, stellte Raimund fest.

XI.

Gerda starrte auf die tropfende Flüssigkeit, die den Infusionsbeutel verließ und Mamas Systeme stabil halten sollte. Ihr Puls war ruhig und gleichmäßig. Sie schien tief zu schlafen, Gerda sah die REM-Bewegung unter den Lidern. Was sie wohl träumte? Der Alb war ja längst real. Ihre Hand umschloss Mamas Handgelenk, keine Rhythmusstörungen, das war beruhigend.

»Alles wird gut, Mama«, flüsterte sie, ohne eine Antwort zu erwarten. Da machte Mutter die Augen auf, so erschrocken, als hätte jemand geklopft.

»Ja? Herein.«

»Ich bin's nur, Mami, die Gerda. Alles gut.«

»Alles gut! Ha!?« Ihr kurzer Lacher klang fast dreckig, ein kurzer, verächtlicher Ton durch die Zähne und die leicht flatternde Unterlippe geblasen. Dann schloss sie die Augen, als wollte sie wieder zurück in den Traum. Kurz darauf begann sie zu schnarchen, ansatzlos und laut.

Ein kleines Vorspiel für das, was kommen sollte, wenn sie wieder bei sich sein würde, dachte Gerda. Die Situation war wirklich zum Kotzen. Und zwar für alle Beteiligten.

Großma war am selben Abend mit einem Ambulanzauto samt Begleitung in die Pötzleinsdorfer Straße chauffiert worden und hat sich gleich wieder ins Bett gelegt, zur Verwunderung der Familie, war sie doch sonst eine hartnäckige Nichtschläferin.

Kein einziges Mal hatte man in den folgenden Tagen den dumpfen Klang ihres Gehstocks gehört, das einzige Geräusch von oben, das üblicherweise jede Nacht verlässlich wie das Uhrpendel im Gang die Zeit und die Geister vertrieben hatte. Der Nimbus der Unnahbaren schien dahin. Sie war jetzt achtzig Jahre alt und wurde immer gelber im Gesicht. Gerda war sich sicher: Nur die Wut über den frühen Tod ihres geliebten Mannes hatte sie so alt werden lassen. Das hatte sie sehr persönlich genommen, obwohl sie wusste, dass Tuberkulose damals keine Ausnahmen machte. Jetzt, nach vierzig durchgehaltenen Jahren, schienen sie die Kräfte zu verlassen und mit ihnen die Wut.

Die Schweizer Oma, die gute Seele, wollte noch ein paar Tage bleiben, um im Haus anzupacken und den beiden angeschlagenen Frauen beizustehen beim Organisieren der Zukunft. Raimund war am nächsten Tag wieder in der Obhut seiner Präfekten und Roland im Studentenheim. Agnes schlief noch, sie war erst sehr spät ins Bett gekommen, nachdem alle Schweizer versorgt waren. Zu allem kam noch eine Sache, die an ihr hängengeblieben war: die Geschenke. Und es waren viele, Hochzeits- und Geburtstagsgeschenke mussten im Gasthof Pfarrwirt, dessen herrlicher Saal für die große Feier vorgesehen war, zwischengelagert werden. Eine Heidenarbeit. Die Gäste hatten sich sehr großzügig gezeigt, ein Regen aus Glückwünschen, Geldtännchen und nützlichen Haushaltsgeräten. Agnes hatte dabei ein paar Tränen verdrückt.

Gerda bat die Schweizer Oma, sie am nächsten Morgen ins Spital zu begleiten, um kalmierend eingreifen zu können, falls Mama loslegen würde, sorgenblass. Oma wirkte allein durch ihre Größe wie eine Autorität und ihre singende Art zu sprechen nahm jeder Aggression die Schärfe. Sie war tatsächlich ein Segen, denn ihr kluger Vorschlag, noch am Tag von Mamas Entlassung einen Familienrat einzuberufen, um die Dinge möglichst rasch zu klären, wurde allseits angenommen. Mama hatte im Bett zwar genügend Zeit, die Lage und Lösungen zu überdenken, doch im Nebel der Chemie schien sich nichts geändert zu haben.

Benzodiazepine, gerade neu eingeführte sedierende Wirkstoffe, die in ersten Versuchen gegen Angstzustände und Schlafprobleme eingesetzt wurden, hatten ihr zwar eine selige Wohligkeit beschert, aber den Kopf nicht klarer gemacht.

Der 10. Mai war ein föhniger Frühlingsabend.

Am einen Kopfende des langen Tisches saß Großma in ihrem Lederfauteuil, am andern Ende Mama. Seitlich Gerda und Agnes, zwischen den beiden die Schweizer Oma, als Mittlerin, und ihr vis-à-vis Raimund und Roland (beide für ein paar Stunden freigestellt). Die Situation hatte etwas ungewollt Formelles. Gerda musste schmunzeln und war auf alles gefasst. Eine seltsame Andacht senkte sich über den Tisch, die Ernsthaftigkeit einer Testamentseröffnung, reichlich übertrieben, dachte Gerda. Neuer Abschnitt, ja. Neue Zeit – von mir aus. Schweigendes Stühlerücken und Räuspern. Natürlich war allen klar, Weichen würden jetzt gestellt werden, sogar die beiden Jungs saßen aufrecht, im Hohlkreuz.

Ein geordnetes Familienleben war in Schieflage geraten. *Ich habe mich in einen Mann verliebt, um Gottes Willen, und alle hier hatten das – zwar mit Verwunderung, aber doch – zur Kenntnis genommen. Das Gleichgewicht der Familie, ja, der ganzen Verwandtschaft und am Ende gar ihr Ruf sind beim Teufel. Es war nicht meine Absicht, alles aus den Fugen zu reißen.* Sie sah in die Runde, während sie diese Sätze dachte, aber sie sah in keinem der Gesichter auch nur den Hauch einer Anklage, nicht mal bei Mama, eher Verbundenheit und hie und da ein loyales Lächeln. Die neue Milde? *Wissen die was, was ich noch nicht weiß?* Selbst der Großma schien die Strenge aus dem Gesicht zu fließen. War das bereits die Rücksicht auf ihre Schwangerschaft?

Ein Schuss Vergebung schwang schon mit, als Mutter ansetzte, ganz als wäre die Absolution eine beschlossene Sache.

»Meine Lieben«, begann sie. »Wir müssen uns jetzt um wichtige Dinge kümmern und ...«, künstliche Pause, sie streifte mit ihrem Blick durch die Runde, wobei sie Gerda übersah.

»... und zwar beginnen wir mit einem gemeinsamen ...« Und alle sangen: *Zum Geburtstag viel Glück, zum Geburtstag, liebe Gerda, zum Geburtstag viel Glück.* Applaus und Gelächter. Während des Beifalls stellte die Schweizer Oma einen mit zwanzig brennenden Kerzen bestückten Rhabarberkuchen auf den Tisch.

»Wir entschuldigen uns offiziell für die Verspätung.«

Gerda kämpfte vergeblich an gegen die Rührung. Die Stresstage wirkten nach. Eigentlich hatte sie sich kurz vor der Hinrichtung gesehen und jetzt das. Sie fühlte sich aufgelöst und aufgehoben zugleich. So war sie ein Segen, die Familie!

Das Chaos der letzten Tage hatte natürlich dazu geführt, dass auch Abläufe des Alltags gestört waren. Die Präfektur des Internats begann sich über Raimunds allzu häufige Absenzen zu mokieren, das Gasthaus Pfarrwirt forderte eine Art Stornozahlung für das geplatzte Hochzeitsessen. Die Polizei hatte wieder angerufen, um sich des Status quo zu versichern und gleichzeitig mitzuteilen, dass die Herren Burkhardt noch immer verschollen seien. Die Post der letzten Woche lag ungeöffnet auf dem Telefontischchen und täglich meldeten sich Leute, die wissen wollten, was denn nun Sache sei, bezüglich Heirat und so weiter.

Gerda hatte kaum Zeit gehabt, sich mit ihrem Schock und Pieros Verschwinden zu beschäftigen und war deshalb dankbar, dass nun die ganze Familie half, sich ihren Kopf zu zerbrechen.

»Es zerreißt mir das Herz, Mama, das tut es ... und ich weiß nicht, wohin damit ...«

»Ich weiß, mein Schatz.« Schatz hatte sie schon lange nicht mehr gesagt. Irgendetwas hatte Mutters Koordinaten verändert, jedenfalls war sie nicht mehr »Kampfzone«. Das verwirrte Gerda so, dass sie gar nicht alles mitbekam, was besprochen wurde. Von einem »radikalen Schnitt« war kurz die Rede gewesen. Das ließ aufhorchen. Überhaupt verwendete Mutter plötzlich Worte, die bislang selten über ihre Lippen gekommen waren – »klare Fronten«, »zusammenreißen«, »anpacken« und eben »radikaler Schnitt«.

Als hätte sie in ihrer Spitalswoche eine Verwandlung durchgemacht, Katharsis trifft es nicht wirklich, aber irgendwas (die Chemie allein wohl auch nicht) hatte ihre Sturheit aufgeweicht und ihre zärtlichen Instinkte wieder geweckt. Sie sprach auch vom Baby und von der Notwendigkeit, eine Schwangerschaft in Watte zu packen, um schädliche Einflüsse auf die Mutter zu vermeiden.

»Wir haben ein Leben zu führen«, sagte sie, »nicht herumzuplempern damit oder uns erschlagen zu lassen von jeder Unbill.« Wieder so ein Satz. Die Bitterkeit, die sonst in ihrer Wut mitjammerte, war weg.

Gerda war nicht die Einzige am Tisch, der Mutters neuer Ton zu denken gab. Gerade noch hing ihr der Mundwinkel herunter und plötzlich reißt sie die Zügel an sich und redet Klartext. Die harten Jahre der Vergangenheit schlugen wohl durch. Gerda erinnerte sich an ihre markigen Sprüche, wenn es hart auf hart gegangen war. *Ich hab zwei Weltkriege und x Wirtschaftskrisen überlebt, also sag mir nicht, wie's Leben geht …* Auch das Sprechen schien wieder zu klappen, außer wenn sich gemeine Konsonanten querlegten und die Zunge nachschlug, *beischpielschweische* zum Beispiel. Ansonsten schien sie wieder bei sich zu sein.

Die *schlechten Einflüsse*, von denen sie sprach, lagen auf der Hand. Negative Äußerungen zur geplatzten Hochzeit häuften sich, auch Schadenfreude und Niedertracht machten die Runde und diese Lawine würde nicht kleiner werden. Agnes hatte noch am Hochzeitstag einen kleinen Vorgeschmack an Bosheiten mitbekommen. Aus anfänglichem Mitleid war schnell hämische Verachtung geworden. Aber davon wollte sie erst später erzählen, um Gerda und Mama zu schonen.

Nun wurde auch präzisiert, was mit dem radikalen Schnitt gemeint war.

»Wenn uns hier die Mitmenschen und die Umwelt nicht mehr guttun, so sehr ich die Wiener Stadt lieb hab«, sagte sie, »dann müssen wir halt gehen. Alle. Alle zusammen.«

Ein Aufleuchten in Omas Schweizer Augen verriet mehr, als sie sagen konnte. Auch Raimund hatte schnell begriffen.

»Das Knusperhäusl!?« Er stieß Roland in die Seite.

Alle sahen sich an, irritiert, aber nicht abgeneigt. Agnes empfand sich sowieso als Zugvogel, der westwärts dachte, ihr war alles recht. Die Angst vor Peinlichem und Gemeinheiten war stärker als die Verwurzelung in der Nachbarschaft. Darin war man sich schnell einig. Gerda erinnerte sich an die scheelen Blicke und bösen Kommentare, von denen Mutter erzählt hatte, als sich herumgesprochen hatte, dass Papa ein Deserteur gewesen und ihr deshalb sein Lehrergehalt gestrichen worden war. Das stecke ihr bis heute in den Knochen.

»Und ich bin der Meinung: Das alles sollte sehr schnell über die Bühne gehen.«

So hätte auch Papa reden können.

Jeder wusste, in wenigen Wochen würde Gerdas Bäuchlein nicht mehr zu übersehen sein.

»Ich will das nicht auf uns sitzen lassen«, sagte sie, »und ich hab auch keine Lust, mir den ganzen Blödsinn anzuhören, den die Leut daraus folgern werden. Ganz abgesehen von irgendwelchen kompromittierenden Polizeiauftritten usw. ...« Nicken allerseits.

»Wir vermieten das ganze Haus«, Großma zuckte zusammen, »bis auf Großmas Zimmer natürlich.« *Gut.*

»Lasst uns ganz von vorne beginnen.« Die neue, erstarkende Mutter, von kleinbürgerlichen Skrupeln geheilt?

Die Oma grinste in sich hinein. Amriswil und Hohenems lagen ja nur zwei Stunden auseinander. Alles wie damals im

Sommer. Man konnte schon die warmen Schindeln riechen und den üppigen Stock weißer Trauben, der das Haus umarmte, seit ewigen Zeiten.

Auch Gerda lehnte sich zurück, also noch einmal ins Nest, dem sie doch gerade entkommen wollte. Hohenems liegt auch näher an Bern, sagte sie sich, der Recherchen wegen, näher bei Piero, wo immer der sein mochte.

Schon am nächsten Morgen wurden die Gebrüder Weiss, das älteste Vorarlberger Transportunternehmen, kontaktiert, um Termine zu klären.

Mutter sah sich zuständig für Auflistung und Transport der Möbel, welche bleiben bzw. mitgehen sollten, Agnes übernahm die Telefonate mit den Behörden, alle möglichen Abmeldungen von Müllabfuhr, Post, Steueramt, Pfarramt, Strom, Gas, Raimunds Internat, Rolands Studentenheim usw., während die Schweizer Oma alle bekochte und den Haushalt schupfte. Großma schlief viel, der Gehstock noch immer verstummt. Das war ihre Art, die Ereignisse zu verdauen. Wegschlafen.

Gerda war froh, die Organisation dieses »Exodus« den andern Frauen überlassen zu dürfen, sie wollte der Piero-Sache endgültig auf den Grund gehen. So konnte man nicht weiterleben, nicht, ohne verrückt zu werden.

XII.

Im Burggarten flanierten schon die ersten Studentengrüppchen unter den Zedern, obwohl noch verdreckte Schneezungen in der Maisonne schmolzen.

Gerda sah hinüber zur Fensterfront der Babenbergerstraße und zögerte plötzlich in ihrem raschen Gang. Sie blieb stehen und sah hinauf zu den schwankenden Ästen, in denen sich der Föhn wichtig machte. Sie versuchte sich zu beruhigen, indem sie sich vorstellte, Vernunft und Güte könnten ja auch in der Babenbergerstraße zu Hause sein. Judith Schwartz könnte die wichtigste Quelle werden, vielleicht sogar die einzige, die Licht ins Dunkel der Geschichte bringen würde.

Beim ersten Zusammentreffen konnte seriöse Kleidung nicht schaden – ein knielanger Rock in Grau, hochgeschlossene weiße Bluse und ein grauer Blazer, um den sie einen blassgrünen Seidenschal drapierte. Darunter ein kompakter Wollschlüpfer, um die empfindlichen Stellen warm zu halten. Sie fröstelte bei jeder Böe, obwohl der Wind so lau war.

Schon zum zweiten Mal schlich sie am Haus vorbei und konnte sich noch immer nicht entscheiden. Welchen Ton sollte sie anschlagen bei ihrer vermeintlichen Schwiegermutter? Sie würde sie siezen müssen. Wird die Schwartz überhaupt reagieren auf ihr Läuten? Wird sie bereit sein, über die beiden »Bastarde« auch nur ein einziges Wort zu verlieren? Eines der Fenster war im Sonnenwinkel so gleißend hell, dass sie nichts sehen konnte, bei den andern, die noch im Schatten lagen, glaubte sie leichte Bewegungen der Vorhänge zu erkennen. Die Böen waren inzwischen eingeschlafen.

Das letzte Mal hatte diese Frau auf Gerda einen sehr entschlossenen Eindruck gemacht und sie konnte sich beim besten Willen keinen Grund vorstellen, weshalb sie ihre Haltung geändert haben sollte. Mit den *Bastarden* hatte sie wohl abgeschlossen, ein halbes Leben war damals aus dem Fenster geflogen.

Allein die Erinnerung an ihre rabiate Stimme wollte Gerda den Mut nehmen. Also ging sie noch eine Runde.

Egal wie Frau Schwarz reagieren würde, ewige Ungewissheit wäre schlimmer als eine wortreiche Abfuhr. Als sie schließlich auf den Stufen zur Nummer 5 stand, starrten sie die Knöpfe der Wechselsprechanlage an, als wollten sie sagen »*Tu's nicht*«.

Sie drückte so entschieden auf die Klingel, dass ihr Zeigefinger weiß wurde.

Dann das erwartete Quietschen, die Rückkopplungen, eine unverständliche Männerstimme im Hintergrund und ein verzerrtes Atmen vor dem Mikrofon.

»Ja?«

»Entschuldigen Sie die Störung, Frau Schwartz, ich –«

Abbruch.

Eine Weile stand sie noch unschlüssig, drehte schließlich um und setzte sich an der gegenüberliegenden Straßenseite auf eine kniehohe Steinmauer. Gut sichtbar für Frau Schwartz und ihren neuen Mann. So sie am Fenster standen. Nach vorne gebeugt, die Ellbogen auf die Knie gestützt, beide Fäuste an den Ohren, stierte sie in den Boden. Verzweiflung. Ja, auch ein Quäntchen Inszenierung, aber nicht gelogen. Eigentlich war sie in Schockstarre, hatte noch keine ruhige Minute, um ihre Gefühle zu ordnen.

Die Dame da oben wird ja nicht völlig herzlos sein ... So saß sie eine halbe Stunde. Reglos. Und wirkungslos. Kein Fenster hatte sich geöffnet, das hätte sie gehört.

Immerhin, Frau Schwartz war zu Hause und sie hatte reagiert. Noch vermied Gerda den Blick hinauf zu den Fenstern. Versteinertes Brüten war die bessere Taktik. Das Licht war aus den Fenstern gewandert, bessere Sicht jetzt, man hätte also erkennen können, ob sich Gardinen bewegten oder eine Hand den Blick frei machte. Vielleicht hatte sie sich schon am Fenster gezeigt, ganz unverhohlen, während Gerda in den Boden glotzte, vielleicht auch nicht. Frau Schwartz' Desinteresse also nicht bloß gespielt, sondern echt. Soll sie doch schwarz werden, die Kleine da draußen! Ihre Stimme hatte sie noch gut im Ohr. »Bastarde!« Vielleicht war *ER* kurz am Fenster? Er könnte ja der Weiche sein, der Barmherzige. Obwohl – das Gemurmel im Hintergrund hatte immer sehr ungehalten und grob geklungen.

Sie ist Pieros Mutter. Er wäre nur der Stiefvater, vorausgesetzt sie sind verheiratet.

Irgendwie beunruhigte sie auch der Umstand, dass die zu zweit waren und sie in der Überzahl in die Mangel nehmen könnten. *Wieso in die Mangel nehmen? Ich hab ja keinem was getan. Ihren Herrn Sohn hätte ich heiraten wollen, das wohl, aber ...*

Sie stand auf, diesmal fest entschlossen.

Und ... es kommt, wie's kommt. Mit einem schnarrenden Ton ging die Tür auf. Anstandslos. Das Schauspiel hatte Wirkung gezeigt.

Etwas eingeschüchtert stand sie im spiegelnden Hausflur. Keine Ausflüchte mehr. Das Klacken ihrer Absätze hallte von den Marmorstufen durchs ganze Stiegenhaus. Zwei Treppen noch. Oben öffnete sich schon eine Tür, nur einen Spalt, ein Lichtkeil zuckte über den Boden. Sie spürte einen kühlen Zug um die Waden, vielleicht hatte jemand in der Wohnung ein Fenster geöffnet. Dann ging die Tür ganz auf, wie von Geisterhand. Da stand sie. Tiefschwarzes Haar, über den Ohren graue Strähnen, streng zurückgekämmt, hinten zu einem flachen Knoten gesteckt, der wie eine Scheibe am Hinterkopf ruhte, klare braune Augen, auf den Lippen frisches Rot, ein schwarzes Kostüm mit Brosche, mehr konnte sie in der Aufregung nicht erkennen. Eine selbstbewusste Person, Anfang fünfzig, die sich im Eiltempo zurechtgemacht haben mochte. Frau Schwartz zögerte kurz – eine Mischung aus Neugier und Gereiztheit, die sich leidlich in Waage hielten. Gerda verneigte sich leicht, ohne devot wirken zu wollen.

»Verzeihen Sie ... Frau Schwartz.« Ihre flinken Augen taxierten Gerda von oben bis unten.

»Burkhardt heißen Sie noch nicht. Richtig?«

»Ja. Richtig ... mein Bräutigam ...«

»... ist Ihnen abhandengekommen, so viel weiß ich schon«, dann streckte sie etwas flapsig ihren rechten Arm aus.

»Kommen Sie herein.« Das »herein« klang müde, wie ein zu lange gewälzter Gedanke. Während sie ihr einen Stuhl am runden Tisch anbot, tauchte im Hintergrund ein älterer Herr auf. Verloren und ernst.

»Das ist mein Cousin Ben.«

»Guten Tag, Herr ...?«

»Ben Goldmann, einen guten Tag, junge Frau.« Er lächelte höflich, aber sein Blick blieb kalt. Jetzt erst bemerkte sie seine weißen Hände, die an einer fransigen Kippa aus blauem Samt kneteten.

»Bitte, setzen Sie sich. Kaffee, Wasser, Limonade?«

»Nur Wasser, bitte.« Während die Hausherrin Wiener Wasser aus dem Hahn ließ, sah sich Gerda um. Kostbare, geschmackvolle Möbel, wohin man sah, ein Spiegelschrank, Fauteuils, eine Bücherwand. Auf einer Konsole ein siebenarmiger Leuchter, an einer Wand ein kleiner Schrein mit gerahmten Schwarz-Weiß-Fotografien, die arbeitende junge Leute in überfüllten Kibbuzim zeigten, optimistischer Aufbruch und im Kontrast dazu Bilder einer leeren Wüstenlandschaft, im Vordergrund: Spitzhacken, Schaufeln und Wasserkrüge. Sie lächelte den alten Herrn an.

»Israel?«

Er nickte.

»Azoy iz es«, sagte er leise und setzte sich seitlich auf die Lehne eines Sofas. In diesen langen Sekunden drehte sich die Welt nicht mehr und in Gerda tat sich ein Vorhang auf, der ungeordnete Bilder einer Geschichte offenlegte, die einen ganzen Schwall von Ahnungen bestätigten. Ein Schwindel erfasste sie. Sie musste sich setzen. Das Glas Wasser kam gerade rechtzeitig auf einem Tablett. Schwartz mit tz, auch sie: eine Jüdin.

»Sie wollten ihn also heiraten«, begann sie trocken und setzte sich an den Tisch, rückte an Gerda heran, viel näher als sie erwartet hätte und sah ihr unverblümt in die Augen. Nicht drohend, eher sorgenvoll.

»Kind. Sie wollten diesen Kerl tatsächlich heiraten?« Gerda war noch nicht wieder bei sich.

»Fräulein! Sie wollten ...«, sie berührte Gerda am Arm.

»Ja, das wollte ich. Entschuldigung ...«

»Sie waren verliebt?«

»Ich liebe ihn.« Frau Schwartz nickte müde.

»Sie lieben ihn.« Sie musste aufstehen, stützte sich mit den Fäusten am Tisch ab, schloss die Augen und setzte sich wieder hin.

»Sie lieben ihn«, wiederholte sie nickend.

»Ja. Ich war noch nie so verliebt. Er ist charmant, gescheit und ein bissl verrückt, ja ... das hat mir gefallen. Gerade das ... und ...«

»Er ist ein Wilder«, unterbrach sie seine Mutter. »Ein Wilder, der die Manieren nur spielt, verstehen Sie?«

»Glück und Unglück stehen unter Kontrolle des Einen«, warf Herr Goldmann ein.

»Azoy iz es.« Frau Schwartz winkte ihren Cousin ab, etwas ungehalten diesmal und mit einer entschuldigenden Geste, als wollte sie sagen »*Er ist nicht mehr wirklich unter uns*«.

»Glauben Sie mir, es ist besser so ... Fordern Sie das Schicksal nicht heraus. Ich weiß, wovon ich spreche.«

»Sie machen mir Angst«, sagte Gerda trocken.

»Sie mir auch, wenn Sie so stur bleiben.«

»*Sie* machen sich Sorgen um mich?«

»Wäre ich Ihre Mutter, ich hätte Sie keine Sekunde mit dem Kerl alleingelassen. Ich möchte Sie nur warnen: Sie vergeuden Ihre Gefühle. – Hab Sie beobachtet da draußen ... wie ein Stück Elend.«

»Es ist ja auch ein Elend.«

»Ich habe Sie lange warten lassen, das tut mir leid, das war nicht höflich.«

»Ich bitte Sie, Frau Schwartz, ich –«

»Nein, nein«, unterbrach sie, »das war nicht höflich. Auf Stein holt man sich gern eine Blasenentzündung.« Eine Bemerkung, die Gerda sehr willkommen war.

»Azoy iz es«, brummte Herr Goldmann.

»Da haben Sie recht«, sagte Gerda »es ist mir auch ohne Entzündung schon lästig genug ... in meinem Zustand.« Frau Schwartz stutzte, als ob sich eine Ahnung bestätigte.

»In *Ihrem* Zustand. Wie meinen Sie das?«

»Den Harndrang, mein ich. Die Blase.«

»Harndrang«, sie nickte in sich hinein und dann zum Fenster hinaus.

»Sie ... sind guter Hoffnung «

»Ja.«

Gerda genoss die Verwirrung, die den ganzen Körper dieser stolzen Frau zu lähmen schien.

»Meine Haut wird immer glatter, keine Pickel mehr, keine fetten Haare, das Baby holt sich alles, was es braucht.«

»Azoy iz es«, kam von hinten. Frau Schwartz überhörte ihn.

»Ja ... ja ... ich kenne das«, sagte sie. Sie saß nicht mehr über den Tisch gebeugt, um Gerda in ihren Blick zu zwingen, sondern lehnte sich langsam zurück in ihren Stuhl, ließ beide Arme fallen, wie ein Sportler, der gerade Gewichte gestemmt hat und holte Luft, ganz leise und beherrscht.

»Schwanger also.«

»Ja.« Beide gingen wohl die Bilder durch, die ein Leben ausmachen könnten und schwiegen eine Weile.

»Ihr Enkelkind«, fügte Gerda hinzu. Sie hätte auch sagen können: *Wir sind jetzt Familie, Fleisch und Blut, ich bin keine Fremde mehr* – hieß: Ihr stehe gefälligst auch das Recht auf Wahrheit zu, die ganze Wahrheit nämlich.

»Ich weiß nicht, was ich sagen soll, es ist ... überraschend«, stammelte Frau Schwartz.

Ihre Unerbittlichkeit, die auch ihren Sohn verflucht hatte, schien sich in diesem Moment in Luft aufzulösen. Aber wer weiß.

»Es wäre schön gewesen, wenn wir auch einen Vater hätten«, sagte Gerda, eher beiläufig. Es sollte nicht pathetisch klingen. Sie erwartete keinen Kommentar.

Eine tiefe Stille breitete sich aus im Raum. Nur Ben Goldmanns rasselnde Bronchien waren zu hören. So saßen sie im nachmittäglichen Dämmer und mussten neu ordnen, was verrückt worden war.

Und dann – die Fragen, die gestellt werden mussten.

»Warum ist die Polizei hinter den beiden her?«, begann Gerda. Frau Schwartz atmete tief ein und langsam aus.

»Das ist eine lange Geschichte.«

»Ich weiß.«

»Ich bin auf den Burkhardt hereingefallen, wie Sie auf seinen Sohn. Im November 28 war das, da war das Gold der Zwanziger schon ab, Arbeitslose an allen Ecken und die ersten Banken schwankten. Wir sind schleunigst in die Schweiz zurück. Wenig später hat's in New York gekracht. Mein Vater hatte das irgendwie geahnt. Ich hatte ein strenges Elternhaus, müssen Sie wissen ... nicht viel Erfahrung mit Männern. Der Burkhardt hat mich hinters Licht geführt, von Anfang an ... sehr charmant allerdings, das war das Problem, er ist ein gewitzter Schauspieler. Spielte den Guten. Tut er immer noch.«

»Ich glaube, ich weiß, was Sie meinen.«

»Ich war viel zu naiv ... und ja – verliebt, sie kennen das.«

»Aber Piero ist doch selbst nicht im Frieden mit ihm.«

»Er hat Angst vor ihm. René ist ein Monster.«

»Piero ist doch jung und stark und sein Vater krank und gebrechlich. Ich hab ihn im Spitalsbett liegen sehen. An Schläuchen. Wie aufgebahrt.«

»Er ist ein Teufel ... ein Bastard und ja ... Diabetiker. Jedem das Seine. Schon in den ersten Wochen nach unserer Hochzeit, ich war übrigens auch schwanger, hat er die Maske fallen lassen, hat sich nur für unser Geld interessiert, was mein Vater einfach nicht glauben wollte, er sah ihn als tüchtigen ›Kaufmann‹, hat ihm sogar temporär eine Filiale in Taiwan überlassen ... ›große Stütze‹ usw., dazu glänzte er noch mit seinen freiwilligen Aktionen beim Roten Kreuz, Überstunden sozusagen ... Vater war beeindruckt.«

»War das denn auch gelogen?«

»Nein ... nicht ganz, er war ... er ist tatsächlich in der Flüchtlingshilfe engagiert, eigentlich eine Schlepperorganisation, die im bürokratischen Nachkriegschaos Profite macht.«

»Piero sagte, sie hätten auch Leben gerettet ...«, ein kurzer Atemstoß glitt ihr durch die Nase, sie suchte nach passenden Worten.

»Leben – ja, welche Leben auch immer ... Sie haben das Ausreisen bewerkstelligt ... Soweit ich mich erinnere, waren anfangs auch jüdische Familien dabei, um mich zu beeindrucken ... War wohl ... Alibiklientel, was immer. Er hat sich dann, als aufgedeckt wurde, dass ihm auch ausgewiesene Nazis zur Hand gingen, auf verdeckte Operationen verlegt, in die auch der Vatikan verwickelt ist. Ein gewisser Dr. Büchi, Anwalt aus Zürich, hatte –«

»Tassilogermane!«, rief Goldmann wie ein gekrähtes Schimpfwort dazwischen.

»Ja, Dr. Tassilo Büchi. Er hatte sich auf begüterte jüdische Familien spezialisiert, Fluchtwillige, hat von jedem 125 000 Schweizer Franken eingesackt, Visa besorgt und dann alle an die Gestapo verraten. Zwei davon waren Tanten von Ben. Sie wurden vergast. In Sobibor.«

»Tassilogermane«, rief Ben wieder, dann jiddisch: »Alts iz shoyn geshribn, Meydl.«

Frau Schwartz bedachte ihren Cousin diesmal mit einem zärtlichen Blick, als betrachte sie eine aufgehende Lilie.

»Er war eine Zeit lang im Sonderkommando in Birkenau.

Hat die Gasleichen verräumen müssen, wenn es Sie interessiert. Er hat die Art ihres Sterbens gesehen – die oberste Schicht immer die Männer, darunter die Frauen, ganz unten die Kinder. Die Männer sind in Todesnot über die Schwächeren ... mit gestreckten Hälsen ... Diese *Sonders* waren Geheimnisträger, also sichere Todeskandidaten ... die konnten jeden Tag dran sein.«

Gerda nickte, Frau Horvath hatte ihr von solchen Sonderkommandos erzählt. Dann mit verhaltener Stimme:

»Die mussten die Menschen ins Gas führen, nicht? ... Wir gehen jetzt in den Duschraum, merkt euch die Hakennummern eurer Kleider, damit jeder seine Sachen wiederfindet ... nachher.«

»Ja ... nachher. Leichen entsorgen, das war nachher, ich finde, Sie sollten das wissen. Frauen, Kinder, Säuglinge, alte Männer einäschern und ihnen vorher Prothesen, Haare und im After versteckte Ringe stehlen und Goldplomben aus den Zähnen meißeln. Das war seine Arbeit – nachher.«

Gerdas Augen flogen immer wieder zu Ben. Er saß noch halb auf der Lehne des Sofas und knetete an seiner zerfransten Kippa. Sie musste an ein müdes Gespenst denken, das genug hatte vom Geistern.

»Dass er dort wieder rauskam, war reiner Zufall ... kurz bevor die Russen kamen.«

Wieder sah ihn Gerda an.

»So ein Elend«, flüsterte sie.

Ben spürte ihren Blick und hatte sehr wohl gehört, was sie gesagt hatte. Er stand auf, ging ins anliegende Zimmer und begann zu rezitieren:

»ELEND!! Warum lässt du mich Unrecht und Elend schauen, DAS DU MITANSIEHST ... das du mitansiehst!?«

Frau Schwartz schloss die Augen, sie kannte das und ließ ihn mit Respekt gewähren.

»Raub und Gewalt ist stets vor meinen Augen, es entsteht Hader und Streit regt sich. Darum ist das Gesetz machtlos und das Recht kommt niemals hervor ...« Dann blieb er unterm Türsturz stehen und kicherte heiser:

»Alts iz shoyn geshribn, Meydl. Alts!«

Gerda nickte ihm zu und lächelte verzagt. Er sah an ihr vorbei, als hätte er Angst vor ihren Augen, ihrem Blick, ihrer Christenseele. Die Kippa in seinen Händen war nur noch eine schäbige Samtwurst. Vor wenigen Tagen habe er wieder lichte Momente gehabt und erzählt, sagte Frau Schwartz leise. Eine Zeit lang habe er in Birkenau geglaubt, der Mensch könne sich an alles gewöhnen, einfach an jeden Dreck, ein Leben im Gestank der Toten, Verheerung, kein Schlafen ohne Schnaps, viel Schnaps, *weil wir halt so sind, weil wir einfach so sind* – aber auch diesen Glauben habe er verloren. Er halte seinen jetzigen Zustand für eine *läppische Posse, die dem Hirnstamm beim Atmen helfe*. Eigentlich sei er eine *Versehrung* und nicht mehr *bewohnbar*.

»Er ist kein Ben mehr, wissen Sie. Und ... er ist auch kein alter Mann, Fräulein Gerda. Er ist so alt wie ich ... ein begabter Chirurg. Er hatte tausendmal Rache geschworen ... aber nach der Befreiung war sie beim Teufel, alles verblasst und erloschen, seine Wut, sein Gott sowieso, sein Wille, der Stolz, selbst der Mut, sich umzubringen. Alles weg.«

Sie hatte doch gerade »*Fräulein Gerda*« gesagt. Hatte sie richtig gehört?

»Sein Gott auch? Aber er zitiert doch den Talmud, oder nicht?«, hörte sie sich fragen im Flüsterton.

»Ja – er weiß zu jedem Stichwort ein Zitat ... Aber das ist nur Mechanik, er will nichts mehr wissen von Gott und der Welt und von den Menschen schon gar nicht, sagt er, außer sie anpissen und zuscheißen, Pardon, seine Worte.«

Gerda musste einen Schluck Wasser nehmen, die Zunge klebte ihr am Gaumen.

»Sie haben mich gerade ›Gerda‹ genannt, Frau Schwartz. Woher wissen Sie meinen Namen und dass ich ... Ich meine, wir haben uns nie gesehen?«

»Ach, die Polizei steigt mir seit Wochen ins Kreuz. Die wissen ja alles.«

Gerda schwante ein Bild, das sie nicht im Traum erwartet hätte.

»Sie waren also …«

»Allerdings … war ich … Die Herrn hatten mich dort erwartet. Ich hab ihnen den Gefallen getan und bin hingefahren.«

»Sie waren wirklich da, vor der Kirche?« Der Wagen hinter den Polizeiautos … erinnerte sich Gerda, die unkenntliche Person mit Hut.

»Ja. Ich muss einräumen, durch meine Windschutzscheibe habe ich Sie in ihrem schmucken Kleid bewundert, die lange Schleppe und die Blumen … Lilien?«

»Ja. Lilien.«

»Berückend schön war das – die Braut und die Blumen.«

»Danke.«

»… und dieser groteske Polizeiaufzug und dann die Ambulanz, die Schlusspointe war unschön, aber zu erwarten, deshalb bin ich froh, dass wir hier reden können.«

Gerda trank mit einem langen Schluck das Glas leer.

»Wie geht es Ihrer Mama?«

»Es geht wieder …« Was wusste sie denn noch?

In den letzten Minuten spürte Gerda, wie ihr alles auf den Magen schlug. Sie hatte nur ein kleines Frühstück zu sich genommen, das Mittagessen noch nicht verdaut und ihre Nerven waren noch nicht so weit, sich dieser Frau und deren Gefasstheit zu stellen.

Ben Goldmann meldete sich noch einmal. Noch immer unterm Türsturz, wie ein Geist. Die Kippa lag am Boden. Ein Gespenst in einer makellosen jüdischen Wohnung.

»Sehet euch um unter den Völkern und schauet und erstaunt, denn in euren Tagen wird eine Tat verübt – ihr würdet es nicht glauben, wenn es erzählt würde.« Dann verneigte er sich und zog sich in sein Zimmer zurück. Gerda hatte Brechreiz, während er sprach. Er hatte vor ihren Augen in seinen Abgrund geblickt und würde dort stehen bis zu seinem Tod. Es war ihr, als drückte er ihren Kopf mit nach unten, hin zur Fäulnis, DA!! *Sehen Sie? SEHEN SIE!* ... Sie musste mit, wollte das aushalten, wegschauen ging nicht mehr, sie musste es aushalten, um nicht ihre Würde zu verlieren. Sand im Mund. Das Atmen fiel ihr schwer wie nie im Leben, das Kotzen durfte nicht passieren. Nicht hier. Bloß nicht hier.

XIII.

Unmöglich ist gar nix ... nic nic nic ... uwierz mi«, sagte der kräftige Pole, »da passt auch noch Panzer rein ... Nur kleine Scherz«, und noch ein paar polnische Brocken. Dann wurde tatsächlich noch der mächtige spanische Buffetschrank hochgewuchtet auf die Ladefläche, zu all den andern sperrigen Wegbegleitern aus dem Fundus der Vergangenheit. Der Laderaum roch jetzt nach Mottenkugeln, Honigwachs und Rhabarberkuchen. Agnes, der Zugvogel, streckte sich zufrieden, verschränkte ihre Hände im Nacken und grinste in den Maihimmel. Ein befriedigendes Gefühl von Autarkie wehte sie an. Ausziehen, Umziehen, Fortziehen, das Nomadengen der Familie war noch intakt, Neubeginn noch immer ein Zauber. Vier Mann hoch haben sie gerackert wie die Berserker; ein Vorarlberger als Dirigent, zwei stämmige Bären aus Italien (die Schwänze ihrer Drachentattoos reichten bei beiden bis zur Arschspalte) und der Riese aus Krakow – die ersten Fremdarbeiter, die bei Gebrüder Weiss eingestellt worden waren. Substitute waren bitter nötig geworden in Österreich und in Deutschland. Männermangel. Ohne die Frauen wäre Stillstand gewesen, jetzt mussten Anwerber nach ganz Europa ausschwärmen, um die anspringende Wirtschaft am Laufen zu halten. Drei Nationen im Einklang, so könnte ja alles wieder zusammenzuwachsen, dachte Agnes. Alles könnte wieder gut sein. Sie mochte die Kerle, sie waren höflich und hatten lustige Scherze auf Lager.

Bis auf das Notwendigste für eine Nacht war alles ausgeräumt. Die Möbel festgezurrt in der orangen Welt der Gebrüder, auf dem Weg nach Westen. Mit den Möbeln waren auch die Gerüche gegangen und die Wellen und die Töne.

Zwei Einzelbetten, zwei Stühle, ein Esstisch, zwei Kulturbeutel und Kosmetiktascherln mussten noch bleiben. Agnes testete die veränderte Akustik der leeren Räume, klatschte in die Hände und erfreute sich am Echo, als Gerda durch die Haustür hereinschwankte, blass und schwach auf den Beinen. Kein schwingendes Pendel mehr im Raum, aber es muss schon nach acht gewesen sein.

»Was ist denn mit *dir* los?« Gerda lehnte sich an die Täfelung, sackte an der Wand entlang, bis sie am Hintern saß und streckte beide Beine weit von sich.

»Ist dir schlecht?«

»Bisschen.«

Gerda wurde weiß im Gesicht, versuchte sich wieder aufzurichten, um sich noch aufs Klo zu retten, bewegte sich ein Stück weit auf allen vieren und kotzte sich schließlich die Seele aus dem Leib. Agnes beugte sich über ihre Schwester, die halb ohnmächtig im Erbrochenen lag.

*

Es war ein eigenartiges Geräusch, das sie Stunden später aus dem Schlaf riss.

»Piero?« Der kam ihr als Erstes in den Sinn. Dabei hatte das Geräusch ganz anders geklungen als Kieselsteine am Fenster, es war eher dumpf, als wäre ein Vogel gegen Glas gebumst. Sie stand auf, noch schwindlig, ging zum Fenster und sah auch ohne zu öffnen die Federchen am Außensims. Früh am Morgen war's, die blaue Stunde legte sich schon ins Zeug und von Osten kam eine Prise Rosa dazu. Agnes musste sie ins Bett gebracht und ins Nachthemd gesteckt haben. Ihre Kleider lagen ordentlich gefaltet über einer Stuhllehne, ansonsten war das Zimmer leer. Kein Kasten mehr, kein Tisch, alles ausgeflogen. Ihr Atem roch nach Erbrochenem. Ein großes Glas Wasser – Agnes hatte es fürsorglich am Boden platziert – half ihr, wach zu werden. Das Absetzen des Glases hallte durchs ganze Haus.

Sie stand vorsichtig auf, streckte sich durch, um Blut ins Hirn zu bekommen, öffnete die Tür, tippelte barfuß die Stiege hinunter und setzte sich neben das schwarze Telefon, das vergessen am Boden lag. Sein Tischchen war schon unterwegs nach Vorarlberg.

Das Erbrochene war weggewischt, der Boden blitzblank.

Der Hörer glänzte im Morgenschimmer, wie ein Halbmond auf dem Bauch.

Sie fröstelte ein wenig, zog die Beine eng zum Körper, legte ihr Kinn auf die Knie und wartete. Auf was? Sie konnte sich noch vage erinnern, wie Frau Schwartz gestern beim Abschied zwischen Tür und Angel versucht hatte, die komplexen Vorgänge, in die Piero und sein Vater in Bern und sonst wo auf der Welt verwickelt waren, zu erklären, aber vor allem, wer hier wen im Fadenkreuz hatte. Ein verwirrendes Puzzle, das sich ihr in der momentanen Verfassung nicht wirklich erschloss, zumal auch Frau Schwartz an manchen Stellen ratlos wirkte. Vieles deutete tatsächlich auf dunkle Vorgänge hin, aber sie wollte noch immer nicht glauben, dass Piero auch nur annähernd das war, was seine verbitterte Mutter von ihm hielt ...

Auf dem Heimweg in der Straßenbahn schien ihr Körper erst zu begreifen, was geschehen war, in der Schwartz-Wohnung. Alles hatte sich zusammengezogen, hin zum

Magen und wurde hart wie ein Brett. Taub die Gelenke, das Gesicht, die Zunge. Minutenlang hatte sie mit einem Druck gerungen, der sich durch ihren Darm bis in den Brustkorb wälzte, als wollte sich der Magen nach außen stülpen. Sie war unvorbereitet in eine Prüfung gestolpert, der sie nicht gewachsen war.

All die Unsäglichkeiten aus den Lagern, die bisher nur in gewissen Zeitungen angedeutet worden waren, von denen man bruchstückhaft im Radio gehört hatte oder gefiltert in der Wochenschau, waren in dieser Wohnung unversehens wirklich geworden. Zehn Jahre hatte es gedauert, bis die ersten Bilder aufgetaucht waren. Zehn Jahre. Auch Mama hatte sich dagegen gewehrt, wollte nichts wissen davon. Wie alle andern auch. So wie sie Papas Tod verschwiegen hatte. Keiner wollte den Unflat sehen. Niemand wollte reden. Die Dokumentarfilme, die amerikanische und französische Regisseure bei der Befreiung der KZs gedreht hatten, wurden der Öffentlichkeit nicht zugemutet und von der deutschen Regierung sogar zurückgepfiffen, unter Protest der Opposition. Sie würden den *frischen Frieden stören*, hieß es. Wer wollte schon den Frieden stören? Ist ja alles wieder gut. Gerda verstand die Welt nicht mehr und war darüber mit Mama oft in Streit geraten. *Lass die Kiste endlich zu!* Die Monster sind eingeschlafen. Nicht wecken. Bloß nicht. Der Film »Nacht und Nebel« von Alain Resnais war sogar für Cannes eingereicht und wieder ausgeladen worden. Gerda hatte die Begründung in der Presse gelesen und sich maßlos geärgert:

Cannes sei nicht »der rechte Ort ... um einen Film zu zeigen, der nur allzu leicht dazu beitragen kann, den durch die nationalsozialistischen Verbrechen erzeugten Hass gegen das deutsche Volk in seiner Gesamtheit wiederzubeleben«, so stand es da. Also, Kiste zu. Auch im Fernsehen hatte man Skrupel. Die Wahrheit müsste eigentlich zumutbar sein, dachte sie. Das Schweigen war's ja auch. Vor zwei Jahren war sie extra nach München gefahren und hatte sich den Film in einem winzigen, spärlich besuchten Kino angesehen – 32 Minuten lang die Fakten, Tod und Asche, »ein anderer Planet« nannte es Paul Celan, der den Begleittext beigesteuert hatte. Allen, die den Mund aufmachten, um zu erzählen, was war, wurden die Mikrofone weggerissen.

Während ihr Frau Schwartz die Fragmente der Geschichte des Ben Goldmann erzählte, wäre sie lieber tot gewesen. Sie war an einem Ort gestanden, an dem die totale Freiheit zum Bösen genehmigt worden war, von Staats wegen genehmigt. In diesem Zustand war sie froh, Mutter und die beiden Omas wohlversorgt im Hotel Schild in Neustift am Walde zu wissen. Sie hatten sich dort für zwei Nächte einquartiert, im Vertrauen auf die organisatorische Kompetenz der Töchter, die den Umzug schon hinbekommen würden. Vom gestrigen Gespräch noch berichten zu müssen, hätte ihre Kräfte überstiegen. Bloß keinen Kontakt jetzt, keinen Rapport. Es war still geworden im Haus, bis auf vereinzeltes Knacksen in Täfelung und Parkett. Alles Leben samt den sprechenden Möbeln: draußen. Wenn die Körper der Lieben und deren Wellen fort sind, dachte sie, kommen sich Gemütszustände in die Quere, die ein wohliges Patt ergeben – ihre Abwesenheit kann nämlich nagen und wohltun zugleich.

Die fröhlichen Ausbrüche bei einem Totenmahl hatten sie schon als Kind fasziniert. Ein Mensch war gestorben und doch wurde viel gelacht. Gram und Erlösung. Erschütterung und Trost. In ihrer Verschränkung entsteht Wärme, die man feiern will. Bis sich das schlechte Gewissen regt, wenn das Gelächter zu laut wird.

So, Gerda. So müde war sie. Die Augen fielen ihr zu.

Sie umarmte ihre Knie, denn sie spürte plötzlich einen kühlen Zug, der ihr unters Nachthemd und zwischen die

Schenkel fuhr. Bloß keine Blasenentzündung jetzt. Der Zug kam von oben. Sie blickte hoch. Auf der obersten Stufe der Treppe hockte Agnes in ihrem Nachthemd, im selben Sitz, das Kinn auf den Knien und grinste sie an.

»Wie lange sitzt du schon da?«, fragte Gerda.

»Nicht so lang wie du. Was war denn *das* gestern?«

»Von allem zu viel.«

»Wo warst du denn?«

»Bei einer Dame, die beinah meine Schwiegermutter geworden wäre.«

»Das ist nicht wahr. Ich dachte, da ist alles vernagelt?«

»Dachte ich auch ... Aber das Gegenteil war der Fall.«

»Erzähl ... Das gibt's ja nicht.« Agnes war aufgestanden.

»Erst hat sie mich abgewiesen, aber dann ... nach einer halben Stunde ist sie weich geworden.«

»Du warst in ihrer Wohnung? In der Babenberger-straße?« Ihre Stimme hallte als Echo durchs Haus.

»Ja ... Sie ist so vornehm wie die Wohnung – was nicht immer der Fall ist in diesen Kreisen.«

»Ich glaub's einfach nicht. Hat sie plötzlich Interesse an dir?«

»Sie wollte mich warnen ... vor Piero, weil er scheint's verwerfliche Dinge tut, gemeinsam mit seinem Vater.«

»Seit wann ist Lebenretten verwerflich?«

»Wenn Nazis im Spiel sind.«

»Was? Ich dachte, er arbeitet mit dem Vatikan?«

»Ja. Tut er. Und eben auch mit Nazis, das geht zusammen, sagt sie. Sie ist ... Jüdin.«

»Oh Gott ...«

»Ehrlich gesagt kann ich mir das nicht vorstellen, dass der Vatikan ... ich meine ... der Vatikan!?«

»Mein Gott, wenn das die Mama erfährt!«

»Sie wird vorerst gar nix erfahren, ich bitte dich!«

»Natürlich nicht, von mir sicher nicht«, sagte Agnes. Sie setzte sich wieder auf den Boden.

Eine Zeit lang starrten beide schweigend vor sich hin.

»Wem soll man denn noch trauen in dieser Scheiß-welt …«, sagte Agnes, legte sich zurück, flach aufs kühle Parkett, als hätte sie Kreislaufprobleme und drückte beide Hände aufs Gesicht. Gerda tapste hoch zu ihr, hielt ihr die Hand hin, um sie aufzurichten.

Agnes lag unbewegt und blind.

»Gerda …«, sagte sie nach einer Weile, leise und abge-dämpft. Der Name klang jetzt wie eine Entschuldigung. Sie konnte ihrer Schwester noch immer nicht in die Augen sehen.

»Was ist denn?«

»Ich glaub, ich hab heute …« Sie stockte wieder.

»Was? Jetzt sag schon!«

»Ich hab heute Piero gesehen … glaub ich.«

»Waas? … Was hast du?« Gerda setzte sich zu ihr auf den Boden. »Sieh mich an!«

Jetzt erst nahm Agnes ihre Hände vom Gesicht und sah ihr in die Augen.

»Ich glaube, er war's … Er war's. Ich stand draußen bei den Möbelpackern … da fuhr ein Taxi vorbei. Beim ersten Mal hab ich noch nichts gedacht, aber beim zweiten Mal hab ich genauer hingesehen – im Fond saß einer, ein bissl eingesunken im Sitz, einen Borsalino-Hut auf dem Kopf.«

»Borsalino! Er hat einen Borsalino, ja! Wieso hast du mir das nicht gleich erzählt?«

»In deinem Zustand gestern?« Gerda nickte.

»Vielleicht hab ich mich auch geirrt», meinte Agnes beschwichtigend, »und vielleicht war nur – wie sagt man – der Wunsch der Vater des Gedankens.« Gerda stand wie gelähmt, hielt ihr wieder die Hand hin …

»Komm, lass uns wieder schlafen gehen, vielleicht ist auch die Frau Schwartz nur einem Irrtum aufgesessen, was weiß man denn … Vielleicht sind das alles nur Gerüchte …«

Agnes ließ sich aufhelfen, legte ihre Hand kurz auf Gerdas Schulter und ging wortlos in ihr Zimmer zurück. Gerda fand lange keinen Schlaf.

XIV.

Noch *ein* Tag in Wien, den sie nützen wollte. Zuerst Pieros Mutter. Sie hatte Gerda ins Café Landtmann eingeladen, um ein paar *Dinge zu klären, Informationen zu präzisieren* und *Missverständnisse auszuschließen*, wie sie sagte. Alles schön in Tranchen. Als sie aus der Tram stieg, türmten sich um die Sonne weiße Marmorwolken wie prahlerische Sieger über die kalten Tage. Ihr Anblick war so herzerwärmend, eine kleine Botschaft, die helfen könnte, die nächsten Wahrheiten der Frau Schwartz zu verkraften. Gerda überquerte in einem gewagten Zickzack zwischen Autos und der Elektrischen den Ring und sah schon ihre Silhouette durch die großen Bogenfenster. Sie saß an einem der Nischentische und winkte ihr verhalten zu – Dior, vermutete Gerda, Hütchen, dezenter Schmuck, überpünktlich und gefasst.

»Ich hoffe, Sie verzeihen mir, wenn ich gleich in medias res gehe?« Fast ungehalten klang ihre Stimme.

»Aber natürlich, ich möchte alles wissen«.

»Sie möchten alles wissen. Gut.«

Ein Ober in schwarzem Anzug und Fliege trat mit Verbeugung an den Tisch.

»Die Damen?! Einen Wunderschönen! Womit kann ich dienen?«

Es wurde ein Frühstück, kontinental, ganz klassisch: Semmeln, Butter, Schweizer Konfitüre, eine Melange und das obligate Glas Leitungswasser. Gerda beschränkte sich auf ein Croissant und eine Tasse Kamillentee mit Milch und Honig.

»Das ... gestern – hat Ihnen auf den Magen geschlagen, nicht wahr?«

»Ja ... hat es.« Gerda versuchte gelassen zu wirken, aber sie bebte am ganzen Leib.

»Also, zur Sache: Es gibt da eine ominöse Adresse in Bern, die Marktstraße 49 – ein Büro, das sich *Argentinische Auswanderungszentrale* nennt.«

»Ja, ich kenne die Adresse. Ich mein, er hat mir davon erzählt ...«

»In Wirklichkeit ist es – und das ist keine Vermutung – das operative Hauptquartier für Nazifluchthilfe.«

»Aber sie haben doch auch ...«

»Ja ... auch. Aber in diesem Büro wurden vor allem Nazis geschleust ... Wer wollte denn fliehen, Kind? ... Nach dem Krieg ... Alle, die was auf dem Kerbholz hatten, da machen wir uns nichts vor.«

»Ich dachte, die wollten dort Techniker fürs argentinische Militär rekrutieren, so hatte er es formuliert.«

»Das kam wohl vor, ja, ein Teil dieser Halunken waren tatsächlich Techniker, Geheimdienstleute, Nachrichtenspezialisten, Flugzeugingenieure, sogar Leute aus Peenemünde ... aber einige waren auch Lagerkommandanten oder Chargen und hatten persönlich Dreck am Stecken. Sonst hätten sie ja nicht abhauen müssen.«

»Und die neutralen Schweizer haben das hingenommen?«

»Was heißt hingenommen, sie waren involviert, einige sogar Strippenzieher. Da war zu viel Geld im Spiel. Das Rote Kreuz, die Schweizer Fremdenpolizei, das ging rauf bis ins Justizministerium und schließlich bis zum Vatikan.«

»Aber wie ist das möglich? Der Vatikan ... und Kriegsverbrecher!?«

»Es ist möglich. Mir blieb auch die Luft weg.« Gerdas Blick ging ins Freie, wie ein Fluchtreflex, aber vor dem fließenden Verkehr draußen spiegelte sich nur ihr verstörtes Gesicht im Fenster.

»Meine Mama würde den nächsten Schlag nicht überleben, wenn das stimmt ... Sie glaubt an die ... an die ... Heiligkeit der Vertreter des –«

»Hören Sie, Gerda«, unterbrach sie Frau Schwartz, »die
Welt hinter den Mauern dort sieht anders aus, die waschen
nicht nur schmutziges Geld, sondern auch verurteilte Killer
rein, nur weil die *gegen Bolschewiken und den gottlosen Kommunismus gekämpft haben*, das allein genügte der Geistlichkeit
für die Absolution, also: Wenn Judenmörder sich als brave
Katholiken ausweisen können – frisch bekehrt, mündliches
Bekenntnis reicht –, dann werden sie in die Freiheit
geschleust, auch wenn sie triefen vor Blut; straffrei, mit
Geld, Papieren und dem Segen Gottes ... Das können Sie
gerne ihrer Frau Mama berichten.« Dann zog sie ein Kuvert
aus der Tasche, in dem sich der sogenannte »La-Vista-
Bericht« einer US-Delegation ans State Department befand,
der all die geschilderten Machenschaften des Vatikans mit
Beweisen belegte.

»Kleine Argumentationshilfe gegen die Skepsis ihrer
Mutter«, sagte sie etwas bissig. Gerda steckte das Kuvert
wortlos in ihre Tasche und sah wieder zum Fenster hinaus.

Der Verkehr floss friedlich, der Mai war hell und wach.

»Mir wird schlecht«, sagte sie fast tonlos, »wissen Sie, ich
kann an den *lieben* Gott nicht glauben und an den *strafenden*
schon gar nicht, aber ...«

»*Denen* wurde nicht schlecht«, sagte Frau Schwartz.

»Ich versteh es nicht. Ich mag ja ein naives Ding sein ...
und zu jung für all den Dreck, aber ... ich versteh es nicht ...
Wie vereinbaren die das mit dem Katechismus und all ihren
Sprüchen ...«

»Ich versteh es auch nicht, aber es ist die Wahrheit.«

»Petit-déjeuner continental, die Damen«, unterbrach sie
der Ober mit näselndem Wiener Akzent und begann sein
Tablett zu entladen.

»Wissen Sie, wer Mengele ist oder Eichmann? Kennen Sie die Namen?«

Frau Schwartz hatte den Ober, während er servierte, gar nicht beachtet und die Frage gestellt, als er sich just vom Tisch abwandte. Er hielt kurz inne, als wollte er die Frage selbst beantworten. Diese Namen waren ihm offensichtlich geläufig. Was ist er, dachte Gerda. Jude? Ein Nazi? Katholik? Die Namen hatten jedenfalls sein Interesse geweckt.

»Ich hab von ihnen gehört, ja ... Mengele«, sagte sie, »der Arzt, Todesengel von Auschwitz und Eichmann, der Mann der Transporte.« Frau Schwartz nickte.

Jetzt erst verfügte sich der Ober zu den nächsten Tischen, drehte sich aber noch einmal um, bevor er die nächste Bestellung aufnahm.

»Es waren nicht die Burkhardts, die diese Herrschaften gerettet haben ... das nicht, aber es war diese besagte Organisation in Bern, die sie illegal durch die Alliierten und die Schweizer Grenzen gebracht und schließlich über Genua, unter Beihilfe des Vatikans, nach Buenos Aires verschifft hat. So war das und so ist es immer noch. Mein Ex-Mann und vielleicht auch mein Sohn kennen diese Leute offensichtlich. Diese Perfidie macht mir zu schaffen. Ich hoffe, Sie verstehen, was ich meine.«

»Deshalb also ...«, sagte Gerda, leise in sich hinein.

»Wie?«

»Bastarde ... Das erste Wort, das ich aus ihrem Mund gehört habe ... Ich war ganz in der Nähe damals, als Sie seine Sachen aus dem Fenster geschmissen haben.«

»Ohh ...« Das überraschte sie wirklich. Sie begann in ihrer Handtasche zu kramen, als müsste sie ihre Verlegenheit parieren, die Ringe an den Fingern klimperten, als sie ein silbernes Zigarettenetui aufklappte, um sich eine Parisienne anzuzünden, Pieros Marke. Ihre geschickten, flinken Hände erinnerten sie an seine.

»Sie erlauben?« Gerda nickte.

»Ich war verliebt ...«, fuhr Gerda fort, »wollte wissen, wo er wohnt ... er war anfangs sehr diskret, recht verschlossen.«

Frau Schwartz überlegte kurz, ein Stirnfältchen über dem Nasenbein, aber alles wieder im Lot. Schon die ersten Züge am Nikotin beruhigten sie.

»Ja. Bastarde – in der eigenen Familie.«

»Wissen Sie«, sagte Gerda, »meine Mutter wollte mir zeitlebens beibringen ...«

Sie musste kurz innehalten, ihre Zunge war pelzig geworden und ihre Hand zitterte, deshalb griff sie noch nicht zum Tee – keine Schwäche zeigen jetzt.

»... gottesfürchtige Leute, die führenden Köpfe der Kirche – die wären die einzige Verlässlichkeit in dieser Welt, weil sie Gott und seinen Gesetzen verpflichtet sind. Ich hab es nie wirklich glauben wollen, weil die ja auch nur Menschen sind, aber das hier ... das ist ...«

»Kein Hirngespinst, glauben Sie mir.« Eine Weile schwiegen die beiden.

»Es tut mir so leid«, sagte Gerda endlich und legte schüchtern eine Hand auf ihren Arm, als wollte sie sich entschuldigen, stellvertretend für die Fürsten, *die verlässlichen.*

»Ich war verstrickt, was soll ich sagen, gegen meinen Willen ...«, sagte Gerda kleinlaut.

»Verstrickt worin? In Sakramenten? Rücksichten?«

»Letzteres vor allem, ja ... Es tut mir leid.«

Im selben Moment kam ihr die Geste schon wieder so lächerlich und herablassend vor und sie zog die Hand zurück.

»Mir auch, Gerda, mir tut es auch leid. Sie sind die Mutter meines Enkelkindes – das sind Sie, er hat euch beide nicht verdient.«

»Verzeihen Sie, ich weiß ... es klingt abscheulich, was Sie erzählen über die beiden, aber ich hatte Piero in keiner Minute so empfunden, nicht mal eine Ahnung davon. Er kann schnell aggressiv werden, ja, und grob werden kann er auch, aber ich hatte nie das Gefühl, er könnte im Grunde seines Wesens ein schlechter Kerl sein. Ich hab ihn zärtlich erlebt und verletzlich und verunsichert.«

»Das mag ja sein ...« Ihre Stirn glättete sich für einen Moment. »Er steht ja unter der Fuchtel eines Gauners, der sich anpasst wie ein Chamäleon.«

Die Sache mit Piero schien also noch nicht vom Tisch zu sein, wollte Gerda glauben. Das hier klang nach Schonung. Sie schwankte.

»Ging die Initiative für dieses ›Netzwerk‹ vom Vatikan aus?«, hakte Gerda nach, eher beiläufig, denn ihr Kopf hätte sich lieber verzogen aus der Niedertracht.

»Das nicht, nein, geknüpft oder jedenfalls mitgeknüpft wurde es von Eva Peron, der Frau des damaligen argentinischen Staatspräsidenten, der *hochqualifizierte deutsche Spezialisten* brauchte für sein Land. Die argentinische Armee war ja teils von preußischen Offizieren ausgebildet worden. Da bestehen alte Bande.«

»Ach die? ... die Schöne ... Evita Peron?«

»Die Hure, ja. 1947 hatte sie die *Regenbogentour* durch Europa angetreten, um hinter den Kulissen *eine Allianz der Hilfsbereitschaft* für geflohene Nazis zu schaffen, deren Expertise *Goldes wert* sei. Leumund und Dossiers überflüssig. Dabei hat sie auch mit *Seiner Heiligkeit* Papst Pius XII. konferiert, mit General Franco in Spanien und ein paar maßgeblichen Antisemiten in der Schweizer Regierung – die gibt's ja überall, wie Sie wissen. So hat alles begonnen.«

Gerda wollte jetzt eigentlich aufstehen und gehen, sie stellte sich schon vor, wie sie und Mama sich wieder in die Haare geraten würden, nicht auszudenken. Alles wieder von vorne. Judith Schwartz rauchte still vor sich hin.

»Eine Frage hätte ich noch. Warum genau ist eigentlich die Polizei immer wieder hinter den beiden her?«

»Hab mich schon gewundert, warum die Frage erst jetzt kommt.«

»Ich hatte Angst davor«, gab Gerda ehrlich zu.

»Rothemund heißt der Mann. Ein eingefleischter Antisemit.«

»Oh, den kenne ich, ich meine seine Knatterstimme – vom Telefon.«

»Er ist der Chef der Schweizer Fremdenpolizei und höchstpersönlich involviert in die Geschäfte dieses Büros, was dem Chef der Berner Stadtpolizei wiederum gar nicht schmeckt, der ist offenbar ein anständiger Mensch. Da hat einer den andern im Visier.

Rothemund hat für alle Operationen des Büros grünes Licht gegeben, natürlich mitkassiert und sie gleichzeitig vom Justizminister absegnen lassen – der wollte diese *Spezialisten* nämlich so schnell wie möglich aus dem Land haben und hat alles durchgewunken. Alle haben profitiert davon. Die amerikanische Botschaft in Den Haag hatte empört nach Washington berichtet, deutsche *Fluchtwillige* hätten den Schweizer Beamten für ein vorläufiges Aufenthaltspapier bis zu 200 000 Franken bezahlt. Sie können sich also vorstellen, wie viel Geld da auf der Straße liegt.«

»Rothemund ist also selbst illegal unterwegs, versteh ich das richtig?«, fragte Gerda ungläubig.

»Oh ja. Er schleust illegal Leute aus Deutschland in die Schweiz, durch alliierte Kontrollen, das ist strafbar. Er rettet Kriegsverbrecher, die eigentlich in den Nürnberger Gerichtssaal gehörten. Das Problem für ihn war und ist – einige wagen es, die Organisation zu umgehen, um auf eigene Faust und Rechnung zu arbeiten. Interessenskonflikte im Schlepperwesen sozusagen. Deshalb standen René und Piero schon mehrfach auf einer Fahndungsliste. Rothemund hatte die Befugnis dazu. Und er tat es, sobald sie seine Kreise störten. Die wollen alle in Ruhe ihr Geld verdienen. Alle. Als die beiden einen *hochwertigen* deutschen Techniker in den Kanton Schaffhausen lotsen wollten und beim Übertritt was schieflief, ließ sie Rothemund tatsächlich festnehmen. Er hatte sich für die Verhaftung zwar vom ›Eidgenössischen Politischen Department‹ eine Rüge eingehandelt, konnte die Sache aber irgendwie bügeln, ich weiß nicht wie. Die alliierten Kontrollen waren ziemlich scharf Ende der Vierziger ... Irgendeiner konnte halt den Mund nicht halten, was weiß ich. Das jedenfalls hatte Rothemund erst hellhörig gemacht auf die zwei. Er hatte Angst, sein eigenes Geschäftsmodell könnte eines Tages auffliegen, wenn die ihm weiter in die Parade fahren. Der Nazi-Schlepper-Skandal in Schweden war noch in aller Munde und die Presse war heiß auf solche Geschichten.«

»Das ist ja wie im Kriminalfilm«, sagte Gerda und hielt dabei die Hände gefaltet in ihrem Schoß, als wollte sie ihr Kind schützen vor dem ganzen Mist.

»Kriminal trifft es gut. Damals gab's nicht viel Verlässlichkeit, müssen Sie wissen, an wichtigen Stellen saßen Kollaborateure, immerwährende Opportunisten, Antisemiten und Glücksritter, die das bürokratische Chaos für sich nutzten, die Korruption hatte die Befehlsketten bis hinauf in die Ministerien löchrig gemacht, am Ende erodiert so ein System halt.«

»Und die Alliierten schauten nur zu? Der amerikanische Geheimdienst ist doch überall, heißt es.«

»Natürlich wussten die Bescheid, die treiben's ja mit jedem ... hatten selbst ihre Agenda und waren genauso scharf auf *Spezialisten*, vor allem auf die aus Peenemünde. Aber offiziell hatte Präsident Roosevelt 1945 den Schweizer Präsidenten schriftlich gebeten, die Grenzen zu Deutschland zu schließen, um eine Naziflucht zu verhindern. Drei Jahre später hat Präsident Von Steiger genau das Gegenteil getan.«

»Gibt's eigentlich irgendwo noch was Rechtschaffenes? Einzelne wenigstens? Verzeihen Sie die blöde Frage, ich bin keine Heilige, aber ...«

Frau Schwartz zuckte mit der Schulter.

»Mit Niedertracht kann man gut weiterkommen in diesen Zeiten. Aber es kommt noch besser. Der Antisemit Rothemund wurde zum Schweizer Delegierten der Internationalen Flüchtlingsorganisation ernannt, ein Judenhasser, und wissen Sie, was deren Aufgabe war?«

»Ich kann es mir denken.«

»Rehabilitation und Wiederansiedlung der Opfer des Nationalsozialismus. Verstehen Sie, was ich meine?«

»Ich verstehe, was Sie meinen. Vielleicht hätte ich das alles gar nicht hören sollen«, sagte Gerda trotzig.

»Sie wollten doch alles wissen.«

»Ja ... wollte ich.«

Sie kam sich so dumm vor, naiv, vorgeführt und lächerlich. Nach einer langen Pause:

»Entschuldigen Sie meine Frage, Frau Schwartz, aber haben Sie schon mal in Betracht gezogen, Piero könnte vielleicht ... schizoid sein oder Ähnliches? Wenn ich ihn vor mir sehe, kann ich mir nur schwer vorstellen, was Sie erzählen.«

»Schizoid? Nein. Sein Vater hat ihm einen gesunden Geschäftssinn vererbt ... und ja, er kann sehr rabiat werden, wenn er übermütig wird, aber ansonsten ... Er soll auch schon Nazis verprügelt haben, aber Profit war das Postulat dieser Unternehmungen, denke ich, zumindest bei René. Ich befürchte sogar, mein Ex-Mann hatte insgeheim an der Kampfmythologie der Nazis einen Narren gefressen, obwohl er das nie zugeben würde. Hat den armen Piero schon als Teenager zum Soldaten erzogen, Taekwondo und sonst was lernen lassen. Mit 17 oder 18 hatte er schon einen Pilotenschein für eine Cessna, damit kann man doch jeden Jungen ködern.«

»Hat er von diesen Kampfmethoden auch Gebrauch gemacht bei seinen Einsätzen?«

»Ja, als sie bei der Befreiung eines *teuren* Physikers aus einem amerikanischen Rheinwiesenlager in Remagen *assis-*

tierten, soll es zu Handgreiflichkeiten gekommen sein, in die Piero verwickelt war. Es ging wohl um eine Prämie. René hatte ihn ja schon früh in seine *Operationen* eingeführt. Was da alles passiert ist ... weiß der Himmel. Der Kleine sah das als großes Abenteuer und als Möglichkeit, seinem Vater zu imponieren.«

»Der Schmiss in seinem Gesicht ... Stammt der von so was?«

»Ich denke schon.«

»Sie denken? Ich meine, hat er's Ihnen nicht erzählt?«

»Nicht alles. Ich habe mich bald schon ausgeklinkt aus ihren ... *Geschäften*, als ich mitbekommen habe, dass sie mir keinen reinen Wein mehr einschenken. Aber Piero kam immer wieder zu mir und wir haben tausendmal gesprochen ... ›sie hätten doch auch Gute hinausgeschleust‹ ... et cetera. Es half nichts. Ich wollte ihn auch nicht verlieren ... und ...«

»... haben ihn trotzdem rausgeschmissen.«

»Ja, als zum dritten Mal die Polizei im Haus war ... irgendwann ist Ende.«

Gerda hatte für einen Moment das Gefühl, als täte ihr die Sache schon leid.

»Vielleicht wollte er Sie nur schonen ... und hat deshalb manches verdreht oder verschwiegen.«

Die Frau lächelte milde und tätschelte ihr die Hand.

»Sie lieben ihn wirklich ...«

Gerda nickte. Dann saßen die beiden eine Zigarette lang schweigend. Sie sahen sich um, sahen sich an, ernst, lächelnd, ratlos. Gerdas Gesicht war dem Fenster zugekehrt, während sie ihre Serviette zusammenfaltete, sie wieder öffnete und wieder zusammenfaltete.

Der Verkehr war dichter geworden. Zwei Fiakergespanne schienen einen kleinen Stau zu verursachen. Ungeduldiges Hupen und wiehernde Pferde. Da fuhr sie plötzlich hoch, wie vom Blitz getroffen, ihr Kännchen kippte um, der Rest des kalten Tees ergoss sich im Schwall auf den Boden. Sie zeigte auf die Autos.

»Da!! Sehen Sie! Da, im Taxi!« Auch Frau Schwartz war aufgesprungen.

»Was soll da sein?«

»Der mit dem Hut!«

»Ich kann nichts erkennen. Da sind drei Taxis, in welchem?«

»Das ist doch ...«

»Wer!?«

Gerda warf ihre Serviette auf den Tisch und rannte hinaus. Die Leute reckten ihre Hälse, glotzten und tuschelten. Alles wurde lebendig im Raum. Zwei der Kellner hatten ihre Arbeit unterbrochen. Frau Schwartz kniete auf der Sitzbank, drückte ihr Gesicht gegen das Fenster, hielt die flache Hand über die Augen, machte sie klein, die Sonne war grell: »Welches Taxi denn?«

Da rannte sie, in der Auslage vor Dutzenden Blicken, und was sie rief, konnte Frau Schwartz von ihren Lippen lesen. Ein Wort nur. Der Stau begann sich aufzulösen, die Fiaker waren abgebogen, die Autos beschleunigten wieder. Gerda hatte das hinterste Taxi gerade noch erreicht und trommelte mit der flachen Hand auf die Heckscheibe. Aber da war kein Borsalino, der Fahrer rief genervt durch die Fensteröffnung: »Beseeetzt, hoben S' kane Augen im Schädel?!«, und drückte aufs Gas. Sie versuchte noch eine Weile das Tempo zu halten, blieb schließlich keuchend stehen und musste sich anschnauzen lassen von genervten Fahrern, die es eilig hatten.

Der Ober sah sie mitfühlend an, als sie etwas zerzaust zurückkam, als wüsste er Bescheid über ihre Malaise. Sie wollte sich noch von Frau Schwartz verabschieden. Aber der Tisch war leer, Judith Schwartz verschwunden.

Der Ober stand jetzt knapp hinter ihr.

»Entschuldigen Sie, wenn ich mir erlauben darf, gnä' Frau, Sie anzusprechen ...«

Sie drehte sich um.

»Ja?« Nun sah sie ihm zum ersten Mal in die Augen; beredte, rastlose Augen.

»Die Dame hat alles bezahlt und mir aufgetragen, Ihnen liebe Grüße auszurichten. Und das hier soll ich Ihnen …« Ein verschlossener Briefumschlag.

»Oh. Danke. Ich danke Ihnen.«

Er druckste herum, die Frage, die er noch zu stellen vorhatte, lag ihm im Magen.

»Verzeihung, darf ich Sie … Sie sind … Jüdin, nicht wahr?«

Gerda sah ein verhaltenes Lächeln, das allein schon um Vergebung zu bitten schien, bevor die Antwort da war. Sie zögerte nicht:

»Ja«, hörte sie sich lügen.

Der Ober wollte noch etwas nachsetzen, aber da war sie schon draußen bei der Tür und riss das Kuvert auf: eine Telefonnummer und *Alles Gute* stand da. Das überraschte und beruhigte sie zugleich. Es würde weitergehen.

Sie ließ sich treiben, anfangs ziellos, den Ring entlang, die Knie noch weich, und doch bildete sie sich trotzig ein, federleicht und flockig zu sein, wie eine taufrische Heidi, balancierend auf einem Lattenzaun, auf dem Weg zu einem Ort, der festen Stand vermittelt, nachdem sie gerade den Boden unter den Füßen verloren hatte. Ins lächelnde Abteil der Welt. Irgendwohin, wo die Dinge leuchten. Die türkise Kuppel des Michaelertrakts glänzte zum Beispiel im Licht der Sonne. Das half. Den Kompass justieren, die Schritte schneller machen. Die Fischerstiege war die letzte Station für heute, das musste noch sein, trotz aller Wirren. Was hatte sie denn gesehen? Ein Gespenst? Vielleicht war es nur Agnes' Borsalino-Vision, die ihr Gesichtsfeld getäuscht hatte. Das Hirn reimt sich dann Dinge zusammen, um recht zu behalten. Paranoia … Was sonst noch geblieben war von diesem Tag – sie fühlte sich zu diesem Wesen hingezogen, das, in Dior gepanzert, böse Geschichten erzählt hatte.

Die Fischerstiege lag schon im Schatten, als sie vor der Buchhandlung ankam.

Der erste Satz, den sie sich vorgenommen hatte, wäre der folgende gewesen: Sie verstünde die Welt nicht mehr, nicht nur, dass sie aus den Fugen sei, schlimmer, sie fände keine Erklärungen mehr für die Versäumnisse und Entgleisungen der Menschen und ihrer Haltungen, denen sie einst vertraut hatte. Was sich aufhäufte in ihrer Erinnerung, braute sich gerade zu einem schwer verdaulichen Cocktail zusammen, den sie niemandem zumuten wollte. Außer der Frau Horvath und ihrem Hund, der wie die Sphinx von Gizeh unter ihrem Schreibtisch hockte.

Sie setzte sich auf die Stiege und sah ihr eine Zeit lang durchs Schaufenster zu. Die Frau Horvath. Ihre Frau Horvath. Hochgeschlossene Bluse wie immer, ihr Hals war unsichtbar. Ihr krauser Haarschopf, verzuselt wie die Federfüllung eines Kissens, grau geworden wie ihr Gesicht, saß wie ein Schutzhelm auf ihrem Kopf. Die zwei gelben Finger ihrer rechten Hand führten eine Roth-Händle zum Mund, der sich bewegte und die Zigarette tanzen ließ. Selbstgespräche. Zwischen einem Bücherregal und ihrem Schreibtisch stand sie und blätterte zielstrebig durch ein Buch, mit grazilem Geschick und dem professionellen Respekt vor der Ware, der Buchhändlern eigen ist. Gerda hatte sie oft beobachtet, wenn sie flink die Seiten springen ließ, *Wind unterm Daumen* machte, um eine bestimmte Stelle zu suchen oder nur den Duft von Druckertinte und Papier zu genießen. Allein beim Zuschauen stellten sich ihr die Nackenhärchen auf. Mit wenigen Gesten und Worten konnte diese Frau eine Vertrautheit schaffen, die jedem die Zunge lockerte. Es wurde viel diskutiert, geplaudert und geraucht in dieser Sakristei der Leseratten. Auf ihrem Schreibtisch saß eine Taube aus Porzellan als Briefbeschwerer auf einem hoch aufgeschichteten Stapel von Rechnungen und alten Briefen, die sie stets zur Hand haben wollte.

Dass diese Taube an prominenter Stelle den Raum überblicken durfte, war eine wohl gemeinte Referenz an ihren verstorbenen Mann, der zeitlebens ein hingebungsvoller Brieftaubenzüchter gewesen war. An trüben Tagen war ihr dieses Porzellantier wie ein Herz, dem sie sich ausschütten konnte, wenn sonst keiner zuhörte. Das hatte sie Gerda einst gebeichtet.

Eine echte Taube aber, das Fräulein Isolde, hockte meist im hintersten Winkel des Geschäfts, flatterte manchmal die Regale entlang und machte ihren Dreck. Das nahm Frau Horvath in Kauf, eingedenk der Leidenschaft ihres verstorbenen Mannes, der seinerzeit 240 dieser Vögel in einem Schlag betreut hatte. Sein Tod muss ein sehr trauriger gewesen sein und war im Übrigen das einzige Thema, an das Frau Horvath nie anstreifen wollte, wenn sie mit Gerda sprach.

In der Hinsicht war sie Mutter sehr ähnlich. Den Tod ihrer Männer gab es nicht. Deshalb wurde darüber auch nicht gesprochen. Irgendwie schien diese verbreitete Mode des Schweigens eine Absonderlichkeit dieser Generation zu sein, war Gerda inzwischen überzeugt. Die zwei waren vom selben Jahrgang. So was wird zum Virus. Was ausgeblendet wird, hat nie stattgefunden.

Andererseits, wem kann man es verdenken? Sich all die Tonnen auf den Rücken zu laden, unverdaut, und gleichzeitig neue Häuser zu bauen, das mag zu viel verlangt sein. Es gab auch keine alten Stimmen mehr, die weise Worte verströmt hätten. Die Jungen hätten drauf gepfiffen. Die Glaubwürdigkeit der Alten hatte arg gelitten und der Vorstellungkraft war angesichts des Vergangenen die Luft ausgegangen. Also wurde ordentlich angepackt: Vorwärts. Immer vorwärts.

Sie dachte an ihr Kind und ob es sich mit ihren Erklärungen zufriedengeben würde, eines Tages. Dabei wäre Tabula rasa doch die Logik der Stunde.

Frau Horvath hatte Gerda inzwischen durch die geschichteten Bücherberge im Schaufenster entdeckt und winkte ihr, doch hereinzukommen.

»Ach Gott, Mädel, mein Mädel.« Sie umarmten einander und wiegten sich hin und her, wobei sich beim Linksschwenk jeweils das rechte und beim Rechtsschwenk das linke Bein vom Boden abhob. Auch Fräulein Isolde war zur Begrüßung nach vorne geflattert und ließ sich am Schreibtisch nieder.

Als Gerda ausholen wollte, um Frau Horvath in ihr jüngstes Desaster einzuweihen, winkte sie ab, Agnes habe telefonisch schon umfassend berichtet, über die geplatzte Hochzeit, den Auszug aus der Pötzleinsdorfer Straße, die Polizeigeschichten um den verlorenen Bräutigam und den geplanten Neuanfang in Hohenems.

»Aber dass d' auch mich verlassen musst, Gerdalein, das schmerzt schon a bissl sehr, hast dich gut gemacht im G'schäft«, sagte sie in sehr versöhnlichem Ton. »Bist eine Vielleserin und kannst umgehen mit die Leut, gute Voraussetzungen für unsern Beruf. Wirst mir fehlen ...«

»Das freut mich, wenn *Sie* das sagen ... Sie werden mir auch fehlen, Frau Horvath.«

»Lotte, ich bin die Lotte ... ich bitt dich!«

»Lotte. Danke, das ehrt mich.« Beide standen eine Weile wortlos nach einer weiteren Umarmung.

»Tja ... wie halt das Leben so spielt«, sagte Gerda.

»Ja, wie das Leben so spielt«, wiederholte Frau Horvath und schwenkte damit völlig unvermittelt in eine ganz andere Zeit, begann aus dem Blauen heraus mit einer skurrilen Geschichte aus der Zeit des Februaraufstands 1934, die Gerda schon x-mal gehört hatte – über irgendeine Schießerei in Linz. Der kurze österreichische Bürgerkrieg, in den auch Josef, ihr verstorbener Mann, als Kämpfer verwickelt gewesen war, hatte sich tief in ihr Gedächtnis gebrannt und stieß ihr ungefragt immer wieder auf. Ein paar Schutzbündler hätten damals unter Josefs Führung einen Heimwehrtrupp düpiert, der in sozialdemokratischen Parteiheimen versteckte Waffen konfiszieren wollte, wobei sich zwei der roten Schutzbündler mit geklauten Heimwehruniformen verkleidet hätten, um die anrückende Dollfuß-Truppe am Eindringen zu hindern. »Wir haben schon alles durchsucht, Kameraden, da is nix drin, da is nix«, habe ihr Pepperl damals den Heimwehrlern entgegengerufen und die hätten es – *hirnschwach* – geschluckt, bis plötzlich aus dem Klofenster des Parteiheims ein Schuss gefallen sei, was eine wilde Ballerei nach sich gezogen habe, usw., usw. Gerda nickte immerzu und tat überrascht, obwohl ihr die Pointen längst klar waren, und ihr war gleichzeitig aufgefallen, dass Frau Horvath schon in der Mitte der Geschichte in Gerdas Gesicht lesen konnte, dass sie jeden Satz kannte. Peinlich berührt zwar, aber konsequent brachte sie die Sache zu Ende. Gerda wurde den Eindruck nicht los, dass sie sich in diesen Strudel geredet hatte, um nicht losheulen zu müssen – bloß nicht losheulen – denn für Außenstehende schien Frau Horvath ein harter Brocken zu sein, ein Eindruck, den ihre tiefe Raucherstimme noch verstärkt hatte. In Wirklichkeit aber hatte sie ein sanftes Herz, ein kluges, dem man besser nichts vormachte. Sie konnte fast jedem im Handumdrehen auf den Grund leuchten und daraus Schlüsse ziehen, sagten die Leute. Wer ein Arschloch war, sagten sie, erkannte sie jedenfalls so schnell wie ihr Hund, der im Anlassfall seinen Schwanz zwischen die Hinterbeine klemmte und an den Bauch zog.

Gerda war heilfroh, nicht mehr die ganze leidige Abfolge der Ereignisse abrufen zu müssen, konnte sich daher auf ihre Kündigung konzentrieren. Aber den Kontakt abzubrechen, wäre sowieso nie in ihrem Sinne gewesen, beruhigte sie Frau Horvath, das Band müsse im Gegenteil verstärkt werden, *es gäbe ja ein Telefon, den Zug von A nach B und Vorarlberg sei ja nicht aus der Welt.* Dann holte sie aus der obersten

Schublade ihres Schreibtischs ein Buch, das sie in eine hübsche Schleife gebunden hatte:

»Für dich Gerda, noch was Kleines zum Geburtstag: der neueste Böll – »Billard um halb zehn« ... Musst unbedingt lesen, der weiß, wovon er red't, Mädel.«

»Oh ja, ich weiß ... Dank dir, Lotte!«

»So is sie brav, die Gerda.«

Sie waren beide nicht sehr gut im Abschiednehmen, man tauschte noch Belangloses aus, um dem Moment das Gewicht zu nehmen. Frau Horvath machte ihr Mut und Komplimente und hatte schließlich trotz tapferer Gegenwehr Tränen in den Augen. Das hätte Gerda nie und nimmer erwartet ... die *raue* Frau Horvath.

»Die Welt kann sich dir nicht verschließen, Mädel, so wie du gebaut bist, hast Verstand, Witz, Mut und ein großes Herz ... und das ist ...«, sie tippte mit ihrem Zeigefinger auf Gerdas Brust, « unbestechlich.«

»Ich bitt Sie, Frau ... tschuldige, liebe Lotte.«

»Jetzt lass mich halt dein Loblied singen, Fräulein Fässler. Ich mein es, wie ich's sag.«

Eine beruhigende Botschaft, und Gerda nahm sie dankbar mit in den Nachtzug Richtung Bodensee.

*

Wie immer im Zug – eine tranceähnliche Ruhe. Getaktete Zeit, die auch dem Puls ins Gleichmaß hilft. Gerda stand im Gang des Waggons, sah vorbeiwischende Masten und die wandernden Häuser im Hintergrund, schon dunkel oder nur spärlich beleuchtet. Das schlafende Niederösterreich. Wenn sie den Blick ins Abteil richtete, erhellten hüpfende Lichter die Wange ihrer Schwester, die sich bis zum Hals in einen Mantel gewickelt hatte. Die Sitze waren ausgezogen und zum Bett umfunktioniert. Sie schlief. Agnes war eine gesegnete Schläferin, als wäre sie nie von schlechtem

Gewissen geplagt. Selbst wenn sie verliebt war, konnte sie schlafen wie ein Murmeltier. Sie hatte Einheimische in Hohenems organisiert, die die Männer der Spedition beim Umzug in die Bergmannstraße 4 instruieren sollten, hatte Besprechungstermine mit den dortigen Direktoren der Volks- und Hauptschule fixiert und für Internatsplätze der Buben gesorgt, einen für Raimund im Feldkircher Xaverius-haus, einen für Roland im Studentenheim in Innsbruck, hatte die Stornozahlung des Pfarrwirts in Döbling diplomatisch auf ein freundliches Maß gemindert, zudem zwei Stockwerke der Grübelvilla in Pötzleinsdorf über ein Maklerbüro zur Miete ausgeschrieben und die drei Mütter mit Liebe und Augenmaß betreut. Großma, Oma und Mutter schliefen den Schlaf der Gerechten, unüberhörbar im angrenzenden Abteil. Alles auf Schiene.

Raimund und Roland sollten eine Woche später nachkommen.

Gerda ging ein Stück den Gang entlang, um ihren niedrigen Blutdruck in Fahrt zu bringen, streifte an den Abteilen vorbei, freundlich nickend, wenn sie Blickkontakt hatte. Die meisten ließen die Tür einen Spalt offen, um die Luft zirkulieren zu lassen, denn eines der Gangfenster war leicht gekippt. Außerdem entwichen den Verbindungsbrücken über den Puffern stets kühle Luftströme, die sich mit den geheizten Bereichen mischten. Ab und an drängten sich Passagiere draußen am Gang, zum Teil in Grüppchen, um zu rauchen. Man sprach sehr verhalten, manche sogar im Flüsterton, aus Rücksicht auf die Schlafenden. Angenehmes Publikum. Der Halt in St. Pölten war nur kurz, ein Erste-Klasse-Passagier war noch zugestiegen und verschwand gleich im Schlafwagen. Werden wir uns eines Tages auch leisten können, dachte Gerda.

Sie verschränkte die Arme vor der Brust, der Durchzug machte sie, trotz Mantels, ein wenig frösteln. Gleichzeitig fühlte sie einen wohligen Schauer. Fast war ihr, als stünde nach langen Nöten Linderung ins Haus. Sie kicherte in sich hinein, weil das Hochgefühl so absurd wirkte, angesichts ihrer tatsächlichen Situation.

Was immer den Moment so leuchten ließ, sie fühlte sich plötzlich sauwohl in ihrer Haut und genoss das seriöse Mondlicht, das die weiten Hügel silbern machte.

In den meisten Abteilen waren die Vorhänge inzwischen zugezogen, in anderen brannten noch Leselämpchen. Sie sah den Herren, die sich galanterweise um das gekippte Fenster geschart hatten, beim Rauchen zu. Selbst die ungarische Familie, die sich mit drei Töchtern, Hund, Katze und üppigem Gepäck im Nachbarabteil eingerichtet hatte, war zur Ruhe gekommen. Der Vater hatte sich ermattet mit seiner Pfeife zu den Rauchern gesellt. Zwei davon waren Patres, in Collarhemden, einem schweren Silberkreuz auf der Brust und einem Ordensemblem am Kragen, das Gerda bekannt vorkam. Ein Wappen in Rot-Weiß, darauf ein Kreuz, in dessen Schnittpunkt ein flammendes Herz umrankt von einer Dornenkrone lodert. Sie kannte dieses Motiv aus Mutters Ordensbüchlein, in dem sämtliche in Rom akkreditierte Orden aufgelistet waren. *Die Legionäre Christi*, eine sehr begüterte Kongregation, die bestrebt war, weltweit zu missionieren. Noch Minuten zuvor war sie mit dem Rücken zur Schiebetür der Legionäre gestanden und hatte in ihrer Neugier versucht, Gesprächsfetzen zu erhorchen. Was sie aufschnappte waren aber nur Gebetsfragmente und Bibelzitate. Als sie schließlich doch einen Blick wagte, starrten die beiden in Brevier und Bibel, ins *Wort Gottes* vertieft, wie scheue Ministranten. Allein ihre Körperhaltung vermittelte Eifer und Gehorsam. Zwischen ihnen der Mentor, ein buckliger älterer Herr, vollbärtig, die grauen Haare zur straffen Scheitelfrisur gekämmt. Schwarzer Anzug, schwarzes Hemd, am Revers einen Anstecker. Immer wieder setzte er seine dickgläsrige Nickelbrille ab, um mit dem Bügel auf gewisse Stellen im Text zu verweisen. Forsch. Er schien ihnen als Autorität zu gelten und machte den Eindruck eines strengen Superiors, der seine Novizen nach Belieben maßregeln konnte. Gerda musste an Mama und ihre Vorstellungen von Disziplin und Schulung denken.

Offensichtlich zum Stressabbau hatten sich die beiden nun eine Zigarette gegönnt, eine Stuyvesant. Gerda musste schmunzeln, »*Der Duft der großen, weiten Welt*«, die armen Kerle. Den Werbespruch kannte sie von Plakaten und aus dem Radio. Die Marke der Vornehmen. Tiefe Züge nahmen sie und bliesen bockig den Rauch durch Nase und Mund wieder aus. Zu beneiden waren die nicht, unter der Fuchtel des Alten.

Als noch zwei weitere, leicht angeheiterte Herrn zur Rauchergruppe stießen, wurden die Gespräche zwar lebendiger, die Lautstärke aber weniger rücksichtsvoll, die Scherze geschmackloser, bis sich die jungen Geistlichen höflich zurückzogen, und bevor die Betrunkenen, die schon Blicke warfen, anzüglich wurden, war auch Gerda in ihrem Abteil verschwunden.

Sie legte sich zu ihrer Schwester, schmiegte sich an ihren Rücken und versuchte, in ihrem Rhythmus zu atmen. Das wollte nicht recht gelingen, sie war viel zu wach. Die Stunden mit Pieros Mutter gingen ihr durch den Kopf und die Fragen, die alles aus den Angeln hoben, was Ordnung in ein Leben bringt. *Was Mama uns eingetrichtert hat, weißt du noch, Agnes?* Verantwortung, Rechtschaffenheit, Würde, Haltung, Integrität, Ehrlichkeit. Das klang jetzt wie eine Karikatur des Katechismus. Sind Mitleid, Ergebenheit und Leidenschaft entschuldigt, wenn sie auf den inneren Kompass pfeifen? Natürlich nicht. *Was denkst du von mir Agnes? Bin ich einem skrupellosen Kriminellen aufgesessen, der mir eine Mutter Teresa vorgegaukelt hat, der Dinge tut oder getan hat, die eine Ehe oder auch nur ein Pantscherl mit ihm undenkbar machen? Oder* darf man ihm seine Irrungen verzeihen? Wenn's überhaupt welche waren. Hat Judith Schwartz aus Gründen, die nur sie kennt, vielleicht gar Dinge verdreht oder Tatsachen vernebelt? Aus schlechtem Gewissen, Eifersucht, Missverständnissen – was weiß man denn? Oder hat sie am Ende doch recht und alles wahrheitsgetreu berichtet? *Was denkst du?* Gerda rückte noch näher an sie heran, vergrub ihre Nase in Agnes' offenem Haar.

Was denkst du von mir, Schwester? Bin ich das Monster, wenn ich ihn trotz allem liebhab? Was wird das Kind in meinem Bauch eines Tages wissen wollen ... von mir, von ihm? Was soll ich ihm erzählen? Ich war zwanzig und blind vor Liebe. Da denkst du, du kannst dich in einen Kokon spinnen und ein Schmetterling werden, in aller Unschuld. Hab mich verleiten lassen. Man kann nicht immer alles auf die Dämonen schieben. Werde ich Albträume haben, wenn ich ihm nicht die Wahrheit erzähl? Also besser Schweigen. Nein, nicht wieder die alte Krankheit. Aber warum fühle ich mich grad so, wie ich mich jetzt fühle? Ist das eine Art, verrückt zu werden? Eine fast lächerliche Heiterkeit ...

Sie zog ihren Kopf sachte aus Agnes' Haaren und turnte mit behutsamen Bewegungen wieder hinaus auf den Gang. Es war schon nach zwei Uhr früh, der Mond gondelte beleidigt hinter eine Wolkenbank. Im Gang standen nur Männer. Aufgereiht an den Fenstern, alle zwei Meter einer. Zwei rauchten, die andern drei standen nur und schauten ins Gleisgewirr von Attnang-Puchheim. Eigentlich müssten hier Frauen stehen, dachte Gerda, *sie* sind doch die mit den Schlafstörungen. All die in Äonen ausgestoßenen Frauenflüche – verpufft im All. Sie musste an Omas Sprüche denken. »D'Wibr müassan alls ha ... einfach alls.«

Gerda stellte sich ans Fenster am westlichen Ende des Waggons, das noch immer gekippt war. Eine Gänsehaut stieg ihr auf. Sie streckte sich, machte sich steif, wollte gerade zum Gähnen ansetzen, als ihr eine kräftige Hand von hinten über Nase und Mund fuhr und sie in die Nische zwischen Toilette und Zugtür zerrte. Gerda krallte instinktiv ihre Fingernägel in die Männerhand, um wenigstens die Nasenlöcher freizubekommen. Der Atem blieb ihr trotzdem weg. So war sie nun bewegungs- und hilflos, eingerastet in einen stählernen Griff; seine rechte Hand umfasste mit weitgespreizten Fingern ihren Bauch, zog ihn zu sich und hielt inne. In dieser Stellung spürte sie so sicher wie ihren Herzschlag eine Inbrunst beim Innehalten. Außer einem heißen Blutschwall, der ihr in den Kopf schoss, tobte in ihr noch ein Strom gleichzeitiger Befindlichkeiten – die Teilchen, die Wellen – und die Spukerklärung der Quantenphysik: »Verschiedenste Zustände können gleichzeitig stattfinden, Teilchen können gleichzeitig links als auch rechts abbiegen und sich gegenseitig beeinflussen, auch wenn sie meilenweit voneinander entfernt sind.« Sie wusste, sie tappte im Dunkeln und setzte deshalb so gerne auf den Mikrokosmos der Nanowelt, in der andere Gesetze gelten als in der sichtbaren großen Welt. Sie vertraute auf deren mathematische Gewissheiten, um bloß nicht den Verstand zu verlieren. Gerda sagte sich: diese x Billionen Synapsen in unserm Hirn werden verdammt noch mal nicht wagen, das zu bestreiten, was die Quanten gerade anstellen in mir, zumal sie sich besinnungslos in ihre fixe Vorstellung verbissen hatte, tatsächlich Geborgenheit zu verspüren in diesem Moment der Ohnmacht, dieser groben Umklammerung durch ein Mannsbild, dessen kräftige Hand ihr den Mund verschloss, ja ihr die Luft nahm, und sie sich gleichzeitig sicher war ... dieser hundsgemeine Überfall jage ihr gerade wohlige Hitzen ins Herz, ohne ihr auch nur einen Funken Angst zu machen. *Was will er denn? Sie vergewaltigen? Wie denn? Da draußen stehen fünf Männer, er würde es nicht wagen.* Es fühlte sich auch gar nicht danach an. Es war eher ein Sich-Festhalten an ihr. Also, will er was stehlen? Bis auf das Kleid und den Mantel, dessen Taschen leer waren, ist nichts zu holen, das Geld war in der untersten Lage des Koffers versteckt und der lag wohlverstaut oben im Gepäcksnetz, also warum in Panik geraten? *Er wird ablassen von dir, sobald ihm klar wird, dass nichts zu holen ist!* So dachte sie sich durch alle Möglichkeiten dieser Sieben-Sekunden-Szene, bekam nur schwer Luft, aber hatte keine Angst, nicht die Bohne, als läge sie in *Abrahams Schoß* und dann, durch eine abrupte Bewegung, sah sie im gekippten Fenster seine Spiegelung und hätte laut loslachen mögen, hätte er ihr nicht den Mund versperrt. *Wer? Der alte Bucklige mit der Nickelbrille, hohe Dioptrienwerte, keine Manieren, der Superior – der Gesuchte?!*

»Gerda ...«, sagte er, flüsternd, trotzdem klar *ER*, »Gerda, nicht schreien bitte ... nicht schreien jetzt.« Sie fühlte sich endgültig wie der letzte Beweis für das Prinzip der Gleichzeitigkeit, ihre Ahnung und ihre Gefühle der letzten Stunden hatten nicht getrogen, die lächerliche Heiterkeit, sie musste an die Pilotenfrauen im Krieg denken, die ihre in den Tod stürzenden Männer spürten, als säßen sie bei ihnen im Cockpit, die Lösung der Grundgleichung, die Verschränkung der Teilchen, sie konnte noch immer den Mund nicht öffnen, aber ihre Fingernägel aus seiner linken Hand lösen und sie stattdessen zärtlich an sich drücken, das konnte sie. Das tat sie. So innig, wie er ihren Bauch hielt, in dem sein Kind wuchs.

Piero, der Elende. *Halunke du*. Er wiederholte:

»Bitte, mein Liebes, bloß nicht schreien.« Dann löste er vorsichtig abwartend die Hand von ihrem Mund. Sie wollte sich schon umdrehen, nicht schreien, nein – ihn küssen wollte sie, als zwei weitere Männer den Gang entlangkamen, einer in Schweizer Uniform mit Genfer Abzeichen, einer in Zivil; einer so entschlossen wie der andere.

»Vorsicht, Piero«, sagte sie und er hastig:

»Glaube *ihr* nicht jedes Wort, ich bitte dich«, dann küsste er ihren Nacken, schob sie in den Gang zurück und öffnete das Fenster der Ausstiegstüre. Sie ging den Männern entgegen, stellte sich ihnen in den Weg. Da war nicht viel Platz, also kam es zu einem kurzen Gerangel.

»Désolée, Messieurs«, lächelte sie verlegen.

»Qu'est-ce qui se passe ... Madame?«

»J'ai juste vu un garçon courir là-bas. Il a des boucles rousses sur le front et ...«

»Poussez-vous, Madame, poussez-vous!«, und er schob sie aus dem Weg.

»Un jeune homme!«, rief sie ihnen nach. Nicht mal gelogen.

Piero hatte inzwischen auch das Fenster der folgenden Waggontür geöffnet und war im nächsten Gang verschwunden. Offensichtlich hatte er noch weitere Fenster geöffnet, denn die Zugluft, die dadurch entstanden war, wurde zu einem Sturmwind, der einiges in den Gängen und Abteilen der Folgewaggons durcheinanderwirbelte, spitze Frauenschreie, maulende Männer – das Tempo der Verfolger wurde deutlich gebremst. Gerda, die Komplizin, ließ zehn Minuten verstreichen und ging dann den ganzen Zug ab, war in jedem Gang, sah in jedes Abteil, jedes Gepäcksnetz, in jede Toilette, alles leer, bis auf eine, aus der eine alte Dame trat, als sie klopfte, dann durch den Schlafwagen, den leeren Speisewagen bis nach vor zum letzten Waggon, der an die Lokomotive gekoppelt war, wo sie die beiden Verfolger im Gespräch mit dem Nachtschaffner sah, der mit dem uniformierten Schweizer die Passagierliste durchging. Schließlich patrouillierte sie noch einmal den ganzen Weg in die Gegenrichtung, suchte mit derselben Akribie, wieder vergeblich. Er hatte sich in Luft aufgelöst. Am Zugende war es stiller und kühler, der Morgendunst kroch ihr an den Hals, sie stellte ihren Kragen hoch und als sie ihre klammen Hände in den Mantelsäcken vergraben wollte, griff ihre rechte ein gefaltetes Papier heraus, das Piero ihr unbemerkt zugesteckt haben musste. Der erste Blick schon versprach eine Wendung, die ihr Mut machte: Eine akkurate Skizze der Hafenanlagen von Genua mit Instruktionen, Zeiten, Piernummern, Treffpunkten usw. Sie lehnte sich erschöpft mit der Stirn an das kleine Fenster am Ende des Zuges, das die Gleise und Balken nach Attnang-Puchheim verschwinden sah und wartete auf die Sonne.

XV.

In den Fenstern des Hohenemser Bahnhofs glänzte ihr Licht. Eine Dampflock stand auf einem der Verschubgleise und fauchte schwarze Wolken übers Bahnhofsdach. Es roch nach Ruß und Sommer. Die Blüten der Kirschbäume segelten zwischen tief fliegenden Schwalben. Aus den Fenstern der umliegenden Häuser hingen Teppiche, wie herausgestreckte Zungen. Der Asphalt schon warm genug, die Kinder durften barfuß laufen, der erste Monat ohne »r«.

Steif wie die Orgelpfeifen, aber doch etwas blass um die Ohren, stand Familie Fässler am Vorplatz (die Schweizer Oma hatte sich schon in Feldkirch Richtung Schweiz verabschiedet) und starrte mit Verwunderung auf zwei urzeitliche Gefährte, die für ihren Transport und den ihres Gepäcks gedacht waren. Die Gebrüder Weiss hatten mehr Format.

Eine rechteckige Holzkiste auf ein Fahrgestell mit zwei Vollgummirädern montiert, verbunden mit einer Lenkstange samt handlichem Quersteg aus Holz, an dem zwei Personen ziehen und den Wagen in Balance halten konnten. Daneben ein klassischer Leiterwagen, wie ihn die Hohenemser Firma Kästle schon seit Jahrzehnten herstellte, lange bevor sie Skier auf den Markt brachte – eine Information, die Pfadfinderführerin Resi Gutensohn als Erstes unterbringen wollte, nachdem sie die vier Frauen begrüßt hatte. Einen allzeit bereiten Wölfling hatte sie auch dabei. Der kleine Mann für die Knochenarbeit. Aufladen und Ziehen.

Der Wagen war eine simple zweiachsige Konstruktion mit Speichenrädern aus Holz und schrägen Seitenwänden, eigentlich zwei Pfählen, die durch Sparren verbunden und mit einem Brett verstärkt waren, vorne eine Deichsel aus Stahl, zweifach in der Vorderachse verankert, um das Fuhrwerk ziehen und lenken zu können. Die Räder waren mit einem dünnen Stahlring beschlagen, der auf dem Restkies der Winterstreuung ein beruhigendes Knirschen erzeugte. So klingt der vergessene Winter, in dem die Räumkommandos zu viel zu tun hatten, dachte Gerda, sie mochte das Geräusch. Ein paar Leute blieben stehen, einige winkten, andere schauten nur, wie die kleine Karawane Richtung Bergmannstraße zog. Sie musste an die Fotos der Vertriebenentrecks aus den Masuren, aus Schlesien oder dem Sudetenland denken, die gleich nach dem Krieg mit Sack und Pack aus dem Osten nach Deutschland gekommen waren, ohne zu wissen wohin und alles andere als willkommen, Deutsche unter Deutschen, dabei fremd wie nur was. Die vier Frauen hier waren immerhin guter Dinge, sie wussten, wo sie hingehörten. Vertriebene auch sie, nicht von Russen, Polen oder Ruthenen, sondern von der Angst vor Häme.

Der Wölfling und seine Chefin zogen den Vollgummikarren, Agnes und Gerda den Leiterwagen. Es ging durchaus voran.

Großma saß vorne über der Deichsel auf zwei gestapelten Koffern und ließ die Füße baumeln, ein leidlich improvisierter Einzug in die neue Heimat. Was wohl vorging in ihr – es war nicht die Pötzleinsdorfer Straße. Die stolze alte Dame: kein roter Teppich, aber freundliche Gesichter. Aus ihrer Haltung strahlte Trotz und Würde, eine melancholische Würde, die gegen Demütigung gewappnet schien.

Mutter schob von hinten an, denn die knirschenden Räder waren viel zäher zu manövrieren als die Gummikonstruktion. Vorbei an der Metzgerei Peter, deren Chefin vorab schon ein gewinnendes Lächeln aus dem Fenster schickte. Neue Kundschaft.

»Künnts no a Rädle mehr si?«, ein Bonus, den Frau Peter gerne vergab, um ihre Würste anzupreisen.

Ihrem Ladentisch gegenüber standen immer sechs Stühle an der Wand, auf denen die wartenden Kundinnen saßen. Wenn sie die Augen klein machte, konnte sie ihre Hinterköpfe durchs Fenster sehen. S'Gmoandsblättle ...

Agnes lächelte sie an, sie wusste, was Gerda dachte. Ein Schuss erdiger Wohligkeit.

Das waren die Emserinnen, die mit all den andern Frauen das Werkel am Laufen hielten (ohne die Männer – die Vermissten, die Gefallenen, die Desertierten, die Gefangenen, die Geschiedenen und die nicht mehr Heimgekehrten hatten beachtliche Schneisen hinterlassen). In allen Farben, die der Emser Dialekt hergab, wurde da die Welt zerlegt, wieder zusammengesetzt und Dinge besprochen, die in keiner Zeitung stehen durften. Gerda erkannte sogar einige der Stimmen wieder, die die offene Tür auf die Straße hinaustrug und fühlte sich fast zu Hause.

Gleich in der Nähe das Kaiserin-Elisabeth-Krankenhaus, ein stattlicher Bau (gelungene Symbiose aus Jugendstil und Traditionalismus, so die Fachwelt), Geburts- und Sterbeort vieler Emser, deren Gemeindeväter offensichtlich nie die Ehre vergessen wollten, die ihnen Kaiserin Sisi zugedacht, wenn sie sich in den Hotels der großen Welt als »Gräfin von Hohenembs« eingetragen hatte – ihrem bekanntesten Pseudonym. So geschehen auch bei ihrem allerletzten Besuch im Hotel Beau-Rivage in Genf, bevor ihr der Anarchist Lucheni eine tödliche Feile ins Herz gestoßen hatte. Diese verstörende Geschichte hatte Gerda zum ersten Mal von der Schweizer Erzähloma gehört. Der heimlichen Monarchistin war diese respektvolle Verneigung der Gemeindeväter vor der Kaiserin immer ein Lobeswort wert gewesen. Gerda hatte in ihrer Wiener LBA-Zeit sogar einen Aufsatz über die engen Bande der Hohenemser Grafen zum Kaiserhaus verfasst und war ein bisschen stolz auf ihre Expertise, obwohl sie schon insgeheim zur Sozialdemokratie tendierte. Frau Horvaths Erbe.

Hohenems war, trotz der ehrwürdigen Villen, die sich vereinzelt hinter Blutbuchen und Kastanienbäumen versteckten, trotz der betriebsamen, dicht gebauten Reihenhäuser der Marktgasse, des einst blühenden und jetzt entseelten jüdischen Viertels samt seiner traurigen Geschichte und trotz eines Dutzends Fabriksanlagen noch nicht zur Stadt erhoben worden, sondern dämmerte als blasse Marktgemeinde dahin, die sich wie ein Schmuddelkind unter den Schlossberg und den prächtigen Renaissancepalast duckte. In diesem Palast schloss sich übrigens der Kreis der Habsburger, denn er wurde noch immer von den Grafen Waldburg zu Zeil bewohnt, deren Vorfahre Georg sich mit der erstgeborenen Tochter von Sisis jüngster Tochter Marie-Valerie verheiratet hatte. Die Nachkommen des Paares waren somit die Urenkel von Kaiser Franz Joseph und verliehen dem Palast bis heute einen Rest seiner Aura.

Von derlei Erhabenheit war die Bergmannstraße weit entfernt, denn sie war in Wirklichkeit ein Schotterweg oder besser ein Karrenpfad, auf dessen leicht erhöhtem Mittelstreifen fette Grasbüschel wuchsen, in denen sich auch Kothaufen verbergen konnten, hündischer wie menschlicher Natur. »S'Schissgässele« sagte der Leumund. Auf der Ostseite wurde es von einer zweieinhalb Meter hohen Steinmauer begrenzt, deren Kamm aus grobkörnigem Beton spitz zulief, um Kinder von der Idee abzuhalten, da oben herumzubalancieren. Die Vorsichtsmaßnahme hatte triftige Gründe, denn auf der anderen Seite befand sich die Metzgerei Ruf, ein Schlachthaus, und direkt an der Mauer eine tiefe Jauchegrube, die durch übermütige Sperenzchen zur Todesfalle werden konnte. Raimund, der natürlich trotzdem immer wieder am Kamm oben saß, war zwei Sommer zuvor unfreiwillig Zeuge einer grauslichen Szene geworden. Eine Kuh war, ihr Ende ahnend, dem Schlachter ausgebüxt und dabei im rasenden Rodeotanz mit fliegenden Hufen in die Grube gestürzt und ersoffen. Da wäre ein satter Bolzenschuss der bessere Tod gewesen, hatte Raimund bemerkt. Sein salopper Kommentar konnte allerdings nicht darüber hinwegtäuschen, dass ihn der erbärmliche Selbstmord noch lange beschäftigen sollte. *In Scheiße ersaufen muss die Höchststrafe sein*, war eine Zeit lang sein Satz zum Tag gewesen. Seither hatte er den Kamm dieser Mauer nie mehr bestiegen.

All die kleinen Geschichten, gesichert im Familienarchiv, gingen Gerda durch den Kopf, während sie und Agnes ihre schweren Lasten die Mauer entlang zogen. Früher fühlten sich die kurzen Sommer und sporadischen Wintertage in Hohenems ein bisschen an wie Ferien von der Wirklichkeit. Dieses Gefühl wollte sie wiederhaben, obwohl sich mit der Zeit, selbst hier im *Knusperhaus*, nüchterne Routine einstellen würde – auch darauf war sie gefasst. Es gab ja keine Alternative.

Zwischen tagelangen Nachforschungen, Polizeianrufen, aufwühlenden Gesprächen mit einer zerrissenen Mutter, die ihre Schwiegermama hätte werden können, dem überstürzten Abzug aus Wien und Pieros bizarrem Auftritt im Nachtzug hatte Gerda ihre Taille längst verloren und auf erste Bewegungen im Bauch gehofft. Muskeln und Fettpölsterchen hatten ihre Hüften und Pobacken verstärkt, ihre anschwellenden Brüste schielten noch immer und ihr Bauch begann sich zu wölben, um Platz zu schaffen. Pieros Hände hatten in der Nacht jeden Zentimeter einer gründlichen Inspektion unterzogen, in den fiebrigen Sekunden im Zug, das war eindeutig und ist ihr erst im Nachhinein eingeschossen. Er hatte sie in den sieben Sekunden buchstäblich *abgegriffen* und mit geschlossenen Augen gesehen, wie alles aufblühte zur Festung. Vielleicht war sein forschendes, zärtliches Tasten der wichtigste Grund für sein Erscheinen in diesem Zug gewesen – *hat mich in Liebe gefilzt, der Kerl*. Er hatte seine Schätze in den Armen gehalten und für Sekunden die Gewissheit, alles würde gut sein. Sie griff sich mit der freien Rechten unwillkürlich an den Bauch und sah dabei Agnes in die Augen, um dort vielleicht eine leise Ahnung zu finden, die eine Mitwisserschaft verraten würde. Hatte sie am Ende mit ihrem Falkenauge mitbekommen, was sich im Nachtzug abgespielt hatte?

Keine Spur. Agnes lächelte nur müde und schweißüberströmt.

»Du solltest so was eigentlich gar nicht machen«, sagte sie außer Atem. »Nichts Schweres lupfen und nix ziehen. Nicht gut für deine Kugel da.«

»Ich muss aufs Klo«, sagte Gerda, »dringend.«

»Groß? Klein?«

»Alles.«

Die Toilette war zum Glück kein Plumpsklo mehr. Der simple Holzthron mit kreisrundem Loch hatte jahrelang seinen Dienst getan. Erst Weihnachten 1955 hatte sich Spenglermeister Halbeisen in einem Anfall von Barmherzigkeit überreden lassen, eine moderne Kloschale aus Keramik samt Wasserspülung zu installieren und die nötigen Rohre anzuschließen, die wiederum in einen im Boden eingelassenen Betonkasten hinterm Haus führten, der gelegentlich geleert wurde. Was gleich geblieben war? Das Toilettenpapier. Ein Stapel präzise geschnittener Rechtecke aus Zeitungspapier, abwechselnd die »Vorarlberger Nachrichten« oder das »Katholische Volksblatt«, doppelt gelocht und an einem Draht aufgehängt. Papa hatte schon vor Jahren allen Benützern den guten Rat gegeben, jedes Blatt vor Gebrauch ordentlich zu zerknittern, um den *Grip*, wie er sagte, zu optimieren. Die Praxis hatte ihn durchaus bestätigt.

Gerda saß also auf Keramik und sah durch das kleine Abortfenster hinauf zur *Hohen Kugel*, die über Hohenems thront wie eine Herausforderung. Jeder Emser, der halbwegs zu Fuß war und nie dort oben, war kein Emser. 600 Höhenmeter unter dem Gipfelkreuz schiebt sich eine grüne Nase übers Rheintal, eine Grasterrasse, auf der Kühe weiden im Auge der Alpe Gsohl mit einer urigen Holzhütte, in der Käsespätzle wie eine Religion serviert wurden. Gerda und Agnes hatten hier in einer klirrenden Winternacht während der Weihnachtsferien eine Feuertaufe mit Einheimischen erlebt, die Einblicke in ihre Feierwut und ihre schrägen Köpfe bot. *Knöpflepartie* hieß das, mit anschließenden Schnapsrunden, um den geriebenen Emmentaler im Magen zu verbrennen. Die Nacht zwar mondhell, aber die Blicke getrübt. Draußen vor der Tür warteten die Rodeln, aufgereiht wie die Pferde der Cowboys. Schädelfrakturen und offene Brüche waren keine Seltenheit, denn die Naturbahn wand sich in scharfen Kurven durch dichten Wald. Die beiden hatten die Prüfung ohne Schrammen hinter sich gebracht. Vor eineinhalb Jahren war das gewesen – Mutter wurde nie in diese Auswüchse eingeweiht.

Von da an galten die Fässler-Mädels jedenfalls als gemustert und eingebürgert.

Großma war eher kontaktscheu und hatte nie wirklich Zugang zu den Leuten gewonnen. Jetzt stand sie verloren in ihrem Zimmer und umkreiste ihre Möbel, verwundert, weil sie ihr plötzlich größer schienen als in Wien.

»Die Zimmer werden immer kleiner«, sagte sie mit

gespielter Traurigkeit, »und am Schluss bleibt dir nur noch die Kiste.«

»Cent'anni«, widersprach Agnes, sie hatte Gläser verteilt, eine Sektflasche geköpft und brachte einen launigen Toast aus:

»Auf die nächsten hundert Jahre, meine Lieben, mutig in die neuen Zeiten, auf unser neues Zuhause, weil das Leben weitergeht ... es muss ... In letzter Zeit war der Himmel nicht nett zu uns.«

»Vorsicht«, warnte Mutter.

»Unerhörte Dinge sind geschehen, weiß der Teufel, warum, der Kopf könnt einem platzen, aber ...! Aber unsere Gerda steht wie ein Einser: Ein neues Menschlein ist im Anmarsch und wir sollten uns alle zusammenreißen, damit das Kleine bei uns in ein warmes Nest fallen kann!«

»Und Gottes Segen dazu«, ergänzte Mutter. In Großmas gelbes Gesicht fuhr ein tiefer Ernst, sie nickte, als wüsste sie, wie es weitergeht.

Ein spitzes *Amen* noch von Gerda und es klirrten die Gläser.

Ein guter Platz, da waren sich alle einig. Provinzidylle kann wie ein Schutzraum sein, dachte sie, im Wissen, dass auch hier Hyänen hausen könnten. Unschuld gab es nirgends mehr. Der alte Rhein, die Baggerlöcher, das Italien der Emser, der Schlossberg, der Föhn, der von der Hohen Kugel fällt, die Rauchsäulen der Dampfloks, die der Westwind an den Berg warf, alles schon Heimat. Der riesige Birnbaum im Nachbargarten tauchte die Nordwestseite in einen tiefen Schatten. Die Traubenranken hatten die Sonnenseiten fest im Griff. Die Gesichter des Hauses im Takt der Jahreszeiten. Man war daheim.

Großmas Eindruck von den *wachsenden* Möbeln trog natürlich nicht. Das Haus war tatsächlich kleiner als die Villa in Pötzleinsdorf, und ja, die Einrichtung nicht wirklich luxuriös, aber trotz manchem eklektischen Lapsus von gediegener Tradition, die eine gewisse bürgerliche Versicherung in die Zukunft vermittelte. Die Wandteppiche zum Beispiel kamen im Emser Licht besser zur Geltung, fand Gerda, und der russische, aus Kupfer geschmiedete Samowar nahm sich fast vornehm aus auf der Konsole. Die Ahornintarsien im großen Esstisch wurden auch von Kennern gewürdigt; er füllte übrigens ein Drittel des Wohnzimmers und zwang die Familie, noch enger zusammenzurücken. Der Holzkohleofen, mit Briketts und Scheiten gefüttert, einzige Wärmequelle im Winter, hatte nicht nur Küche und Wohnzimmer, sondern das ganze Haus zu versorgen und war ein Hort der Heimeligkeit, wobei Gerda sich erinnerte, in strengen Wintern im Mädchenschlafzimmer im obersten Stock üppige Eisblumen (innen!) vom Fenster gehaucht zu haben. Auch ein Hochstuhl für das Baby stand schon im Herrgottswinkel, den Mutter in einen kleinen Schrein verwandelt hatte, mit einem Weihwasserschälchen und ägyptischen Wüstenfotos von Papa (in kurzen Khakihosen, weißen Kniestrümpfen und hellen Mokassins) – unterm Kruzifix.

Auf jedem Tischchen, jedem Fenstersims hübsche Blumengebinde, auf kleinen Schemeln Frühlingssträuße in Vasen, Blumen überall, ein helles Frauenhaus, dem auch Regentage nichts anhaben konnten. *Preziosen müssen nichts kosten, kostbar sind sie allemal*, sagte Großma.

Im Übrigen war auch schon ein Telefonapparat installiert worden, mit Einzelanschluss!

Trotz der Einschränkungen empfanden die vier ihr neues Heim keineswegs als Abstieg, sondern als *Zwischen-Festung* im Schoß unablässiger Erinnerungen, die helfen würden, vieles zu ertragen.

Natürlich war Mutter bemüht, auch in Hohenems den Kontakt mit Pfarr- und Gemeindeamt zu pflegen, in der Absicht, baldigst eine Anstellung als Religionslehrerin und einen Platz im Kirchenchor zu finden. Gespräche waren von Agnes schon in die Wege geleitet worden. Zum Einstand vergatterte Mutter alle zur Sonntagsmesse in die Pfarrkirche St. Karl Borromäus – nur fünf Minuten Fußmarsch von der Bergmannstraße 4 (also auch im härtesten Winter kein Grund mehr für Ausreden).

In den Nachkriegsjahren hatten die Kirchen sich langsam wieder zu füllen begonnen. Auch hier. Bis zur Empore hinauf genagelt voll. War das naheliegend oder verwunderlich? Viele hatten sich ihren Gott ausreden lassen am Zenit des Dritten Reichs, da waren die meisten schweigend mitgelaufen, denn »die Kirche hat einen guten Magen«, wusste Karl Kraus. Gerda hatte schließlich ein ganzes Dossier über kirchliche Verdauungskunst in Händen, den La-Vista-Bericht ans State Department, den ihr Frau Schwartz zugesteckt hatte und den sie eines Tages verwerten würde. Aber das wollte auch hier noch niemand hören. Lasst uns jetzt den Frieden genießen, mit Verlaub, und ohne Nebengeräusche.

Viele schienen nach dem Krieg der alten Sehnsucht zu verfallen, sich doch wieder unter einer Idee zu versammeln, die größer war als ihr Kleingeist. Für Mama jedenfalls war der *liebe Gott* eine nicht austauschbare Heimat geblieben, trotz mancher keimender Zweifel, ob die Heilige Schrift tatsächlich ein göttliches Diktat oder doch eher irdischen Ursprungs sei, *von Menschenhand Gott zugeschrieben* sozusagen. Diesen Satz hatte sie tatsächlich im Mund geführt, vielleicht irgendwo gelesen, zu Gerdas Erstaunen. Jedenfalls: Die Sonntagsmessen waren wieder voll und vereinzelt schimpften schon wieder geifernde Gastprediger von der Kanzel (hoch über der Frauenseite), deren Speichelfähnchen auch Gerdas Wange trafen, eloquente Verkünder, die eine Autorität ins Boot zurückholen wollten, die schon verloren schien.

Die Kaiser-Franz-Josef-Straße, die Kirch- und Schulplatz teilt, war an diesem Sonntag etwas befahrener als sonst. Der Kirchplatz schwarz vor Menschen. Nur der gräflichen Familie blieb es erspart, sich durch dicht gedrängte Menschentrauben quälen zu müssen. Sie nutzten ihren intimen Zugang ins Gotteshaus, einen viaduktähnlichen Anbau, dessen Torbögen zu Kriegerdenkmal und Friedhof führten und den Palast über einen direkten Gang mit der Kirche verbanden. Auch an diesem Tag konnte man die edle Gräfin, unter einem schwarzen Krempenhut mit Schleier, gefolgt vom Grafen (dem Urenkel von Kaiser Franz Joseph), den Kindern und kleiner Entourage hinter den Fenstern des Viadukts vorbeischweben sehen, wie Schatten der Vergangenheit. Der Gang führte sie direkt auf die Empore zu ihren privaten Betbänken, die durch einen Holzparavent von Chor und Orgel getrennt waren – ein Relikt der engen Verbundenheit zwischen Kaiserhaus und Kirche. Protest gegen dieses Privileg wurde nie erhoben, auch nicht in den Jahren der Zweiten Republik, soweit sich Gerda informiert hatte. Papa hatte in den Kriegssommern öfters den Organisten gegeben und nicht nur einmal von der Schönheit der Gräfin geschwärmt. Offenbar löste der Anblick der Aristokraten bei vielen noch immer eine gewisse Andacht aus, selbst bei Gerda, deren Ideenwelt mit den Privilegien des Adels längst nichts mehr am Hut hatte. Das Restmärchen aber wollte keiner missen und so blieb alles beim Alten, zumal das hiesige Wahlvolk tiefschwarz und religiösen Edelleuten nicht abgeneigt war.

Tiefschwarz – Mutters Farbe, für deren Ideen sie unerbittlich einstehen wollte, ihr Leben lang. Das schätzte man auch hier. Die Fässler-Frauen wurden auf dem Kirchplatz jedenfalls freundlich begrüßt, vom Friseur Fenkart, einem Künstler seines Fachs, dessen Kinn ein ellenlanger Kaiserbart zierte, von Frau Peter, der Metzgerin, den Ammanns und Brotzges, den Mathis und Aberers, den Nicolussis und

Armelinis, von Resi Gutensohn und ihren Pfadfindern, von Dr. Bauer, dem Gemeindearzt, und Herrn Halbeisen, der der Familie den sanitären Aufstieg beschert hatte. Wohlwollen allerseits. Es war ja ein Wiedersehen und keine Einführung. Und jeder, der wollte, konnte nun Gerdas Schwangerschaft sehen, das voreheliche Bäuchlein, die erblühende Frau, den Stolz der Mutter. Man war schnell wieder ins Gespräch gekommen, neben üblichen Höflichkeiten, auch ganz direkte Ansagen:

»Oh … sieh da, sieh da, etwas im Anmarsch? Freude, Freude!« Die meisten übergingen diskret das Offensichtliche. Nur wenige konnten sich's nicht verkneifen, die entscheidende Frage zu stellen. Gerda spürte die vielen Blicke, die sie von oben bis unten musterten. Natürlich hatte man sich innerhalb der Familie, was die Absenz des Kindsvaters betraf, früh genug auf eine Version geeinigt, die möglichst keine Zusatzfragen provozieren sollte. Unbescholtener Bräutigam auf dem Weg zur Trauung abhandengekommen, aufgrund einer mit dem Vatikan koordinierten Fluchthilfeaktion in die Fänge einer Schlepperbande geraten und seither verschollen. Konkurrierende Fluchthelfer sozusagen. Natürlich gab es Zusatzfragen, aber Mutter gab ihrer Zuversicht Ausdruck, solange der Vatikan helfend involviert sei, könne man auf ein gutes Ende hoffen. Zweifel blieben allemal, Stichworte wie Polizei, Interpol usw. ließen genügend Raum für Spekulationen. Im Großen und Ganzen aber schien die Geschichte von den Einheimischen mit wohlwollender Gelassenheit aufgenommen zu werden. Die Emser hatten schon immer einen leichten Hang zur Extravaganz und zu einer kessen Weltoffenheit – vielleicht ein Erbe der alten Rittergeschlechter, die einst oben am Kamm des Schlossbergs auf Burg Alt-Ems geherrscht hatten, oder ein Nachklang weltgewandter Köpfe im jüdischen Viertel, wie der Vorfahren von Jean Améry oder Stefan Zweig, die weit über den Horizont denken konnten.

Zudem erfuhr die Reaktion auf Gerdas Schicksal neue Wendungen.

Eine Ahnung machte nämlich die Runde, es könnte dem Bräutigam tatsächlich etwas zugestoßen sein, vielleicht gekidnappt oder dramatischer, und man hätte es schlimmstenfalls mit einer Witwe zu tun, die jeder Unterstützung würdig wäre. Grobe Bosheiten und offene Häme jedenfalls blieben aus, die Grundstimmung blieb positiv.

Die Integration der Familie ins kommunale Leben vollzog sich also störungsfrei, wie erhofft. Lehrer waren Mangelware nach dem Krieg, Dutzende gefallen. Viele waren als fanatische Parteigänger belastet, also versuchte man zunächst die Unbelasteten einzustellen. Wenig überraschend: Der Mangel blieb. Die offizielle Entnazifizierung war schon 1948 von den Sowjets eingestellt worden. Die Parteien mussten nun auch um belastete Wähler buhlen, was Gerda nie wirklich schlucken konnte. Sämtliche Artikel, die sie zum Thema in den Wiener Zeitungen veröffentlichen wollte, waren abgelehnt worden. Bei den »Vorarlberger Nachrichten« biss sie sich auch die Zähne aus. Die Zeit war noch nicht reif, vorwärts, vorwärts ...

Man holte also – was sonst – die Alten aus der Pension zurück und war heilfroh um jeden Neuzugang. So konnte wenigstens ein Teil der Lücken gefüllt werden.

Schuldirektor Waibel fiel ein Steinbruch vom Herzen.

»Sie schickt der Himmel«, rief er Mutter entgegen, als sie mit ihren Töchtern auf sein Büro zusteuerte.

»Was habe ich gelitten, Sie können sich nicht vorstellen, was Schichtbetrieb mit den Nerven anrichtet, Improvisation täglich, Unterricht, wenn überhaupt, nur stundenweise ... Ich bin seit Jahren damit beschäftigt, Klassen, Lehrer und Aushilfen hin- und herzuschieben, ohne jeden Plan, verstehen Sie, ich bin gealtert, meine Frau erkennt mich nicht wieder, Stundenpläne über den Haufen schmeißen ... schlampige Dienstauffassungen ... jeden Monat jahrgangs-

übergreifende Grüppchen bilden, und dann noch Leute auf-
treiben, die den Taugenichtsen das Alphabet, geschweige
denn den Katechismus beibringen ... Dabei sollten wir doch
alle nach diesem ... Schlamassel wieder unsere noblen Instinkte finden ...«

Mutter wollte kurz eingreifen und ihrer Freude Ausdruck
verleihen, zu dritt helfen zu dürfen, aber der Mann war in
seinem Hader nicht zu bremsen und fuhr fort:

»Und dann die alten Schulbücher, Frau Fässler, alles für
die Katz, das ganze Nazizeugs musste in den Kübel, alte
Bücher mussten ausgegraben, neue geschrieben werden,
wissen Sie, was das heißt? Ein Desaster war das. Wer wusste
denn noch, wer was zu wissen hatte oder glauben sollte?
Wenn die nächsten tausend Jahr wieder zwölf Jahre dauern,
dann habe die Ehre.«

»Wie recht Sie haben, in Wien hatten wir dieselbe
Malaise. Aber die armen Direktoren tragen natürlich die
ganze logistische Bürde allein, da kann ich nur den Hut ziehen, Herr Direktor, nur den Hut ziehen!«

»Reden Sie bitte weiter, Frau Kollegin Fässler, Balsam ...
Balsam, endlich jemand mit ... was soll ich sagen ... Ich
schmelze. Nein, Spaß beiseite: Wissen Sie, was es für mich
als Pädagoge bedeutete, einen Teil der Lehrer über windige
Schnellkurse ins Amt hieven zu müssen? Weiß der Himmel,
was die den Kleinen alles erzählt haben. Wo soll da das
Niveau herkommen, frag ich Sie.«

»Wir sind ganz bei Ihnen Herr Direktor, es geht um die
Zukunft der jungen Menschen von Hohenems und wir würden uns deshalb über eine gedeihliche Zusammenarbeit ...«

»Und ich erst, meine Damen, gedeihlich ... sehr trefflich,
und ich erst, liebe, liebe Kolleginnen, wie gesagt, der Himmel ...«

Ihre Einstellung war nur noch Formsache. Agnes unter-
schrieb eine volle Lehrverpflichtung in der Hauptschule
und bot noch privat Nachhilfestunden in Französisch an.

Mutter wurde in der Volksschule verpflichtet, alternierend mit dem Pfarrer. Kirchenchor selbstredend. Gerda wollte nur eine halbe Lehrverpflichtung, um noch Platz für ihre Träume und Recherchen zu haben, abgesehen von der Mutterschutzzeit, die bald kommen würde.

Sie wussten alle, das Auffüllen dieser Lücken würde mindestens eine Generation in Anspruch nehmen. Also war Mutter zu Recht überzeugt, über Jahre hinaus mit einem gesicherten Einkommen für die Familie rechnen zu dürfen.

»Was sag ich denn, Kinder, eine pragmatisierte Stellung ist die beste und g'scheiteste Lebensversicherung, nehmt euch das zu Herzen.« Gerda nickte und dachte was ganz anderes.

Keine Energie für Widersprüche. Die Dinge des Alltags nahmen ihren geplanten Lauf. Auch für das Haus in der Pötzleinsdorfer Straße hatte man schon erste Mieter gefunden. Die Familie war auf dem Weg in ruhigere Gewässer.

Roland war schon ins Studentenheim in Innsbruck und Raimund ins Internat in Feldkirch eingezogen. Das Xaveriushaus war übrigens eine Art Missionarsschmiede der »Kongregation vom kostbaren Blute Jesu«, die versuchte, junge Männer für die Missionierung in Brasilien auszubilden, vornehmlich für die Xingu-Region am Amazonas. Das Internat wurde nur für den externen Schulbesuch im Bundesgymnasium Feldkirch verlassen, unter Aufsicht, versteht sich, und nach Unterrichtsende wieder aufgesucht. Amazonas – ein Lebensziel, das mit Raimunds wilden Ambitionen rein gar nichts zu tun hatte. Mutter wusste um seine Eigenheiten, seine rabiate Natur und wollte ihn deshalb zur ersten Vorstellung in die Präfektur begleiten, um einen behutsamen Übergang zu gewährleisten. Bevor sie ihn in die Obhut der Patres entließ, erbat sie sich ein paar intime Minuten mit ihrem Sohn in der Hauskapelle, um ihm die Gewissheit mitzugeben, dass sie ihn lieb habe, sich aber sehr sorge um seine aufmüpfige Art, die in diesem strengen Umfeld Probleme bereiten könnte. Sie knieten beide in der ersten Betbank vor dem Altar und Raimund empfing die letzten wohl gemeinten Ratschläge seiner Mama.

»Lieber Gott, geh mit mir den rechten Weg«, sagte sie an seiner statt, fünf-, sechsmal wie eine Losung vor sich hin, ihr Rosenkranz um die rechte Hand gewickelt.

»Komm, sag's mit mir: Lieber Gott, geh mit mir ... den rechten Weg ... Sag's, Bub!« Raimund wiederholte gehorsam.

»Lieber Gott, geh mit mir den rechten Weg.«

Was sie ahnte: Er würde sich, wie immer, vorerst abwartend in die Gemeinschaft einfügen und nach Abklärung der Hierarchien und Möglichkeiten mit Disziplinarverfahren zu rechnen haben, denn laute Befehle konnten schnell seine Galle wecken. Prügelstrafe war hier Usus, das hatte sich schnell herumgesprochen, und er war natürlich verführt, die Grenzen auszuloten. Nur Gerda, seine Geistesverwandte, hatte er eines Tages telefonisch eingeweiht über die Zustände im Haus des Heiligen Franz Xaver, weil er den Verdacht hegte, Mutter könnte mit den *Patres* unter einer Decke stecken, aus erzieherischem Kalkül natürlich.

Jedenfalls wurden die Briefe, die hinausgingen und hereinkamen, von fremden Augen mitgelesen. Das war ein offenes Geheimnis, genauso wie das Spitzelsystem, das von der ersten bis zur achten Klasse praktiziert wurde. Denunzieren wurde gefördert und belohnt.

Eine gewisse Furchtlosigkeit in Raimunds Blick schien seine Präfekten schon nach zwei Wochen verunsichert zu haben, sie witterten hinter jedem Wort Ungehorsam und umstürzlerische Absichten. Aber damit konnte er leben, solange sie ihm nicht an die Wäsche gingen. Außerdem hatte er sein kleines Batterieradio und die rettenden Klänge aus England und Amerika, die ihn für die Hinterfotzigkeiten des Alltags entschädigten.

Gerda hatte Raimunds Berichte wie versprochen für sich behalten, um Mama zu schonen. Nichts sollte den beschaulich gewordenen Gang der Dinge stören, zumal sie sich endlich ihrer Spurensuche widmen konnte – der Mahagonischatulle mit Papas Briefen und Blättern und Pieros letzter Botschaft über den Hafen von Genua.

Überhaupt – Piero. Sie legte sich auf die Couch im Wohnzimmer, um wieder bei sich zu sein, nah am Samowar, auf dem Teewasser köchelte, und sie dachte an die Nacht im Zug. Wo hatte er bloß das Zeug her, um seinen Buckel zu fabrizieren, das war doch die professionelle Arbeit einer Maskenbildnerin, auch die Haare, der Stirnansatz, die Frisur, die Schminke, der Vollbart, die Stirnfalten, die gezupften Tausendfüßler, die dicken Brillengläser, es war zu perfekt, um wahr zu sein. Auch sein Duft war nicht Old Spice, das roch sie an seinen Händen, er hatte an alles gedacht. Wer hatte ihm das beigebracht? Oder hatte er Leute, die ihn betreuten? Inklusive der Geistlichen, die ein Spiel spielten? Von vorn bis hinten eine Regiearbeit von Profis, die eine erdachte Person samt Gefolge in Szene setzten? Oder war's am Ende vielleicht nur er, er ganz allein. Er und echte Priester. Wie sie es auch drehte und wendete, egal aus welcher Perspektive, es war verblüffend, jenseits des Erwartbaren und bestätigte nur, was viele in ihm sahen – einen Verrückten, Unberechenbaren, der einem nicht egal sein konnte, sobald er einem in die Augen sah.

In den folgenden Wochen färbte sich auch Gerdas Ruf mit einem Schuss Exotik, denn das Mitleid mit der versetzten Braut schien allem andern die Schärfe zu nehmen und in den Augen mancher Kritiker, die anfangs skeptisch grinsten, wurde sie gar zum Opfer einer außer Kontrolle geratenen Teenagernacht – wer weiß, vielleicht war's eine Vergewaltigung, hieß es. Jedenfalls machte sich allmählich eine Woge von Verständnis breit, in dem sich irgendwann, in der Kolik der Gerüchte, alles in Wohlgefallen auflösen würde.

So wurden Gerda und ihre Geschichte, in die sich jede und jeder seine eigenen Stränge fantasieren konnte, ganz ohne ihr Zutun zu einem Mysterium mit Unterhaltungswert.

Seit sie Piero in ihr Leben gelassen hatte, schwang für Außenstehende sowieso ein Hauch potenzieller Subversion um ihre Anwesenheit, ein Tupfen Undurchsichtigkeit und Abenteuer, das gespanntes Interesse hervorrief bei allen, die ihre Geschichte zu kennen glaubten.

Inzwischen genoss Gerda das Theater sogar und ließ die Nebel weiter kreisen. Wer weiß, was die nächsten Wochen bringen würden. *Sie* musste sich nichts herbeifantasieren, denn alles lag vor ihr wie ein Plan. Den Zug nach Genua hatte sie lange im Voraus gebucht.

Erst vor Kurzem hatte sie sich zum ersten Mal an die Mahagonischatulle gewagt, nicht um übers glatte Holz zu streicheln, sondern um sie öffnen. Sie hatte Papas Briefe und Blätter in eine Ledermappe gepackt und im Koffer verstaut. Wohin und wann immer sie reisen würde, sie sollten dabei sein. Die leere Schatulle vor Augen, kam ihr noch die gewagte Idee, Mutter peu à peu mit den unangenehmen Wahrheiten der Frau Schwartz zu konfrontieren, ohne dabei anwesend sein zu müssen. Sie könnte sie mit Fakten über die Fluchthelferrolle des Vatikans versorgen, ohne gleich in ein Streitgespräch zu geraten. Informationen aus offizieller dritter Hand würde sie mit Sicherheit ernster nehmen als Gerdas vorbelastete Wut und Mutter hätte außerdem Zeit, den Schock nicht im Angesicht ihrer Tochter verdauen zu müssen. Also legte Gerda das *La-Vista-Dokument* der U.S. Delegation in die Schatulle, ließ den Schlüssel einfach stecken und spekulierte auf Mamas Neugier.

Von der Hafenskizze, die ihr Piero im Zug zugesteckt hatte, wusste noch keiner und Gerda wollte auch niemanden einweihen. Die Aufregung wäre zu groß gewesen, hätte sie verraten, dass Piero die ganze Nacht über im Zug gewesen war und mit ihr Kontakt aufgenommen hatte.

Mutter war allerdings die Einzige, die ahnte, dass sie etwas im Schilde führte.

»Du brütest doch was aus, Mädel, ich seh's dir von hinten an«, stellte sie Gerda zur Rede, just als sie ihren Koffer unterm Bett vorziehen wollte.

»Allerdings, ein gesundes Kind, hoff ich«, und sie ließ sich dabei so aufs Bett plumpsen, dass sie den Koffer in einer Bewegung mit beiden Fersen dezent wieder zurückschieben konnte.

»Was willst du denn machen ... nach Bern fahren? Er wird nicht da sein.«

»Ich weiß noch nicht, Mama, aber es ist durchaus möglich. Nichts tun ist das Schlimmste ...«

Dann legte sie sich mit einem Seufzer auf den Rücken und umarmte ihren Bauch.

»Ich bin müde, Mama.« Mutter zog sich zurück, schloss sachte die Tür hinter sich.

Gerda würde eine Reisende werden müssen. Die Karten und Routen waren ausgelegt. Wo sie suchen musste, wusste sie. Züge, Schiffe, vielleicht Flugzeuge sah sie vor sich. Sie stellte sich auf südliche Klänge und Düfte ein, bei ihrer Suche nach den Spuren von Papa und Piero.

Sie hatte Mutter im Glauben gelassen, irgendwann nach Bern zu fahren (... Schonung!), aber zwei intensive Wochen später, in denen sie wieder Artikel schrieb, saß sie im Zug nach Genua und machte sich Sorgen, ob ihr diese Reise nicht den Kopf kosten könnte.

XVI.

Als sie die Augen wieder öffnete, flog über ihr die Südtiroler Festung Franzensfeste vorbei. Der Frühling war hier schon weiter fortgeschritten als in Vorarlberg, die Weinblüte fast vorüber, die Apfelbaumhaine im Grün. Zwei alte lesende Damen saßen ihr gegenüber, links an die Abteiltür gelehnt schnarchte ein junger Kerl seine Bierfahne aus. Das knorrige Südtirolerisch des Zugschaffners, der Fahrscheine sehen wollte, vertrug sich nicht wirklich mit den weicher werdenden Farben.

Mama konnte diesen Dialekt übrigens parodieren – *zum Schießen,* meinte die Schweizer Oma. Tatsächlich hatte Mutter auch kuriose Talente, die man ihrer korrekten Natur nicht zutraute. Sie konnte aus dem Handgelenk Geschichten erfinden, um eine wackelige Sache plausibel zu machen. Vielleicht hätte sie eines Tages mit Piero auf Augenhöhe geflunkert. Was weiß man denn.

Was sie in diesem Moment wohl macht, die Mama, dachte Gerda und stellte sich vor, wie sie in ihr (Gerdas) Zimmer schleichen und unschlüssig vor der Schatulle stehen würde, den baumelnden Schlüssel im Visier, im Zwiespalt zwischen Neugier und Anstand. Und dann stellte sie sich ihr Gesicht vor, während sie das Dokument zu entfalten und zu lesen begänne:

»Jänner 1947, Bericht der U.S. Delegation unter Leitung von Herrn Vincent La Vista an den Herrn Außenminister in Washington:

Es ist jedem Interessierten möglich, von Personen im Umfeld des Vatikans ein Identitätsdokument des Internationalen Roten Kreuzes zu erhalten. Diese Dokumente werden ohne Identitätsnachweis oder Überprüfung durch das Internationale Rote Kreuz ausgestellt. Die Ausweise können einen falschen Namen oder eine falsche Nationalität angeben. Unsere Informationen und Berichte bestätigen, dass bekannte oder gesuchte Kriegsverbrecher, die illegal nach Italien eingereist sind, diese Dokumente mit einer falschen Identität erhalten haben und damit erfolgreich einer Verhaftung entgehen konnten.«

Am 15. Mai 1947 kommt Vincent La Vista zu folgender Conclusio:

»Der Vatikan ist sicherlich die größte Einzelorganisation, die in die illegale Flüchtlingsbewegung verstrickt ist. Die Rechtfertigung des Vatikans für seine Beteiligung an dieser illegalen Emigrationsbewegung ist einfach die Verteidigung und Verbreitung des Glaubens. Es ist der Wunsch des Vatikans, jeder Person, unabhängig von Nationalität oder politischer Überzeugung zu helfen, sofern die Person nur katholisch ist. Der Vatikan rechtfertigt seine Beteiligung am Fluchtnetz der Nazis mit dem Wunsch, möglichst viele europäische und lateinamerikanische Länder aller politischen Richtungen zu unterwandern, solange diese Menschen nur aufrechte Antikommunisten sind und positiv zur katholischen Kirche stehen.«

Was würde sie denken über diese *Rechtfertigung*, meine liebe, rechtschaffene Mama, die in ihrer Kirche die einzige Verlässlichkeit dieser Welt gesehen hatte, der sie sogar zutraute, die *Gewissensquelle für einen Staat* sein zu können, wie sie sagte. Käme etwas ins Wanken in ihr? Während ihr diese Fragen den Magen versäuerten, zog gleichzeitig eine Liebeswallung durch Gerdas Kopf, für all die unbedankten Sorgenmomente, die langen Strickschals in all den Nächten, für ihre blassen Lippen, die Kirchenlieder summten, die keiner hörte. *Eine gute Mama ...* schrieb sie in ihr Tagebuch.

Natürlich wusste Gerda auch von der anderen Seite, den Bekennern, die in den KZs bis ins Gas ihrem christlichen

Glauben treu geblieben waren, dass Pfarrer, die die Hölle überlebt hatten, nach ihrer Heimkehr nicht etwa gelobt oder geehrt, sondern in den hintersten Pfarreien versteckt wurden, um durch ihr Märtyrertum nicht an der Reputation der bischöflichen Obrigkeiten zu kratzen. Das war die andere Seite der Medaille, die sie nun in einer Artikelserie in den Fokus rücken wollte. »Bekennergeschichten der Guten« sozusagen. Dabei war sie auf Alois Knecht gestoßen, den einstigen Pfarrer von Meiningen. Er war einer der Mutigsten, die es gewagt hatten, von der Kanzel herunter gegen das Regime und den Krieg zu wettern, wobei er seine Kritik schlauerweise in Psalmen verpackt hatte, aber nicht verhindern konnte, dass ein Denunziant zwischen den Zeilen Wehrkraftzersetzung witterte und ihm die Gestapo auf den Hals hetzte. Alois Knecht überlebte fünf Jahre in den KZs Sachsenhausen und Dachau. Im März 45 kehrte er nach Vorarlberg zurück und wurde in den entlegensten Gemeinden versteckt.

Zuerst in Warth und am Ende im nördlichsten Dorf zur deutschen Grenze hin, Außenposten für Nörgler und Querulanten. Gerade einer gescheiterten Zivilisation entkommen und zum Dank auch noch ausgemustert, für den Neubeginn.

An einem heißen Nachmittag im Mai hatte sich Gerda mit dem Fahrrad auf den Weg gemacht und saß nach zwei Stunden Pedaltreten verschwitzt im Schatten einer Kiefer, im Garten des Pfarrhofs von Hohenweiler. Pfarrer Knecht, ein höflicher Mann, wortgewandt, mit einer Portion Schalk hinter den Ohren, störrisch, aber alles andere als gebrochen. Er schenkte zwei Mostgläser ein und begann zu erzählen. Friedlich, aber bestimmt. Seine feste Stimme erinnerte sie an Papa. Sie hörte ihm zu, sah auf zu einem Kämpfer, der trotz allem am Leben hing. Seine hellen Augen, ein scharfer Blick hinter der randlosen Brille zeugten noch immer von Entschlossenheit und Widerstandsgeist. Sie zeigte ihm einige ihrer Kolumnen und Artikel, die sie für Wiener Zeitungen geschrieben hatte, um ihm Loyalität zu bekunden, und sah endlich einem Zeitgenossen in die Augen, dem das öffentliche Schweigen genauso auf die Nerven ging wie ihr selbst – nur, dass er tausendmal mehr Gründe hatte. Sie erzählte ihm von Papas Desertion und seinem Tod in britischer Gefangenschaft, von den SSlern in den Lagern, die auch nach Kriegsende noch immer ihre Parolen brüllten.

Sie hörte ihm genau zu und versuchte seine Entrüstung in ihre Zeilen zu packen.

»Ich will bloß reden«, sagte er, »man hat doch auszuhalten, was ich zu sagen hab. Aber keiner hört zu.«

»Ich hab selber eine Mama, die lieber vergessen will«, sagte sie. »Die reinste Schwerarbeit, sie aus der Reserve zu locken, sogar Papas Tod hat sie mir verschwiegen.«

»Solche Töne stören die neue Harmonie ... ich weiß«, dabei machten seine Hände eine wegwerfende Bewegung.

»Wissen Sie, junge Frau, ich habe nicht das Recht, jemanden im Nachhinein zu verurteilen, weil er aus Angst mitgelaufen ist damals, alles andere konnte ja lebensgefährlich sein, weiß Gott ... Aber jetzt, nachdem alles vorbei ist ... noch immer dieselben Stimmen mit denselben Sprüchen zu hören, das ist unerträglich. Keine Reue, kein Bedauern. Im Gegenteil. Nichts begriffen.«

Er stellte sein Glas so heftig ab, dass es überschwappte.

»Ich sag's Ihnen, auch hier im Dorf ... die Ehemaligen, was heißt ehemalig ... haben schon wieder das Sagen, sitzen auf ihren alten Posten, als wäre nichts geschehen. Ich hab geglaubt, wenn die eines Tages auf einer großen Leinwand (den Schädel eingeklemmt in einen Schraubstock, damit sie sich nicht abwenden können, die offenen Augen mit Klammern fixiert, damit sie sie nicht schließen können) all die Leichenberge sehen werden ... die Bulldozer ... die Massengräber ... die Beweise ... die Zahlen ... Aber nichts! Das macht mir Angst, wissen Sie. Weil die sind der Humus fürs nächste Mal. All das wird wiederkommen, irgendwann ...«

Dieser Mann war nicht müde und auch nicht verzagt. Sie sah sich in allem bestätigt und wünschte, Mama hätte ihm ins Gesicht gesehen und seine Stimme gehört. Verbitterung, ja, aber mehr noch fromme Wut. Und schlimmer als die Ewiggestrigen hätten ihn seine eigenen Leute gekränkt, fuhr er fort.

»Wissen Sie, was der Adlatus des Bischofs zu mir gesagt hat, bevor er mich ans Ende der Welt schickte? ... *Ihre fehlende Klugheit hat Sie ins KZ gebracht, Herr Pfarrer, hätten S' den Mund gehalten, alles wäre halb so schlimm gekommen ...* Damit Sie verstehen, was ich meine.«

Da waren für einen Moment die Fältchen zu sehen, die seine Lippen schmaler machen konnten.

»*Die Laien und kleinen Pfarrer waren es, die Widerstand leisteten im Nationalsozialismus, während die Obrigkeiten lavierten zwischen politischer Abstinenz, öffentlichen Solidaritätsgesten und Konkordaten*«, schrieb sie und erinnerte an den Beistand der Kirche, als Dollfuß der Demokratie den Garaus machte.

Abgeblitzt, auch dieser Artikel, bei fast allen Redaktionen, bis auf die »Arbeiter-Zeitung«.

Auch Mama hatte ihn gelesen, ohne natürlich von der Veröffentlichung in Wien zu wissen (die »Arbeiter-Zeitung« war ihr noch immer suspekt). Sie war stur am Schreibtisch hinter ihr gestanden, hatte ihn flugs aus der Olivetti gezogen, bevor Gerda reagieren konnte. Während des Lesens war sie auf die Ottomane gesunken und als sie durch war, schien sie fahrig und schließlich betreten, aber ohne Groll. Dieser Pfarrer hatte am Grundsätzlichen gerührt. Sie hatte den Text nicht zerknüllt, sondern abwesend auf den Schreibtisch segeln lassen.

Ein Wendepunkt im Gang ihrer *Frontgespräche*. Das Schweigen der Kirchenleitung zu den katholischen Blutzeugen und noch mehr das Faktum, dass keinem einzigen dieser Widerständler nach dem Krieg ein Aufstieg in der Kirchenhierarchie zugestanden worden war, hatte sie schließlich dazu gebracht, »*alles Mögliche neu zu überdenken*«. Sie wusste (und dachte dabei auch an Papa) – in den Zivilberufen ergab sich das selbe Bild –, schnelle Nachkriegskarrieren machten nicht die Widerständler oder die Opfer, sondern die Ehemaligen, die Mitläufer und die Täter.

Von Grund auf neu – wie sie sagte. Sie war nicht mehr ansprechbar an jenem Abend und verzog sich früh in ihr Zimmer.

Vielleicht würde auch der La-Vista-Bericht (ein bisschen viel auf einmal!) ihre neue Skepsis festigen, sollte sie ihn tatsächlich – besiegt von ihrer Neugier – lesen, dachte Gerda.

Mit dieser Hoffnung war sie in den Zug gestiegen.

XVII.

Die Aromen des Veneto meldeten sich durchs Kippfenster in ihrer Nase und hoben ihre Stimmung. Es ging auf Verona zu. Umsteigen nach Mailand, dann noch einmal umsteigen nach Genua. Zeit genug fürs nächste Kapitel.

Die Ledermappe mit Papas Aufzeichnungen lag auf ihren Schenkeln, ihre beiden Hände auf den Silberschnallen. Was zuerst? Papas Blätter oder Pieros Skizze und seine Hieroglyphen? Sie öffnete die Silberschnallen. Die Skizze lag obenauf. Mit einem roten Stift war ein Pfad gezogen, vorbei am Porto Petroli, den Containerterminals hin zu den Anlegestellen der Schiffe, die Passagierterminals entlang, im Rücken der Leuchtturm. Alles fein säuberlich angeschrieben, die Piers mit Nummern versehen, ebenso die Lade- und Löschdocks und besondere Stellen (mögliche Treffpunkte) wie in einer Schatzkarte mit Kreuzchen markiert. Die rote Linie endete vor dem Ticketschalter des Piers Nr. 4 ›Stazione Marittima‹ (*deinen vollen Namen angeben*, war hier vermerkt). Alles seine Schrift, stramm rechtsgeneigt und schnörkellos. Eine kleine Wallung stieg ihr in den Kopf, sie steckte die Skizze wieder weg, als hätte sie sich die Finger verbrannt, sah sich um: Niemand im Abteil oder draußen am Gang, der sie in den Blick genommen hätte. Gleichzeitig kam sie sich lächerlich vor mit ihrem hysterischen Argwohn. Als könnten ihr Leute auf den Fersen sein! Obwohl – sie schnaufte tief ein und lange aus. Die beiden alten Damen lächelten zumindest unverdächtig, keine verkleideten Männer (ganz offensichtlich), und der junge Kerl schlief noch immer seinen Rausch aus.

Bei genauerer Überlegung war natürlich nicht von der Hand zu weisen, dass sehr wohl Interesse bestünde an ihrer Reiseroute, obwohl sie's nicht wahrhaben wollte. Sie war im Begriff, einem Verfolgten zu folgen – also müsste auch mit Verfolgern zu rechnen sein, die auf Gerdas Fährte ihrem eigentlichen Ziel zusteuerten, nämlich: Piero und/oder René. Bitte nicht wieder die James-Hadley-Chase-Nummer, dachte sie. Aber je länger sie darüber nachdachte, desto mulmiger wurde ihr zumute. Immerhin befand sie sich im Kielwasser von Männern, deren Geschäfte Hunderttausende Franken, Dollars oder sonst was bewegten und ihre Gegner waren nicht zimperlich.

Was, nachdem sie an Pier Nr. 4 ihren Namen deponieren würde? Würde hinter einem Container ein Unbekannter erscheinen und sie zu Piero führen? Von erhöhten Posten aus, den Führerkabinen der Ladekräne zum Beispiel, einem Fenster des Palazzo San Giorgio oder vom Leuchtturm ist der ganze Hafen gut einsehbar. Mit einem Feldstecher wäre eine weit entfernte Person und ein etwaiger Beschatter leicht auszumachen. Nicht der schlechteste Platz für Kassiberübergaben oder was immer er vorhatte.

Um sich abzulenken, verlor sie sich in den endlosen Wasserläufen der Lombardei, die zwischen Baumreihen und

Deichen durch die Reisfelder rinnen. Das Bild wirkte nicht wirklich beruhigend, angesichts der verschlungenen Wege, die *ihr* bevorstanden. Also öffnete sie die Ledermappe aufs Neue. In Papas akkurat kalligrafischer Schrift steckte die ganze Sehnsucht nach seiner Frau. Viel Zeit, viel Liebe. Beides im Sand gefangen.

Die gestempelten Zahlen und Abkürzungen am oberen Rand des Blattes markierten die Position des Lagers, das in ein breites Wadi eingebettet lag, im Süden durch einen schroffen Gebirgszug, der wie ein mächtiger Baseballschläger aus dem Sand wuchs, im Norden durch Dünen begrenzt.

380 P. O. W. Camp, M. E. F. El Fayed – Egypt ... west of Suez Canal

Meiner lieben Frau und meinen Kindern gewidmet.
Geschrieben in englischer Kriegsgefangenschaft in Aegypten, westlich des Bittersees, in der Wüste.
7. Nov. 1944 – 28. Dez. 1946

Dann ein weiteres Deckblatt, im Zentrum nur die zwei kunstvoll ineinander verschlungenen Anfangsbuchstaben der Vornamen ihrer Eltern – I & R (Ilse & Rudolf).

Auf der folgenden Seite ein Liebesgedicht – für Mama:

In der Fremde

Es dringt ein Lied, gar traut und sacht
mir heimlich still ins Herz.
Es klingt und singt mit Zaubermacht
von Liebeslust – und Schmerz.

Es geigt und flötet, weint und lacht
mit süßer Melodie
es lockt wie duft'ge Blütenpracht
in farb'ger Harmonie.

Es wispert leis wie Frühlingsweh'n
Von Glück und Seligkeit.
Es könnt vor Lust die Welt vergeh'n
wär's Liebchen nicht so weit.
Ägypten, den 29.11.44

Dann ließ sie, wie Frau Horvath, ein paar Tagebuchseiten unterm Daumen flattern, Sandkörnern und dem Duft der Wüste auf der Spur – dabei fiel ihr ein loses Blatt in die Hände, das zwischen Papas Seiten geklemmt war, als sollte es – bewusst platzierte Überraschung – seine Rückkehr versüßen. Mamas Handschrift, Mamas Tinte. Gerdas Herz im Hals. Es war die Kopie eines Briefes, den sie offensichtlich zwei Monate, nachdem Papa sein Gedicht verfasst hatte, an den Gauleiter von Wien geschrieben hat. Anfang November 44 war aufgrund seiner Desertion eine Weisung der Reichsstatthalterei Wien (als Konsequenz eines Dienststrafverfahrens) ergangen, die Gehaltszahlungen an Frau Fässler einzustellen, was im bürokratischen Chaos der letzten Kriegsmonate nicht termingerecht ausgeführt wurde und deshalb erst ab Februar 45 in Kraft trat.

In ihrer kleinen, zurückhaltend eleganten, aber keineswegs unterwürfigen Schrift:

»Wien, den 4. Feb. 1945
An den Herrn Reichsstatthalter und Gauleiter
Baldur von Schirach

Sehr geehrter Herr Reichsstatthalter,
Am 1. November 44 wurde mir, ohne dass ich eine Vorverständigung erhielt, das Gehalt (meines Gatten) entzogen. Nachdem mein Mann in Athen, also in einem Land der Partisanen, war, ist wohl auch genügend Grund zur Annahme, dass ihm von dieser Seite etwas zugestoßen ist und ihm keine solche Handlung (Desertion) zugeschrieben werden muss ...«

Gerda bekam feuchte Hände, weil sie mit diesem Brief die andere Mama in Händen hielt – die verliebte, mutige, die ausgebuffte, die sich in der »Täuschung staatlicher Behörden« übte, mit der Verve einer Frau, die gar kein Problem hatte, die verhasste Staatsmacht hinters Licht zu führen.

»Ich bin fest überzeugt, dass mein Mann niemals so ehrlos gehandelt hat. Auch hätte er seine Familie sicher nie in diese Lage gebracht, nachdem er stets in rührender Liebe und Aufopferung für sie gesorgt hat. Mit der Bitte um Rücknahme dieser Entscheidung verbleibe ich ...«

Richtig stolz war sie auf Mamas Chuzpe, so geschmeidig zur ahnungslosen Reichstreuen zu mutieren, um Papa zu schützen. Partners in Crime – hier wirklich. Beide hatten die Regeln des Systems verletzt, um zu überleben ... und Gerda hätte am liebsten Mamas Kopf in beide Hände genommen, ihn fest an sich gedrückt, ihr die Ohren gerieben und dabei um Verzeihung gebeten für all den jugendlichen Hochmut, der ihr im Laufe der *Frontgespräche* schon herausgerutscht war. Sie war nur ein zorniges junges Ding, mit frechem Mundwerk, fand sie angesichts dieser Zeilen. Mutter aber eine Alleinerziehende, mittellos und im Krieg, die zwischen Leben und Tod zu verhandeln hatte. Deshalb wollte sich Gerda vornehmen, künftig ihre anarchische Bockigkeit aus dem Programm zu streichen. Zum Schämen war ihr. Sie beließ Mamas Briefkopie zwischen Papas Seiten, wo sie hingehörte und klappte die Mappe wieder zu.

Mailand. Umsteigen nach Genua. Nur wenige Passagiere waren zugestiegen. Gerda, nun ganz allein im Abteil, versuchte alle Sinne wachzuhalten. Je näher Genua rückte, desto realistischer die möglichen Szenarien. Würden Rothemunds Leute vor Ort sein? So windige Typen wie in der Babenbergerstraße? Die mehrsprachige Fremdenpolizei? Gerda als Köder zwischen den Linien? Du meine Güte. Wie weit geht die Rache für abspenstig gemachte Klienten in diesen Kreisen? Allein die Vorstellung der Möglichkeiten erschöpfte sie. Sie umschlang ihren Bauch mit beiden Händen und bildete sich ein, wieder zwei Stöße an der Bauchwand verspürt zu haben. Es war nicht das erste Mal, nur diesmal schien es eine Meldung mit Nachdruck zu sein. Ein feierliches Gefühl war es – wie Aufwachen zu zweit. Eigentlich war es zum Jubeln, aber im Dunst der leidigen Umstände so rasch wieder verschwunden, wie es gekommen war. Ihre Hände tasteten noch mal über den Bauch auf der Suche nach dem Strampler. Kein Echo mehr.

Als sie in Genua aus dem Zug stieg, ging ihr Blick mehr über die Schulter als nach vorn. Alle paar Schritte verrenkte sie ihren Hals, hielt Ausschau nach dem vermeintlichen Schatten. Vor ein paar Monaten noch hätte sie die Situation als abenteuerlich empfunden, aber mit ihrem Kind im Bauch hätte sie gerne verzichtet auf den Nervenkitzel. Nicht auszudenken, sollte sie tatsächlich in etwas hineingeraten, eigentlich unverzeihlich in ihrem Zustand. Aber was sollte sie tun – auf Pieros Skizze war Samstag, der 30. Mai als Termin für ein mögliches Treffen vermerkt. Auf diesen Tag lebte sie hin, mit wachsender Sehnsucht und ebenso viel Angst. Solides und geordnetes Glück lag sowieso in weiter Ferne. Manchmal überkam sie das Bedürfnis, die Welt wieder auf die Beine zu stellen, klar Schiff zu machen, die Sache zu beenden, in sicheres Milieu zu wechseln, dem Kind zuliebe. Doch dann war wieder alles, was ihn ausmachte, ganz nah bei ihr und nicht mehr wegzudenken. Auch die Möglichkeit einer Familie ... noch nicht aussichtslos.

Sie hatte ein altehrwürdiges Dreisternehotel am Porto Antico gebucht, an der Piazza della Raibetta, schon etwas heruntergekommen, aber gemütlich. In der Eingangshalle wiesen in Marmor eingelassene Mosaike auf alte, bessere Zeiten, vergangene Eleganz des 19. Jahrhunderts. Das

Morali Palace schien das passende Versteck zu sein. Von dort aus konnte sie die entscheidenden Punkte des roten Pfades zu Fuß erreichen, Taxistand gleich ums Eck, öffentliche Bus- und Zugverbindungen ganz nah. Wahrscheinlich wurde in seiner Branche nichts ohne entsprechend vorbereitete Fluchtwege geplant. Der Gedanke schüttelte sie kurz, weil sie sich immer wieder dabei ertappte, in der Grammatik eines Kriminellen zu denken.

Die Räumlichkeiten des Morali Palace lagen (passend) in behaglichem Halbdunkel, weiches Rembrandt-Licht, ein Sepia, das Staub und Patina verbarg und doch zum Glänzen brachte. Das Himmelbett in ihrem Zimmer empfand sie wie ein gütiges Nest, zu viele Kissen, aber heimelig. Leider kein Meerblick, sie hatte das günstigere Zimmer zum Innenhof genommen.

Wird er persönlich kommen? Oder angekündigt durch einen Kassiber, der ihr durch einen Schlitz zugeschoben wird? Weiß der Himmel, was er sich wieder ausgedacht hat. *Warum hab ich mich bloß in ihn verliebt? Hab ich – aus. Und sollte es einst eine Fehlentscheidung gewesen sein – ich war glücklich dabei. Wir lagen und sahen den Himmel und ich hätte sterben können, ohne Reue. Ich bin, auch wenn es schon vorbei wäre, ausgesöhnt mit mir.*

Samstag, am 30. Mai 1959.

Im Hafen war schon geschäftiges Treiben. Die Lösch- und Ladekräne schwenkten ihre Riesenarme über die Piers, unter ihnen querfeldein wuselnde Dockarbeiter. Geradewegs ging's auf Pier Nr. 4 zu, Pieros Skizze in der Linken, *James Headly bei Fuß* … Eigentlich war das zielstrebige Rackern ringsum fast zu interessant, um sich auf die Skizze zu konzentrieren. Schweißglänzende Männerrücken in Ruderleibchen, Seeleute mit Tattoos vom Scheitel bis zur Arschspalte, wie die Riesen von Gebrüder Weiss. Dazwischen stießen Tanker bauchige Brunftlaute ins Meer.

Alles sehr männlich hier. *Also, was jetzt. Kannst du mich schon sehen durch den Stecher, du Mistkerl!* Sie fühlte sich plötzlich anders gehen, koketter als zuvor, beobachtet nämlich ... *Es bringt mich nicht um, wenn ihr mir nachpfeift. Ihr Kerle.* Sie versuchte wieder normal zu gehen, klappte nicht mehr ganz. Der Ticketschalter Nr. 4: *Buon Giorno. Mi chiamo Gerda Fässler.* Eine Hand schob ein Kuvert durch einen Glasschlitz. Ohne Worte. Das war's. *Wenn ich das hier alles zu ernst nehme,* dachte sie, *kann ich mich einliefern lassen.* Sie ließ das Kuvert rasch in ihrer Handtasche verschwinden und spazierte weiter den Pier entlang. Beeindruckt vom professionellen Eifer der Hafenmenschen, die täglich die weite Welt schnuppern. *Gente di mare.* Morgens um acht. Am Ende des Piers setzte sie sich auf einen der Poller, um die man die Stahltrossen der Riesen schlingt und beobachtete die Leute. Vielleicht würde ihr eine Person ins Auge stechen, die sich verdächtig benimmt, suchenden Blicks durch die Docks streift oder blödsinnig herumfotografiert. Natürlich war sie sich der Möglichkeit bewusst, selbst im Fokus eines andern zu sitzen. Was immer der Fall sein sollte: Sie wollte das Kuvert erst öffnen, wenn sie ganz allein war. Bis ins Hotel hielt sie's nicht mehr aus. Nicht nur der Neugier wegen. Sie ließ ihr Wasser in einer öffentlichen Toilette vis-à-vis vom Palast San Giorgio. Vielleicht hat sie damit auch einen möglichen Beschatter abgeschüttelt. *Man denkt ja mit.* Auf einem mickrigen Zettel stand: Hotel Chopin, Via Andrea Doria 22, Stanza 48. Nichts Persönliches, Intimes oder Verschlüsseltes dabei. Ein nüchterner Befehl. Etwas mehr als zwei Kilometer bis zum Chopin, sagte ihre Straßenkarte. Ein Stück zu Fuß, den Rest mit Bus. Im Nachhinein begann sie zu begreifen. Er wird sie wohl am Pier aus der Ferne beobachtet, mit seinem Kennerblick keinen offensichtlichen Verfolger ausgemacht haben und sie im Hotel Chopin sicherer wissen. Fährenterminals, Buszentrale, Bahnhof, alles in Sichtweite. *So weit wär's ja nachvoll-*

ziehbar, das ganze Theater, diese Spurenlegerei, bis sich keiner mehr auskennt, Verschleierung und Verwirrung sind bei denen ja das Grundprinzip ... Sie ging den ganzen Weg zu Fuß. Doch kein Bus. Mehr Zeit zum Nachdenken. Wahrscheinlich wusste er schon, dass sie im Morali Palace abgestiegen war. *Der Herr Agent. Muss ja elend sein, so ein Schlepper- und Agentenleben, kein Blick ohne Nackenschmerzen, überall lauert einer ... Immer geht's um Leben und Tod. Kugeln, Gift, Wasser, Feuer, Balkonsturz, die Axt? Kann das Spaß machen? Wahrscheinlich das Geld. Natürlich das Geld! Kann mächtiger sein als Ideologie. Aber gesund ist das nicht. Also Sammlung jetzt: Was steht an?* In circa dreißig Minuten würde sie Piero in die Arme sinken, sie würden über einander herfallen und sich fressen, allein in einem Hotelzimmer, endlich, das Glück im Bauch, den Mann in den Armen, das Leben (kurz) im Lot. So würde das sein.

Das Baby schob wieder ihre inneren Organe hin und her, dabei ging sie doch ein ordentliches Tempo, *noch mehr Schaukeln geht nicht. Brav bleiben, Schatz! Gleich sind wir da.* Sie bog in die Via Andrea Doria ein und musste als Erstes an den traurigen Untergang des Schiffs denken, das der Straße den Namen gab. Drei Jahre war das erst her. Bedeutungsschwanger auch noch, sarkastisch dazu – sollte der dunkle Bezug Absicht gewesen sein?

Sie nahm die Stufen. Nicht den Lift. Er sollte ruhig ihren Parfumschweiß riechen. Die Nummer 48. Das Guckloch wurde kurz dunkel. Noch immer außer Atem klopfte sie den Morsecode: *dreimal kurz, dreimal lang, dreimal kurz.* SOS. Wie einst in Bern. Sie bebte. Sie liebte diesen Mann und er liebte sie. Schon bei »*drei lang*« ging die Tür auf:

Frau Schwartz stand da. Ein entschuldigendes Lächeln im Gesicht.

XVIII.

Zwei Sessel hatte sie ans Fenster geschoben, mit Blick auf die Via Andrea Doria. Untergang. Wirklich zu blöd. Beide saßen schweigend und beobachteten den Verkehr. Vor allem die Fußgänger und Taxis.

»Sie werden sehen, sobald er wieder auftaucht, hat er was anderes an.«

»Immer an derselben Stelle?«, fragte Gerda.

»Nein, er wechselt natürlich. Manchmal ist einer dabei, den er herumschickt ... weiß ich, wohin.«

»Zum Hintereingang«, bemerkte Gerda trocken. Frau Schwartz nickte lächelnd.

»Es sind also mehrere?«

»Zwei reichen, denk ich ...«

Dann schwiegen sie wieder. Wie zwei Schwestern saßen sie. In Eintracht. Was war geschehen?

Gerda war nach dem Öffnen der Tür kurz einer Ohnmacht nahe, war Frau Schwartz in die Arme gefallen, der Mutter statt dem Sohn, hatte sich aber durch den Schock schnell erfangen.

Ein großes Glas Wasser und ein paar Notfalltropfen unter der Zunge halfen ihr auf die Beine. Warum genau dieses Hotel? Ein Anruf von Piero sei's gewesen, aus einer Telefonzelle hier in Genua, er habe verzweifelt geklungen und mehrere Hotels zur Wahl angeboten. Er wollte reden, alle einbinden. Auch René sei in der Stadt. Der brauche wieder Medikamente, wolle aber Apotheken meiden, habe schon Paranoia wegen der Verfolger, die um seine Krankheit wussten ... et cetera.

»Und nach Ihnen hat Piero auch gefragt ... natürlich«, sagte Frau Schwartz.

»Sie haben also gewusst, dass ich hier sein würde, ich meine, dass ich ins Chopin kommen würde?«

»Ja, hab ich. Er war kurz hier, bei mir. Alles seine Idee.«

»Piero!? Hier im Hotel?« Sie nickte und musste kurz grinsen. Gerda wusste, warum.

»In welcher Verkleidung diesmal? Alte Frau? Alter Mann?«

»Hotelpage. Ich musste selbst zweimal schauen.«

»Er ist ein begabter Schauspieler, nicht?«

»Ja, er ist raffiniert«

»Von wem hat er das ... das Schauspielern?«

»Von mir sicher nicht.«

»Und dieser – dieser Klient, um den's hier geht, ist der noch in der Stadt?«

»Nein, den haben sie schon nach Rom geschafft, er soll dort in einem sicheren Versteck sein, bei einem österreichischen Bischof, hinter dicken Mauern.«

»Aber woher wussten die Spitzel da unten, dass Sie in diesem Hotel sind?«, wollte Gerda wissen.

»Die werden wohl eine Wanze installiert haben, damals in Wien.«

»Wann damals?«

»Bei der Razzia im Herbst, nehm ich an, da haben sich zwei Beamte in meiner Wohnung zu schaffen gemacht.«

»Ja ... ich erinnere mich«, sagte Gerda. »Einer hatte was aus dem Fenster gerufen.«

»Jedenfalls Zeit genug, um was Kleines zu platzieren. Jetzt weiß ich wenigstens Bescheid und Piero auch und wir können denen in Zukunft *irgendwas* erzählen ...«

»Das hört nie auf, nicht?«

»Was meinen Sie mit ... *das*?«

»Das Versteckspielen. Die Maskeraden. Ist das nicht kindisch auf die Dauer?«

»Es funktioniert. Sie haben's ja selbst erlebt im Zug.« Gerda nickte. *Er hat's ihr also erzählt.*

Frau Schwartz zuckte mit der Schulter, eine Geste, die nicht resigniert wirkte, sondern wie das Abhaken einer langen Schlacht, schon tausendmal geschlagen und verflucht. Sie schien noch immer nicht erschöpft genug, um ihre Rolle hinzuschmeißen– *er ist und bleibt mein Kind*, hieß das. Also eine Kehrtwendung. *Er ist mein Sohn.* Als hätte sie etwas gutzumachen.

»Eine Weile müssen wir das noch mitspielen«, sagte sie. »Er braucht wirklich Hilfe, hat tagelang nicht geschlafen.«

»Die sind noch immer hinter ihm her.« Frau Schwartz nickte.

»Ich würde ihn gerne sehen! Er mich auch, das weiß ich. Ist er noch in der Stadt?«

»Ich weiß es nicht. Er hat nichts hinterlassen, keine Nummer, keine Adresse, zu gefährlich, sagt er. Ich weiß nur, dass er Hilfe braucht.«

Gerda ging etwas verwundert zu ihrem Stuhl zurück, knetete an der Lehne herum. Da hatte sich offenbar Grundlegendes geändert ... Das klang nach Mitleid, fast Versöhnung oder zumindest nach dem Willen dazu.

»Und was ist nun unsere Funktion hier, in Genua?«, fragte sie, ziemlich verunsichert.

»Verwirrung stiften, nehm ich an.« Frau Schwartz wirkte etwas abwesend, während sie die Straße ins Visier nahm.

»Verwirrung ...« Gerda knetete weiter.

»Vielleicht wollte er auch nur Sie sehen und hat das alles nur inszeniert ...«

»Er fehlt mir ...« Frau Schwartz schaute stur nach draußen.

»Und wie verwirren wir die jetzt?«, fragte Gerda.

»Wenn eine von uns das Hotel verlässt, oder am besten beide gleichzeitig, und in verschiedene Richtungen, dann haben die Wächter eine Aufgabe. Die rechnen fix mit unserm Familientreffen.«

»Verstehe.« Nach einer langen Pause noch die Zusatzfrage:

»Sind die bewaffnet?«

»Einer der beiden hat ein ausgebeultes Sakko, das könnte ein Halfter sein, soweit ich das beurteilen kann.« Gerda begann auf und ab zu gehen, sie ärgerte sich maßlos.

»Ich weiß, es ist beunruhigend ... dazu in Ihrem Zustand, aber glauben Sie mir, von uns beiden wollen die nichts, wir sind nichts wert in ihrem Geschäft.« Gerda nickte ungläubig.

»Wir sind ja nur die Verwirrung«, sagte sie tonlos. Sie wollte sich gerade setzen, da stürmte Frau Schwartz ans Fenster.

»Da! Kommen Sie her, nicht zu nah ans Fenster ... Der dort ... im schäbigen Zwirn«, sie zeigte auf einen Mann vor dem Tabak-Shop gegenüber. Er stand mit dem Rücken zum Hotel, vor dem Schaufenster der Tabaccheria, hatte aber in der Spiegelung den Eingang des Hotels im Blick.

»Ich glaube, den kenn ich ...«, sagte Gerda und wich wieder zurück.

»Was! Woher denn?«

»Aus der Babenbergerstraße. Der hatte einen Kurzauftritt bei dieser Razzia damals. Er hat so ... arabisches Englisch gesprochen und ist gleich wieder mit quietschenden Reifen davon.«

»Na also, die Leute vom Herrn Major Rothemund ... ist wenig überraschend.«

»Und was jetzt?«

»Ich werde in der nächsten Apotheke da vorne Medikamente kaufen gehen ... für René, es geht ihm nicht gut ... und die werden davon ausgehen, dass ich sie ihm übergebe ... irgendwann.«

Dabei steckte sie ein paar vorbereitete Rezepte, die ihr Piero mitgebracht hatte, in die Handtasche und schlüpfte in High Heels. *Rechnet also mit keiner Verfolgungsjagd*, dachte Gerda. *Wie beruhigend ...*

Sie sprachen sich kurz ab. Die Schwartz würde als Erste gehen, gleich links ab, meerwärts, kurz später Gerda, in die entgegengesetzte Richtung. Gegen 18 Uhr wollten sie sich gegenseitig in ihren Hotels anrufen, um Rapport abzustatten.

Gerda wartete am Fenster, bis sie Frau Schwartz aus dem Hotel kommen sah, packte ihr Täschchen und ging los.

Als sie auf die Straße trat, war der Araber weg. Es funktionierte also. Sie ging ein paar Schritte, mischte sich unter die Fußgänger, drehte sich noch mal um und sah ihn plötzlich in der Trafik vis-à-vis mit einem Telefon hantieren. Er sprach mit jemandem, schlug mit der Sprechmuschel ein paarmal auf die Gabel und legte wütend auf. Dann stürmte er auf die Straße und rannte in die Richtung, in die Frau Schwartz verschwunden war. Gerda blieb unschlüssig stehen, bis ihn die Menge verschluckt hatte. Dann ging sie ihm nach, ängstlich anfangs, dann immer mutiger. Sie stieß an Schultern und Einkaufstaschen, an Kinderhütchen und Abfalltonnen, ließ sich anmaulen und zurückrempeln, bis der Pulk der Passanten wie auf Kommando stehen blieb. Zwei, drei Frauenstimmen hatten aufgekreischt – einer (ein Arzt?) bahnte sich den Weg durch den drängenden Haufen, hin zu einem Mann, der reglos auf der Straße lag, das Gesicht auf dem Asphalt. Ein dünnes rotes Rinnsal aus seiner Nase, Erbrochenes aus seinem Mund. Gerda sah sich um in der Menge – vom Araber keine Spur. Da war auch kein Schuss gefallen. Nichts. Vereinzelt *Dio-mio*-Rufe, dann nur schweigendes Gaffen. In der zweiten Reihe entdeckte sie Frau Schwartz, die auf den Mann am Boden starrte. Die Medikamentenpäckchen, die sie eben noch an die Brust gedrückt hatte, ließ sie fallen und rannte ins nächste Geschäft, um zu telefonieren. Gerda sah sie durchs Schaufenster gestikulieren, schließlich auflegen und noch eine weitere Nummer wählen. Minuten später hallte eine Ambulanzsirene durch die Häuserfluchten. Die Menge spaltete sich zu einem Korridor und als Gerda nahe genug dran war, erkannte sie *ihn*; ein Passant rollte ihn aus der Seitenlage auf den Rücken – seine Stirn, die Backenknochen, das Leninkinn, die widerspenstigen grauen Haare, die wild vom

Kopf wegstanden. Sekunden später hatten ihn die Sanitäter schon eingepackt und machten sich auf den Weg. Gerda erkundigte sich, wo das nächste Krankenhaus sei und sah, während sie ihr Italienisch zusammenklaubte, Frau Schwartz in ein Taxi steigen, das dem Krankenwagen hinterherraste.

Ospedale San Martino in der Largo Rosanna Benzi. Zehn Minuten später war auch sie vor Ort. Beim Empfang wusste man Bescheid, Frau Schwartz sei schon durch. *La sua moglie è gia dentro*, seine Frau also, am Ende doch noch seine Frau.

Gerda stammelte etwas von ... suocero ... Schwiegervater ... prego ... penso que ... stia morendo ... prego ... dove si trova ... Eine Krankenschwester führte sie in einen langen Gang, in dem beidseitig Stuhlreihen an der Wand standen, empfahl ihr, sich zu setzen, sich zu beruhigen und zu warten. Ein Dutzend Wartender saß schon in der Reihe. Die Leute starrten vor sich hin und warteten wohl auf Diagnosen. Man sah sich nicht an, nur vor sich hin. Auch Gerda sah vor sich hin. Sie würde verständigt werden, hieß es. Das wird's gewesen sein, dachte sie. Das sah nicht gut aus.

Eine halbe Stunde später tauchte eine weitere Schwester auf, mit einer Miene, die keine Fragen duldete.

»Wenn Sie mir folgen wollen.«

»Was ist mit ihm?« Sie ging noch ein paar Schritte, ohne zu antworten, als hätte ihr Gesicht schon alles gesagt. Dann blieb sie stehen und deutete auf eine halb offene Tür – *Patologia* stand da in großen Lettern, wie zur Abschreckung.

In kleinerer Schrift: Cella frigorifera – Kühlraum. Die Leichenaufbewahrung.

Die Schwester streckte ihren linken Arm aus, stand wie ein Wegweiser.

Durch den Türspalt konnte sie Frau Schwartz sehen, mit dem Rücken zu ihr, eine Hand an der Bahre, auf der ihr toter Ex-Mann lag. Im Hintergrund die silberne Aluminiumwand mit den sanft rollenden Schubladen, in denen tote

Leiber liegen, bereit für die Obduktion und die Ewigkeit. Gerda ging ein paar leise Schritte, blieb wieder stehen, sah, wie Frau Schwartz ihren Zeigefinger an Renés Stirn ansetzte und ihn fast zärtlich genau über den Rücken der Nase bis zu seinem Mund führte. Da zuckte ihr Finger zurück, dass die Ringe klimperten, als hätte sie noch Leben in ihm gespürt.

Gerda stand zwei Schritte hinter ihr.

»Diabetesschock ... da war nichts zu machen«, sagte Frau Schwartz mit sicherer Stimme, als wäre jetzt Ruhe eingekehrt. Ohne sich umzudrehen, sagte sie das und gar nicht überrascht, dass Gerda plötzlich im selben Raum mit ihr war.

»Das tut mir leid ... Mein Beileid, Frau Schwartz.«

»Danke, Gerda.« Sie stand noch immer mit dem Rücken zu ihr.

»Ich habe seine Augen nie offen gesehen, kein einziges Mal«, sagte Gerda.

»Normal zu sterben lag nicht in seiner Natur«, sagte Frau Schwartz etwas abwesend, drehte sich um und umarmte sie. Sie weinte nicht. Aber sie hielt sie fest.

»Ich bin die Judith. Du tust mir gut, Meydl.« Gerda benötigte zwei Atemzüge zur Verarbeitung.

»Du mir auch«, sagte sie.

*

Es war schon 19 Uhr durch, als Gerda in die Lobby des Morali Palace trat. Sie hatte Judith noch auf den Bahnhof begleitet – sie wollte unbedingt den nächstbesten Zug nach Wien nehmen, um Beerdigungsformalitäten und die Überstellung nach Bern zu organisieren. Gerda war inzwischen ziellos durch die Straßen gelaufen. Doch kein Familientreffen, und zu telefonieren gab es auch nichts mehr. Die Dinge hatten sich auf ihre Art erledigt. Ein Mensch, den sie nie hatte reden hören, dessen Augen sie nur geschlossen kannte, der Peiniger ihres Geliebten, der Schlepper (Naziretter?), der Großvater ihres Kindes, war gestorben. Kein Mord. Zuckerschock, hieß es. Vielleicht provoziert vom Verfolger. *Eigentlich der perfekte Mord ...* dachte sie. Sie ließ sich erschöpft in einen der breiten Lederfauteuils in der Halle fallen. Die Hände legten sich reflexartig um den Bauch. *Alles gut, mein Schatz.* Sie wusste nicht recht, wie ihr zumute war. René Burkhardt war tot. Ob Piero schon davon wusste? *Vielleicht fühlt er etwas? Parallele Wellen oder auch nicht.* Er wird wahrscheinlich schon auf dem Weg nach Rom sein oder in einem Flugzeug nach Buenos Aires, wer weiß es denn ... Sie hätte auf der Stelle einschlafen können, so erschöpft war sie. ·

Als sie ihre Zimmertür hinter sich schloss, kam etwas Energie zurück, als schiene ein voller Mond herein. Auch hier gab es einen bequemen Fauteuil. Sie ließ sich hineinplumpsen, beide Arme flach auf den Lehnen, die Beine weit von sich gestreckt, den Kopf im Nacken. Sie hatte noch vor dem Gehen die schweren Brokatvorhänge halb zugezogen, sodass nur schmale Lichtfäden durchs Zimmer flogen, vom Autoverkehr oder Lichtreklamen, ansonsten nur Schatten im Raum. Sie schloss die Augen und wartete auf die Trauer. Leere war da. Vielleicht würde sie sich einstellen eines Tages, wenigstens die Traurigkeit. Jetzt im Dunkeln wurde ihr wieder wohler und ihre Nase schien mehr zu wissen, als das Hirn: Da war ein Duft, den sie kannte ... Sie sog ihn ein und begann zu summen, ohne nachzudenken – ein kleines Liedchen, Nat King Coles Stimme im Ohr ... *I love you for sentimental reasons ... I hope you do believe me ... mhm ... I'll give you my heart.* In der letzten Zeile hatte sich wie aus dem Nichts eine Männerstimme dazugesellt, unisono ... Gerda schoss aus dem Sessel, ohne einen Schrei und ohne Blut im Kopf, aber das konnte er nicht sehen. Er saß im Sessel gegenüber, als Silhouette, ganz ohne Verkleidung. Sie stolperte über ein Nierentischchen in seinen Schoß und ließ ihn nicht mehr los. Sie zogen sich nicht aus, hielten sich nur fest, schlüpften im Dunkeln ineinander und verblieben so.

»Verzeih mir«, sagte er nur.

Es war längst dunkel geworden draußen. Wenn ihm flüchtiges Licht ins Gesicht fiel, konnte sie seine Augenringe sehen, wie Brillenabdrücke, und die eingefallenen Wangen. Ein entkommener Sträfling sieht so aus, einer, den man mit Schlafentzug gefoltert hat. So hatte sie ihn noch nicht erlebt, als wäre alle Energie aus ihm geflossen.

»Wie konntest du wissen, dass ich im Morali Palace bin?«

»Hab einfach in den ganzen Hafenhotels angerufen ... *Ist meine Frau schon eingetroffen? ...* hundseinfach ...«

»*Meine Frau* ...«, wiederholte sie. »Hat noch keiner zu mir gesagt.« Er setzte sich aufs Bett und zog sie zu sich auf den Schoß.

»Die wollten diesmal ernst machen«, sagte er, »aber sie haben uns nicht erwischt, wir mussten ihnen ein paar Krümel werfen zur Ablenkung ... Bitte um Verständnis.« Er lächelte.

»Wir sind also die Krümel.«

»Ja, das hilft, weißt du, eigentlich wollte ich euch ... Papa, Mama, dich ... zusammenbringen, hat nicht sollen sein ...«

Er wusste also noch nichts von Vaters Tod und sie wollte es in der kurzen Zeit, die ihnen noch blieb, dabei belassen.

»Mama mag dich, glaub ich«, sagte er. »Du hast sie weicher gemacht. Sie redet wieder mit mir.«

»Ich mag sie auch. Sie freut sich auf unser Baby.«

»Vielleicht kann ich sie morgen noch mal treffen«, sagte er unschlüssig.

»Als Page oder als Piero?« Er musste grinsen. Dann nach einer Pause:

»Von mir hält sie nicht sehr viel, ich weiß.«

»Sie wird dich *niemals* aufgeben. Das ist das, was ich weiß«, sagte Gerda entschieden.

Sie sprachen leise, wie in Trance, wollten alles ausblenden, keine Probleme mehr jetzt, zu müde für Lösungen. Er liebte sie, sie liebte ihn, das war die einzige Versicherung. Alles war auf diese eine Gewissheit geschrumpft.

»Ich konnte Papa leider nicht erreichen heute«, sagte er.

»Machst du dir Sorgen?«

»Noch nicht, er hat sich sicher schon abgesetzt, wie ich ihn kenne.«

»Ja ... ja, so wird's wohl sein ...«, sagte sie zustimmend.

Wenn sie am Fenster, zwischen den Stores und dem schweren Brokat, standen, er hinter ihr, ihren Bauch und ihre beiden Hände fest im Griff, konnten sie über die Piazza della Raibetta sehen und auch den Hafen, die Schiffe, die Kräne, und wenn sie den Vorhang einen Spalt auseinanderzogen, spiegelten sich in den Glastränen des Lüsters die Lichter. Sowie der Wind die Stores bewegte, schlich ein gesprenkeltes Muster über die Möbel. Es hätte eine Urlaubsnacht sein können. Er flüsterte ihr ins Ohr und sie zum Fenster hinaus, sie genossen die Situation wie Gestrandete, die dem Tod von der Schaufel gesprungen waren, erschöpft, aber glücklich. Es roch nach Meer und nach Sommer und der Verkehr draußen klang wie erschöpfter Jazz.

Sie legten sich ins Bett, nackt, er hinter ihr, *um Bauch und Baby zu schonen,* wie er meinte, die Zudecke bis zum Hals hochgezogen. Seine linke Hand an ihrem Nabel, sein Mund an ihrem Nacken. Nichts bewegte sich, nur die Vorhänge und das Kleine in ihr.

Nach Stunden erst regte er sich wieder, zog sie näher zu sich, drang in sie ein, von hinten, ohne sich weiterzubewegen, nur eingerastet, küsste ihren Nacken und schlief wieder ein, als sie aufwachte. Sein Körper zuckte schon bald im Tiefschlaf, einige Züge lang schnarchte er sogar. Sie hielt noch immer seine Hand an ihrem Bauch. Und dann geschah etwas, das sie in den bisherigen Nächten mit ihm noch nicht erlebt hatte – er redete. Nicht sehr deutlich, aber er redete im Traum – vernuschelte Fetzen, Wörter, die man zusammenklauben musste zu Sinn oder Unsinn. Zahlen und Worte, die exotisch klangen, Fliegersprache oder so ... *Tanta southeast to Fanara 30 ... 6 H. G. Division ... missed ... 380 Camp 30 20 November 32 18 Oscar ... zum Flugfeld ... cancelled, as you were, as you were ... verdammt ... AS YOU WERE!* Das war zu laut, er hatte sich selbst geweckt.

»Verzeih, verzeih bitte«, nuschelte er. »Verzeih mir.« Das letzte ›*Verzeih mir*‹ klang so als hätte er gerade mitbekommen, was er geträumt hatte.

Gerda tätschelte seine Hand, die sich immer noch an ihrem Bauch festhielt.

»Alles ist gut«, flüsterte sie und er schlief so schnell wieder ein, wie er aufgewacht war.

Eine Weile lag sie noch wach, versuchte sich einzuprägen, was er gerade gemurmelt hatte. *Sollte ich aufschreiben*, dachte sie noch, hätte ihn dabei aber geweckt, also blieb sie liegen und wiederholte die paar Worte, die hängengeblieben waren, bis sie auswendig saßen. Dann schlief sie ein.

Als sie nach Stunden wieder aufwachte, lag sie allein im Bett. Piero war verschwunden. Das Laken hinter ihr war kühl, er musste schon vor Stunden aufgestanden sein.

Auf dem Nierentischchen lag eine Nachricht, hastig aus einem Schreibblock des Hotels gerissen, Kurzinformation wie der letzte Kassiber:

Ende Juni – Kloster der Salvatorianer, Via della Conciliazione 51 in Rom.

Genaues Datum von Mama.

Ich liebe Dich.

Diese drei Worte waren mit Bedacht geschrieben, nicht so hingefetzt wie die Adresse.

Immer die Klöster, immer wieder tauchten sie auf, wenn's um die Fluchtwege der »*Heißen*« ging – in Meran, in Brixen, in Genua, in Rom.

Sie notierte die Zahlen und Wortkombinationen aus seinem Traum, alles noch abrufbar. *Tanta southeast to Fanara 30 ... 6 H G Division ...* usw. Die Notiz steckte sie zwischen Papas Tagebuchblätter und verstaute alles in der Ledermappe. *Wenigstens hat er ein paar Stunden geschlafen,* dachte sie. Sie hatten beide die Nacht, den Schlaf und die Umarmung bitter nötig gehabt. Geblieben waren Sehnsucht und eine Bitterkeit, die allmählich zu schmerzen begann. Man konnte sich nicht mehr jede Hürde schönreden. Alles an ihrer Geschichte nagte an der Substanz. Wie der Ritt des ahnungslosen Reiters über den Bodensee – das Eis hätte brechen können.

XIX.

Die Temperaturen in Vorarlberg hatten ordentlich zugelegt, übers Wochenende war es Sommer geworden. Alles im Saft. Die Farben, die Düfte, der Juni – ein Trost. Es war nämlich kein Leichtes, sich mit dem vollen Rucksack aus Genua wieder einzufädeln in die Spur. Von der flackernden Stadt in den gemächlichen Trott der Emser Schultage. Als sie an diesem Montag um sieben die Vorhänge aufzog, glotzten sie drei erschreckte Ziegen an, die in Nachbars Wiese grasten. Ein anheimelndes Bouquet rollte mit dem Föhn in ihr Zimmer, ein Mix aus Heu, gehacktem Holz, Kuhfladen, vollen Milchkannen und frisch gemähtem Gras. Eigentlich hätte sie sich am liebsten zu den Ziegen gelegt und ihnen beim Fressen zugesehen. Die sahen aus, als hätten sie keine Probleme am Hals. Das Chaos im Kopf machte es mühsam, sich für den Unterricht zu sammeln, obwohl sie sich vor niemandem zu rechtfertigen brauchte, falls sie mal ins Stocken kommen sollte – weder vor den Schülern noch vor dem Herrn Direktor. Wohlwollendes Umfeld allerseits, halbwegs manierliche, neugierige Kinder und ein Chef, der stolz war auf seinen *zuag'roasten Aufputz*.

Die Routine würde sie über den Tag und die Woche bringen. Sie hätte nur gerne ihren Rucksack ausgepackt und den Inhalt mit irgendwem sortiert und besprochen, denn sie fürchtete, man könnte ihr die Sorgen ansehen. Agnes wäre die Einzige, die ihr dafür in den Sinn kam, aber die hatte selbst *was am Laufen*, das *sie sehr beschäftigte*, wie sie sagte – eine Brieffreundschaft mit einer Familie in Paris. Bastien Nafissa, der dunkelhäutige Soldat und erster Schwarm ihres Lebens, habe den Kontakt hergestellt. Wahrscheinlich eine künftige Möglichkeit, als Au-pair zu arbeiten und ihr Französisch zu kultivieren. Irgendwie wurde Gerda aber das Gefühl nicht los, Agnes schiebe noch ein aufregenderes Geheimnis vor sich her. Mutter durfte jedenfalls nicht belastet werden mit alledem. Sie ging nach wie vor davon aus, dass Gerda das Wochenende mit ihrer vergeblichen Suche nach Piero in Bern verbracht hatte und ahnte auch nichts von Agnes' Frankreich-Verbindung. Parallelwelten, in die Mama erst eingeweiht werden sollte, wenn sie physisch und mental wieder die Alte wäre. Ihre neue Weichheit und ihre gemäßigte Stimmung führten beide Töchter auf die noch nicht abgeschlossene Rekonvaleszenz zurück, sie war ja schon einmal an die Grenzen ihrer Belastbarkeit gestoßen, wollte in Hinkunft ihren missionierenden Glaubenseifer im Zaum halten und die Dinge leichter nehmen. Die fixen Tagespläne taten den Frauen gut, das Leben wieder im steten Fluss. Mama scharte mit ihren Geschichten wieder baffe Kinder um sich wie ums Lagerfeuer. Außerdem hatte sie als Zuverdienst noch eine Heimarbeit für eine Textilfirma angenommen. Allabendlich schnitt sie Hunderte Blumen oder Fantasiemuster aus endlosen Stoffballen und summte dazu ihre Lieder – der präzise Schnitt verlangte hohe Konzentration, eine kontemplative Übung, die ihr beim Versinken half und *beim Ordnen*. Gerda sah ihr gerne beim Denken zu und sie wusste, sobald ihr ein leichter Seufzer entkam, war wieder ein Kapitel oder ein Gedanke abgeschlossen. Innere Einkehr, ohne Lösungsgarantie.

Auch Gerda kam wieder in den Flow, wie sie sagte, die Lehrverpflichtung ließ ihr Zeit, Artikel, Kolumnen und auch längere Texte zu schreiben, wobei die »Arbeiter-Zeitung« und der »Kurier« die treuesten Abnehmer blieben. Man begann sie ernst zu nehmen. Außerdem schien ein junger Redakteur der »Vorarlberger Nachrichten« nun doch gewillt zu sein, ihren schon im März geschriebenen kritischen Stalin-Artikel zu veröffentlichen (*Schüsse nach links waren sehr willkommen*) – man habe diesem Kommunisten nur nicht die Ehre erweisen wollen, mit der Replik just an seinem Todestag zu erscheinen, hieß es. Gerda wollte damals eine Serie der »Volksstimme«, die Stalin vor sechs Jahren anlässlich seines Todes in allen Belangen *heiliggesprochen* hatte und neuerdings wiederholt werden sollte, mit einem zornigen Pamphlet kontern, wobei ein im jugendlichen Übermut beschränkter Blick auf Nachsicht hoffen durfte. Sie hatte jedenfalls ordentlich recherchiert und Dutzende Exemplare der Zeitung durchgeackert – unvergesslich die damalige Titelseite als Aufmacher der Serie: »Der größte aller Menschen ist tot«. Sie war so erbost über diese idiotische Anmaßung, dass sie sich vornahm, ihren Abgesang auch auf die Stalinhörigen, die es in Frankreich, Italien und Deutschland noch immer gab, auszuweiten, *denn sie habe nie verstanden, dass selbst im Hirn ihres hochverehrten Jean-Paul Sartre viel zu lange (nämlich bis zum Ungarnaufstand 1956) der Mythos hängen geblieben war, »der russische Kommunismus sei der legitime Erbe der französischen Revolution ... wobei Sartre doch längst aus dem Alter der Fehler und Irrungen raus sei« usw.* In diesem Ton ging's dahin. Jugendliche Respektlosigkeit eben. Dem großen Sartre so zu kommen, verlangte tatsächlich Chuzpe, falsch sei es trotzdem nicht, fand der Redakteur. Voll jugendlichen Zorns und fetzig sollte es ja sein. Also war's ihm recht so. *Außerdem sei der Sartre-Verweis der journalistischen Sorgfalt geschuldet*, schrieb sie. (Und auch der lieben Frau Horvath genau genommen, die sie zu diesem Artikel inspiriert hatte. – Das schrieb sie nicht.) Mutter hatte noch schadenfroh nachgewitzelt über Gerdas späte Einsicht bezüglich des *g'scheiten Herrn Sartre und seiner Fehlgriffe*. Sie war zwar angetan vom anhaltenden Enthusiasmus ihrer Tochter und ihrem engagierten Schreibstil, aber andererseits auch besorgt über ihre Exponierung in politischen Fragen, was ihrer Reputation als Lehrerin im christlich-sozialen Vorarlberg *vielleicht eines Tages schaden könnte* ... Zu laute *Politisiererei* könne auch nach hinten losgehen, wenn sich die Verhältnisse wieder ändern, eines Tages. *Kind Gottes.*

Mit Opportunismus hatte Gerda allerdings nichts am Hut, unbestechlich zu sein war die Herausforderung. Frau Horvaths Wort im Ohr. Nicht dass sie einen moralischen Vorrang behaupten wollte, es war eher die Anarchonote, die ihr abhandenkäme, sollte sie sich zu Zugeständnissen verleiten lassen. Das war der Punkt. Das Image der *frechen Nudel* gefiel ihr, ein Harlekin darf sagen, was er will, solange sich der König amüsiert. Gerda wollte sich den hemmungslosen Elan nicht nehmen lassen, den Leuten in den Arsch zu treten, damit sie beim Blick zurück nicht den Mut nach vorne verlieren. Sie wusste, in ihrem Alter darf man blödsinnig optimistisch sein, so weit durchschaute sie die herablassende Toleranz der weisen alten Männer, und auch als Theodor Adorno schrieb »Nach Auschwitz ein Gedicht zu schreiben, ist barbarisch«, wollte sie nicht abrücken von ihrem Standpunkt – die Alternative wäre ja, *sich die Kugel zu geben.* Also hielt sie es lieber mit dem verehrten Viktor Frankl (der Birkenau überlebt und im Stockbett seine »Logotherapie« zu schreiben begonnen hatte, während der Hungerdurchfall des Häftlings über ihm auf die Seiten tropfte), aber am Ende »*trotzdem ... ja*« sagte.

XX.

Eine gewisse Konsolidierung hatte sich eingestellt, die Familie begann sich arbeitstechnisch zu festigen. Roland hatte sich in Innsbruck gut eingelebt, hatte sich schon verliebt und trotzdem nicht aus der Spur bringen lassen, das halbe Semester mit gutem Erfolg erledigt, eine Bank, das war absehbar.

Auch bei Agnes war ein frischer Drang zu spüren, es tat sich was am Horizont, ihr Nomadenherz sah neue Ziele, sie hatte sich mit resoluter Hingabe ihrer neuen Aufgabe gestellt, die Schüler und Kollegen mochten sie und auch ihre angebotenen Französischstunden wurden gut angenommen.

Die Patres im Xaveriushaus hingegen hatten keine Erfolgsmeldungen zu berichten. Der erste blaue Brief war eingetroffen, eine Warnung (*wegen Ungehorsams und subversiver Unterwanderung der Autoritäten*), und Mama begann zu zweifeln, ob Raimund dort wirklich *den rechten Weg* finden und Gott diesen mit ihm gehen würde. Bei seiner letzten heimlichen Durchsage aus dem Tabakladen der gütigen Olga, die *gepeinigten Internatsburschen* außer einzelnen Zigaretten auch ihr altes Münztelefon zur Verfügung stellte (während der Zehn-Uhr-Pause), hatte er sein ganzes Taschengeld aufgebraucht, um Gerda sein Leid zu klagen, angefangen beim Tagesablauf: *Hör mir bitte zu, das musst du dir geben ...* Er spürte nämlich, dass sie die Augen verdrehte, die Schillinge kullerten durch den Schlitz: *Also zwischen drei und vier Uhr in der Nacht hörst noch die Nonnen Choräle singen in der Hauskapelle. Dann Tagwache um halb sechs. Der Präfekt brüllt in den Saal:* »Benedicamus Domino« *und wir* »Deo gratias« *zurück – Gott sei Dank, verstehst, um halb sechs in der Früh!! Sechs Uhr Frühmesse, sechs Uhr dreißig Riebel-Kaffee-Silentium, sieben Uhr Frühstudium – samt Prügelstrafe –, für jede vertane Griechischvokabel ein paar drüber, dazu holt der Pater Heinrich seinen Bam-*

busstock aus dem Gummibaum und prügelt dir die ausgestreckten Hände blau, die Türschnalle kannst dann nur noch mit dem Ellbogen öffnen und dann ... hörst du zu? ... dann ... Besetztzeichen – alle Schillinge waren durch und die Leberkässemmel beim Teufel.

Eines war klar, lang würde das nicht gut gehen.

Auch die Sache mit Großma stand nicht zum Besten. Sie wurde immer schwächer und gelber im Gesicht, die Organe wollten nicht mehr so recht, hatte der gütige Dr. Bauer festgestellt. Eine Diagnose, die ihr zupass kam, als hätte sie's drauf angelegt – wenn nur die Beklemmung nicht wär. Die *Scheißangst*. Das ausfälligste Wort ihres Lebens. Seit ein paar Tagen bat sie Mama, bei ihr zu schlafen. Sie hatte Angst vor der Nacht. Es war kein Schlafen mehr, es war nur ein Warten auf den Schlaf und reden wollte sie, um die Angst zu vertreiben. Das würde sie nie zugeben, aber Mama war sich sicher, dass sie *ihn* kommen spürte und *ihn* mit Reden verscheuchen wollte. Manchmal ergriff Großma mitten im langen Warten das Wort und Mama schreckte auf im Bett, weil sie gerade eingenickt war und setzte sich pflichtbewusst auf, um zuzuhören.

»Leg dich hin ... Ist doch ungemütlich.« Der Befehlston von früher.

So starrten beide zur Decke und Großma versuchte sich aufs Neue zu konzentrieren, denn was sie sagen wollte, war wie ausgelöscht, einfach weg.

»Es kommt, wie's kommen muss«, sagte Großma.

»Keiner kann's verhindern, Mama.« So trocken wollte sie's eigentlich nicht sagen.

»Manchmal hat er mich mitgenommen, weißt ... zu seiner Wetterstation am Ritten, über meinem Bozen. Da hat er seine Ballone steigen lassen für die Messungen. Und einmal, das vergess ich nit, hat er gesagt, er tät gern mitfliegen mit den Dingern und oben bleiben ...«

»Das sagt man halt so dahin«, beruhigte sie Mutter.

»Ich hätt's ihm verzeihen sollen ...«

»Seinen Tod? Für den kann er wirklich am wenigsten. Ohne Penizillin.«

»Wahrscheinlich hast ja recht.«

»Sicher hab ich recht. Gegen Tuberkulose war damals kein Kraut gewachsen.«

»Es gab Augenblicke, da hab ich geglaubt, er hat das Sterben gesucht, Ilse, das hat er. Damals hat mir schon manchmal das Herz brechen wollen. Er war mein Abgott. Das verstehst du vielleicht nicht, aber ...« Kurze Zeit später schnarchte sie.

Mutter lag noch lange wach. Sie hatte abseits der Großma-Situation noch zusätzliche Gewissensbisse zu bewältigen. Natürlich war sie an der Schatulle gewesen, während Gerda in Genua war, hatte sich nicht wehren können gegen die Versuchung, es war einfach zu einladend gewesen und im Grunde hatte sie Gerdas offensichtliches Angebot auch als Empfehlung verstanden, den La-Vista-Bericht zu lesen. Was sie natürlich tat. Nicht nur einmal. Sie las ihn immer wieder und war bis ins Mark getroffen. Nicht dass ihr Glaube ins Wanken geraten wäre, aber ihr Vertrauen in die moralische Integrität der Kirchenführer war angeschlagen, zumal sie schon durch die Aussagen des Pfarrers von Hohenweiler den Boden unter den Füßen verloren hatte. Ihre einstige Geborgenheit im Schoß der Kirche war dahin. Gleichzeitig war sie sich sicher, dieser Schrecken würde an Gewicht verlieren, wenn sie nur die Möglichkeit hätte, sich einer gefestigten Person anzuvertrauen, die den Weltgeist besser einzuordnen wüsste. Sie war im Begriff, etwas zu verlieren, was einmal ihr Zuhause war, mit Grundfesten aus Granit. Das Dach war weggesprengt und ein Sturm brauste durchs Haus. Keine guten Voraussetzungen, um Großma auf ihrem letzten Weg zu begleiten. Der Vogel auf dem obersten Ast des Birnbaums gegenüber sei *der Eine*, sagte Großma. Sie bestand darauf. Und die beiden Töchter waren, jede auf ihre Art, auf dem Sprung in ein anderes Leben, das fühlte Mutter schon lange und schmerzhaft – wie konzentrische Kreise schien sich alles von ihr wegzubewegen. Langsam, aber stetig. Dass Gerda seit Neuestem Papas Tagebuchblätter nicht mehr in der Schatulle verwahrte, sondern in einer Ledermappe durch die Welt *kutschierte*, war eine weitere Sorge, die sie umtrieb. Nein, der Schlaf war kein guter Freund mehr, wie einst. Sie begann seine Weigerungen zu fürchten. *Er steht bloß da und schaut zu, wie man leidet.*

Gerade als die ersten Vögel zu pfeifen begannen, war sie eingeschlafen, da hallte eine Männerstimme von der Mauer, die einen alten Shanty sang oder was immer das war, als wär's der alte Captain Flint aus der Geisterwelt, in einem Kauderwelsch, weder Deutsch noch Englisch, und doch wie eine Mischung aus beidem.

Mutter war, während er noch sang, ans offene Fenster geschlichen, stützte ihre Unterarme aufs Sims und sah ihm zu, so wie die Gürtelbewohner in Wien, die auf Fensterpolstern Autos nachschauen. Er blieb schwankend stehen und grölte: »Ich bin's, Ramses der Ritterkönig«, zog alle Hosen runter und erledigte im Grünstreifen der Bergmannstraße seinen Frühschiss.

Ein summender Lacher rutschte ihr durch die Nase und sie akzeptierte für einen Moment eine blödsinnige Minute, die das Leben erleichterte. Hätte Großma das Schauspiel gesehen, sie hätte sich mit knirschendem Unbehagen abgewandt, gegraust und ihre Standesdünkel bestätigt gesehen. Der »närrsche Johann« war's nur, auf dem Heimweg von einem Saufgelage. Ramses der Ritterkönig konnte Mama zum Lachen bringen und wusste gar nichts von seiner guten Tat ...

Es gab einige *schräge Vögel* in Hohenems, die sich mit einer langen Nase aus der sozialen Mitte verabschiedet hatten, um sich mit Gelegenheitsarbeiten und ansonsten *eremi-*

tisch durchzuschlagen. Ein paar hatten sich nach Amsterdam verzogen, einige versuchten's in Kalifornien, einer auf Goa oder irgendeinem Schiff, das in Hamburg in See gestochen war. Eine neue Freiheit winkte da, wie ein frivoles Luder.

Am Alten Rhein draußen hatten sich ein paar Kerle niedergelassen, um Schatzinsel zu spielen. Freiwillig marooned – ausgesetzt. Sie hatten sich klapprige Holzhütten in die Baumkronen gebaut und ein windiges Floß mit Tretvorrichtung, Segeln und Seeräuberflagge, das auf sechs leere Teerfässer montiert war. Unsinkbar.

Ihr Aussehen hatte was vom alten Ben Gunn: Haare, die über die Ohren wuchsen und Bärte, die stehen blieben. Sie hatten sich davon gemacht aus der korrekten Bürgerlichkeit. Die Denunzianten waren ja verstummt, Gestapo gab's keine mehr, die Gemeindepolizisten zuckten mit der Schulter und lachten sich eins. Diese *Piraten* wollten die nörgelnden Spießer zu Hause in den Wind schießen und etwas anderes versuchen. Die Schweizer Zöllner am andern Rheinufer rümpften bald schon die Nase, wenn das seltsame Ding nachts in ihr Hoheitsgebiet geglitten kam. Langhaarige ... Hilfe. Drogenschmuggel war der Verdacht. Dabei waren's nur harmlose Männer, mit Gitarren im Gepäck, auf des Totenmanns Kist', die an der Ankerkette einen Kasten Engelburg Bräu mitschleppten. Die einzige Droge, die nachzuweisen war.

Eine Truppe, die noch von sich reden machen sollte.

*

In der Bergmannstraße begann sich ein Abschied abzuzeichnen.

Großma war den ganzen Tag über bettlägerig, zu schwach, um aufs Klo zu gehen. Mutter musste ihr mit der Leibschüssel helfen. Gerda sah ihr inzwischen die Strapazen an, die das Warten auf den Schlaf und die Sorge um Großma mit sich brachte, und empfahl sich als Ersatz, wollte zumindest sporadisch die Nächte auf sich nehmen.

»Und sonst noch was«, entschied Mutter.

Sie hatte sich in ihr Schicksal ergeben, als wäre zwischen ihr und Großma noch eine Rechnung zu ihren Ungunsten offen. Verschlampte Schuldgefühle aus der Wiener Zeit. Die alleingelassene alte Frau in den letzten Jahren in Pötzleinsdorf, die vielen leeren Schritte oben im ersten Stock, der dumpfe Gehstock jede Nacht, aber keine Reaktion, keine Fragen von unten. *Wer geht, der lebt. Gut.* Eine Achtlosigkeit, die sie sich jetzt zuschrieb und auf der Zielgeraden abdienen wollte.

Und die zog sie durch, ihre vermeintliche Buße, bis zu jener Nacht des 8. auf den 9. Juni. Ein Montag war's, der den Tagesrhythmus der drei Lehrerinnen empfindlich stören sollte.

Großma war schon am frühen Abend ins Bett gegangen, Mama hatte noch ein paar Muster ausgeschnitten und sich nach den Abendnachrichten zu ihr gelegt. (Raab und Pittermann koalierten wieder, in Südtirol gab's Bombenalarm, Castro und die Russen zündelten am Kalten Krieg, Toni Sailer war nun auch Schlagersänger und in Japan ein Filmgott.)

Die Dämmerung ließ sich Zeit. Beide Fensterflügel standen offen, ein sanfter Föhn strich um die Vorhänge. Es fühlte sich an wie ein lauer Abend in Caorle, als sie zum ersten Mal das Meer gesehen hatten. Da war der Papa schon tot.

»Hast den Vogel gesehen ... im Birnbaum?«, fragte Großma.

»Da draußen sitzen viele Vögel, Mama, die pfeifen dir eins, es ist ein herrlicher Abend.«

»Herrlicher Abend ... Die Äste vom Birnbaum wachsen bald schon über unsern Grund herein.«

»Ja, stimmt. Bald schon.« Dann eine lange Pause. Sie atmete ruhig, hielt die Augen geschlossen, ein weiterer bewusster, fehlschlagender Versuch. Der Schlaf blieb draußen.

»Ilse, dieser ... Pie...«

»Piero«, ergänzte Mutter.

»Was hältst du von dem ... Ist er ein guter Mann?« Mutter hatte sie mit Bedacht nur oberflächlich informiert über Materie und Art seiner Tätigkeiten.

»Ich denke schon, er hilft Leuten, Mama, verzweifelten Leuten, die neue Papiere brauchen und Ausreisegenehmigungen und so ... Damit verdient er sein Geld. Das Rote Kreuz und der Vatikan unterstützen ihn bei der Arbeit.« Wenn sie sich so reden hörte, kam sie sich plötzlich vor wie ein Teil der Verschwörung, Verunsicherung in jedem Wort, denn der La-Vista-Bericht hatte ja alles relativiert, was sie sagte.

»Man hat ihn verhaftet, nicht?«

»Nein ... hat man nicht. Wie kommst du darauf?«

»Die Polizei war doch da bei der Hochzeit der ... Agnes ...«

»... der Gerda, Mama, die Gerda wollte heiraten.«

»Ja ... ja, die Gerda ... die arme. Sind also böse Leute hinter ihm her?«

»Vielleicht ... ja.«

»Hat sie ihn lieb?«

»Ja, sehr ... Sonst würde ich mir keine so großen Sorgen machen.«

»Dass ihm was geschieht«, ergänzte Großma.

»Ja, dass IHM was geschieht«, wiederholte Mama. Großma seufzte.

»Einen Lehrer hätt sie heiraten sollen, dann wär alles gut.« Dass sie tatsächlich noch Anteil nahm an Gerdas Wirrnissen, sich Gedanken machte um ihre Zukunft, überraschte Mutter dann doch, weil sie ansonsten die Belange der Familie im untern Stock kaum wahrzunehmen, geschweige denn zu hinterfragen schien. Gerda war für sie einfach die freche *Gitsch*, die Zores machte, also nicht ernst zu nehmen. Und Großma eingefroren in ihrer Blase, in der nur Alois, ihr geliebter Mann existierte, der Abgott und sein Tod.

»Was ist, wenn der ein Mörder ist?«, fragte sie aus dem Blauen heraus.

»Waaas?!!« Mutter hatte sich aufgerichtet im Bett. »Ein Mörder? Wieso das denn?«

»Bei der Arbeit ... Ich meine, vielleicht hat er böse Leute weggemacht.«

»Weggemacht – wie redest denn du ... weggemacht.«

»Nur so ...«

»Umgekehrt!«, rief sie empört. »Wir haben eher Angst, dass ER umgebracht wurde ...«

»Nur so.« Großma tätschelte Mamas Hand.

Die ließ sich entgeistert ins Bett fallen. Nie hätte sie für möglich gehalten, dass Großma Dinge oder Gespräche, die im unteren Stock abgehandelt worden waren, weiterdachte und Schlüsse daraus zog. Solche Schlüsse noch dazu. In letzter Zeit hatte Mutter absichtlich vermieden, das Thema anzusprechen, aus Angst, man könnte auf Untiefen oder Geheimnisse stoßen, die der Reputation der Familie nicht gut zu Gesicht stünden. Außerdem hatte Gerda Sorgen genug, man sah's ihr doch an, warum sie noch quälen. Man wollte sie in Watte betten, sie und das Kind.

Mutters Wertvorstellungen waren in letzter Zeit zu vielen Erschütterungen ausgesetzt gewesen, um kommende Probleme vernünftig einordnen zu können. Sie war verunsichert auf der ganzen Linie. Zudem: Gerda würde sicher schon bald die näheren Umstände, die zu Papas Tod geführt hatten, aufdecken und dabei jeden Stein umdrehen, aber auch jeden, das traute sie ihrer Hartnäckigkeit zu. Und dann würde sie wieder die Versäumnisse der Mutter anprangern, Papas Tod mit Verdrehungen und Lügen vernebelt zu haben – all das. Sie hatte schon Angst vor dem

Moment, in dem alles über ihr einstürzen würde, auf der Anklagebank ihrer eigenen Tochter.

Den lieben Gott musste sie neuerdings suchen und seine Vermittler hatten den Kompass verloren. Zumal auch ihre eigene Mutter, je schwächer sie wurde, eine nüchterne Zweiflerin geworden war.

»Was glaubst du ... War das nun alles, Ilse? Eine Zumutung. Oder?«

»Das Leben? Was meinst du?«

»Ja, das Leben ... eine Prüfung? Ich bitt dich!«

»Das Himmelreich muss man sich halt verdienen, wie alles im Leben, das ist gemeint damit.«

»Und was ist der Sinn auf Erden, wenn's *keinen* Himmel gibt?«

»Ich weiß es nicht, Mama ... Ein bissl Glück hie und da, wir haben zwei Weltkriege überlebt, das ist doch was ... 100 Millionen sind tot und wir leben.«

»Ein lächerlicher Zufall ist das, sonst gar nix ... und komm mir nicht mit der Vorsehung.« Mutter fiel nichts ein auf diese Antwort. Sie hatte jahrelang nicht mehr so klare Sätze von Großma gehört und wunderte sich, dass aus einer verbohrten und eigentlich sinnlosen Liebessehnsucht nach einem Toten plötzlich Ästchen sprossen, die sich für die Außenwelt interessierten. Mit Wehmut dachte sie das. Zu spät. Eine rücksichtslose Fremdheit war um Großma, die ihr fast unheimlich wurde. Da drängte sich, da es dem Ausgang zuging, noch schnell ein entschlossener Kern vor, um klar Schiff zu machen.

»Lächerlich ...«, wiederholte Großma. Dann begann sie zu schnarchen, sachte diesmal und regelmäßig. Mutter rollte sich neben ihr ein und beobachtete, wie sich ihr Brustkorb hob und senkte.

Die Kirchenuhr schlug zweimal an und Gerda lag wieder wach, als ein greller Schrei durch alle Decken und Böden fuhr. Sie sprang auf und dachte gleich ans Großma-Zimmer. Agnes hörte sie schon durchs Stiegenhaus poltern. Der Schrei klang nach Mama.

»Ihre Hand ... helft's mir! Ihre HAND!!« Ein bizarres Bild bot sich den beiden, als sie ins Zimmer traten. Großma hatte beide Arme wie Christus am Kreuz von sich gestreckt, ihre schwarzen Augen starrten zur Decke, die Brauen, die Stirnfalten zum Haaransatz hingespannt wie eingefroren, ein Blick voller Angst und Abscheu, als sähe sie tatsächlich Dantes Höllenbild. Ihre linke Hand hatte sich in Mamas Kopfhaar verkrallt. Sie atmete noch. Ein Röcheln eigentlich. Mama versuchte die versteiften Finger aus ihren Haaren zu lösen, jeden Finger einzeln, riss sich dabei ganze Büschel aus, aber die Finger ließen sich nicht bewegen, keinen Millimeter. Großmas Hand sei mit voller Wucht auf ihren Kopf niedergesaust, brummelte sie ins Kissen, wie die Stahlkrallen eines Rechens und seit diesem Schlag verharre ihr Körper unbeweglich. Mamas Stimme klang weinerlich und wütend zugleich. Wie der Gekreuzigte lag Großma, starr, reglos, den Mund weit geöffnet, der stumme »Schrei« von Munch, dachte Gerda, die steifen Beine, die hochgestreckten Zehen, alles versteinert in der Position, die Mamas Schrei ausgelöst hatte. Die beiden Töchter knieten über ihr und versuchten abwechselnd, die Fingerknochen aus Mutters Haar zu lösen. Ging nicht. Mama versuchte es immer wieder mit den eigenen Händen, hatte aber aufgrund des ungünstigen Winkels noch weniger Hebelwirkung als die Töchter. Sie begann zornig zu schluchzen und haute den beiden, die alles versuchten, auf die Finger, wenn es zum wiederholten Mal nicht gelingen wollte. Agnes holte schließlich, ohne sich abzusprechen, einen Schraubenzieher aus der Werkzeugkiste, setzte die Klinge an Mamas Kopfhaut an und versuchte mit Gewalt einen der Finger herauszulösen – auch das vergeblich. Das Herumhantieren am Kopf ihrer Mama nahm sich pietätlos und erbärmlich

aus. Gerda musste an Totengräber denken, die leichen-
starre Glieder in Särgen brechen mussten. Sie versuchte
noch, mit einer Nagelschere ein paar Haarbüschel auszu-
schneiden, aber keine einzige der Anstrengungen vermoch-
te eine Wirkung zu erzielen.

Hätten sie noch härter zugelangt, Großmas Knochen
wären ... Die drei sahen sich an: Am Ende würde es genau
darauf hinauslaufen.

»Sie lebt ja noch, um Gott's Willen«, sagte Gerda, »wir
können uns doch nicht ...«

»Holt den Dr. Bauer, ich kann nimmer«, befahl Mama
schließlich.

Die Schwestern sahen sich vielsagend an, als wären sie
kurz im vertrauten Einklang.

Dr. Bauer war noch nicht erreichbar.

Es war schon nach vier und noch immer ließen sich die
starren Glieder nicht erweichen, es war wie verhext. Gerda
und Agnes, die eine die Nagelschere, die andere den Schraubenzieher in der Hand, hatten sich erschöpft an Mama
gekauert und waren fast zeitgleich mit ihr eingenickt.

Es war schon sechs durch, als sie wieder aufwachten.
Großma lebte noch. Der starre Blick, die Hand verkrallt in
Mamas Haar. Das Röcheln leiser, jetzt aber regelmäßig. Um
Schlag sieben erst konnte Dr. Bauers starke Hand und der
Schraubenzieher Mama aus dem eisernen Griff befreien.

»Schlaganfall«, murmelte er, »katatoner Stupor«, und
legte den Rücken seiner Hand an ihre hochgezogenen Stirnfalten.

»Hohes Fieber. Sie wird's bald hinter sich haben, die
Arme.« Er stellte dazu fest, der Mittelfinger könnte gebro-
chen sein. Außerdem mussten etliche Haarbüschel von
Mamas Kopf entsorgt werden.

Viele Stunden später lag sie noch immer unverändert und stocksteif, aber lebend in den Laken. Gerda und Agnes hatten sich freigenommen und abwechselnd den Pflegedienst übernommen, die Lippen mit feuchten Tüchern benetzt, den Schweiß von der Stirn getrocknet und gesäubert, was neben die Leibschüssel geraten war. Es war gespenstisch, neben ihr zu sitzen, da sie in den letzten 24 Stunden kein einziges Mal die Augen geschlossen hatte und auf nichts reagierte.

Mama hatte inzwischen auf der Ottomane im Wohnzimmer in einen tiefen Schlaf gefunden.

Nach geschlagenen dreißig Stunden rief Gerda ihre Schwester und Mama ans Bett. Das Gelb war aus Großmas Gesicht gewichen, Nase und Mund waren weiß, ihr Atem flach, die Aussetzer immer länger. Auch als der letzte Rest Lebens aus ihrem Körper floss und der Schleier sich über die geweiteten Pupillen legte, blieben die Augen weit geöffnet. Als hätte sie dreißig Stunden lang *seinem* Blick standgehalten. Mama schloss ihr die Augen und band mit einem weißen Tuch ihr Kinn hoch, um den Mund zu schließen.

Drei Tage blieb sie so im Sarg aufgebahrt, wie's der Brauch war. Raimund und Roland waren zum Begräbnis gekommen. Nur engster Kreis am Hohenemser Friedhof. Die Familie für Augenblicke vereint im Patt zwischen Schmerz und Erlösung, Tränen und Gelächter beim Leichenmahl im Gasthof Post, was Gerda schon als kleines Mädchen zwar seltsam, aber auch tröstlich empfunden hatte.

*

Kurz bevor Gerdas Reise nach Rom anstand, die sie im Grunde ängstigte und eigentlich leises Unbehagen auslöste, meldete sich Frau Schwartz, die Judith. Per Telegramm.

Gerda hätte das eigentlich geheim halten können, Mutter hätte davon nichts mitbekommen, sie war während der Lieferung mit dem Fahrrad nach Altach unterwegs, um eine Packung ausgeschnittener Muster abzuliefern. Aber Gerda wollte nicht schon wieder etwas verschweigen, leugnen oder hinausschieben müssen, sie wollte Mutter zumindest einweihen über lose Kontakte, die sich mit dieser Frau bereits ergeben hatten, war sie doch als Großmutter immerhin Familienmitglied. Sie antwortete ebenfalls per Telegramm, samt Emser Telefonnummer, selbstredend – reine Vorsichtsmaßnahme, denn Frau Schwartz würde die Wanze in ihrem Apparat sicher belassen, um die Nachrichtendienstler aus der Schweiz weiter im Nebel zu halten. Davon konnte man ausgehen.

Mutter waren nun ein paar neue Informationen zuzumuten, entschied sie. Die Heimlichkeiten zerrten an ihren Nerven, zumal sie alles mit sich allein ausmachen musste – Pieros Probleme mit Rothemunds Schergen, den Tod seines Vaters und all das Unausgesprochene im Hinterkopf. Hat er tatsächlich Unverzeihliches angestellt oder aus Angst oder Respekt vor Renés Urteil über die Stränge geschlagen, um ihm zu imponieren? Ihre Hoffnung, dieses bisschen Feuer in ihr, züngelte nicht mehr so ungeduldig wie noch Wochen zuvor, als ihr ein gutes Ende mit Piero nicht unmöglich erschienen war. Zu unerforschlich war das alles geworden.

Also beschloss sie, Mutter zumindest von ihrem ersten Wiener Treffen mit Frau Schwartz zu unterrichten und die Genua-Sache noch außen vor zu lassen.

Mit einer gefassten, ja, eigentlich erlösten Mama stand sie am frischen Grab der Großma. Was zu sagen war, war gesagt. Die Erleichterung hatte den Schmerz abgelöst.

Gerda begann nach einer Weile auszubreiten, was ihr am Herzen lag und wie empfindsam und freundlich sie diese Frau Schwartz erlebt habe.

Mutters Reaktion war überraschend gemäßigt, keine Klage, dass sie erst jetzt eingeweiht worden war, im Gegenteil, sie zeigte sogar Verständnis für Gerdas Absicht, sie zu schonen und nicht gleich mit allen Neuigkeiten ins Haus gefallen zu sein, in ihrem damaligen Zustand. Außerdem begrüßte sie den *Weg der Versöhnung*, den Mutter und Sohn offensichtlich eingeschlagen hatten. Und der Frau Schwartz die Emser Telefonnummer zu überlassen, empfand sie gar als Notwendigkeit, um neue Entwicklungen in Sachen Piero in Erfahrung zu bringen, wie sie sagte.

Sie gab sich alle Mühe, nicht von der toxischen Melancholie gefangen zu werden, die ihr nach Begräbnissen oft die Tage gelähmt hatte. Die Trauer war ein Stück weit ihr Begleiter, kein Diktator mehr.

Das Telegramm war übrigens sehr kurz gefasst.

»Dossier der Berner Stadtpolizei. Stop. Baldiges Treffen möglich?? Judith. Stop.«

Die wenigen Worte klangen nach Notfall – zwei Fragezeichen. Die Stadtpolizei war, soweit Gerda sich erinnerte, diesem Rothemund und seinem Clan eher feindlich gesinnt. Also könnte auch Positives dahinterstecken.

Am Abend klingelte endlich das Telefon. Frau Schwartz klang beunruhigt, im Hintergrund Verkehrslärm, sie stand in einer Telefonzelle. Gerda hatte zuerst an eine schlechte Verbindung gedacht, aber das Zittern in ihrer Stimme war nicht technischer Natur. In den Dossiers stünden fragmentarische Beschreibungen von Schleuseraktionen der Burkhardts und *involvierter Personen*, zusammengetragen von Mitarbeitern einiger Nachrichtendienste. Wobei der amerikanische CIC (Criminal Investigation Command, also die amerikanische Militärstrafverfolgungsabteilung) die umfangreichsten Recherchen angestellt habe. Die seien auch diejenigen, die am empfindlichsten reagierten, wenn ihnen einer in die Suppe spuckte. Mehr wollte sie am Telefon nicht preisgeben, wer weiß, wo die überall ihre Ohren haben. Es war übrigens Schweizer Lärm, den man im Hintergrund hörte. Sie hatte für ihren Ex-Mann ein diskretes Urnenbegräbnis in Bern organisiert und wollte bei der Rückfahrt in Vorarlberg haltmachen, um das Dossier sozusagen en face zu besprechen. Wenn möglich am Freitag, den 19. Juni, so Gerdas Zeitplan das zuließe. Ein ordentliches Familientreffen hatte sie Gerda erst für später empfohlen, nachdem die *bedenklichen Angelegenheiten* geklärt wären.

Es blieb also noch etwas Zeit, sich auf alles Mögliche einzustellen.

Und überdies gab es ein paar journalistische Vorhaben anzugehen, die sie sich für die verbleibende Woche vorgenommen hatte.

Ihre »Bekennergeschichten« ... nächster Versuch. Carl Lampert, einer wie Knecht oder die Krankenschwester Maria Stromberger, und etliche andere wären noch erzählenswerte Biografien gewesen. Die Aussichten auf Veröffentlichung aber waren trübe. Sie hatte in ihrem naiven Optimismus eine andere Gemengelage erwartet. Am Ende entpuppte sich ihr Vorhaben als lächerliche Illusion. Auch Mama war nicht wirklich glücklich über ihre *aktionistischen* Ambitionen.

»Willst du's nicht endlich ruhen lassen, Kind, die Menschen haben jetzt andere Sorgen.«

»Mag sein. Aber das, was war, wird sich nicht in Luft auflösen, Mama. Klingt blödsinnig naiv, ich weiß, und ich bin nur die junge Gitsch und wir sollten erst mal die Härten des Lebens ...«

»Es geht nur um den Zeitpunkt, Kind. Ich mein ja nur, lass dir halt ein bissl ...«

»Papa würde es tun. Das weißt du.«

»Ja, das weiß ich. War nur ein Vorschlag. Kennst ja die Leute.« Natürlich hatte sie auch recht, das wusste Gerda, sie spürte ja den Gegenwind aus jedem Winkel.

Deshalb schrieb sie ihren Frust ins Tagebuch, um irgendwann die Argumente gesammelt parat zu haben – für etwaige Veröffentlichungen, sozusagen mit aufgedrückter Plakette »Für später dann …«.

»Tatsache war: Von Widerständlern, Deserteuren (mein Papa inbegriffen) oder gar überlebenden Häftlingen wollte niemand was hören, die störten in der geschäftigen Atmosphäre des Neubeginns. Für die ungeliebten Märtyrer waren keine Rollen vorgesehen. Viele mussten jahrelang um jämmerliche Renten kämpfen, zu Behörden kriechen, mit ärztlichen Attesten und Zeugen, die bestätigen konnten, dass sie weder physisch noch psychisch imstande waren, einer normalen Arbeit nachzugehen. Max Riccabona war so einer (weil er eine jüdische Mutter hatte), ein begabter Schriftsteller, den ich schon bei verrückten Lesungen erlebt hatte, bei denen er seine zerfranste Welt auseinanderlegte und sich dabei lustig machte über seinen ›Erinnerungsinfarkt‹. Er war der Obmann der Vorarlberg-Sektion der österreichisch-demokratischen Widerstandsbewegung und hatte vier Jahre im KZ Dachau überlebt. Also einer dieser Bittsteller, ein Wrack, das mit Almosen abgespeist wurde, während die Nazischriftstellerin Natalie Beer, die auch 15 Jahre danach weder an Reue noch an Umkehr dachte, stattdessen Preise, Ehrungen und eine großzügige lebenslängliche Apanage (die genau sechzig Prozent der jährlich budgetierten Literaturförderung des Landes ausmachte) genießen durfte. Wie alle längst wussten, verhielt sich die junge Republik sehr großzügig mit den Ehemaligen. Bestrafung der Täter oder Wiedergutmachung an den Opfern standen weder auf der Agenda der Politik noch der Gesellschaft. Im Gegenteil, es gab sogar noch Leute, die durch die Ruinen ihrer politischen oder religiösen Glaubensbekenntnisse irrten auf der Suche nach Resten, die noch verwertbar wären in einer neuen Zeit; Reste, die sie transformieren wollten, unter der Hand und in neuem Gewand. Ein gewisser Elmar Grabherr, strammer Nazi und in seine bürgerlichen Rechte zurückgekehrt, einer der mächtigsten Regierungsbeamten nach dem Krieg – ich kannte ihn von Pressekonferenzen der Landesregierung – versuchte nach dem Scheitern des großdeutschen Gedankens, eine kleinere völkische Version von Alemannismus (verklärtes Vorarlbergertum) zu propagieren. Zitat: ›Die Vorarlberger Alemannen sind tüchtiger, natürlicher, spar- und arbeitsamer als die übrigen Österreicher, vor allem als die slawisch durchsetzten Wiener, die zudem noch der Sozialdemokratie zugeneigt sind.‹ Der Geist dieses Humbugs lief natürlich ins Leere, aber der Wahn wehte noch eine Zeit durch tumbe Stuben.«

Fazit: Gerdas geplante Serie über die Vergangenheit war zu früh angesetzt, die Zeit noch nicht reif für die Rückschau.

»Versuch's halt im Unterricht«, hatte ihr Agnes ganz pragmatisch geraten, »da kannst viel unterbringen, was sie zu Haus nie hören werden.«

Gerda schätzte die solidarische Geste und schien nicht abgeneigt.

»Willst unbedingt den Bienenstock reizen?«, fragte Mama in aller Vorsicht.

Sie machte sich Sorgen, denn sie kannte Gerdas hehre Bestrebungen aufzuklären, anzuklagen und sich die Finger zu verbrennen.

Planungsfreudig und optimistisch wie immer, kam Gerda mit noch einem Vorschlag: »Die Geschichte des Judenviertels in Hohenems. Was denkt ihr?«

Mutter begann sich zu ängstigen vor ihrer Begeisterung.

»Rein geschichtlich, mein ich ... ganz neutral ... jahrhundertelange Tradition, komplette Infrastruktur einer jüdischen Gemeinde, alles da: Synagoge, Rabbinatshaus, Schule, eigener Friedhof und Judenhäuser, zudem war das Viertel einst *Stammnest* für große Schriftsteller wie Jean Améry oder Stefan Zweig, wie ihr wisst ... das waren fast Hiesige, Mama! Da kann man doch stolz sein«, rief sie zum Fenster hinaus, »das müssen die Jungen wissen!« Laut genug war das.

Mama schloss das Fenster, ihre Zweifel hatten natürlich auch praktische Gründe, dieser *Ausflug* sei im Curriculum nicht vorgesehen usw., *das wäre halt auch zu bedenken.* In Wirklichkeit beschäftigte sie wohl der Kummer, es könnten alte Ressentiments aufplatzen und Gerda wäre der Auslöser. Nicht böse Geister wecken jetzt ...

Schließlich versuchte Gerda als Einstieg eine Variante, die über jeden Verdacht erhaben sein sollte. Sie hatte einen Leitartikel ausfindig gemacht, der einst in der mächtigsten Zeitung des Landes (den VN), im ersten Nachkriegsschock sogar abgesegnet von der Redaktion, von einer gewissen »Verschlechterung des Verhältnisses zwischen Ortsbevölkerung und jüdischer Kolonie in Hohenems« berichtet hatte. Damit hätte sie den Kern der Problematik auf den Punkt gebracht, ohne in den Text involviert zu sein. Selbigen hatte sie an ihre 31 Schülerinnen und Schüler verteilt. Die 15-jährige Klassensprecherin der 4a hatte die Zeilen laut vorzulesen. Anschließend sollte das Gelesene besprochen werden. Der Text:

»Die von Hitler verfolgten Juden, so viele Jahre lang seelischen und körperlichen Erniedrigungen ausgesetzt, sind wie durch ein Wunder den Gaskammern und Krematorien entgangen. Meint ihr, dass sich die Tore der Schlösser Europas geöffnet hätten, um sie aufzunehmen? Oder dass man ihnen mit lang vergessenen Gesten ein Willkommen des Friedens geboten hätte? Glaubt es nicht! Auch heute gibt es noch jüdische Lager. Selbst in unserem alten, christlichen Ländle sind sie manchen Vexationen und Beschimpfungen, ja verbissener, verleumderischer Hetze ausgesetzt.« Geschrieben am 22. Juni 1946 in den »Vorarlberger Nachrichten«. Mit gutem Willen.

Gezeichnet war der Artikel mit Dr. S. G. ... also anonym sozusagen. Die Person hatte Angst, den vollen Namen unter die Zeilen zu setzen und die Redaktion gewährte ihr diese Freiheit – auch das spricht Bände, dachte Gerda. Auch die

Schüler hatten sich über das Versteckspiel gewundert, sie hatten *noch* oder *schon* offene Ohren, empfand sie mit einer gewissen Befriedigung.

So war die Zeit. Es war ihre Eigenart.

Es wurden sogar jüngere Kriminalbeamte, die versucht hatten, Fahndungen nach ehemaligen SS-Angehörigen in Gang zu setzen, zurückgepfiffen und durften sich nicht wundern, wenn ihre Aussichten auf Beförderung gleich null wurden, je hartnäckiger sie ihre Ziele verfolgten. Mutter war sich dessen bewusst, ihr eigener Mann, der Deserteur, hätte denselben Hürdenlauf vor sich gehabt, hätte er die Gefangenschaft überlebt, also wollte sie Gerda und ihren Ambitionen Ähnliches ersparen.

Der Brocken war offensichtlich zu groß und Gerda allmählich zu erschöpft, um gegen die Windmühlen anzukämpfen.

XXI.

Am Freitag, den 19. Juni um circa 18 Uhr läutete in der Bergmanngasse 4 das Telefon.

Judith Schwartz und das Dossier aus Bern warteten im Hotel Weißes Kreuz in Bregenz auf Gerda und ihre flaue Neugier.

Frau Schwartz empfing sie wie eine alte Freundin, umarmte und befragte sie fast zärtlich nach dem Fortgang der Schwangerschaft. Gerda sah eine nervöse und verunsicherte Judith, die, während sie über die Machenschaften der Schweizer Fremdenpolizei und der alliierten Geheimdienste referierte, ständig am Hoteltelefon herumfummelte, es wiederholt aus der Gabel nahm, um die Sprechmuschel zu inspizieren, oder Steckdosen abgriff, als hätte sie den Verdacht, selbst ihr Hotelzimmer könnte verwanzt sein.

Ein bisschen übertrieben, dachte Gerda, paranoid fast, aber wer weiß, Judith schien inzwischen eine Expertin zu sein, was Agenten und ihre technologischen Raffinessen betraf.

»Hat das irgendwie eine Logik, dass hier im Hotel Wanzen sein könnten?«, fragte Gerda verunsichert und in freundlichem Ton.

»Ich bin schon hysterisch, ich weiß, ist eine blöde Angewohnheit geworden, antshuldigt ... Oh, Pardon.« Gerda musste lächeln.

»Du sprichst auch Jiddisch?«

»Ja, manchmal rutscht mir was raus, eigentlich nur, wenn ich mich halbwegs wohlfühl ... bei jemandem.«

»Trotz der Wanzen.«

»Was weiß man denn, wir sind ja Amateure«, sagte sie in Anspielung auf Genua.

»Die Krümel.«

»Ja, Krümel. Mehr nicht. Das Papierzeug hier hat mich entschieden durcheinandergebracht, muss ich sagen.«

Damit warf sie das Dossier etwas fahrig auf den Tisch.

»Eine lückenhafte Vita über Piero und seinen Mentor, seinen Vater ...«, sagte sie besorgt.

»Scheint ein zuvorkommender Mann zu sein, der Chef der Berner Stadtpolizei«, sagte Gerda.

»Ja, ist er, er hat mir sogar geholfen, Renés Beerdigung zu organisieren, ohne Aufsehen zu machen. Alles sehr diskret. Ich glaube, er hat Mitleid mit mir und vielleicht sogar mit Piero. Er sei eigentlich ein begabter Kerl, sagte er, aber eben ... auf schiefer Bahn.« Während sie sprach, hielt sie immer noch ihre flache Hand auf den Blättern des Dossiers.

»Eigentlich waren sie ja unpolitisch, die beiden«, sagte sie und klang schon wie ihr Anwalt.

Renés Tod hatte sie offensichtlich weicher gemacht, ihr vernichtendes Urteil schien sich in einer moderateren Einschätzung aufzulösen.

»Der Piero mit Sicherheit. Dem ging's nur um den Kitzel, das ist mir inzwischen klar geworden; er war halt jung und verrückt.«

»Ist er noch immer ...«, sagte Gerda, um Judiths wachsende Milde zu bestärken. Sie schien selbst René eine Teilabsolution zu gewähren.

»Vielleicht hab ich ihm ein bissl unrecht getan. Er hatte damals öfters gehadert, als für jüdische Familien kaum noch Einreisevisa nach Argentinien zu kriegen waren, vor lauter bürokratischer Gemeinheiten, von Geld gar nicht zu reden – das war die Zeit, als sie sich haben hinreißen lassen ...«

Das schlechte Gewissen schien sie für die Absenz der letzten Jahre zu plagen.

»Ist leider auch keine Entschuldigung, ich weiß«, murmelte Gerda.

»Nein, ist es nicht, ist es nicht, deshalb hab ich mich ja zurückgezogen. Irgendwie muss ich mich arrangieren damit, was soll ich machen ...«, sagte Judith kleinlaut.

Dann zog sie langsam die Hand weg und machte Gerdas Blick auf die erste Seite frei, die eigentlich schon die fünfte war.

»Sind die ersten vier Seiten streng geheim?«, fragte Gerda.

»Geheim ist alles hier. Am Anfang steht nur allgemeines Zeug über Sondereinheiten und die Fahndungsabteilungen. Eigentlich dürfte ich's gar nichts herzeigen, aber wie gesagt ... Mir scheint, er will die Familie vor Unheil bewahren. Die beiden hätten sich mit den falschen Leuten angelegt ... usw.«

»Du meine Güte ...«, Gerda begann, die Dimension allmählich zu begreifen. Den behördlichen Aktengeruch – das

Polizeiwissen. Das alles stand hier geschrieben, schwarz auf weiß.

»Es sind nur Fragmente, aber ... die wissen halt einiges.«

»Eben. Schlimm genug.« Sie begann zu lesen.

»*René Burkhardt, Jahrgang 1905 (geb. Bern), Ex-Bankier, Jurist/ Fluchthilfe Org. Rotes Kreuz, Fremdenpolizei Bern & Piero Burkhardt (1929 geb. Bellinzona), Gymnasium Kirchenfeld/Bern, Jura in Zürich, abgebrochen, Mitte 46 bis Anfang 47 Taipeh, Pilotenausbildung, mit 16 Light Aircraft License, mit 18 Private Pilot, educ. military Training, Kampfsport, mehrsprachig (Ital., Engl., Franz., Deutsch).*

R. Burkhardt hat seinen Sohn seit 1947 in Operationen eingebunden.

Verdeckte Ermittlungen im Auftrag der Fremdenpolizei (Rothemund), Verbindungen zum Argentinischen Büro/Marktgasse 49, Kontakt über Carlos Horst Fuldner/eventuell Hanna Kraus, inzwischen abgängig, unbezahlte Telefonrechnungen im Wert von 2.800 Franken – Adresse Buenos Aires: Calle Pena 2484, 4. Stock Apartm. A,

Kopf d. Gruppe im Kontaktbüro in B. A. Rodolpho Freude GOU – Verwalter des Fonds).

Gerda musste sich kurz setzen. Es war ja nicht ganz neu, was sie da las. Aber so offiziell, auf einem Papier mit Polizeistempeln beängstigend dienstlich.

»Darf ich dir was anbieten – eine Limonade? Du siehst blass aus.«

»Einen Schnaps könnt ich vertragen! Scherz – gern eine Limonade.« Dabei strich ihre Hand über den Bauch.

Judith schenkte ihr eine Diezano ein.

»Für den Zuckerspiegel.« Sie stöhnte kurz auf, hatte einen Schweißausbruch, steckte sich die Haare hoch, um den Hals freizukriegen.

»Danke. Wer bitte ist dieser Carlos Fuldner, der keine Telefonrechnungen bezahlt?«

»Ein früherer Agent von Peron, sein Sondergesandter, war früher SS-Hauptsturmführer, der direkte Draht zum Präsidenten … Tut mir leid.«

»*Jesus Maria*, wenn das die Mama …«

»Niemand erfährt hier irgendwas.«

»Und was für einen Fonds verwaltet dieser …«

»Rodolpho Freude? Der organisiert das Geld für die Operationen und für die Techniker und Wissenschaftler, die in Europa … ausgehoben werden.«

»Ausheben – was ist das: entführen?«

»Im Prinzip, ja. Was Ähnliches zumindest. Die Briten, die Amerikaner, die Russen – alle machen das, ist genauso illegal … soll keine Entschuldigung sein. Die Russen haben in der Nordsee ganze Schiffe gekapert, um Spezialisten nach Moskau abzuzweigen. Das ist der Wettlauf um die besten Köpfe der Deutschen. Die Amerikaner bieten nicht nur Geld, sondern auch noch die Staatsbürgerschaft an – alles für Know-how; komplett ideologie- und moralbefreit.«

Gerda las weiter, auf beide Ellbogen gestützt, die Hände an den Ohren.

»*Die Burkhardts … involviert in Akquise von IG Farben Technikern (7 Mann), Bergbau Ingenieure (3), Rüstungsmanager (!) – Personen, die bereits vom britischen Kriegsministerium bzw. engl. Privatfirmen angefragt worden waren – durch rechtswidrige Operationen ausgehoben …*«

»Rechtswidrig … Die müssen reden …«, sagte Gerda und wunderte sich über sich selbst. Die Loyalität im Herzen ungebrochen.

»Wie gesagt, sich mit denen anzulegen ist gefährlich. Ich denke, der Kerl mit dem arabischen Englisch könnte zu denen passen. Nicht?« Gerda nickte. Es ging ihr nicht gut.

»Piero hatte mir davon erzählt«, sagte sie, »aber wenn es dann von dritten Personen so richtig schriftlich bestätigt wird …«

»Ein simples Geschäftsmodell – wie beim Autoklau: Aus einem havarierten Fahrzeug werden am Ende die besten Teile rausgestohlen. Willst du noch mehr wissen?« Gerda las unwillig weiter.

»*1948–58: Fluchthilfe/Schlepperdienste – Fall Smirnow: Klosterroute – Genua–Rom, mit Vatikan-Assistenz: Monsignore Bayer, Bischof Hudal als Kontakte: Dokumentenfälschung, falsche KZ-Ausweise ausgestellt, finanzielle Zuwendungen, Einreisepapiere usw. Die Kardinäle Montini, Tisserant und Caggiano sind Hirn der Fluchthilfe. Vermerkt in der Evidenz Abtlg. EJPD – die Burkhardts auf eigene Rechnung in Rom, ohne Rothemunds Wissen.*«

»Klosterroute ... witzig. Kardinal Caggiano ... ja, ich erinnere mich an den Namen«, sagte Gerda. »Der falsche Jude aus Omsk und Caggiano als Retter in der Not. Und was bedeutet EJPD?«

»Eidgenössisches Justiz- und Polizeidepartment«, erklärte Judith.

»Schweizer Korrektheit«, flüsterte Gerda ohne Andacht.

»Allerdings, und die Gegner sind keine Amateure ... eine gewisse ›Field Information Agency‹ arbeitet mit den Amerikanern und einer sogenannten T-Force-Truppe der britischen Armee zusammen. Das ist eine Eliteeinheit, die seit 45 schon Hunderte NS-Wissenschaftler nach Großbritannien verschleppt hat, um Militärtechnologie und Firmengeheimnisse abzusaugen, im Grunde mit Gestapo-Methoden: Die stehen oft mitten in der Nacht vor der Tür, hat Piero erzählt, ohne sich auszuweisen – zuerst einschüchtern, wer nicht mitwill, wird kurzerhand eingepackt und dann verhört. Die Amerikaner konzentrierten sich natürlich vor allem auf die V2-Leute in Peenemünde. Da gingen viele freiwillig mit.«

»Absaugen also ...? Dürfen die das?« Eine rhetorische Frage, aber sie wollte trotzdem eine Antwort und relativierte gleichzeitig ihre Sorge um Pieros kriminelle Energien. Wenn das

die andern auch machen – ziemlich dehnbar, der Werteco-
dex –, der Stärkere hat recht.

Erschüttert war sie und beruhigt zu gleich; erschüttert
über die Verheerungen im Nachlass eines Weltkriegs und
beruhigt, dass Piero eigentlich durch diese dschungelhafte
Unordnung und den Druck seines Vaters in dieses Fahrwas-
ser geraten war und nicht durch politisch gefärbte Absichten. Das wollte sie sich zumindest einreden, der Nerven
wegen.

»Diese Leute arbeiten im Regierungsauftrag, Gerda, die
Befehle kommen aus London«, sagte Judith, »denen kann
keiner mit Gesetzen und Moral kommen.«

»Ich bin ein naives Tschopperl, nicht?« Gerda war im Niemandsland. Judith zuckte mit der Schulter.

»Was soll ich sagen ... Ich war auch nicht g'scheiter. Dabei
ist das kein wirkliches Dossier, sondern nur ein paar lückenhafte Notizen eines wohlmeinenden Polizeichefs. Damit
wir wenigstens wissen, was *die* wissen.«

Sie legte noch ein zweites Blatt dazu. Das gesamte Konvolut wollte sie noch nicht herausrücken.

*»1948–51: Eigene Operationen der Burkhardts – Nachholung
der Techniker der Bremer Focke und Wulf Werke/ Auftrag: ar-
gent. Luftfahrtministerium – Prof. Tank, Ex-Chef der Werke
bereits in Buenos Aires, mit Vatikan-Dokumenten über FAMA und
KLM.*

*Operation ›Focke und Wulf‹ in POW Camp Derna, NW von
Tobruk, nicht aufgeklärt, keine Informationen bei EJPD. Weitere
nicht aufgeklärte Operationen 1948. Keine Infos bei EJPD.*

*Anfragen von CIC, und FIAT (Field Information Agency), bei
Zugriff (konspirativ) – laut FIAT – Festnahme und Übergabe an
CIC.«*

»Tobruk ... ist das nicht in Nordafrika?«, fragte Gerda beunruhigt.

»Ja, in Libyen, sie waren hinter diesen Bremer Flugzeug-ingenieuren her, die den ersten Kampfflieger für die Argentinier bauen sollten. Pulqui II (Pfeil) sollte er heißen.«

»Wusstest du davon ... damals?«

»Nicht wirklich. Erst später. Da hatte ich mich schon ausgeklinkt, ist mir zu unheimlich geworden.«

»Und was bitte bedeutet CIC?«

»*Counter Intelligence Corps* ... die amerikanische Spionage-abwehr«, sagte Judith so beiläufig wie möglich.

»Danke für die traurige Lehrstunde. Das ist ja alles sehr beruhigend.« Der Sarkasmus stand ihr nicht gut, sie war verzweifelt und ihr Instinkt ließ allmählich Ahnungen frei, die sie bislang verdrängt hatte. Nordafrika.

»Frische Luft könnt ich jetzt vertragen«, sagte sie, »ein kleiner Spaziergang an der Seepromenade vielleicht?« Judith war einverstanden.

Als sie an der Hafenmole standen, übers Geländer gebeugt, und sich im See spiegelten, fühlte sie sich wie in konfusen Kindertagen. Nichts war klar. Ungewissheit vorne und hinten.

»Was glaubst du ... hat er was angestellt, ich meine, böse Dinge; Menschen umgebracht oder schwer verletzt ... Was denkst du?«, fragte Gerda.

Sie wunderte sich, diesen Satz nicht schon im Zimmer, sondern erst draußen unter der Sonne gewagt zu haben, als könnte der helle Tag die Frage mildern.

»Kann ich mir nicht vorstellen. Aber es hat Zeiten gegeben, da wäre er für René durchs Feuer ... Hast ja gelesen, mit 17 schon zwei Flugscheine, René hat ihn vergöttert und umgekehrt und ihn sich gleichzeitig angeeignet. Aber Töten ... Sicher nicht wegen einer politischen Sache, schon gar nicht wegen Geld, aber in Todesnot ... wenn ihn einer angreift. Ich weiß nicht ...«

»Ich will es mir gar nicht vorstellen und – ganz ehrlich, auch dieses Scheißdossier, Pardon, hat mich nicht umgestimmt. Allerdings, nach allem, was da steht, wird es wohl eine Zeit dauern, bis wieder Ordnung einkehrt in der Welt.«

»Eine lange Zeit, durchaus«, antwortete Judith lakonisch. Nach einer Weile fuhr sie fort:

»Die Wörter und die Wirklichkeit klaffen so weit auseinander wie noch nie in meinem Leben, weißt du, in allem. Das ist nur einer der Gründe, warum ich mich wieder um ihn kümmern muss.«

Gerda überlegte kurz, ob sie ihr nicht von Pieros genuschelten Traumsätzen erzählen sollte, sie würde diese Fragmente mit ihrem Wissen besser interpretieren können. Obwohl – Hexerei sollte das keine sein. Aber irgendwas sträubte sich in ihr, Tobruk hatte ihr einen Stich versetzt. Beim Gedanken an Nordafrika zog ihr die alte Sehnsucht ins Herz, endlich Papas Tagebuch anzugehen. Was hatte sie gehindert, sich endlich einzulassen auf seine Geschichte? Noch vor Monaten hatte ihre Neugier sogar zu Streitereien mit Mama geführt und schließlich zum Ultimatum »Entweder die Schatulle oder keine Hochzeit«. Und dann stand das Ding über Wochen ungeöffnet im Regal, auch zu Mamas Verwunderung. Auf der Zugfahrt nach Genua hatte sich wieder das bange Zögern eingestellt, die Blätter zu öffnen und endlich dranzubleiben. Als läge dort ein Problem begraben, das ihre Gegenwart erschüttern könnte. Und so war's ja auch. Die vage Ahnung, die wie ein Nebel aufzog, sobald sie sich auf Papas Spuren setzte. Dieses Bild mit den weißen Zelten, den Sanddünen und Gefangenentrucks, das mit Pieros seltsamer Reaktion auf Papas Tod verschmolz, damals in der Gruft, verfestigt in einem Satz, der in den Kurven der Geisterbahn hängengeblieben war, die sie seither durchfahren hatte: »*Jeder hat seine Sterbezimmer im Kopf und gefälligst die freie Wahl.*«

Was immer der Satz bedeuten mochte, er gab dem Tag in der Kapuzinergruft ein Stigma: »Den Krieg überlebt ... und dann ... Das ist bitter.« Das Hirn klaubt sich seine Pixel auf und malt seine Geschichten. Das Wort Tobruk und Pieros Stammelei im Traum hatten wieder alles aufgeweckt, was sie schon verdrängt hatte. Die Wörter, die Bilder, die Zahlen – dass die Kombination 306 sich mit Zahlen in Papas Tagebuch deckte, oder die Nr. 380 für die Cages in den britischen Lagern ... das war merkwürdig genug ... 30 20 November klang nach Koordinaten, was sonst, auch Tanta southeast usw. wird kein großes Rätsel sein und dann noch ...

»Du bist so abwesend, was ist denn los?«, fragte Judith. Gerda sah den Wellen zu, die sanft an die Mole klatschten.

»Ich fürchte, *ER* ... war auch in Nordafrika ... damals«, sagte sie dann und erschrak über ihren eigenen Satz, der bisher nur ein Gedanke gewesen war. Sie wurde fahrig, machte sich bereit zu gehen, zum Bahnhof oder sonst wohin, um besser allein zu sein, falls hier ein Albtraum im Anzug war.

»Wie kommst du darauf? Was ist denn plötzlich los mit dir?«, fragte Judith. Sie sah den Schweiß auf ihrer Stirn und das Zucken der Nasenflügel.

»November steht im Fliegeralphabet für ›n‹ richtig?«, fragte sie.

»Ja, ›n‹ ... für Norden z. B. Warum fragst du?«

»Piero hat in der einen Nacht in Genua im Traum geredet. Hat sogar kurz was geschrien und war ganz aufgelöst. Das hat wie eine Kampfszene geklungen. Kommandos, *seine* Kommandos nämlich ...«

»Hast du dir gemerkt, was er gesagt hat?«

»Ja. Jede Zahl. Jedes Wort.« Sie zitterte, schlang ihre Arme abwechselnd um Brust und Bauch, als hätte sie Schüttelfrost.

»Vielleicht war's eine aktuelle Sache«, wollte Judith den Verdacht entkräften. »Ist dir kalt?«

»Ja, mir ist kalt.«

»Dann lass uns ins Hotel gehen.« Sie nahm Gerda resolut unterm Arm und zog sie mit sich.

Schweigend und im straffen Gleichschritt. Judiths zupackende Art schien ihren anfänglichen Schock wieder einzufangen. Vielleicht wäre es doch besser, nicht allein zu sein, wenn der Knoten sich löst. Auf dem Weg besorgte sich Judith noch einen Schulatlas und Lineale, um gleich in medias res gehen zu können. Schließlich hatten beide das Gefühl, an einem Vorhang herumzunesteln, der bald aufgehen würde.

*

Die Karte von Nordafrika zieht sich über zwei Atlasseiten.

Libyen und Ägypten bis zum Sinai – dazu ein Schreibblock, auf den Gerda den exakten Wortlaut aus Pieros Traum schrieb, außerdem notierte sie die Ortsangaben vom zweiten Deckblatt der Tagebuchblätter – frei aus dem Kopf. *380 P. O. W. Camp, M. E. F. Fanara / El Fayed / Great Bitter Lake – Egypt ... west of Suez Canal.*

Dann Pieros Traumsequenz: Sie las laut mit (während sie das Stückwerk niederschrieb):

Tanta southeast to Fanara 30 6 H. G. Division ... missed ... Camp 380 ... 30 20 November 32 18 Oscar ... zum Flugfeld ... cancelled, as you were, as you were ... verdammt ... AS YOU WERE!

»An dieser Stelle ist er kurz aufgewacht«, sagte sie, »und hat sich entschuldigt. *Verzeih mir, verzeih* ... Er war so erschöpft, dass er gleich wieder einschlief.«

»Habt ihr am Morgen nicht mehr drüber gesprochen?«, fragte Judith.

»Nein. Als ich aufwachte, war er schon weg, hat nur einen Schmierzettel mit der römischen Adresse an den Türschlüssel geklemmt.«

»Wir werden's auch so herauskriegen.« Die Sache begann Judith nun wirklich zu beunruhigen. Trotz der kargen Traumfetzen schien die Deutung eine einfache Übung zu werden, von wegen Hieroglyphen – die Nummer 380 am

Tagebuchblatt bezeichnete natürlich Papas Kriegsgefangenenlager (POW steht für Prisoners of War) am Südwestufer des Großen Bittersees, nichts Neues.

Auch Pieros Wortfetzen ließen Schlüsse zu. Judiths Zeigefinger fuhr zielstrebig durchs Nildelta und landete in Tanta, einer mittelgroßen Stadt zwischen den vielen langen Armen des Stroms.

Judith legte ihr Lineal Richtung Südosten an, bis zum Bittersee ... circa 150 km ... die Fahrt zum Lager.

»306 wird eine der Cages oder Camp-Nummern sein«, sagte sie.

»Genau, Papa hat uns davon Zeichnungen geschickt«, sagte Gerda, »die Zeltreihen wurden von den Briten als Käfige bezeichnet – Cages ... H. G. Division – hatte Piero englisch ausgesprochen, also *Aitch-Gee-Division*.«

»Wahrscheinlich ein militärischer Verband, den sie verfehlt haben – missed ...«, sagte Judith, »wenn man von einer Kampfhandlung ausgeht.«

»Die nächsten Zahlen sind wohl geografische Koordinaten«, war sich Gerda sicher.

»30°, 20' Nord«

»Und 32° 18' Ost«, ergänzte Judith, »Die Sekunden hat er sich erspart im Traum ...«

Sie legte wieder ihr Lineal an, um die Koordinaten zu kreuzen. Dabei glaubte Gerda doch einen Anflug von Besorgnis in ihrem Gesicht zu erkennen, was ihre eigene Verfassung noch verschlimmerte.

Wieder die hartnäckige Ahnung, Piero könnte vor elf Jahren in Papas Nähe gewesen sein. Judith war so auf die Karte konzentriert, dass sie Gerdas Zustand gar nicht bemerkte.

»Die folgenden drei Worte lassen auf einen Abbruch der Aktion schließen«, murmelte sie, »Cancelled, zum Flugfeld ...« Gerdas feuchte Augen hatte sie noch nicht gesehen.

»Dieses ›*As you were ... as you were*‹, was meint er bloß

damit ... ›*wie ihr wart*‹ ... Was soll dieser Blödsinn!?«, die letzten Worte sagte Gerda zornig, fast weinerlich und schließlich konnte sie das Schluchzen nicht mehr zurückhalten.

»Was ist denn los, Gerda? Was ist mit dir? Hab ich was falsch ...«

»Nein ... nichts, gar nichts. Aber was soll dieses ›*As you were*‹, verdammt!«

Als sich Judith näher zu ihr setzte und einen Arm um sie legte, schüttelte sie ihn zornig ab, stand auf, ging zum Fenster und öffnete es. Beide Flügel hielt sie fest und heulte leise, den Kopf auf der Brust. Judith ging zu ihr, legte eine Hand auf ihre Schulter.

»Entschuldige«, sagte Gerda.

»Schon gut ... Ich kann dir sagen, was es bedeutet.«

»Also, sag schon!«

»›*As you were*‹ ... ist ein militärischer Befehl und bedeutet ›*Kommando zurück!*‹. Das ist alles. Und jetzt sag mir bitte, was los ist, ich bitte dich!«

»Wieso weißt DU denn so was?«, fast aggressiv klang das.

»Ich hab ihn manchmal abfragen müssen vor Prüfungen, da ging es auch ums Befehlsschema.«

»Kommando zurück ...«, wiederholte Gerda und nickte.

»Was geht vor in deinem Kopf, sag mir das bitte!«

Gerda schloss das Fenster, langsam und mit Bedacht, als wollte sie die Welt ausschließen von ihrem nächsten Satz. Sie setzte sich wieder an den Tisch und deutete auf den Bittersee.

»Hier, in dieser Gegend ist mein Papa im Jahr 48 umgekommen, bei einem Zwischenfall mit einem Gefangenentransport. Genau hier; in der Zeit, als die letzten Repatriierungs-Transfers gelaufen sind.«

»Was? Das wusste ich nicht.« Judith musste aufstehen und drehte sich unschlüssig in die eine und dann in die andere Richtung, bevor sie sich wieder setzte.

»Hat er nie über meine Familie gesprochen mit dir?«

»Kaum. Ich wusste nur, dass dein Papa tot ist und dass du eine Schwester, zwei Brüder und eine sehr katholische Mama hast.«

»Bei dieser ... Operation, von der Piero offensichtlich geträumt hat, muss etwas schiefgelaufen sein, nicht? Was denkst du? *Kommando zurück ... cancelled.* Da ist doch was misslungen?« Das klang fast schon wie ein Vorwurf. *Dein Sohn hat ...*

»Das kann schon sein, ja ... Aber es könnte auch bedeuten, dass rein gar nichts stattgefunden hat ... *cancelled* ... Eine Operation wurde abgebrochen. Gerda, ich bitte dich, es hat Dutzende, vielleicht Hunderte Transporte gegeben damals. Zehntausende Soldaten ... Es müsste doch mit dem Teufel zugehen ... ein so außergewöhnlicher Zufall ...«

»Ich weiß, ich weiß ... Ich kann's mir ja auch nicht vorstellen. Es war nur ein Gedanke, den ich immer wieder weggeschoben hab, weil er so irrwitzig ist. Es war nur Pieros Reaktion damals ... in der Gruft, auf meinen Bericht von diesem Zwischenfall beim Transport ... Er war weiß geworden, das war verstörend, weißt du ... Er hat tatsächlich mit mir gelitten, ich hab's in seinem Gesicht gesehen ... Er hat leer geschluckt ...«

»Das ist doch nicht außergewöhnlich, er war frisch verliebt in dich. Das schließt Mitleid mit ein, oder nicht?« Sie schien nun aber selbst verunsichert.

»So hab ich's zuerst auch gesehen, es hat mich berührt damals. Er schien geschockt, hat mit seinem Zeigefinger über meinen gestreichelt ... Dabei hatte ich das Gefühl, er sei kurz vor einem Kollaps. Es war so verwirrend und ich hab's einen Moment lang mit Papas Geschichte verbunden, das tut mir leid.«

»Ich kenne das bei ihm. Er wirkt oft weggetreten und hängt in einer Blase fest. Er war schon als kleiner Bub so. Vielleicht machst du dir zu viele Gedanken, da verfestigt sich eine Idee und die wird man nicht mehr los.«

»Ja, vielleicht hast du recht. Ich wollte auch gar nicht mehr in Papas Tagebuch blättern, weil ich Angst hatte davor, dass ich was herausfinden könnte, das mit Pieros Aktionen zusammenhängt. Ich weiß, das klingt verrückt.«

»Vielleicht aber auch nicht.« Gerda sah sie überrascht an: »Du meinst ...?«

Judith zuckte mit der Schulter.

»Wenn er in Libyen war, warum nicht auch in Ägypten. Es gab ja Dutzende Lager dort.«

»Entschuldige bitte«, sagte Gerda »es ist mir so zuwider, ihn zu verdächtigen ... für irgendein Hirngespinst vielleicht.«

»Ich möchte ja selber wissen, was passiert ist ... was in den Papieren hier steht ... ist ja kein Märchen ... Du solltest das Tagebuch deines Vaters wirklich zu Ende lesen, vielleicht gibt's noch Antworten dort.«

»Das werd ich. Oh ja, das werd ich.«

Sie saßen noch lange schweigend am Fenster.

XXII.

Um sich nicht noch mehr Unausgegorenes umzuhängen, entschloss sie sich, über ihr Treffen mit Judith auch Mama Meldung zu erstatten. Frau Schwartz habe ihre Rückfahrt aus Bern in Bregenz unterbrechen wollen, für ein kurzes Treffen, um dabei auch Beileidsbezeugungen zu Großmas Tod zu überbringen. Mama fand das sehr aufmerksam. Außerdem habe Frau Schwartz gerade ihren Ex-Mann, der an einem Zuckerschock verstorben sei, in Bern beerdigen müssen. Piero sei leider nicht aufgetaucht. Kein Anruf, keine Post, noch immer spurlos verschwunden und ja, sie wolle ihre Besorgnis mit Gerda teilen usw. Mama schien froh, wieder eingebunden zu werden in den familiären Informationsfluss, und Gerda hatte endlich Zeit, sich ein ganzes Wochenende lang Papas Tagebuchblättern zu widmen.

Die Seiten, die sich auf Saloniki oder Athen bezogen, überflog sie, da ihr Mama vieles davon (nur das Kindgerechte) schon vorgelesen oder erzählt hatte. Das Kapitel »Hinter Stacheldraht« war die eigentliche Krux der Übung. Sie überging auch hier die ersten Zeilen, bis der erste Städtename auftauchte, den sie in Pieros Traum gehört hatte und begann zu lesen. Die beiden Briefkuverts, in denen sie die Erdkrümel aus Athen und die Sandspenden aus der Wüste aufbewahrt hatte, legte sie auf den Schreibtisch, um zwischendurch ihre Nase hineinzustecken, dann hatte sie ihn fast in Griffnähe. Sie packte alles zusammen, die Gerüche, die Geräusche, die Bilder, seine Zeichnungen, und war nun bei ihm ... mit 40 anderen gefangenen Wehrmachtssoldaten im Viehwagon, der sie in die Wüste bringen würde ...

Seltsame Nomadensiedlungen und Städte ziehen an unserm Auge vorüber. Tanta (*na bitte!*), Zagazig und Ismailiya liegen bereits hinter uns, da wendet sich die Bahn nach Süden, quer durch die Wüste, in kleinen Mulden grüne, von Palmen umstandene Oasen einschließend. Wie angekündigt treffen wir abends sieben Uhr am südlichen Ende des Großen Bittersees ein. Fünf riesige Gefangenenlager sind in der weiten Umgebung zu erkennen. Fünf Zeltstädte, jede von einem Lichtermeer umgeben. Wir betreten das nächstliegende Lager Nr. 306.
Vorbei geht's an vielen Käfigen, bis ans letzte Ende. Dort lässt man uns ein leerstehendes Cage betreten.
Am nächsten Morgen werden wir von den Insassen des Nachbarlagers mit »Heil Hitler« begrüßt. Wir sind überrascht, dass es so etwas in der Gefangenschaft noch gibt. Eine heftige Debatte und gegenseitige Beschimpfungen erfolgen. Daraufhin werden wir noch am gleichen Vormittag in ein anderes Lager gebracht.

Auch hier ist das benachbarte Cage ein Nazi-Cage, aber durch Zurufe wird in allen Nazi-Cages bekannt, dass wir Antinazi sind. Auf dem Rückweg von der Entlausung werden wir – ich befand mich im ersten Glied – plötzlich von den dicht am Stacheldraht stehenden Nazi mit einem Steinhagel empfangen. Da reißt der Sergeant dem uns begleitenden Neger das Gewehr aus der Hand und feuert entlang der Umzäunung auf die Entferntesten zielend einen Schuss ab. Darauf Ruhe. Im nächsten Cage lassen sie die schon in Bereitschaft gehaltenen Steine fallen, allein – es regnet dafür Schmäh- und Pfuirufe, »Verräter und Lumpen«. Man stelle sich vor: 32 Cages mit je 800 bis 1000 Mann, lauter Nazi, die der in Afrika in Gefangenschaft geratenen »Hermann-Göring-Division« und der SS angehörten …

›*Aitch Gee*‹-Division – das lag zwar auf der Hand, aber Gerda hatte nichts mit der Nomenklatura der Wehrmacht am Hut, egal – schon damit war der Beweis erbracht: Piero muss zur fraglichen Zeit am selben Ort gewesen sein, wenn er sich sogar im Traum noch an die Göring-Division erinnerte. Die *Klienten*, auf die er dort abzielte, hatte er offenbar verfehlt (… missed).

Es könnte sich, laut Aufzeichnungen des Berner Dossiers, um Ingenieure der Bremer Flugzeugwerke *Focke und Wulf* gehandelt haben, die ihrem Chef Prof. Tank nach Buenos Aires folgen wollten, um ihr Kampffliegerprojekt zu vollenden.

Gerda konnte nun aus drei Quellen schöpfen, um die möglichen Zwischenfälle beim Gefangenentransport zu rekonstruieren – Papas Tagebuch, dem Berner Dossier und Pieros Traumfetzen. Außerdem klemmte sie sich zwischendurch mit kurzen Kommentaren zwischen Papas Blätter, als Sandwich, ganz privat. Von Mama hatte sie als junges Mädchen ein paar oberflächliche Beschreibungen der Zustände in den Lagern gehört, aber sie hatte keine Vorstellung, wie weit die NS-Propaganda die Köpfe der Soldaten verwüstet hatte. Das erfuhr sie erst aus Papas authentischem Bericht:

Nur ganz wenige unter ihnen sind anderer Meinung. Diese nützen die Gelegenheit und melden sich zu uns. Sie gehören alle dem Nachbarcage an. Ein paar Tage später folgen noch zehn Mann aus anderen Cages. Was sie alle zu erzählen wissen, lässt uns die Haare zu Berge stehen. Die Ersteren berichten, dass sie eines Tages in der Küche einen Nazifeldwebel erschlagen hätten. Darauf Rache von den Nazis. Bei der Zählung am nächsten Morgen geht einer ab. Der Sergeant, nichts Gutes ahnend, fragt, wo der Fehlende sei. Stimmen werden laut: »Dort hängt er am Zaun, der Schuft, der Verräter.« Tatsächlich: Tot, blutüberströmt, mit zerschlagenen Gliedern, mit dem Kopf nach unten, baumelt ein Antinazi am Stacheldraht. Ein anderes Mal machen die Araber, die täglich von jedem Cage die Abfälle wegführen, eine grausige Entdeckung. In den großen Eimern finden sie zerhackte menschliche Körperteile. Der verantwortliche Führer des betreffenden Cage wird zum Tode verurteilt, andere, in deren Cage erschlagene und verscharrte Antinazi aufgefunden werden, werden zu zehn Jahren Zwangsarbeit verurteilt.

Immerhin, wenigstens englische Gerichtsbarkeit …
Was ist das, Papa, wie verrückt waren diese Arschlöcher? … Ich bin jetzt zwanzig und hab's noch immer nicht kapiert … dieser ungebildete Depp, der dich so geärgert hat … Er ist schon länger tot als du und macht noch immer Stunk. Ich weiß, ich bin ein Würmchen und mach mir nur Gedanken, aber auch mein Philosophielehrer, der Prof. Bildstein, du kennst ihn, hat sich gefragt, wie selbst die Großdenker sich so irren konnten und auch noch einen Überbau lieferten, wie etwa Martin Heidegger. Wie sich dieser Geistes-Titan für »Führertum«, den »neuen Menschen«, »das ideale Deutschland« und Hitler als »Messias« begeistern konnte … das hatte Bildstein genau so auf die Tafel geschrieben, in Blockbuchstaben, »auf Menschenwürde gepfiffen« sei das. Und in den

hat sich die Hannah Arendt verknallt ...?! Gibt's das? Was denkst du, Papa? Von wegen »zeitloser und überzeitlicher Vernunft« ... Das klingt so lächerlich im Nachhinein. Die Welt ist doch eher bloßes Menschenwerk, das auch »stinken kann wie Scheiße« ... Ist vom Bildstein, dem der Schopenhauer lieber war als die andern.

Ich hätt so gern geredet mit dir, weil man sich nicht mehr auskennt ... Die Mama ist auch eine Schweigerin. (Ich durfte nicht mal dabei sein, als sie heimlich deine Asche in die Donau gekippt hat. Nur die Agnes hat's gewusst). – Wer mischt denn jetzt die Karten neu, da draußen in der Welt? Vielleicht würdest du dich gar nicht wundern, Papa, wie's zugeht bei uns. Ahnen wirst du's eh.

In den Nazicages herrscht militärischer Betrieb, wie bei Preußen. Exerzieren, nationalpolitischer Unterricht, Singen, Sport, Propaganda gegen England, mächtige, weithin vernehmbare Sprechchöre: »Nieder mit England und Churchill«, »Heil und Sieg dem Führer« und so weiter. Es wird nur mit »Heil Hitler« gegrüßt. Der Cage-Führer besitzt Disziplinar- und Strafgewalt ... nicht von den Engländern, sondern von seinen Untertanen selbst verliehen. Politische Gegner und missliebige Elemente führen darin ein Höllenleben. Was ihnen blüht, sind Schläge, Zwangsarbeit, Steine schleppen, ein grausames seelisches und körperliches Martyrium und manchem ein entsetzlicher Tod. Unterirdische Gänge von Cage zu Cage, einer sogar von sechzig bis achtzig Meter Länge in die freie Wüste hinaus. Zehn Mann entwichen durch ihn und eilten dem nahen Flugplatz entgegen, um sich der Maschinen zu bemächtigen.

... zum Flugplatz, cancelled ... weitere Indizien aus Pieros Traum, also keine Mär. Gerda musste eine kleine Runde ums Haus drehen, um den Herzschlag zu beruhigen. Wellen oder Scheißteilchen, Zufälle hin oder her, das hier war ein Tatsachenbericht von einem, dem sie vertraute wie kei-

nem sonst. Das Puzzle fügte sich zusammen und ihre vage Ahnung wurde allmählich Wirklichkeit.

Piero muss dort gewesen sein, hat den Papa wahrscheinlich gesehen ... vielleicht sogar lebend und dann tot.

Ehe es die Engländer zu verhindern vermögen, gelingt es einem, ein Flugzeug zu besteigen und abzufliegen, die anderen können noch rechtzeitig gefangen genommen werden, ehe sie, schon in den Flugzeugen sitzend, die Motoren in Gang bringen. Die Wut unserer Nachbarn kennt keine Grenzen. Einer ihrer Feldwebel lässt uns wissen, es werde wohl dazu kommen, dass die Tommies den Zaun zwischen ihnen und uns eines Tages neu aufbauen müssen. Von einem anderen Cage wird im Sprechchor an sie die Frage gerichtet: »Kommt ihr rüber?!« Gemeint sind wir Antinazis. Täglich wird das Lager von einem Panzerwagen umfahren.

Am 2. Dezember abends wird unsere aus Wellblech erbaute Küche mit einem Steinhagel bedacht, dass dem Küchenpersonal Hören und Sehen vergeht. Einzeln flüchten sie in raschem Lauf, doch einer bricht, von einem Stein zwischen die Schulterblätter auf die Wirbelsäule getroffen, zusammen und muss ins Hospital eingeliefert werden. Dann rufen uns die Nazis zu: »Wir kommen rüber, auch wenn Panzerwagen anrollen, ihr Schufte und Verräter!« Unsere ›Brüder‹ jenseits des Stacheldrahtes zählen fast tausend Mann, wir etwas über zweihundert. Das würde ein ungleicher Kampf werden. Wir bitten den Lagerführer, den Sergeant zu beauftragen, die Wache zu verstärken und auf den Wachtürmen Maschinengewehre in Stellung zu bringen. Unserem Wunsch wird Folge geleistet und die Nazis am kommenden Tag verwarnt.

Im Übrigen ist die Tatsache, dass die einzelnen Cages immer wieder umgruppiert wurden (weil es täglich zu Zusammenstößen der verfeindeten deutschen Lager kam), ein weiterer Grund für etwaige Fehleinschätzungen, die

beim Überfall auf den Gefangenentransport zur Eskalation
geführt haben könnten. Natürlich noch kein Beweis für
Pieros Involvierung, aber eine plausible Möglichkeit allemal.

Am 6. Dezember werden wir aufgeteilt. Die Deutschen werden
mit Autos in ein entfernteres antinationalsozialistisches deut-
sches Lager gebracht. Die Österreicher erreichen zu Fuß in einer
Dreiviertelstunde das von kaum hundert Meter hohen Bergen
umrahmte österreichische Stammlager Nr. 380.

Das Stammlager also, der Briefkopf auf dem Deckblatt seines Tagebuchs ... Gerda legte, wie Judith im Hotel, ein Lineal
aus, um die Koordinaten aus Pieros Traum auf der Ägypten-
Karte zu vernetzen. 30° 20' Nord und 32° 18' Ost – die Linien
kreuzten sich südlich der Stadt Fayed. Wo das Kriegsgefangenenlager 380 stationiert war: in Fanara. Treffer! Pieros
Traum schien tatsächlich das Echo einer Aktion zu sein, die
hier, in diesem Gebiet, vor genau elf Jahren stattgefunden
hatte. Irgendwo auf der Strecke zwischen Fanara, Fayed
und dem Großen Bittersee.

Wir werden im Käfig Nr. 4 untergebracht. Hier erhalten wir
endlich Strohsäcke und Kopfpolster aus Leinen. Die Zelte werden einen halben Meter tief ausgegraben. Sie werden dadurch
kühler. Der ausgeworfene Sand wird zum Bau von kleineren
Mauern verwendet, auf denen an den immer wiederkehrenden
Inspektionen die Decken gefaltet aufgelegt werden. Wir sind in
der ägyptischen Wüste. Im Osten, jenseits des Sees, dehnt sich
die arabische Wüste, nichts als Sand, kein grüner Fleck.

Gerda nahm das dickere Kuvert und steckte ihre Nase in
einen Fingerhut voll weißen Sands. Ägyptischen Sands. Sie
wusste, sie würde, samt ihrem Bauch, schon bald an diesem
Ort sein.

Am 30. Jänner, dem Tag von Hitlers Machtübernahme, wie überhaupt an jedem Gedenktag der NSDAP, veranstalten sämtliche Nazi-Cages, trotz Verbot der Engländer, große Kundgebungen. Ansprachen, Sprechchöre und das Absingen der Lieder der Nation gehören zu jedem Programm.

Pfuirufe, Pfeifen, Sprechchöre wie »Nieder mit den Nazis und mit Hitler« und so fort ertönen als Antwort aus dem österreichischen Antinazi-Cage. Mehr als fünfzig Prozent der österreichischen Gefangenen haben sich noch in der Gefangenschaft (!) zum Nationalsozialismus bekannt und nennen sich Ostmärker. Sie sind in eigenen Cages und unsere grimmigsten Feinde.

Gerda musste an Pfarrer Knecht denken und seine Angst vor der Saat unterm Teppich.

Ein kleiner vierstimmiger Chor bringt dann und wann abends, wenn die Sterne leuchten, heimatliche Lieder zu Gehör. Lagerinsassen, die sich in irgendeiner Form gegen die bestehenden Lagerbestimmungen oder im Benehmen gegen Engländer vergehen, werden je nach der Schwere des Vergehens zu drei, sieben oder 28 Tagen Kalabusch verurteilt – das ist Einzelhaft in Zelten außerhalb der Käfige. Auflehnung oder Meuterei und dergleichen wird, wie es in unserem Cage 1 am 14. April der Fall war, mit Verpflegungsentzug bis zu 14 Tage bestraft, das bedeutet Verköstigung nur mit Wasser und Brot. Auf kleinere Vergehen der ganzen Belegschaft wie verbotene Gegendemonstrationen setzt es Entzug des Spielgerätes (Fußball) und Ausschluss aus den Fußballwettspielen auf dem von allen Cages zugänglichen Sportplatz.

Am 7. Mai abends um zehn Uhr wurde uns mitgeteilt, dass der Krieg zu Ende ist. Am 8. Mai abends Sprechchöre: »Wir danken den Alliierten für die Befreiung Österreichs« und sozialistische Lieder!

Du meine Güte, sozialistische Lieder! Ich fürchte, dafür hätte es von der Mama Verpflegungsentzug gegeben, so ein Sakrileg auch ... sozialistische Lieder, Papa! Und du gestehst es auch noch schriftlich! Da hätten wir noch eine Strecke Arbeit vor uns im Ländle, kann ich dir sagen ... Ich hätte dir gern mal die Lotte Horvath vorgestellt, die hätte glatt bei euch mitgesungen. Die hättest du vielleicht auch gemocht.

Der 9. und der 10. Mai werden zu Feiertagen erklärt. Die Küche bäckt Krapfen, drei Stück pro Mann. Mittagessen: Gelbe-Rüben-Eintopf. Kein Arbeitsdienst, Arbeiter-Cage hat zwei Tage frei. Am 16. Juni werde ich Mitglied der Lagerpolizei und am 21. Juni mit vier anderen Kameraden, die durch meine Fürsprache ebenfalls dazukamen, ins Cage 8 versetzt.

Gerda erinnerte sich noch an einen Brief, den ihr Mama vor Jahren vorgelesen hatte, in dem Papa von Fußballspielen sprach, die demnächst gegen die Engländer auszutragen wären. Unter den deutschen Kameraden soll es auffallend gute Spieler gegeben haben. Für die Briten und die Gefangenen wurden richtige Trainings organisiert, mit mehreren Fußbällen, Schieds- und Linienrichtern, Zeugwart, Dressen, Trainer und Co-Trainer. Die Sache wurde sehr ernst genommen und schließlich hatten sich im Laufe der Monate eingespielte Mannschaften herauskristallisiert, die auf ein großes Ländermatch hinfiebern durften.

Eine Schlacht sollte es werden. »Hybris der Sieger« gegen »Rache der Besiegten« oder besser, umgekehrt.

Ein Ereignis, das Gerda – wieder durch einen merkwürdigen Zufall – auf eine entscheidende Spur führen würde, die (fast) alle Fragen beantworten sollte.

Sie legte ihre beschriebenen Seiten wieder zwischen Papas Tagebuchblätter (wenigstens in Gedanken vereint) und verstaute alles in der Ledermappe.

Mutter hatte ihre Tochter den ganzen Tag über beobachtet, sah, wie sie, gefesselt von dieser unwirklich *zusammenklingenden* Geschichte, ausharrte, bis auf die eine Runde, die sie ums Haus drehen musste, um die Nerven zu beruhigen. Gerda war noch nicht so weit, jetzt schon alles, da es noch in Schwebe war, auf den Tisch zu legen. Auch die Ernüchterung, die ihr die Vernunft einreden wollte, ließ sie noch nicht zu. Weder Mama noch Agnes trauten sich genauer nachzufragen, solange Gerda nicht selbst bereit war, reinen Tisch zu machen.

Sie nahm sich eine *schwangerschaftsbedingte* Auszeit, Direktor Waibel war ein generöser Mann, und die Sommerferien nicht mehr weit. Sie wollte sich Rat holen in Wien, bei Frau Horvath – ihrer Lotte, und deren Büchern.

XXIII.

Freitag, 26. Juni 1959, Wien.
Das Fräulein Isolde flog ihr zur Begrüßung entgegen, als sie die Buchhandlung betrat und kackte ihr zerknittertes Hütchen voll, das sie nur aus funktionalen Gründen aufgesetzt hatte. Die Sonne brannte bereits wie im Juli. Trotz Hitze werkelte Frau Horvath mit hochgeschlossener Spitzenbluse im hintersten Eck an den Regalen, als sich Gerda hinter ihr aufstellte, ihren Bauch wie ein Präsent in beiden Händen.

»Jaaa, meine zwei! Mein Mädel – und die Zukunft!«

Dann der wiegende Begrüßungstanz. Ein Heimkommen. In der Umarmung flüsterte Gerda ihr »*Hilfe*« ins Ohr.

Es war schon später Nachmittag und Frau Horvath hatte sowieso Lust auf Feierabend. Beide wollten große Weiten vor sich sehen und entschieden sich für den Cobenzl und seinen Blick auf die Weingärten und die Stadt.

»Da lässt sich gut reden«, sagte Lotte. Sie hatte die Angewohnheit, während wichtiger Gespräche hin und her zu marschieren, wie ein Tiger im Käfig. Am liebsten Open Air, wie sie sagte. Das Rondell am Cobenzl, wo sie einst ihre Hochzeit gefeiert hatte, schien ihr der geeignete Platz zu sein – die Veranda bot Weite im Überfluss und einen 25-Meter-Rundgang hin nach Osten, retour nach Westen.

Noch im Stehen, die Weingärten im Blick und einen wandernden Dunststreifen, der die Stadt wie eine schmutzige Tapete einhüllte, begann Gerda ihre Geschichte auszubreiten. Auch Nebenschauplätze, die Schlagzeilen der einzelnen Tage halt, um ihre Gemütslage offenzulegen. Das Wesentliche war Lotte ja bekannt – geplatzte Hochzeit, Umzug nach Hohenems, Polizeischerereien um den verlorenen Bräutigam, Gerdas Liebe, die unverbrüchliche. Dann ihre Zweifel und Ängste um den suspekten Vater ihres Kindes. Schließlich die neueren Fakten: ihre vergeblichen journalistischen Versuche, mit den Lesern Erinnerungskultur zu pflegen, Großmas Tod, die jüdische Fast-Schwiegermutter Frau Schwartz als ihre neue, besorgte Freundin, das Treffen mit dem flüchtigen Piero in Rom, seine Verfolger, sein Schleuserleben, die Nacht im Hotel, sein Traum und schließlich seine merkwürdige zeitliche und örtliche Verbindung zu einem Zwischenfall bei einem Gefangenentransport in der ägyptischen Wüste.

Sie konnte, während sie erzählte, ihre Verunsicherung und Scham nicht verbergen, denn in Lotte sah sie nicht nur die weise Freundin, sondern auch eine moralische Instanz, deren Urteil ihr so wichtig war wie ein Kompass.

Lotte nahm sie unterm Arm, so entschlossen wie Judith, und marschierte los, anfangs noch gemächlich, zügiger dann, als die entscheidenden Wunden in der Erzählung klafften.

»Langweilig war dir offenbar nicht in letzter Zeit ...«, sagte sie mit stierem Blick, als wollte sie die Scharniere der Logik zwischen den Geschichten gewichten und sortieren.

»Nein. Aber mir reicht's langsam mit den Abenteuern«, bestätigte Gerda. »Ich hab mich vielleicht überschätzt.«

»Um ehrlich zu sein, die Hinweise bergen schon Zunder in sich ... Wenn seine Worte im Traum kein Hirngespinst waren, muss er wohl dort gewesen sein, wo dein Papa ...«.

»Und hat vielleicht sogar gesehen, wie er gestorben ist ... Mein Gott, ich weiß nicht, was ich tun soll mit dieser Sache ... Lotte, bitte, ich will's mir nicht vorstellen müssen ...«

Sie fühlte sich irgendwie entblößt, weil ihr angesichts erdrückender Indizien die Argumente ausgingen, die ihre Liebe zu Piero rechtfertigen konnten.

»Langsam, langsam«, beruhigte sie Lotte. Die Roth Händle hatten ihre Stimme noch tiefer und bestimmender gemacht.

»Die Tatsache, dass er anwesend war bei dieser Sache, bedeutet noch nicht, dass er sich was zuschulden hat kommen lassen.«

»Aber er hat doch Kommandos gegeben ...«

»Im Traum, ja. Jetzt bleiben wir mal auf dem Boden, Gerda. Vielleicht hat er die Kommandos nur gehört und sie im Traum wiedergegeben. Wir sollten erst mal auf seiner Seite denken, nicht?«

»Will ich ja, will ich ja ... aber es hat sich so viel verschoben in letzter Zeit, weißt du. Es gab Zeiten, da hab ich noch an irgendwas geglaubt ... an Charakter, ich meine ... Maßstäbe, Regeln, Gesetze, Werte, an die sich die meisten halten, klingt heute lächerlich, ich weiß ... Aber ein Eitzerl mehr Moral und Einsicht sollte man nach einer Katastrophe erwarten dürfen, nicht? Das Gegenteil ist der Fall: kein Vertrauen mehr. Die Kinder glauben ihren Eltern nimmer und umgekehrt. Man ist verunsichert nach den Denunziantenjahren. Verlässlich ist gar nix mehr ... Wenn ich in Pieros

Welt sehe – und die hat nicht *er* erfunden, Lotte – die Behörden und Ämter, die auf ihre eigenen Regeln pfeifen, ganze Regierungen, egal ob Alliierte, Russen oder Schweizer, Nazis sowieso, korrupte Richter, Polizisten bis hinauf zu Justizministern, der Vatikan, die Kardinäle, der Papst!! Als ob's einfach weitergeht mit der Niedertracht, Menschenhandel, Entführungen, Industrieklau ... Es geht einfach weiter, als ob alle Zugehörigkeiten zerrissen sind ... und mein Piero mittendrin. Aber er war doch erst 19 damals, ein Teenager ...«

»Es klagt ihn auch noch keiner an, Gerda. Eins nach dem andern. Im Übrigen wird's wohl eine Generation lang dauern, bis wieder halbwegs Ordnung herrscht.«

Bis hierher waren sie zügig marschiert, hin und retour, hin und retour, das Rondell entlang.

Dann blieb Lotte plötzlich stehen, als hätte sie ein Zwischenergebnis zu vermelden, hielt Gerda mit beiden Händen an den Schultern fest und sah ihr in die Augen.

»Sag mir eins, Mädel, liebst du ihn?«

»Ja, tu ich.« Das kam fast trotzig, so schnell, als hätte sie die Frage beleidigt. Als wollte sie sagen, was hat denn seine Tätigkeit mit meiner Liebe zu tun. Dann nach ein paar Augenblicken bestärkte sie's noch einmal: »Ja.« Dabei wunderte sich ein Teil in ihr über die Resolutheit ihrer Antwort.

»Gut. Dann warte doch bitte, bis alle Fakten auf dem Tisch sind. Wenn du ihn so lieb hast, solltest du ihm eine Chance geben ...«

Dann, nach einer langen Pause, in der sie Gerda ausheulen ließ:

»Es tut mir so leid, dass dein Papa so sterben hat müssen ... überlebt den Krieg und dann das ... Das ist so bitter!«

»Ja, Piero hat fast dieselben Worte gebraucht, als ich ihm davon erzählt hab. Und die Mama wollte nie mehr davon sprechen. Hat sogar gelogen, weil sie uns oder mich schonen wollte, wie sie sagte. Das hab ich nie verstanden, weißt du. Man kann doch einen Tod nur akzeptieren, wenn man ihn ins Herz mitnimmt.« Daraufhin küsste ihr Lotte die Stirn, ein Reflex, nahm sie schnell in die Arme und hielt sie lange fest, als müsste sie selbst ein paar Tränen verdrücken.

»Schön, dass ein junges Mädel so reden kann. Du musst ihn zur Rede stellen, so schnell wie möglich, bring es hinter dich.«

»Zur Rede stellen ... ja, wenn ich nicht so eine Heidenangst hätt davor.«

»Lass dir nicht den Mut nehmen, von niemandem. Er wird dir alle Fragen beantworten, wenn er dich lieb hat.«

Gerda hängte sich nun bei Lotte ein und ging mit ihr ein Stück.

Lotte tätschelte ihre Hand und blieb nach wenigen Schritten wieder stehen.

»Wie war das eben? ... den Tod mit ins Herz nehmen ...«

»Ja, solltest du auch ... endlich ... Hast mir einmal versprochen zu erzählen, wie das war ...«

»Beim Josef?«

»Ja, bei deinem Josef ... versprochen hast du's ... x-mal ...«

Lotte hängte sich aus bei Gerda und ging vor zum Geländer der Veranda. Ihre beiden Hände umklammerten fest den Handlauf, die Adern schwollen an, ihre Handknöchel wurden ganz weiß dabei, wie damals bei Piero in der Gruft. Während sie sprach, ließ sie sich langsam zurückfallen, bis die Arme gestreckt waren und zog sich wieder vor, bis ihr Bauch den Handlauf berührte. So ging das in stetem Rhythmus. Vor und zurück.

»Er liebte seine Tauben, das weißt du ja ... so sehr, wie ich meine Bücher liebe. Vor vier Jahren war's, da hatte sich ein Krebs in meinen Körper gepflanzt, der die Lymphdrüsen befällt und das Blut und dann vieles andere – Morbus Hodgkin. Die Chemotherapie schlug nicht wirklich an, die Haare fielen mir aus, ausg'schaut hab ich wie a g'rupfte Henn ...«

Sie stieß sich ab vom Handlauf und zog sich wieder hin, wie ein junges Mädchen, das wie ein *Hans Guck-in-die-Luft* in den Nachmittag dämmert.

»Hab mir eine Perücke gekauft ... das war ja nicht mehr anzuschau'n. Wir haben sie gemeinsam gekauft. Josef hat schrecklich gelitten, als ich dann, bis auf ein paar Federn, ganz kahl war am Kopf und irgendwann hat er begonnen, sich wider alle Vernunft einzubilden, seine Vögel könnten schuld sein an dieser verfluchten Krankheit. Er war einmal vier Tage wegen einer Grippe im Bett, ich hatte die Tauben derweil übernommen, da sei's passiert, meinte er und ich konnte ihm den Blödsinn nicht mehr ausreden. Mein Zustand verschlechterte sich und die Ärzte waren ratlos, hatten mich eigentlich schon aufgegeben, bis ich durch Zufall von einem Schweizer Arzt hörte, der in St. Gallen mit einer neuen Therapie experimentierte, einer Kombination aus Chemo- und Strahlentherapie. Ich fuhr mit Josef aufs Geratewohl ins Kantonsspital St. Gallen und wurde sofort aufgenommen. Dr. Senn hieß der Arzt, der gleich sehr interessiert schien, da mein Fall speziell war. Jedenfalls lag ich noch am selben Abend unterm Messer. Sie hatten mir als Erstes die Milz entfernt, wegen Blutblättchenmangels oder so ähnlich, und zwei Tage später schon die Bestrahlung mit einer Kobaltkanone begonnen. Bombe oder *Bömbili* nannte sie der Dr. Senn liebevoll, ein Gerät, das Josef mehr Angst machte als die Krankheit selbst. Man schob mich samt Bahre unter eine bis zur Zimmerdecke reichende Metallkonstruktion, in deren oberen Bereich eine Art Kanone montiert war, mit Schusskanal, Mündung und Strahlerkopf, in dem ein fingerkuppengroßes Stück radioaktiven Kobalts saß, das, wie Radium, kurzwellige Gammastrahlen ausstößt. Ein Motor sorgte dabei für eine Rotation des Schusskanals, um die Hautpartien um den Hals nicht zu sehr zu belasten, den Krebsherd aber trotzdem unter ständigem Beschuss zu halten. Zu starke Bestrahlung konnte auch Brandwunden zur Folge haben, Kollateralschäden ins gesunde Gewebe hinein. Wenn blinkendes Rotlicht und ein greller Warnton einsetzten, zog sich der Arzt und die Assistenzschwester, mit dem blassen Josef an der Hand, hinter eine Schutzwand in den angrenzenden Raum zurück, in dem das Steuerpult stand. Dr. Senn legte einen Schalter um, öffnete die Mündung der Kanone und feuerte ein minutenlanges Strahlengewitter in meinen verfluchten Krebs hinein.«

Sie hielt inne mit ihrem Vor-und-zurück, stand still, überlegte eine Weile, drehte sich schließlich zu Gerda, begann die Knöpfe ihrer Spitzenbluse zu öffnen bis zum Dekolleté und legte damit Hals, Brust und ihre Wunden frei. Purpurrote und braun-violette Flecken, die zwar nicht schmerzten, aber für immer bleiben würden.

»Das sind meine Landkarten am Hals und auf der Brust. Deshalb die hochgeschlossenen Blusen. Verstehst du das?«

»Ja, jetzt versteh ich ... Und ich hielt deine hübschen Blusen für einen schicken Spleen, den ich so mochte ...«, sagte Gerda verunsichert.

»Leider nein. Es sieht hässlich aus und jeder stellt Fragen.«

Sie knöpfte die Bluse wieder zu.

»Als Josef die Flecken sah, war er noch überzeugter von seiner Theorie, obwohl sie jeder Logik entbehrte. Er sah, dass ich litt ... an allen möglichen Nebenwirkungen, hab viel gekotzt damals und zu Hause oft auf die Perücke vergessen ... das war kein schöner Anblick. Er war wochenlang an meiner Seite durch die Gänge der Onkologie gegeistert und glaubte nicht mehr an eine Genesung. Also fragte er mich eines Tages, ob er eine kurze Auszeit nehmen könne. Er fuhr nach Wien zurück. Was dort geschah, habe ich erst eine Woche später erfahren. Er konnte nicht selbst darüber reden.«

Sie begann erneut mit der Vor-zurück-Bewegung, die Handknöchel färbten sich wieder weiß.

»Er hatte sich zwei Flaschen Schnaps besorgt, sich betrunken und während einer ganzen Nacht alle seine Tauben umgebracht, jeder einzelnen den Hals umgedreht ... 240 Mal.

Ein Nachbar hat ihn am nächsten Morgen gefunden und mit einer Alkoholvergiftung ins Spital gebracht. Du wirst sicher verstehen, dass ich die Geschichte nicht wiederkäuen wollte.

Er hat sie einfach umgebracht, verstehst du, das ist ... als hätt ich alle meine Bücher verbrannt.

Weißt du, manchmal denk ich mir ... er ist einfach langsam verrückt geworden. Das hatte schon früher begonnen: Der Aufstand im 34er-Jahr hatte ihm sehr zu schaffen gemacht ... der Dollfuß, der Schuschnigg ... und dann der Krieg und alle Schweinereien, obwohl er da nicht mehr eingezogen wurde wegen seiner Nervengeschichten.«

»Aber wie ist er dann ...«

»Er hat sich erhängt. Bei uns z'Haus am Dachboden ... ›I' kann nimmer! In Liebe.‹ Er hat leider nicht mehr mitbekommen, dass die Therapie tatsächlich gegriffen hat, hat's nicht mitbekommen – ich bin gesund und Josef und seine Tauben sind tot.«

»Ich komme mir so blöd vor, entschuldige ...«

»Er war nicht der Einzige, der das alles nicht wegstecken konnte. Es war nicht nur mein Krebs, Gerda, das weiß ich heute genau ... Es war alles zusammen. Viele haben sich leise davongemacht seither«, sagte sie gefasst und nahm Gerda bei der Hand.

Sie nahmen den holprigen Weg durch die Weingärten, der Dunst über Wien hatte sich längst verzogen, aber sie hatten keinen Blick mehr für die Stadt.

XXIV.

Zurück in Hohenems erwartete sie eine erfreuliche Überraschung. Beim Elternsprechtag, für den sie zwei geschlagene Stunden am Pult ihrer Klasse ausgeharrt hatte, war eine Dame aufgetaucht, die sie auf den anonymen Artikel in den »Vorarlberger Nachrichten« ansprach, der den Umgang mit Juden thematisierte und den Gerda im Unterricht besprochen hatte. Sie unterstütze solche Schritte, sagte die Dame, und sie sei froh, dass es wieder junge Leute im Schulbetrieb gebe, die sich *nix pfeifen*. Sie war Südtirolerin und vor zwanzig Jahren mit ihren Eltern hergezogen, als sie zwischen Hitler und Mussolini wählen mussten (*zwischen Pest und Cholera*, wie sie sagte). Ihr Sohn habe ihr von dieser Diskussionsstunde erzählt und zu Hause weitergefragt.

»Mein Bub war beeindruckt bzw. hat sich gewundert, dass man über solche Sachen reden kann in der Schule ... solche Komplimente macht er nicht jeden Tag.«

»Das freut mich, ich dachte schon, ich sei ein Rufer in der Wüste.«

»Ich bin die Blanka Nicolussi, auch eine Ruferin.«

»Oh ... sehr erfreut, dann sprechen wir also vom ... Hannes? Nicolussi, richtig?«

»Genau der. Und äh ... ich würde Sie gerne zur Eröffnung meines neuen Geschäfts einladen«, sagte sie und lächelte Gerda so charmant an, dass sie nicht recht wusste, wo sie hinschauen sollte. Ihr Gesicht hatte ein so einnehmend warmes Lächeln, als könnte sie jedes Gegenüber auf der Stelle um den Finger wickeln, dabei schien es ganz natürlich, ohne Falsch und geradeheraus, ein Charme, dem jede Berechnung fremd war. Es war nicht das schicke Haarnetz und auch nicht das getupfte Sommerkleid, sondern eine Schwingung, die man nicht missen wollte, die einen festhielt ohne Anstrengung. Gerda musste sich erst fassen und weidete sich dabei an ihren feinen Zügen, ihrer sanften Blässe ohne Makel. Eine graziöse Schönheit, fast zerbrechlich und selbstbewusst zugleich, vielleicht Ende dreißig, schätzte sie. Dunkelbraunes Haar, Rechtsscheitel, leicht gewellt bis in den Nacken und in ein Netz von Glitzersteinchen gefasst, die Augen kastanienbraun, ihre ganze Anmut traf sich im Gesicht zu einem Ebenmaß, das Gerda ein wenig zurückweichen ließ. Kurz musste sie an die Tanzstunde in Wien denken, die solidarische, laszive Wohligkeit unter den Frauen damals und das leichte Ziehen im Bauch an diesem Abend, bevor sie Piero traf.

»Und ... was genau eröffnen Sie da?«

»Eine kleine Buchhandlung in der Marktgasse 10, hier in Hohenems. Ich würde mich sehr freuen, wenn Sie und Ihre Freunde vielleicht vorbeikommen könnten.«

»Das ist überaus erfreulich, wir waren diesbezüglich nicht wirklich gut bestückt hier.«

»Eben, und da dachte ich, man könnt vielleicht a bissl nachhelfen, Leseratten gibt's ja überall. Ich denke auch an kleine Veranstaltungen, Lesungen vielleicht oder einen Buchklub für Interessierte. Aber ich sag schon wieder zu viel, verzeihen Sie ... Ich muss erst mal den ersten Schritt tun und bin jedem dankbar, der mich dabei unterstützt.«

»Ich kann Ihnen gar nicht sagen, wie sehr mich das freut. Ich hab drei Jahre lang in Wien in einer Buchhandlung mitgearbeitet, also ich finde das ... ich finde das wirklich ...«

»Das freut mich, Fräulein Fässler, darf ich dann also mit Ihnen rechnen?«

»Oh ja, das dürfen Sie.«

»Schön, und nochmals großen Dank für Ihre Bemühungen mit den »Vorarlberger Nachrichten«, das war sehr mutig.« Und draußen war sie bei der Tür.

Zwei Tage später, ein kleiner feiner Empfang in einer klug sortierten Buchhandlung. »S'Buachlädele« stand in geschwungener Schrift über der Eingangspforte – von deutschen Klassikern bis zu Lyrik und moderner Belletristik, aktuelle österreichische und Schweizer Literatur – Bachmann, Celan, Fried, Dürrenmatt, Frisch –, zudem eine angloamerikanische Abteilung, von John Updike bis Capote, Burroughs usw. Ein anheimelnder Katalog von zündenden Namen, daneben Wissenschaft, Sachbücher und eine Kinderabteilung. Gerda jubelte innerlich, so ganz nebenbei ein Geschenk der Götter. Achtzig Prozent der Gäste waren Frauen, eine kleine Armee, die hungrig auf Eigeninitiative aus waren. Die Luft flirrte vor Ideen und Ungeduld. Diese Frau Nicolussi war wie eine frische Brise hereingeweht ins Emser Leben, und wäre Gerda nicht auf die wichtigsten Reisen ihres Lebens eingestimmt gewesen, sie hätte sich mit diesem Kraftwerk gleich auf ein *Packl gehaut*, um ordentlich Wind zu machen.

Das gab sie ihr auch klar zu verstehen, soweit das in der fiebrigen Small-Talk-Atmosphäre überhaupt möglich war. Nach dem zweiten Sektglas hatte ihr Frau Nicolussi schon das Du angeboten. Man tauschte die Telefonnummern aus und versprach sich gegenseitig, für den Herbst Pläne zu schmieden. Blanka war tatsächlich 39, Alleinerzieherin, geschieden, und gewillt, ein nachhaltiges Frauenprogramm zu organisieren.

Eine kleine Vorfreude, die Gerda gerne mitgenommen hätte nach Rom, denn dort war weniger mit Euphorie als mit Aufklärung, Verunsicherung, Liebeskummer und schmerzhaften Entscheidungen zu rechnen.

*

Samstag 4. Juli 1959, Rom.
Als sie vor dem Kloster der Salvatorianer in der Via della Conciliazione 51 aus dem Taxi stieg, stand sie in einer Prachtstraße, die geradewegs in den Petersplatz mündet, ins Zentrum der Macht der katholischen Kirche. *An solchen*

Orten verkehrt er also, mein Piero ... Sie war tatsächlich bewegt vom Eindruck, den die ausgezirkelte Architektur der Glorie in ihr auslöste. Es war ihr erstes Mal in Rom. Die Straße der Versöhnung also – in Genua war's noch die Via Andrea Doria, ein Wink zum Untergang. Zufall oder wieder so ein Metaphernspiel? Egal. Versöhnung also.

Sie sah hinüber zur mächtigen Kuppel, die den Horizont seit fünf Jahrhunderten für sich gepachtet hat, stand etwas verloren da und erinnerte sich dabei an die Worte ihres Philosophielehrers, der einst in die Klasse gefragt hatte: *Wisst ihr was das ist – Phobokratie? ... Einschüchterung, meine Herrschaften – durch mächtige Bauten, Bilder und Drohungen, um Zweifel an der Verkündigung auszuschließen. Herrschaft durch Angst, merkt's euch das! Eine Religion ohne Macht, um damit Furcht zu erregen, ist zum Scheitern verurteilt. Kein Glaubenssatz. Nur ein Vorschlag zum Nachdenken* ... war der lapidare Nachsatz. Er war damals kurz vor der Pensionierung, konnte den Mund also angstfrei voll nehmen. Keine Gestapo mehr. So ein Segen. So oder so ähnlich hatte er sie vorgewarnt für diesen grandiosen Anblick, der einem tatsächlich Atem und Sprache verschlagen konnte. Sie war in dieser Straße gut zu spüren, die Macht und die Herrschaft, im Marmor für die Ewigkeit.

Wo kommt bloß all das viele Geld her, hatte sich auch schon Luther gefragt und die Frau Horvath auch, vom Klingelbeutel sicher nicht. Aber die Kunst ist überwältigend – das Konzept geht auf: *Was will die kleine Gerda da? ... Lass dich nicht einschüchtern*, sagte sie sich, aber als sie an der Türglocke zog, fuhr ihr doch ein leichter Stich in die Magengrube. Nicht Ehrfurcht, eher eine Restangst vor Mamas und Dantes Höllenbeschreibungen aus Kindheitstagen.

Schwester Domitilla und Schwester Crescenzia, Ordensfrauen des Göttlichen Heilandes, führten Gerda, nachdem sie ihren Namen deponiert hatte, durch einen schier unendlichen Gang. Man defilierte an übergroßen Gemälden mit verstorbenen Ordensheiligen, Bischöfen und Kongregationsgründern vorbei und war schon wieder verlegen beim Betreten des ersten Zimmers, oder besser eines Saals, in dem eine ganze Kompanie hätte tafeln können. Die Schwestern waren sehr freundlich, kredenzten Kräutertee und Kekse, und verschwanden mit einer Verneigung im Nebenraum, um Telefonate zu führen; wobei ein Gespräch auf Deutsch, zwei weitere auf Italienisch bzw. Englisch geführt wurden. Soweit sie den Stimmen akustisch folgen konnte, ging es um Abhol- und Ankunftszeiten sowie um eine neue Flugverbindung, *die unbedingt genutzt werden sollte* (... für Herrn Burkhardt?).

Von wegen Einschüchterung, die Atmosphäre hier vermittelte tatsächlich ein Flair von internationaler Organisationsroutine, das Verlässlichkeit und Seriosität ausstrahlen sollte. Hier wurden nicht *vermeintliche Verbrecher* (obwohl man wusste, was die Herrschaften auf dem Kerbholz hatten) beschützt oder weiterbegleitet, hier wurde »*einfach Hilfe angeboten*« für Menschen in Bedrängnis. So der offizielle Code – nach ihren Geschichten wurde nicht gefragt. Das war die Prämisse des Bischofs Hudal, eines Hitlerverehrers aus Graz, der die Rettungswege und Finanzströme koordinierte, wie Piero mehrfach betont hatte.

Wer sich in diesen Räumen hier aufhielt und sich als Katholik ausgab, so die Grundthese, der hat schon sein Herz für die Kirche geöffnet, konnte sich also ihrer schützenden Hand gewiss sein. Es werde noch ein Weilchen dauern, bemühte sich Schwester Domitilla eine kleine Verspätung zu entschuldigen, der Fahrer werde baldigst erscheinen, um sie an den eigentlichen Bestimmungsort zu bringen. Also wieder das alte Versteckspiel. Gerda nickte dankbar. Um die Zeit zu überbrücken, könne sie noch etwas Lesestoff anbieten, sagte Schwester Crescenzia und empfahl das »Römische Martyrologium« oder alte Ausgaben des Monatshefts »Der Weg«, das hier in mehreren Exemplaren auflag (eines davon ließ sie in ihrer Tasche verschwinden), und eine Biografie über *Pater Damian De Veuster*, der auf der hawaiianischen Insel Molokai bis zu seinem Tod Leprakranke betreut hatte. Gerda bedankte sich höflich und begann bei De Veuster zu blättern, denn die Geschichte kam ihr bekannt vor. Raimund hatte bei einem seiner letzten heimlichen Telefonate (während der Zehn-Uhr-Pause in Olgas Tabakladen) von eben diesem Buch gesprochen, aus dem ihnen Pater Heinrich allabendlich vorgelesen habe. Eine tatsächlich beeindruckende Geschichte über einen selbstlosen Mann, der sich bis zum Tod aufgeopfert hatte. Sie wunderte sich über die merkwürdige Bandbreite an Haltungen und Lebensgeschichten, die unter dem Dach der katholischen Kirche gleichzeitig existieren konnten: Knecht, Lampert, De Veuster – die sauberen Ausgaben, aber Schattengewächse, die noch lange auf Rehabilitierung zu warten haben würden, und auf der andern Seite Leute wie Hudal, Montini, Caggiano und Pius XII. – im Licht, die Verbogenen an den Hebeln der Macht, reue- und einsichtslos. Ein kleines großes Rätsel für Kulturanthropologen und noch eine Artikelserie für die Schublade. Gerda war nicht wirklich zum Lachen. Eine andere Zeit wünschte sie sich. Bevor sie anfing zu lesen, ertönte schon die Hausglocke. Ein streng gescheitelter, dezenter junger Mann im Talar wurde ihr vorgestellt.

»Padre Davide wird Sie bringen ... zu ihrem Ziel ... und viel Glück mit ...«, Sr. Domitilla deutete dabei auf Gerdas Bauch, mit aufmunterndem Lächeln und italienischem Akzent.

Wenig später saß Gerda im Fond eines umgebauten schwarzen Autos, das einst ein Londoner Taxi gewesen sein mag und fühlte sich irgendwie schon eingeschleust ins System, das ihr so suspekt war. Der Fahrer im hochgestülpten Talar fuhr bedenkenlos ein verbotenes Tempo. Das ganze Fahrzeug atmete sein Rasierwasser, aber die Fahrt war ja nur kurz. Flott über den Corso Vittorio Emanuele II, dann ein Sprung über den Tiber und schon tauchte man in ein Viertel, in dem Talare und Soutanen, fast wie im Vatikan, das Straßenbild beherrschten – Kirchen, Paläste und Straßen, in denen sich schon früh Renaissance und Barock vermählt hatten.

Das Ziel: die Via della Pace 24, in der das deutsche Priesterkolleg steht, ein palastartiger Bau, bestückt mit der gelbweißen Vatikanflagge, umgeben vom Barock der Kirche Santa Maria della Pace. An der Hauspforte übergab sie Padre Davide an eine deutschsprachige Nonne, die Gerda in ein Gebäude führte, das von der Anlage her einem perfekten Versteck entsprach. Abweisende Fronten, enge Zwischengässchen, drei oder vier Eingänge, Zubauten, alles sehr verschachtelt. Dasselbe innen. Die Nonne führte sie in den hintersten Trakt, dessen Räume im Halbdunkel lagen, als wären die Architekten angehalten gewesen, Sonnenlicht zu meiden. Dann ein langer Gang und eine Zimmerflucht, an deren Ende ein Tor aus massiver Eiche in die Hauskapelle führte. Gerda schlug das Herz bis zum Hals, sie wusste, sie würde jeden Moment seine Haut berühren, seine Stimme hören, seine Augen sehen und alle Konzentration auf die tatsächliche Agenda wäre wieder beim Teufel. In den letzten Tagen hatte sie versucht, allzu intensive Gedanken an ihn zu vermeiden, um ihrem Verdacht nicht weiteren Stoff zu liefern. Ein Duftgemisch aus Weihrauch, Kerzenwachs und Möbelpolitur empfing sie, eigentlich nicht das Odeur, das ihr Gelassenheit vermittelte. Sie bekreuzigte sich vor dem Altar, als ob solcherart noch Punkte zu holen wären. Die Nonne nickte allerdings wohlwollend und öffnete die Tür in einen angrenzenden Raum, in dem man die Sakristei vermutet hätte. In Wirklichkeit war es ein kleiner Saal, in dessen dunkelster Ecke drei ausladende Ledersessel um ein Tischchen gruppiert waren, eine Nische im fensterlosen Bereich. Sie trat ein und hörte, wie hinter ihr die schwere

Türe ins Schloss fiel. Ihre Handtasche, in der sie die Ledermappe (mit Dossier und Papas Tagebuchblättern) verstaut hatte, hielt sie fest an ihrer Brust, wie einen Schutzschild. Eine Weile stand sie so. Im mittleren Sessel leuchtete kurz die Glut einer Zigarette auf und blauer Rauch, der sich ins Restlicht des Tages mischte. Nein, sie wollte nicht, dass ihr plötzlich eine irrationale Angst die Luft abschnürte, sie wollte ruhig bleiben und sachlich.

»Piero?«

»Gerda.« Ein *endlich* lag in seinem Tonfall.

Der kleine Glutpunkt verschwand im Aschenbecher. Sie gingen aufeinander zu, schneller werdend bis zur Umarmung. Eine lange Weile hielten sie sich fest, ohne sich zu küssen, dabei rutschte ihre Tasche zu Boden und die Ledermappe fiel heraus …

Er ging vor ihr auf die Knie, umarmte zärtlich ihre Hüften und schmiegte Wange und Ohr an ihren Bauch, die Augen geschlossen. Ihre linke Hand streichelte unschlüssig über seinen Kopf und drückte ihn schließlich an sich. Sie musste an die Nächte im Ambassador denken … In die Weite konnten sie nicht sehen, beide nicht, jetzt nicht mehr, dachte sie …

»Es tut mir so leid um deinen Papa, ich hab ihn sterben sehen«, sagte sie, wobei sie schon mitdachte, ihm könnte mit ihrem Vater dasselbe passiert sein. Er nickte nur.

»Es ist … vielleicht gut, wie es ist«, sagte er schnell.

Dann löste er sich abrupt von ihr, stand auf, sie sah seine feuchten Wangen – er hob die Ledermappe auf, führte Gerda zu ihrem Sessel, legte die Mappe auf den Tisch, griff sich eine Leselampe und schob sie dazu. Sie knipste das Licht an und sah, dass sein Gesicht nicht mehr so ausgemergelt wirkte wie in Genua. Seine Augenringe aber hatten sich gehalten.

Sie hätte ihn gerne noch mal umarmt und auch geküsst, aber er schien ihr plötzlich in den Wolken und gleichzeitig gefasst zu sein, als wüsste er, was kommt, bereit, sich der Sache zu stellen. Er deutete auf die Ledermappe.

»Belastendes Material?« Sie zuckte mit der Schulter.

»Das Tagebuch von meinem Papa und ein Dossier aus Bern.« Er nickte, wie ein Ertappter. Sie saßen nah beieinander, hätten sich berühren können.

»Alle sind mir auf der Spur ... du auch.« Sie nickte.

»Ich möchte endlich Klarheit, Piero, ich kann so nicht mehr weiterleben.«

»Klarheit – worüber genau?«

»Liebst du mich?«

»Ja. Das weißt du doch. Wir haben ein Baby, Gerda, wie geht's ihm?« Das hätte sie fast aus dem Konzept gebracht.

»Es boxt viel und gedeiht ...«

»Entschuldige, ich wollte nicht ablenken.« Gerda musste erneut ansetzen, *unser Baby* hatte ihr kurz die Strenge genommen. Sie sah ihm in die Augen.

»Also wenn du mich lieb hast, musst du mir auch die Wahrheit sagen. Wirst du das tun?«

»Ja, werde ich.«

»Gut.« Sie nahm zwei Seiten des Dossiers aus der Mappe und legte Papas Tagebuchblätter daneben auf den Tisch.

»Warst du bei deinen ... Operationen jemals in Nordafrika?«

Er hielt ihrem Blick direkt und ohne Scheu stand, dann wandte er sich langsam ab, nickte in sich hinein, als wäre er endlich am Ende der Reise.

»Heißt das ja?«

»Ja, ich war in Nordafrika.«

»Beim britischen Kriegsgefangenenlager in Derna ... nordwestlich von Tobruk?«

»Libyen ... ja, Derna, ein Auftrag des argentinischen Luftfahrtministeriums«, bestätigte er, beflissen wie einer im Zeugenstand.

Sie zeigte dabei auf die entsprechenden Zeilen im Dossier.

»Die Operation Focke und Wulf?« Er nickte und führte weiter aus:

»Zwei Flugzeugingenieure aus Bremen, keine Kriegsverbrecher ... Woher hast du diese Blätter?«

»Von deiner Mama, sie hat sie vom Chef der Stadtpolizei in Bern.«

»Oh, verstehe ... der Freund und Helfer.«

»Er scheint dich eigentlich zu mögen«, sagte sie, »und wollte euch ... dich warnen ...«

Er las die Zeilen murmelnd weiter, bei »*Zugriff (konspirativ)*« und »*Übergabe an CIC*« musste er grinsen ...

»Zugriff konspirativ ...«, wiederholte er.

»Willst du's nicht beenden, Piero?«

»Mich jagen ein paar Typen, Gerda, die Geld, Prestige und vielleicht ihren Job verloren haben. Die würden alles andere als nett zu mir sein.«

»Hast du nicht Angst, die könnten dich umbringen? Dein Papa hätte vielleicht nicht sterben müssen ...«

»Mich kriegen die nicht, und wenn ... jeder hat ...«

»... seine Sterbezimmer im Kopf ... Ich weiß«, ergänzte sie den Satz. Er musste lächeln.

»... und gefälligst die freie Wahl. Mich kriegen die nicht«, setzte er nach.

»Mein Papa hatte nicht die freie Wahl – das ist Blödsinn!«

»Woher weißt du das?«

»Er war ein Gefangener und ist dabei umgekommen ... keine freie Wahl.«

»Steht dazu was in seinem Tagebuch, eine Ahnung – meine ich?« Er sah sie nicht an dabei. Alles der Reihe nach, sie gab die Pace vor.

»Warst du ein zweites Mal in Nordafrika? Du hast gesagt, du liebst mich!«

Er strich sich mit beiden Händen die Haarsträhnen aus der Stirn und nickte.

»In der Nähe des Bittersees?«, fragte sie, »Tanta south-east to Fanara, Lager 306.«

Er war völlig perplex und starrte sie ungläubig an.

»Was?!!«

»Dass Papa dort war, wusste ich schon ... aus diesen Blättern hier. Aber dass du auch dort warst, war neu«, *Fanara*, wiederholte sie.

»Wie ist das möglich? Woher weißt du das?«

Sie richtete sich eine längere Pause ein, um in seinem Gesicht zu lesen. Blätterte vor und zurück und wieder vor.

»Von dir ... weiß ich das.«

»Von mir?!«

»Ja, von dir ... Damals im Hotel in Genua, du hast im Schlaf geredet, laut geredet ... im Traum.«

»Und was hab ich gesagt im Traum?«

»Gerufen hast du ... Kommandos und Koordinaten, ich hab mir jedes Wort gemerkt und notiert im Kopf. Ein bissl wirr, aber allmählich ergibt es Sinn. Ich hätte gerne am nächsten Tag mit dir ... aber da warst du schon weg.«

»Verzeih mir, bitte«, sagte er.

»Das hast du damals auch schon gesagt ... im Traum. *Verzeih mir, bitte.*«

»Was weißt du denn noch?«

»Nur das, was hier steht.« Sie fuhr mit dem Zeigefinger über die Zeilen im Dossier und las:

Weitere nicht aufgeklärte Operationen 1948 in Nordafrika, keine Infos beim Eidgenössischen Justiz- und Polizeidepartment, aber Anfragen von CIC ...

»Wo waren diese unaufgeklärten Operationen ... im Lager 306 in Fanara? Ganz in der Nähe von Fayed, richtig?«

»Ja, richtig ... Fanara 306. Eine kleine Gruppe ... ein Dutzend vielleicht, die sind durch die Tunnels gekommen, die sie monatelang gegraben hatten und dann ...«

Sie unterbrach ihn und hielt ihm die Stelle in Papas Tagebuch unter die Nase:

»... unterirdische Gänge von Cage zu Cage, einer sogar von 60 bis 80 Metern Länge in die freie Wüste hinaus ...«

»Ja, ja, so war's«, sagte er verwundert, »dort haben wir sie aufgelesen, zwischen den Felsen. Dein Papa hat das also ...«

»... mitgekriegt, genau. Ich sagte ja: hier steht die Wahrheit. Und es geht noch weiter: ›Zehn Mann entwichen durch ihn (den Tunnel) und eilten dem nahen Flugplatz entgegen, um sich der Maschinen zu bemächtigen.‹ Damit kennst du dich ja aus, soviel ich weiß. Pilotenschein, schon mit 17 ... steht hier im Dossier!«

»Du machst mir Angst, lies weiter.« Gerda las weiter: »Ehe es die Engländer zu verhindern vermögen, gelingt es einem ...«

Sie sieht ihn dabei an und *liest* auswendig weiter: »... ein Flugzeug zu besteigen und abzufliegen ...«

Da fuhr er dazwischen:

»Stopp! Nicht ganz korrekt: Einen von den Wichsern hatte ich schon in der Maschine, den IG-Farben-Mann. Wir waren zu zweit.«

Piero stand kurz auf, streckte sich, um mehr Luft zu kriegen, dann beugte er sich zu ihr, mit beiden Fäusten am Tischchen aufgestützt, und hörte sich mit geschlossenen Augen den Rest an.

»... die anderen können rechtzeitig gefangen genommen werden, ehe sie, schon in den Flugzeugen sitzend, die Motoren in Gang bringen. Die Wut unserer Nachbarn kennt keine Grenzen.«

»Alles korrekt ...« Er ließ sich wieder in den Sessel fallen.

»Dein Papa muss tatsächlich danebengestanden sein ... Ich hör sie noch schreien, die Affen. Zwei, drei Steine haben meine Cessna beim Abheben getroffen. Er muss alles gesehen haben, ich glaub's ja nicht ...«

Piero hatte sich so ins damalige Fieber gesteigert, dass er für Augenblicke die entscheidende nächste Frage fast schon vergessen hätte. Gerda hatte ihn während der ganzen Lesung, die sie praktisch auswendig vortrug, genau im Blick, sah das Feuer in seinen Augen und stellte sich vor, wie Papa diesem 19-jährigen Verrückten vor elf Jahren von irgendeinem Sandloch aus bei der *Arbeit* zugesehen hatte. Ein Beben, das ihr durch alle Sinne fuhr.

Er hatte inzwischen Schweiß auf der Stirn und atmete, als säße er noch im Steinhagel in seiner Cessna. Sie rückte die Lampe näher zu sich und kritzelte den restlichen Wortlaut seines Traumes aufs Dossier:

»Lies das, bitte, und sag mir dann die Wahrheit.«

Als er laut zu lesen begann, blieb ihr kurz der Atem weg – er hatte jetzt seinen eigenen Traum im Mund:

»*306 H. G. Division ... missed ... Camp 380 ... 30 20 November 32 18 Oscar ... zum Flugfeld ... cancelled, as you were, as you were ... verdammt ... AS YOU WERE!*«

»An dieser Stelle bist du aufgewacht und hast dich entschuldigt ... *Verzeih mir, verzeih* ... Dann bist du wieder eingeschlafen vor Erschöpfung ...«

Er vergrub sein Gesicht in beiden Händen und begann zu schluchzen, unrhythmische Stöße, dieselbe Art Schluchzen wie damals im Hauseingang in der Babenbergerstraße, als ihn seine Mutter ausgesperrt hatte.

»Du hast ›*as you were*‹ geschrien ... Ich hab mir von deiner Mama sagen lassen, das sei ein militärisches Kommando. Da ist also was schiefgelaufen, nicht?«

Er zog seine Tränen, die ihm sichtlich unangenehm waren, die Nase hoch und hob den Blick.

»Ja. Da war ein grober Fehler dabei, unverzeihlich ... Es hätte dasselbe Spiel werden sollen wie beim ersten Mal. Aber da waren offenbar *zwei* Konvois mit je zwei Truppentransportern und einem Pick-up als Vorhut unterwegs. Der erste Konvoi war außertourlich. Wie sollten wir das wissen ...«

»Und wie geht dann so ein *Zugriff*?«

»Das Camp 380 war umrahmt von kleinen Gebirgszügen. Wenn so ein Konvoi an eine Engstelle kommt – und die gab es dort – ist er am leichtesten zu stoppen. So war's auch in Derna. Dem ersten Fahrzeug werden die Räder zerschossen. Das steht dann meistens quer und blockiert die andern, durch Zuruf werden die Klienten herausgefischt und das war's. Drei Jahre nach dem Krieg sind die Wachposten ziemlich lasch geworden, die wollten nicht mehr kämpfen ... Einer von uns hat die in Schach gehalten, und ich bin mit den Klienten davon ... zum nächsten Flugfeld. Unblutig.« Er rieb zweimal seine Hände aneinander. Das war's.

»Also, was ist da schiefgelaufen in Fanara?«, bohrte Gerda.

»Wir haben den falschen Konvoi gestoppt. Auf dem ersten Pick-up waren nur zwei Mann auf der Ladefläche, einer hockte am Rücken der Fahrerkabine, der andere – ein Glatzkopf übrigens –, ihm gegenüber an der Ausstiegsrampe. Die hinteren Lkw hatten ein Dutzend Gefangene aus dem deutschen Lager geladen, anscheinend Fußballer, die zum Training geführt wurden, das haben wir erst später erfahren. Deutsche Gefangene gegen britische Soldaten oder so was. Auf unsere Namen-Zurufe hat jedenfalls keiner reagiert, aber mein Kumpel am Steuer hatte dem Pick-up schon die Reifen zerschossen. Das Problem war: Der Fahrer des getroffenen Wagens hat sofort zurückgeschossen, so verrückt war noch keiner vorher ... machte da auf Krieg, dieser Irre! Dabei wollten wir nur zwei Flugzeugbauer rausholen ... Ich sprang hinaus, ging in Deckung und schrie noch mal die zwei Namen – Stampa und Roscher – *Stampa!!* *Roscher!!*, keiner reagierte. Also brach ich alles ab – *as you were! Cancelled!! Zurück zum Flugfeld!* Aber da hatte mein Fahrer schon seine Handgranate ins Führerhaus des Pick-ups geworfen. Ich sah nur noch einen Feuerblitz und Rauchschwaden, bin gelaufen, was das Zeug hält, zurück zur Maschine ...«

»Hast du auch geschossen?«

»Nein, wir hatten hinter unserer Fahrerkabine einen dritten Mann postiert, der hat zurückgeschossen.«

»Du hast also nicht geschossen, Piero?«

»Noch mal, Gerda: Nein! Ich habe, seit ich das mache, einige Leute krankenhausreif geprügelt, vor allem Nazis zu deiner Beruhigung, aber ich hab keinen erschossen oder Handgranaten gezündet. Stampa und der Roscher hätten wohl mit dem nächsten Konvoi kommen sollen ... Wir waren plötzlich im falschen Film! Mein Traum hat also nicht gelogen.«

Auch Gerda musste jetzt aufstehen und ein paar Schritte gehen. Er blieb noch am Tischchen sitzen, strich sich immer wieder mit beiden Händen die Haare aus der Stirn und starrte auf Papas Tagebuchseiten. Gerda ging eine Weile hin und her, die linke Hand flach auf der Stirn, die rechte am Bauch, ganz wie Frau Horvath, wenn sie tief in einer Sache steckte. Beim Wandern im Halbdunkel kam sie vor einem Gemälde zu stehen, das noch einen Streifen Tageslicht abbekam. Sie kannte dieses Bild: Jesus steigt aus dem See Genezareth, über ihm eine weiße Taube. Einen Druck davon hatte Mama als Lesezeichen in ihrer Bibel stecken.

Piero hatte sich inzwischen neben sie gestellt und betrachtete mit ihr die Szene.

»Kennst du dich aus mit der Symbolik der Tauben?«, fragte sie ihn, hielt dabei ihren Blick auf dem Bild.

»Nicht wirklich«, sagte er, »Metapher für den Heiligen Geist ... Mehr weiß ich nicht.«

»Es ist seltsam, die einen halten sie für die Ratten der Lüfte, weil sie schmutzig sind, alles vollscheißen, und die andern sehen sie als Bild argloser Reinheit – da soll sich einer auskennen. *Und er sah den Geist Gottes wie eine Taube auf sich herabkommen* ... Hab ich von der Mama. Komm, lass uns weitermachen.«

Sie nahm ihn am Arm und begleitete den Delinquenten zum Tischchen mit dem *belastenden Material*. So sah er nämlich aus, wie ein Delinquent. Seine schweren Augenlider machten ihn im grellen Leselicht um Jahre älter.

»Das darf alles nicht wahr sein«, murmelte er, nahm die Tagebuchaufzeichnungen in die Hand und ließ sie wieder auf den Tisch fallen.

Gerda setzte sich zu ihm.

»Erinnerst du dich an unser Gespräch in der Kaisergruft damals ... Ich hatte dir von dem Zwischenfall beim britischen Gefangenentransport erzählt, von Papas Tod.«

»Ja, ich erinnere mich.«

»Auch an deine Reaktion damals?

»Ja.«

»Du warst ganz weiß im Gesicht. Hatte das mit einer Ahnung zu tun, du könntest involviert gewesen sein?«

Er nickte langsam, bestätigend, ganz konzentriert, als ginge er alles Schritt für Schritt noch einmal durch.

»Eine Sekunde lang nur war da ... eine Ahnung, vielleicht«, sagte er.

»Piero, du hast auch zu schwanken begonnen, hast du ...« Sie wagte nicht die Frage auszusprechen.

»Es war alles so unwahrscheinlich. So aberwitzige Zufälle kann es nicht geben, dachte ich. Aber für Sekunden war es eine Möglichkeit, ja – und die wollte ich für alle Zeit aus meinem Hirn streichen, ging aber nicht ... Wie soll man leben können mit so was? Das war Teufelszeug ...«

»Dann muss also einer der beiden Männer auf der Ladefläche des ersten Pick-ups mein Papa gewesen sein. Nämlich der, der an der Rückwand der Fahrerkabine hockte ... in die eine Granate geflogen war, richtig?«

»Ja – ich weiß es nicht, aber es klingt logisch.«

»Hast du ihn sterben sehen? Piero ... hast du das?«

»Ich weiß doch nicht, wie dein Papa ausgesehen hat, Gerda ...«

»Er hatte noch seine Haare am Kopf, der an der Führer-
kabine hockte ...«

»Was soll ich denn sagen, es ist elf Jahre her ... Ich war
hinter meinem Pick-up in Deckung, hab nur einen Feuerblitz und Rauch gesehen. Die andern zwei Transporter
hatte ich mehr im Blick, die haben während der Schießerei
umgedreht und waren weg. Ich hab's mit meinem Fahrer
und dem dritten Mann zum Flugzeug geschafft ... Mehr
kann ich nicht sagen.«

Sie begann in ihrer Mappe zu kramen, suchte nach Fotos
von Papa, die er aus Athen und Ägypten geschickt hatte, als
gleichzeitig, aus der Kapelle und einer Seitentüre, eine
Nonne und Padre Davide gestürmt kamen mit der Meldung, alle Ausgänge auf der Straßenseite seien von Männern besetzt, teils in Uniform, teils in Zivil. Sie hatte die
Papa-Fotos schon in der Hand gehabt, ließ sie aber auf den
Tisch fallen und rannte Piero hinterher, der von Padre
Davide im Laufschritt in die Katakomben des Hauses
geführt wurde. Es gab also offenbar noch einen weiteren
Ausgang in der Kellerflucht des Gebäudes. Schließlich lan-
deten sie in einer Bibliothek im Untergeschoß. Der Padre
zog einen Schraubenschlüssel aus dem Talar, nahm drei
Bücher aus dem Regal und löste mit dem Schlüssel ein paar
Schrauben an der Rückwand, die er dann zur Seite schieben
konnte – dahinter verbarg sich eine Steintreppe, die in
einen Tunnel oder einen Gang führte, jedenfalls gab ihm
der Padre zu verstehen, sich hier von Gerda verabschieden
zu müssen: »Via dei Coronari«, sagte er nur zu Piero, bevor
er im schwarzen Loch verschwand.

Trotz aller Ungewissheit, die nach diesem Treffen nicht
geringer geworden war, fielen sie sich noch einmal in die
Arme und küssten sich, panisch, zärtlich, und hoffnungslos. In die Weite konnten sie nicht sehen. Das wussten sie
beide.

XXV.

Sie ist doch entzückend, findest du nicht?«, flüsterte ihr Agnes ins Ohr. Gerda nickte. Sie sahen beide einer hübschen 18-jährigen Französin zu, die mit anmutigen Bewegungen ihren Koffer auspackte – in Großmas Zimmer.

»Sie heißt Françoise Mathieu, ist aus Paris und für zwei Monate unser Au-pair-Mädchen, was sagst du jetzt?«

»Das trifft sich gut, sag ich jetzt. Und die Mama wird sich besonders freuen.« Gerda war tatsächlich eher erleichtert denn irritiert.

»Ich hab sie jedenfalls nicht überreden müssen«, sagte Agnes.

Françoise war zum ersten Mal in Österreich, konnte nur ein paar Brocken Deutsch, hatte aber geschickte Hände und würde sicher ordentlich zupacken, war sich Mama gewiss. In Gerdas Abwesenheit hatten die zwei, über Vermittlung des freundlichen Colonel Nafissa, ein Arrangement getroffen, das Agnes trefflich in die Karten spielte. Die Familie Mathieu war ihr dank einjähriger Brieffreundschaft eng verbunden und hatte ihr angeboten, bald schon im Austausch nach Paris zu kommen.

Das Zimmer duftete bereits nach französischem Parfum. Agnes musste Großmas Sterbezimmer wohl tagelang ausgelüftet haben, vermutete Gerda. So schnell geht das – kaum unter der Erde und schon schweift junges, fremdes Leben um die Möbel.

Françoise hatte ein freundliches Wesen ohne jede Scheu, ein unkomplizierter Backfisch, leicht pummelig um die Hüften, aber geschmeidig wie ein Wiesel.

Gerda beobachtete die beiden beim Bettüberziehen und Einräumen ihrer Wäsche und Kleider, wobei Agnes schon sehr gekonnt, ja fast übermütig gespreizt Französisch parlierte, *n'est-ce pas* hin, *n'est-ce pas* her. Sie war in Hochstimmung, ihr Leben schien eine Richtung einzuschlagen, die ihren heimlichen Plänen sehr zupasskam.

Bei Gerda lagen die Dinge ganz anders. Sie wollte keine Zeit mehr vergeuden, denn sie war nach den letzten Recherchen drauf und dran, das Rätsel zu lösen. Agnes hatte schon Sorgen angemeldet bezüglich Gerdas intensiver Reiserei und der Belastungen, die diese mit sich brächten.

Den halben Tag lang sah sie Gerda am Telefon sitzen und mit irgendwelchen Ämtern in Rom und Kairo, mit Botschaften, Militärattachés, mit der Commonwealth War Graves Commission oder mit Auskunftsbüros für Schiffsverkehr zwischen Genua und Alexandria zu verhandeln, das meiste auf Englisch.

Sie nahm sich einen Stuhl, als Gerda eine kleine Pause einlegte, und setzte sich zu ihr.

»Hast du nicht das Gefühl, du übernimmst dich?«

»Es ist mühsam, ja, aber ich komme der Sache näher.«

»Hat es was Neues gegeben in Rom?«

»Oh ja«, sie drehte sich nach allen Seiten. »Ist die Mama da?«

»Nein, sie ist nach Altach in die Ausschneiderei, neue Stoffe holen. Also, was ist los?«

»Ich hab ihn wieder getroffen.«

»Ich werd verrückt.« Agnes stöhnte.

»Ich auch.«

»Wieso eigentlich *wieder*?«

»Weil er schon in Genua eine ganze Nacht bei mir war.«

»Hab ich mir doch gedacht, du warst ... anders plötzlich, nicht mehr so nervös.«

»Am Tag davor ist sein Papa mitten auf der Straße an einem Zuckerschock gestorben. Ich hab ihn auf dem Asphalt liegen sehen ...«

»Du meine Herren, das wird langsam ein bisschen viel, nicht?« Gerda nickte, und um noch eins draufzusetzen:

»Die Judith hat mir vor einer Woche ein Dossier aus Bern gezeigt.«

»Judith?«

»Die Frau Schwartz, seine Mama.«

»Oh, ihr duzt euch schon?«

»Ja, sie ist sehr nett und aufrichtig. Und er beginnt ihr langsam leid zu tun, mir auch.«

»Und was steht in dem Dossier?«

»Dass er auch in Nordafrika war, *Operationen* durchgeführt hat. Deutsche Spezialisten aus britischen Gefangenenlagern rausholen und so ...«

»In Ägypten?«

»Ja, eben ... auch in Ägypten, zur selben Zeit, als der Papa dort war.« Agnes hielt beide Hände vors Gesicht:

»Ich möchte gar nicht denken, was du denkst.«

»Möchte ich auch nicht, das macht mich fertig«, gab Gerda zu. Agnes musste aufstehen, kreiste ums Telefontischchen, faltete die Hände vor Nase und Mund, was ihre Stimme dämpfte:

»Und was hast du rausgefunden? Ich mein, Piero wusste damals ja gar nichts von unserm Papa und der Gefangenschaft ...«

»Natürlich nicht, dazu war's noch der falsche Konvoi, den er da gestoppt hat – alles ein einziger scheiß Irrtum.«

»Ich versteh die Welt nicht mehr«, stöhnte Agnes, »was für Fäden laufen denn *da* zusammen! Das ist doch nicht normal!«

»Nein, ist es nicht.«

»Und *er* stoppt einen Konvoi? Er war doch erst 19 ... vor elf Jahren?«

»Ja. *Er* hatte das Kommando. Aber er hat weder geschossen noch eine Granate geworfen, sagt er.«

»*Sagt er* ... heißt das, du glaubst ihm nicht?«

»Ich weiß nicht ... Eigentlich glaub ich ihm. Es gab da zwei Überfälle, den ersten hatte Papa im Tagebuch genauso beschrieben, wie's Piero bestätigt hat. Da war nichts gelogen. Er hatte damals Gefangene aus den Tunnels unterm Lager holen wollen, dabei gab's Probleme, aber einen hat er geschafft und konnte ihn ausfliegen mit einer Cessna, die andern wurden von Wachposten wieder eingesammelt. Papa hatte alles genauso beschrieben.«

Agnes musste sich setzen. Nach einer langen Pause:

»Heißt das, unser Papa ist vielleicht durch eine Handgranate ...?« Gerda nickte. Die beiden hielten sich gegenseitig an den Händen.

»Es gibt da einen Zeugen, der möglicherweise noch lebt«, sagte sie, »der ist mit Papa auf dem Pick-up gesessen ... Wenn ich den ausfindig machen könnte, wäre alles geklärt, und ich hätte endlich meinen Frieden.«

»Das ist ja wirklich wie im ... Mein Gott, und das alles im siebten Monat.« Gerda nickte müde.

»Das geht die ganze Zeit schon so ... Ich hab bald keine Nerven mehr.«

In diesem Augenblick ging die Haustür.

»Zur Mama bitte kein Wort«, sagte Gerda, »ich bitte dich!«, und ging schnell hoch in ihr Zimmer.

*

An diesem Abend war es noch lange hell bei ihr. Erst gegen Mitternacht löschte sie das Licht, öffnete beide Fensterflügel sperrangelweit, legte ihre gestreckten Beine auf den Fenstersims und hörte den Grillen beim Zirpen zu. Sie genoss die Sommernacht wie einen guten Rotwein und wusste, sie würde sich bald schon im ägyptischen Sand heiße Füße holen. Das Schicksal bot nämlich noch einen kleinen Zwischenschwenk. Zwei Stunden zuvor hatte sie eine Entdeckung gemacht, die ihr den Schlaf rauben sollte. Als sie in ihrer Mappe herumkramte, um noch einmal durch Papas Seiten zu blättern, fiel ihr ein mittelgroßes Briefkuvert in die Hand und dann noch ein zweites und schließlich einer dieser Schmierzettel, die Piero gern hinterließ, um Nachrichten zu deponieren:

»Gruß von meinem Papa – Erbe – für Euch zwei« stand da und *»Ich liebe Dich/Euch!«*.

In jedem Kuvert 50 000 Schweizer Franken.

Sie war sich sicher, er musste das Geld in einem der Fächer ihrer Mappe verstaut haben, während sie vor dem Gemälde in Rom gestanden war und sich Gedanken über die Taube machte. Beim chaotischen Abschied, der sie zwang, Dossier und Tagebuch in Windeseile in die Ledermappe zu verfrachten, war ihr gar nicht aufgefallen, dass das Konvolut fetter geworden war als zuvor. Eine Piero-Bescherung eben – mysteriös, großzügig, unberechenbar.

*

Sie war noch nie in ihrem Leben geflogen. Jetzt stand sie in der Abflughalle des Flughafens Zürich und sah ihrem Koffer zu, den ein Förderband, wie beim Kohletagbau, durch einen schwarzen Streifenvorhang verschwinden ließ. Ihre Ungeduld war gewachsen, noch vor der Geburt sollte alles geklärt sein, also war ihr eine Tempoverschärfung sehr willkommen, zumal sie über Nacht auch noch leistbar geworden war. Kein Aufschub mehr, sie wollte endgültige Gewissheit.

Aufgeregt war sie wie vor einer Prüfung und auch ein wenig ängstlich, als sie vor diesem silbernen Riesenvogel stand, einer DC-7 der Swiss Air mit vier Propellermotoren, die sie nach Rom bringen sollte. Dieses Bild, vom Boden abzuheben ins Irgendwo, hatte sie schon in Tagträumen vorausgedacht wie eine Zeitenwende. Sie würde zurückfliegen zum Ursprung der Sorgen. Gefasst und voller Neugier.

Die leichten Turbulenzen überm Mont Blanc konnten ihr Vergnügen nicht mindern. Die beruhigenden Worte des

Kapitäns, der überflogene Landschaften oder Städte mit kurzen Kommentaren bedachte und dabei sein Schwyzerdütsch nicht verbergen wollte, brachten Ruhe in ihren Puls. Von oben gesehen, verlor die Welt an Bedrohlichkeit, war nicht mehr so ausweglos wie das Gewimmel am Boden. Der Himmel – blau wie nie, wolkenlos poliertes Dunkelblau und dahinter das Weltall, ein Blick, der auch Frau Horvath wohlgetan hätte. Es hatte etwas Feierliches, die Welt aus dieser Perspektive, noch ganz unvertraut. Alles schien klarer und leichter, als könnte man von hier aus den Dschungel auf Erden mit einer ordnenden Grammatik zurechtrücken. Übrigens: Mutters Skepsis, ob ein Flug nach Kairo nicht ihre finanziellen Möglichkeiten übersteige, konnte Gerda entkräften, da Agnes mit ihr in schwesterlicher Solidarität *die Kosten teile*. Eine abgesprochene, gelogene Ausflucht, da sie Pieros Erbe erst später zur Sprache bringen wollte. Mutter hatte Angst vor Gerdas Konsequenz, den Bildern und Tatsachen, die sie mit Sicherheit zutage bringen würde; die ganze Wahrheit über Papas Tod, vor der sie sich immer gehütet hatte.

Als Gerda in Rom in die Maschine der United Arab Airlines umstieg, fühlte sie sich bereits wie eine kleine Weltenbummlerin. Schon beim Betreten des Flugzeugs bildete sie sich ein, den Atem der Cyrenaika zu spüren – die verschleierten Frauen, die exotischen Parfums, die vielen dunkelhäutigen Männer mit den sauber geschnittenen Bärtchen, Aromen des Morgenlands, auch das Essen, die Stewardessen im Hidschab, das Englisch der Piloten, alles war anders und ausnehmend sauber, wie die Wüste selbst. Das gleichförmige Brummen der Motoren gefiel auch dem Baby, kein Boxen, kein Strampeln. Vertraute Ruhe im Bauch.

Sie hatte einen Fensterplatz, konnte nicht genug kriegen vom glitzernden Mittelmeer. Erst als die Maschine sanft zum Sinkflug ansetzte und die aufs Festland zusteuernden

Umrisse großer Tanker, umschwirrt von Feluken mit prallen Lateinersegeln, zu erkennen waren, öffnete sie die Ledermappe auf ihrem Schoß, nahm ein paar Seiten aus Papas Tagebuch und dachte sich zurück in seinen Kopf, am 7. November 1944:

Alexandrien ist in Sicht. Leuchttürme und schlanke Minarette überragen das Stadtbild. Um halb neun Uhr läuft unser ›Ocean Traveller‹ in den riesigen Hafen ein. Kriegs- und Handelsschiffe, Frachter und Passagierdampfer, Kutter und Schlepper, Motorboote und Kähne, alles in bunter farbenprächtiger Fülle, ein imposantes, großartiges Bild.

Mit den neuen Gerüchen und Düften bekamen seine Beschreibungen gleich viel mehr Schwung. Jedenfalls klang in seinen Worten noch keine Ahnung von Monotonie und Demütigung in einem Gefangenenlager mit, sondern eher ein Anflug von Abenteuer, der die Folgen ausklammern wollte.

Als sie in Kairo auf die Gangway hinaustrat, schlug ihr ein Schwall heißer, mit Kerosingeruch vermischter Wüstenluft entgegen. Auf ihrem Fußweg zu Ankunftshalle und Zoll musste sie bereits gegen leichte Schwindel ankämpfen. Die Hitze hockte auf ihr wie eine Trockenhaube, machte ihr Platzangst. Ein erster harter Händedruck des Morgenlands – ansonsten aber fühlte sie behutsames Entgegenkommen, was sie natürlich auch auf ihre gut sichtbare Mutterschaft zurückführte. Gepäckträger halfen freundlich, ohne »Tips« zu verlangen und als sie den untersetzten Engländer sah, der inmitten der Wartenden ein Schild mit ihrem Namen hochhielt, fühlte sie sich schon wieder aufgehoben.

»Mr. Jim Squibb?«

»Oh, Miss Fässler, welcome to Cairo!«

Herrn Squibb hatte ihr freundlicherweise ein Militärattaché des Britischen Armeebüros in Kairo als Guide zur Verfügung gestellt, *der für ihr Vorhaben sehr zu empfehlen sei.* Nachdem sie, vor dessen Schreibtisch stehend, die ganze Geschichte vom ungeklärten Vorfall auf Papas Transport und seinem Tod erzählt hatte, wurde sie das Gefühl nicht los, er hätte von dieser Angelegenheit schon einmal gehört und als fühlte er sich peinlich berührt ob der schlampigen Nachbehandlung durch die Army. Deswegen die Zuvorkommenheit und vielleicht ein Schimmer schlechten Gewissens.

Auf dem *Fayed War Cemetery*, so hieß es, lägen auch die sogenannten *ungeklärten Toten*, deren sterbliche Überreste kaum noch identifizierbar und deshalb gleich an Ort und Stelle begraben worden seien. Die zerstückelten Leichen aus den Nazi-Cages und wohl auch Papas Überreste. Ursprünglich handelte es sich hier um einen britischen Soldatenfriedhof mit rund 1800 Gräbern für die Toten der hier stationierten Garnisonen sowie für deutsche und österreichische Gefangene der Camps, also auch für Angehörige des Afrikakorps oder Soldaten der in Italien und Griechenland eingesetzten Verbände … wie Papa eben. Der Friedhof wurde von der Commonwealth War Graves Commission betreut, deren Abgesandter Jim Squibb speziell für Gerdas *heikle* Mission abgestellt worden war. Eine Art Versöhnungsgeste der britischen Besatzer, die sich nachträglich verantwortlich fühlten für Laschheiten bei den Transporten.

Mr. Squibbs Armeejeep (ein Willys MB, wie er stolz vermeldete) stand zwischen den Taxis vor der Ankunftshalle. Er war so freundlich, das Verdeck gleich hochzuziehen, denn Gerdas weißer Krempenhut allein hätte gegen diese Sonne nichts auszurichten vermocht. Er kündigte schon nach den ersten paar Fahrmetern an, ein rasanter Pilot zu sein, genau genommen ein Rennfahrer, der vor dem Krieg in England Tourenwagenrennen gefahren und eigentlich knapp am Sprung in die Formel 1 gewesen sei ... aber dann eben dieser verdammte Krieg, der Karrierehemmer ...

Er manövrierte ungeduldig zwischen hupenden Zwei- und Vierrädern, überladenen Lkw, bunt bemalten, fensterlosen Straßenbahnwagen und Maultieren, die hochrädrige, einachsige Karren zogen und kam aus dem Fluchen nicht heraus, hier war die Welt nicht mehr so rein wie die Wüste selbst – da lästerte auch Mr. Squibb mit seiner Hupe und Schnauzereien übers *schmutzige Lumpenpack*. Es war ihm zuwider, sich so gemächlich durchs Gewurl der lodernden Stadt quälen zu müssen, als Repräsentant des siegreichen britischen Empire. Gerda konnte sich nicht sattsehen. In der flirrenden Hitze zogen schemenhaft braune und schwarze, geschmeidig huschende Gestalten mit krausem, pechschwarzen Haar vorbei, verschleierte Frauen und dazwischen hellfarbige, europäisch gekleidete elegante Damen und Herren, die internationalen Tropfen des Empires, die es überallhin wehte – so wie es Papa im Tagebuch beschrieben hatte.

Jenseits der äußeren Slumviertel im Osten der Stadt hatte sich, bis auf kleine Oasen, alles Grün für lange Zeit verabschiedet. Sie durchfuhren weit gestreckte Becken und Niederungen, von West-Ost-ausgerichteten Gebirgszügen im Süden flankiert. Schließlich dominierten nur noch Sand, Fels und Dünen. Hier konnte man bar aller Verkehrsregeln von A nach B gelangen. Wenn Mr. Squibb so richtig aufs Gas stieg, um seinen Willys MB ins rechte Licht zu rücken, peitschten Gerda die Haare ins Gesicht, der Fahrtwind sprang ihr scharf an Wangen und Waden, fast schmerzhaft, wenn er Sandkörner mit sich trug, die zwischen ihren Zähnen knirschten.

Bald schon hatte sich die Straße zu einem Pfad verjüngt, den immer wieder kleinere Karawanen, mit Lasten beladene Kamele und Beduinen in schwarzen Turbanen und Kaftans kreuzten. Mr. Squibb war offenbar schon zu lange in der Gegend, um von diesen im Einklang wogenden Kreaturen besondere Notiz zu nehmen. Er war sehr redselig und Gerda hörte meistens zu, nickte mit Ohs und Ahs und genoss das Schauspiel der Windhosen, die sich immer wieder aus dem Nichts hochschraubten in den Himmel und wieder vergingen im Nichts. Es fiel ihr schwer zu sprechen, sie hatte sich Papa schon lange nicht mehr so nahe gefühlt. Hätte sie sich auf ein Gespräch eingelassen, der Zauber wäre verflogen.

Mr. Squibb begann schließlich von den Lagern zu erzählen, je näher sie Fayed kamen, natürlich in einer Lautstärke, die den Motor übertönen musste. Links den Wind, rechts Herrn Squibb am Ohr. Er beschrieb sie so präzise, wie Papa sie gezeichnet hatte – die zweifachen Stacheldrahtzäune und die vielen Wachtürme, alle dreißig Meter, die das riesige Geviert säumten. Auf diesen Türmen habe er selbst viele durchwachte Nächte mit sudanesischen Kumpels verbracht und nicht nur einmal die Gemetzel in den Nazi-Cages in seinen Scheinwerferkegel gerückt.

»Da waren auch Spaßtöter dabei, müssen Sie wissen, Miss, Spaßtöter wie die Fischotter, die nicht nur fürs Fressen töten, sondern auch aus reiner Freude.«

›Funkiller‹ *hieß das also ...*

»Ein ziemlich verwahrloster Haufen, sag ich Ihnen« – er konnte sich gar nicht mehr beruhigen, obwohl es schon über zehn Jahre her war. Die Nummern der Lager hatte er noch immer im Kopf. Die meisten seien mit über 15 000 Mann belegt gewesen, *das müsse man sich mal vorstellen, dazu die Hitze – viele seien dabei verrückt geworden und hätten sich lieber umgebracht, als zu verschmoren bei lebendigem Leib.* Als das Militärkommando in Kairo endlich zuließ, in den Abendstunden Fußballspiele auszutragen, habe sich die Situation etwas gebessert, *die Kerle konnten sich austoben und dann besser schlafen*. Die Nächte waren ja kühl, so wie es die Wüste will und *so sei das hier gewesen*.

»Den Rest erzählt Ihnen der Wind ...« *Oh – ein Schuss Poesie aus deiner trockenen Birne*, dachte Gerda, aber irgendwie mochte sie seine klobige Art. So schloss er jedenfalls dieses Thema, das ihm noch immer unangenehm aufstieß.

Je näher sie dem Großen Bittersee kamen, desto öfter fuhren sie an den Resten dieser Zeltstädte vorbei, in denen Papa fast vier Jahre gehaust hatte. Vereinzelt flatterten zerfetzte Planen über den Sand und der Wind trieb Stacheldrahtrollen über Dünen und Fels. Gespenstisch nahmen sich die verbogenen Zeltgestänge aus, wie gestolperte Skelette, die der Sand noch nicht freigeben wollte. Viele der intakten Utensilien hätten vorüberziehende Beduinenkarawanen eingesackt, erzählte er, die meisten Spuren aber seien längst verwischt.

»Jetzt spuken hier nur noch ihre Geister rum, aber die zwicken sie nicht in den Hintern, Miss Fässler«, dabei klopfte sein gekrümmter Zeigefinger an ihren Schenkel. Kurz war sie versucht, ihm eine auf die Tatzen zu geben, nahm's dann aber locker, er konnte ja auch nicht aus seiner Haut.

Sobald nun die ersten Siedlungen auftauchten und Menschen der Wüste Wasser gaben, häuften sich die grüneren Flecken im hellen Gelb. Bald fuhren sie an dichten Hainen von Dattelpalmen vorbei, an Johannisbrot, Eukalyptusbäumen und anderem üppigen Grünzeug, dahinter das funkelnde Türkis des Bittersees, bis sie endlich vor dem Fayed War Cemetery in einer Staubwolke zu stehen kamen.

»Da liegen sie, meine Toten«, sagte er in seinem Ipswich-Cockney. Als der Motor endlich schwieg und nur noch sanfte Böen blieben, stellte sich angemessene Stille ein. Eine mannshohe Steinmauer, die sich beim Eingang zur schmalen Silhouette eines Hausdachs aufschwang, unter dem ein Bogentor in den Friedhof führte.

»*Fayid* (die arabische Schreibweise) *War Cemetery*« war über dem Gate in die Mauer gemeißelt. Alles machte einen sehr gepflegten Eindruck, sauber geschnittener englischer Rasen, ein Meer von weißen Grabsteinen – gleich die ersten eng gereihten wiesen die Toten der Wehrmacht aus – Deutsche und Österreicher. Unter dem Wehrmachtskreuz standen in Großbuchstaben die Namen der Soldaten, jeweils ein Sternchen vor dem Geburts- und ein Kreuz vor dem Sterbedatum.

Ganz vorne ein JOSEF KRONBAUER *25.2.1901 †10.8. 1946 oder HEINZ SCHNABEL *16.2.1925 †22.6.1946. Papas Namen suchte sie vergeblich. Seine Überreste lagen wohl unter den Steinen der »*Unknown Soldiers*« (die Asche für Mama war vielleicht von irgendwem gewesen), sie berührte sie alle mit der Hand, einer davon würde Papa sein – mit Blumen geschmückt waren sie alle.

Den hinteren Bereich des Friedhofs begrenzte eine dicht gewachsene Thujenmauer, die wieder von mächtigen Fächerpalmen eingekränzt und überragt wurde. Respekt und Pietät bestimmten die Atmosphäre dieses Ortes – hier lagen Briten und ihre deutschen Feinde *im ewigen Frieden vereint, Grab an Grab.* So hatte er sich ausgedrückt.

Mr. Squibb machte sich inzwischen an einem Brunnen zu schaffen, füllte Gießkannen und begann Blumen auf den Gräbern zu tränken, hielt sich immer in höflichem Respektabstand zu Gerda, um sie in ihrer Trauer nicht zu stören, warf aber immer wieder lächelnde Blicke zu ihr hinüber, während sie um die vielen namenlosen Steine streifte. Wenn der Wind hoch in die Palmen fuhr, begannen die Fächer zu flüstern und eine große Ruhe griff Gerda ans Herz, sie glaubte ihren Händen, die wie Wünschelruten an einem der leeren Steine hängen geblieben waren – Fäden, die quer durchs Universums greifen ... wollte sie glauben. Ihr kühner Wunsch nach Verbundenheit in Transzendenz, der sich wie ein Mantra durch ihr Leben zog.

Vielleicht weiß die Physik eh nicht alles, jedenfalls rührte sie sich nicht mehr von der Stelle ... stand nur da, eine liebende, trauernde Tochter, in Anmut erstarrt.

Mr. Squibb näherte sich vorsichtig, blieb drei Meter hinter ihr stehen und verharrte in derselben leicht gebeugten Haltung wie sie, als wüsste er.

»Wann ist ihr Vater gestorben?«

»Vor elf Jahren ...«

»Bei einem dieser Transporte?«

»Ja. Eine Granate hat ihn zerfetzt ... nehm ich an. Meiner Mutter hat man nur seine Asche geschickt oder was immer das war ...«

Sie schilderte ihm die ganze Geschichte des verunglückten Überfalls, den Abbruch der Aktion, dass ein weiterer Mann zusammen mit Papa auf der Ladefläche des Pick-ups gewesen war und sie pochte auf diesen Zeugen, den sie verzweifelt suche und der endgültig alles klären könnte. Über ihren Verlobten natürlich kein Wort, die Situation war schon komplex genug. Als sie, ganz nebenbei, die Fußballer erwähnte, stutzte Mr. Squibb plötzlich – an diese Leute könne er sich sehr wohl erinnern, sagte er.

»Die waren ein Riesenthema.«

Ein paar Hundert Gefangene hätten damals unter Aufsicht und Mitarbeit der britischen Armee ein ganzes Fußballfeld (hundert mal sechzig Meter), also einen grünen Rasen der Wüste abgetrotzt, er sei damals selbst als Wachposten eingesetzt gewesen usw. Ein richtiges Spielfeld mit Toren und allem Drum und Dran. Statt Tribünen waren mehrstufige Terrassen um das Feld aufgeschüttet worden, auf denen die Zuschauer sitzen konnten.

»*Great Bitter Lake Stadium* nannten wir's«, erzählte er stolz.

Er habe sogar manchmal mittrainiert oder zumindest zugeschaut, da seine eigentliche Leidenschaft ja die Rennfahrerei gewesen sei.

»Oh ja, ich erinnere mich«, sagte er, »die Deutschen hatten ein paar Klassefußballer; einer hieß Seikowski und ein anderer Malecki, tolle Spieler ... War ihr Vater auch einer?«

»Nein, nein, er war Zeichner und an diesem Tag abkommandiert nach Alexandria, um dort Hafen- und Straßenkarten zu zeichnen, aber dazu ist es nicht mehr gekommen ... wie Sie wissen.«

»Verstehe.« Er machte ein hastiges Kreuzzeichen, was Gerda überraschte – eine religiöse Anwandlung hätte sie ihm nicht zugetraut.

»Wissen Sie, diese Fußballsache wurde dann ganz schön aufgeblasen«, sagte er, »am Ende ging es um ein richtiges Ländermatch zwischen britischen Soldaten und deutschen Kriegsgefangenen – im Juli 1948.«

»Also genau vor elf Jahren?«

»Genau vor elf Jahren«, nickte er und wunderte sich über die Zeitgleichheit.

»Haben Sie denn keinen Anhaltspunkt, ich meine optisch ... zu diesem zweiten Mann auf der Ladefläche des Pick-ups?«, fragte er.

»Das Einzige, was ich weiß: Er soll kaum Haare auf dem Kopf gehabt haben.«

»Ein Glatzkopf?«

»Ja, eine Fast-Glatze.« Er kratzte sich am Kopf, runzelte die Stirn, zog die Brauen hoch, fast bis zum Haaransatz und rief laut:

»Ohhhh ... the *Baldy*!«

»Ja, der Glatzkopf ... the baldy head!«, rief auch sie.

»Der Trainer ... der war der Trainer, Miss Fässler! So Mitte dreißig, ein Fußballer aus Hamburg, der Trainer der Feinde! Mann, den könnte ich wiedererkennen ... gegen den Wind, genialer Typ ... Wie hieß der bloß gleich, äh – Botscher oder so, jedenfalls mit *B* und *-tscher* am Ende.«

»Botscher?« Gerda war ganz außer sich, da hatte sich gerade eine Tür geöffnet.

»Ja, der baldy Botscher«, wiederholte er. So hatten sie ihn genannt. Dann drückte er mit dem Daumen sein Kinn hoch und gleichzeitig mit dem Zeigefinger seine Nase platt, schloss die Augen und dachte nach. Eine geschlagene stoische Minute lang.

»Wissen Sie was? DAS SPIEL!! ... das war doch ein Pressehype damals. Die spielten dieses Ding vor 7000 Zuschauern, England gegen Deutschland – das Versöhnungsspiel der Kriegsgegner ... und zwar im *Viktoria Lido Stadium* in Fayed: britische Soldaten gegen die deutschen Kriegsgefangenen, und die Bastarde haben uns 3:0 geschlagen – *Shame on us!* – und, Miss Fässler ... die Presse war da!«

Gerda ließ sich von seiner Euphorie anstecken, umarmte ihn für ein kleines Tänzchen auf Papas »Grab«.

»Und der glatzköpfige Hamburger war ihr verdammter Trainer, verstehen Sie? Das steht irgendwo geschrieben, Miss, und wo, das werden wir noch rauskriegen ... wäre doch gelacht!«

Er hatte sie unterm Arm gepackt, zu seinem Jeep hinausgeführt und das Verdeck geöffnet (die Sonne hatte sich schon hinter die Palmen verzogen), und fuhr schnurstracks zur winzigen Fayed-Redaktion der »Egypt Daily News«. Der Fahrtwind diesmal kühler, sauber und frei von beißendem Sand.

Er kannte natürlich die maßgeblichen Leute dort, schleppte Gerda zügig ins Archiv und hatte im Nu, was er brauchte – den Namen des Glatzkopfs, sogar samt Foto. *»Der siegreiche Trainer Adi Böttger, ehemaliger Spieler des Rothenburgsorter Fußball-Clubs in Hamburg und jetzt Trainer der Deutschen Gefangenenauswahl«* stand da, unter seinem Bild geschrieben, schwarz auf weiß. Bingo!

Die Fahrt zurück zum Flughafen in Kairo verlief fast ohne Worte, Mr. Squibb hatte ganze Arbeit geleistet und Gerda hatte, was sie wollte. Es war die Sache wert. In stillem Einverständnis ging's dahin, und sie wusste, sie würde bald

wiederkommen, um am Ort des Geschehens alle Fragen zu
klären. Den genauen Todesort wollte sie noch sehen, Papas
Golgatha, darauf bestand sie, um seine Akte endlich schließen zu können.

*

Zurück in Hohenems fand sie geschäftiges, helles Leben im
Haus. Sommerferien. Alle Fenster offen. Teppiche über die
Fenstersimse geschlagen. Der Föhn strich zügig durch die
Zimmer. Die Wäscheleinen im Garten voll behangen. Zwi-
schen wehenden weißen Leintüchern stand Françoise mit
einem strohgeflochtenen Korb voller Unterwäsche, die ihr
Stück für Stück von Raimund gereicht wurde. Er hatte
kaum Augen für Gerda, als sie ihn begrüßte, denn Françoise hatte offensichtlich sein ganzes Interesse gepachtet.
Die beiden waren sich wohl schon nähergekommen und
wenn sich Raimund eines ihrer Seidenhöschen über den
Kopf zog und Grimassen schnitt, hob sie zu derart lautem
Gelächter an, dass die Vögel aus den Bäumen stoben. Wer
kann's ihm verdenken, er hatte die letzten Monate zwischen Weihrauch, Bambusprügeln und Schularbeiten verbracht.

Roland kniete wie ein Mönch zwischen Stachelbeersträu-
chern, etwas abwesend, aber im Frieden mit der Welt und
brockte die ersten reifen Beeren. Zwischendurch sah man
ihn immer wieder mal ums Telefon schleichen. Innsbruck
kann so weit sein.

Mama saß summend am Küchentisch und schnitt Dutzende Blumenmuster aus Stoffballen, die sie mit einer einzigen Handbewegung über alle Kanten des Tisches fließen
lassen konnte, wenn sie gerade eine neue Musterreihe in
Angriff nahm. Agnes hatte sich ein dickes Kissen auf den
Fenstersims gelegt, auf den sie ihre überkreuzten Unterarme legte, um bequem beim Treiben dabei zu sein. Der

Koffer für Paris stand schon fix gepackt hinter ihr an der Wand. Sie übte schon die kleinen Abschiede, alle Pläne im Kopf. Jetzt aber: Stillleben – das Leben kurz in Balance. Ein Tag, der sich eins lachte, denn der Sommerwind trug die Seelen aus ihrer Bredouille, als könnte keine Sorge mehr bodenlos werden.

Gerda nutzte weise den Moment, um Mama einzuweihen in die neuesten Entwicklungen, wobei natürlich, jenseits der schrecklichen Informationen über Papas Ende, auch Pieros Erbanteil eine gewisse Aufmerksamkeit erfuhr.

»Kein Blutgeld, Mama, keine Sorge«, das hatte auch Judith im ersten Telefonat, das Gerda nach der Ankunft in Hohenems (vorsichtshalber) führte, bestätigt.

Papa Burkhardts solide Erbschaft aus der Bankierszeit, keine undurchsichtigen Quellen, soweit sie Bescheid wusste.

Mama war angetan von Pieros Großzügigkeit und mit allem einverstanden, was Gerda vorhatte, um ihr Anliegen zu Ende zu bringen. Nicht dass sie die Kraft zur Gegenrede verloren hätte, es war vielmehr die Gelassenheit, die sie sich seit der »Hochzeit« angeeignet hatte, um weiterer Schlaganfällen vorzubeugen. Sie begann sogar einzusehen, dass Gerdas Ambitionen, das Vergangene wachzuhalten, nachhaltig Sinn ergaben, weil *nur eingeschlafen sei, was wieder aufwachen könnte.* Sie meinte die *Lümmel,* wie Papa sie nannte. Ein bisschen sehr radikal dieser Wandel, dachte Gerda, und war sich nicht mehr sicher, ob Mamas Reaktion nun verständnisvoller Einsicht entsprang oder doch nur einem Kalkül, um des Friedens willen.

»Du wirst noch einmal nach Afrika fliegen, richtig?«

»Ja, werde ich«, sagte Gerda bestimmt. »Ich möchte einmal genau an *dem* Ort gewesen sein, physisch anwesend, wo es geschehen ist, irgendwann wirst du das verstehen ...«

»Ja, langsam weiß ich, was du meinst ...«

»Ich kann das sonst nicht abschließen.«

»Ich mach mir halt Sorgen um das Kleine«, erklärte Mama leise.

»Keine Angst, das fühlt sich pudelwohl beim Fliegen.«

Mama nahm Gerdas Bauch in die Hände und bekreuzigte ihn dreimal mit ihrem Daumen. Virtuell für Stirn, Mund und Herz, wie sie's bei jedem ihrer Kinder getan hatte, wenn sie für länger das Haus verließen.

XXVI.

Donnerstag, 16. Juli 1959, Hamburg.

Der Flug in den Norden war nicht so spektakulär wie die Flüge in den Süden und gegen Rom und Kairo nahm sich der Flughafen von Hamburg fast niedlich aus. Sie kannte die Stadt nur von Bildern und Fotografien und liebte schon ihre heimeligen Ecken, obwohl sie noch nie dort gewesen war. Gerda fühlte sich *retrogestrickt*, hatte an allem Alten einen Narren gefressen, vor allem an alten Häusern aus der Jahrhundertwende, die sie an die vornehmen Straßenzeilen in Wien erinnerten, und so buchte sie zur Abwechslung (ein, zwei Nächte wollte sie sich leisten) ein gediegenes Hotel in der Nähe der Alster: das Hotel Vorbach in Rotherbaum, verkehrstechnisch günstig gelegen für ihre Vorhaben. Die Bezirke Bergedorf und Wandsbek waren von hier aus gut erreichbar. Sie hatte über mehrere Zeitungsredaktionen Anhaltspunkte bezüglich des Aufenthalts von Adi Böttger recherchiert und würde wohl bald fündig werden. Die älteren Sportredakteure des »Hamburger Abendblatts« und die gesamte Redaktion der »Bild am Sonntag« kannten noch seinen Namen und seine Geschichte. »Der Fußballkönig vom Bittersee« war eine der Headlines, die ihn damals zur Legende machen sollten, allein ... die Wirklichkeit hatte es nicht so gut gemeint mit ihm. Als er aus der britischen

Gefangenschaft heimkehrte, wurde ihm in Hamburg-Rothenburgsort kein großer Bahnhof gemacht. Im Gegenteil, er war ausgebombt, seine Wohnung, seine Frau und seine Tochter hatten sich buchstäblich in Luft aufgelöst. Mit seinem selbst genähten Seesack auf der Schulter stand er vor den Trümmern seines Lebens und war erst mal gezwungen, sich mithilfe sozialer Einrichtungen durchzuschlagen, solange, bis er über Onkels und Cousinen erfuhr, dass seine Irma und auch seine Tochter Jutta doch noch am Leben und bei erweiterter Verwandtschaft in einer Kleingartensiedlung untergekommen waren.

Über ehemalige Mitspieler des Rothenburgsorter FC war Gerda an zwei Telefonnummern gelangt, die ihr endgültig auf seine Spur halfen; eine in einer kleinen Wohnung in Rothenburgsort selbst und eine in Bramfeld (einem Hamburger Stadtteil im Bezirk Wandsbek), dessen Sportverein ihn als Trainer eingestellt hatte. Im Vereinslokal des Bramfelder SV nahm Adi Böttger höchstpersönlich das Telefon ab, er verkörperte offensichtlich ideell und auch praktisch den ganzen Verein, war Trainer, Klubchef, Zeugwart, Kassier und Ersatzspieler in einem. Er *war* der Bramfelder SV, obwohl er auch einen Zweitligaverein hätte trainieren können, wenn nicht gar eine Bundesligamannschaft, nachdem damals in Ägypten etliche HSV-Spieler auf sein Kommando gehört hatten.

Er atmete schwer, als er den Hörer abhob, als käme er grade von einer Übungseinheit. Aber wie sich herausstellte, war's doch eine ungewohnte Nervosität. Er schien überrascht und offensichtlich von Redakteuren vorgewarnt – *jemand hätte da plötzlich Interesse an seiner Person angemeldet ...*

»Herr Böttger?«

»Ja, mit wem spreche ich?«

»Gerda Fässler ... Ich bin Lehrerin und ... auch Journalistin ... aus Österreich ... Sprech ich mit dem Fußballkönig vom Bittersee?« Da kam ein Schmunzeln aus der Muschel.

»Lang ist's her ... Also von wegen König«, geschmeichelt und verbittert, beides lag in seiner Stimme.

»Aber offenbar unvergessen. Wären Sie nicht ein toller Trainer, hätte ich nach ihrer Telefonnummer vergeblich gesucht.«

»Tja, ein paar wenige haben's noch nicht vergessen, das mag ja sein.«

»Mein eigentliches Anliegen, Herr Böttger, ist ... und ich hoffe, Sie verzeihen mir den Überfall, ein sehr persönliches, privates ... und hat nichts mit Fußball zu tun.«

»Ich höre?«

Die genauen Umstände um Papas Tod endlich aufzuklären, sei ihr dringendster Wunsch, erzählte sie, um endlich Frieden zu finden, und sie bat gleichzeitig um Nachsicht, noch mal diese alte Sache aufwärmen zu wollen, in die er ja selbst schmerzlich verstrickt gewesen sein müsse. Kaum hatte sie die Worte *Gefangenentransport* und *Überfall* im Mund, kam ein »*Oh ja, oh Gott ... Sie sind die Tochter*« und ein kurzes Stöhnen, als hätte er schon lange auf diesen Moment gewartet. Er erinnere sich an jede Sekunde, sagte er, und er sei sogar froh um dieses Treffen, als trüge er diesen Rucksack schon zu lange mit sich herum, hätte aber nie die Möglichkeit bekommen, ihn abzuladen. Die bekam er jetzt. Gerda lud ihn zu einem Abendspaziergang an die Alster und auf einen Kaffee im Foyer des Hotels Vorbach. Sie hatte es bewusst so geplant – die Auflockerung am besten draußen im Freien, mit Blick auf den Fluss und ohne zu viele Menschen im Umkreis, die in ihren Gesichtern lesen könnten. Dann die harten Fakten, unter Dach und ohne große Geräusche.

Gerda, in rotem Kostüm mit einem weißen Schal (das Erkennungszeichen), auf dem Weg zum Treffpunkt, dort wo die Johnsallee die Alster quert, konnte ihre Rührung kaum verbergen, als sie ihn unsicher auf die Promenade schlendern sah, herausgeputzt in Anzug und Krawatte. Er kam auf sie zu und küsste ihr tatsächlich die Hand – ganz wirklich, nicht nur als galante Andeutung.

»Das macht man doch so ... in Österreich, nicht, gnädige Frau?«

»Sie machen mich verlegen, Herr Böttger! Alle machen's nicht, aber ich mag höfliche Menschen.«

»Und gratuliere, Sie sind ja guter Hoffnung!«

»Danke. Ja, das Leben geht weiter ... es muss.«

Das Eis war schnell gebrochen, eigentlich nie vorhanden, sein weiches Herz hatte sie schon während des Telefonats gewittert. Seine Lippen blieben auch nach dem Handkuss leicht geschürzt, als spürte er noch den Nachhall einer Geste, die er zum ersten Mal gewagt hatte. Nach den Informationen, die sie hatte, müsste er nun 43 Jahre alt sein, sah aber eher älter aus. Zeit und Umstände hatten vielleicht an seinem Elan genagt, nicht aber an seiner Würde.

Von Aufgeben keine Spur, er schien noch immer aktiv und überzeugungsstark. Mag sein, dass sich seine Ziele verschoben und manche sich ins All verflüchtigt hatten, ein professioneller Diensteifer war doch geblieben, auch wenn nun kleinere Brötchen gebacken wurden als erhofft. Gerda hatte sich vorgenommen, nicht gleich an den Kern der Sache zu gehen und ließ ihn noch eine Zeit lang in seinem Thema, um ihm nicht die Lockerheit zu nehmen. Er war überrascht und sehr angetan über Einzelheiten, die sie sich über die damaligen Hierarchien in der ägyptischen Fußballszene angelesen hatte.

»Ich habe gehört von dieser Arbeitskompanie 2719, die Sie betreut haben«, sagte sie, »die haben ja die halbe ägyptische Liga aufgemischt.«

»Allerdings«, bekräftigte er nicht ohne Stolz und bekam gleich ein Leuchten in den Augen.

»Da waren sogar HSV-Spieler dabei, der Seikowski zum Beispiel. Diese Jungs haben bitte schön den FC Ismailia mit 7:2 abserviert, dabei waren die Dritter in der 1. Liga, das will was heißen.«

»Wenn man's genau nimmt, war ihr Team, wär's im offiziellen Bewerb gewesen, die beste Mannschaft Ägyptens, hab ich recht?«

»Aber sicher hamse recht, hat uns auch viele Vorteile gebracht damals, die haben uns behandelt wie die Kaiser.«

Da kam er in Fahrt und schilderte all die Privilegien, die ihnen – und zwar nur den Fußballern – von der Army gewährt worden waren. Sie hatten *Freibewegungserlaubnis* für das ganze Gebiet zwischen Suez und Port Said, konnten sich das halbe Land anschauen.

»Also da noch von Gefangenschaft zu reden, wäre fast obszön gewesen«, sagte er und erwähnte mit einiger Hochachtung einen gewissen Lieutenant Colonel A. W. Shirley, den Kommandanten des Camps 380, in dem auch Papa stationiert war.

»Die mochten uns, die Herren Sieger, fast ein bisschen *too much*, weil sie unser Know-how brauchten, das ist uns immer klarer geworden. Wissen ist Macht ...« Er musste grinsen.

Ein Faktum, das Gerda sehr nachvollziehbar schien, denn Papa hatte in seinen letzten Briefen auch gejammert, dass ihnen dauernd neue (auch bezahlte) Aufträge angeboten wurden, englische Kraftfahrzeuge reparieren, Maschinen warten, Karten zeichnen, Straßen entwerfen usw., weshalb es immer wieder zu Verzögerungen der Gefangenenentlassung gekommen war – übrigens einer der Gründe, warum die Repatriierungstransporte sich so in die Länge gezogen hatten und erst gegen Ende 48 abgeschlossen waren.

»Die brauchten uns, hatten ganze Handwerkertrupps an den Suezkanal geschickt, um dort bei Reparaturarbeiten zu helfen, also – wir waren wer! Sie haben mich sogar mit einem Jeep nach Gizeh gefahren, um mit mir die Pyramiden anzugucken – alles nur wegen Fußball, nä!«

Er hatte sich richtig warm gelaufen und versuchte sich nun wieder am Riemen zu reißen, richtete sich immer wieder die Krawatte, obwohl sie perfekt saß ... in Anbetracht des Themas, das noch auf ihn wartete.

»Tja, daheim war dann eher niente ... gar nichts war da, nä. Irgendwann schrieben die Zeitungen dann vom *vergessenen König vom Bittersee* und das war's dann auch ... So ist das Leben, Fräulein Fässler.« Lastendes Schweigen.

Im Vorbach-Café hatte sich auf Anhieb das ganze Wesen des Gesprächs verändert, als ginge man über Klippen und Steine eines Wasserfalls kurz vor der Abbruchkante, man spürte die Gischt, die hochfuhr ins Licht und war erpicht, jeden Fehltritt zu vermeiden. Eigentlich ging's um Leben und Tod, während Silberlöffelchen in Melangen rührten und an gediegenes Porzellan klopften. Ein Milchkaffee für Gerda. Herr Böttger wollte, zu ihrer Überraschung, nur Alsterwasser (eine Mischung aus Bier und Limonade, wie sich herausstellte).

Sie rutschte nervös auf ihrem Stuhl hin und her.

»Sie sind also mit meinem Papa gemeinsam auf der Ladefläche des Pick-ups gesessen?«

»Und woher bitte wissen SIE das?«

»Von einem, der dabei war.« Er rückte sich im Sessel zurecht, wie ein Zeuge, dem klar wird, dass die Präzision seiner Aussagen unter Beobachtung steht.

»Ja ... bin ich, *ER* ... lehnte mit dem Rücken an der Fahrerkabine, in der ein unverglastes Rückfenster war. Ich saß an der Laderampe, damit ich meine Jungs im Truppentransporter hinter uns besser im Auge hatte.«

»Waren die so übermütig?«

»Kann man wohl sagen, die waren bester Laune und siegessicher.«

»Kannten Sie meinen Papa schon länger?«

»Nein, eigentlich nicht, aber man kennt sich halt oberflächlich, wenn man ein paar Jahre die gleichen Gesichter sieht … hat sich mal beim Wachwechsel gesehen, bei Essensausgaben oder beim Morgenappell … Ach ja, und noch was ist mir erinnerlich, ich habe ihn oft mit einem Zeichenblock gesehen. Er hat, glaub ich, alles, was er gesehen hat, gezeichnet …«

»Sie hatten also nie vorher mit ihm gesprochen?«

»Nein, nicht dass ich wüsste.«

»Verzeihen Sie«, sagte sie, »das klingt grade ein bisschen nach Verhör … ich will nur einfach wissen …«

»Schon gut. Ich kann Sie und Ihre Sorgen gut verstehen.«

»Danke, mhm … haben Sie also während der Fahrt mit ihm gesprochen?«

»Gesprochen ist gut – eher gerufen oder gebrüllt haben wir, der Fahrtwind, die lauten Motoren und dann der Lärm, den die Jungs hinten machten, da verstehst du ja das eigene Wort nicht mehr.«

»Und was habt ihr euch zugerufen?«

»Wohin die Reise geht, hab ich ihn gefragt, weil ich wusste, dass er offensichtlich kein Fußballer war.«

»Und was hat er geantwortet?«

»Er werde in Suez abgeholt und dann ginge es weiter nach Ismailiya, Tanta und hinauf nach Alexandria.«

»Haben Sie ihn gefragt, warum er dorthin musste?«

»Oh ja, ich dachte, der hat schon das Glück heimzukommen – Repatriierung … hab schon mal gratuliert.« Sie musste an die Nachrichten denken, als sie Mama vors Radio geholt hatte, damals 48.

»Und was hat er gesagt?«

»Leider nein, hat er gesagt. Er sei eigentlich – wie sagte er gleich … angefressen, das war's … angefressen, sagten die Österreicher, weil er für die Tommies noch Scheißkarten zeichnen müsse, vom Hafen in Alexandria … Er wolle lieber zu Frau und Kindern und habe die Schnauze voll …«

»Und was ist dann passiert?«

»Dann war wieder 'ne ganze Weile Ruhe. Die Hin- und Herschreierei war ja anstrengend bei der Hitze – 43 Grad …«

»Sie und Ihre Fußballer – ihr wart auf dem Weg nach Fayed, richtig?«

»Ja, genau … auf dem Weg in unser Stadion ›The Great Bitter Lake Stadium‹ – hatten wir alles selbst geschaufelt, okay – zusammen mit den Engländern.«

»Und dann – was ist dann passiert?«

»Darf ich mir eine Zwischenfrage erlauben?« Er fummelte wieder an der korrekt sitzenden Krawatte.

»Natürlich.«

»Der eine, von dem Sie sagten, er sei dabei gewesen, der andere Zeuge – war das einer … der andern, die uns gestoppt haben?«

Er schien prophylaktisch vorzubauen, wie was zu formulieren wäre in Hinblick auf Gerdas mögliches Verhältnis zu diesem Zeugen. Als wäre er auf der Suche nach dem rechten Ton, um etwaige Verletzungen zu vermeiden. *Oder bin ich schon wieder zu verkopft*, dachte sie gleichzeitig.

»Ein naher Bekannter … der für eine Fluchthilfeorganisation arbeitete«, sagte sie so neutral wie möglich.

»Fluchthilfe …«, sagte er und nickte. Er wusste nicht recht, wie umzugehen mit der Verantwortung, die ihm jetzt schwerer wurde, wie einem Zeugen im Prozess, dessen Einblick und Urteil am Ende entscheiden würden.

»Wie hat mein Vater ausgesehen, ich meine … hat er einen gesunden Eindruck gemacht?«

»Oh ja, er war ziemlich braun gebrannt, aber das waren ja alle … Er schien mir nur ärgerlich und enttäuscht, weil er endlich heimwollte … wie wir alle.«

»Was ist also dann passiert?« Er spürte ihre Anspannung und ihre Angst vor einer Wahrheit, die ihr ganzes Leben verändern könnte, also versuchte er so direkt wie möglich zum Punkt zu kommen, zumal ihm die *Sache* ja selber mehr zu Herzen ging, als er wollte. Das Ereignis war schon jahrelang wie ein ungeöffneter Koffer in seinem Schrank gelegen. Er verargte ihr auch nicht den Ton, den ihr drängendes Bedürfnis nach Einzelheiten anschlug.

»Dann fielen Schüsse, Pistolenschüsse, unser Pick-up knickte vorne ein und stellte sich quer.«

»Die Reifen – richtig?«

»Ja. Die Vorderreifen. Das waren Profis.«

»Haben Sie gesehen, wer die Schüsse abgefeuert hat?«

»Das Mündungsfeuer kam vom Fahrersitz des Pick-ups, der uns gestoppt hat.«

»Ist euer Fahrer getroffen worden oder mein Vater oder Sie?«

»Ich weiß nur, dass unser Fahrer wie wild losgeballert hat, wir waren beide noch unverletzt.«

Gerda hielt ihre Tasse mit beiden Händen und trank sie mit einem Zug leer.

»Wie viele Leute waren auf dem andern Pick-up?«

»Der Fahrer, ein Beifahrer, der gleich mal rausgesprungen ist und irgendwas geschrien hat ... und einer auf der Ladefläche oben, der zurückgefeuert hat, aber unser Fahrer hatte seine *Sten* dabei, dem war schwer beizukommen ...«

»Eine *Sten* ... Was ist das?«

»Eine englische Maschinenpistole.«

»Können Sie sich an Gesichter erinnern? Ich meine – der Fahrer, wie hat der ausgesehen, alt, jung, schwarz, weiß?«

»Der Fahrer hatte einen Helm auf ... englisch – komischerweise, der hinterm Fahrerhaus einen Tropenhelm oder so was und ein weißes Tuch rumgebunden.«

»Und der, der rausgesprungen ist?«

»Nichts auf dem Kopf ... paar lange schwarze Haarsträhnen in der Stirn ... ein junger Kerl ... Hat dauernd was gerufen.«

»Was gerufen? Namen vielleicht?«

»Ja ... Namen.«

»*Stampa* vielleicht? Oder *Roscher*?«

»Ich glaub's nicht ... Stampa ... genau, Stampa immer wieder, aber da war kein Stampa ... hat jedenfalls keiner ›hier‹ geschrien. Sagen Sie mal, waren Sie vielleicht doch dabei damals?«

»Ich sagte doch, ich kenn einen von denen, und was hat der noch geschrien, der junge Kerl?«

»Äh ... ›zurück‹ oder so was; Kommandos, wie ein richtiger Offizier ... seine Handzeichen drückten das jedenfalls aus, es war Englisch, die hatten den falschen Konvoi geknackt, glaub ich.«

»Hat er vielleicht ›as you were‹ geschrien ..., cancelled ... verdammt, as you were?

Böttger wurde blass.

»Genau ... Und das wissen Sie auch von dem?«

»Von dem, der's geschrien hat. Ja.« Er lehnte sich zurück in seinen Stuhl.

»Genau ... ›as you were‹, verdammt ...«, sagte er leise vor sich hin.

»Heißt Kommando zurück«, sagte sie. Sie lehnte sich ebenfalls in ihren Stuhl. Bis hierher war es gelaufen wie schnelles Pingpong. Eine Weile schwiegen beide. Dann, nach einer kurzen Erholung, setzte er sich wieder aufrecht.

»Warum fragen Sie mich das alles eigentlich, wenn Sie's längst schon wissen?«

»Für die Wahrheit braucht's mindestens zwei, verzeihen Sie ...«, sagte sie nachdenklich und noch immer verunsichert, da die wichtigste Frage noch nicht gestellt war. Sie schob ihm eines der Fotos hin, die sie von Piero in der einen Nacht im Josephine-Baker-Zimmer gemacht hatte.

»Ist das der junge Kerl, der Kommandos geschrien hat?« Nur ein Blick.

»Ja. Der war's« Er schob das Bild wieder zurück.

»Und dann?« Beide wieder aufrecht.

»Dann flog die Granate«, sagte er, leiser als die Sätze zuvor. Er legte beide Handballen auf die Stirn, alle Finger gestreckt und strich sich langsam mit beiden Händen übers Gesicht, faltete sie über Nase und Mund, wie Agnes zuletzt in Hohenems. Gerda starrte ihn an.

»Wer hat sie geworfen?«

»Sie flog aus der rechten Seite des Pick-ups ...« Während er sprach, hielt er die Augen geschlossen, als hätte er Angst, ihr dabei ins Gesicht zu sehen.

»Aus dem Führerhaus?«

»Ja.«

»Der Fahrer?«

»Ja ... der Fahrer war's. Ihren Vater hat durchs unverglaste Fenster die volle Ladung erwischt.«

Böttger zog sein Sakko aus, legte es behutsam auf den Schoß, rollte beide Hemdsärmel zurück (ein paar Gäste drehten sich schon um nach ihm) und zeigte ihr die genähten Verletzungen der Granatsplitter. Beide Unterarme kreuz und quer gesprenkelt mit Narben.

»Den Rest hab *ich* abbekommen, wie Sie sehen ... Es tut mir so leid, Fräulein.«

Er wischte sich die Augen.

»Hat er ...?«

»Nein, es ging alles sehr schnell. Mir wurde schwarz vor Augen ... Da war nichts mehr ... Mehr weiß ich nicht.«

Dann sank er in sich zusammen, sein Sakko noch immer knitterfrei im Schoß. Die Gäste im Umkreis mögen gedacht haben, da wurde etwas Größeres beendet, eine lange Ehe, eine Liebschaft, ein Vertrag, ein Leben. Eine Weile lang starrte er geistlos auf sein Jackett, dann griff er entschlossen hinein, zog aus der Innentasche ein Briefkuvert und schob es über den Tisch.

»Mir ist alles entgegengeflogen – langer weißer Blitz, Feuer, Rauch, Fetzen ihres Vaters ... Das hier war auch dabei, verzeihen Sie ... fiel aus seiner brennenden Brusttasche in meinen Schoß. Ich habe mir erlaubt ...«

Sie öffnete das Kuvert und hatte zwei halb zerfetzte, an

den Rändern versengte Fotografien in der Hand. ›...*li 43*‹ war noch zu erkennen und ›...*kliche Stunden*‹ – der Rest der »*glücklichen Stunden im Juli 43*«, letzter Fronturlaub, vor der Eingangstür des Knusperhäusls Bergmannstraße 4: Mama mit Gerda im Arm, Roland und Agnes stehend ... halb verkohlt ...

Auf dem zweiten Foto nur Mama, vergilbt und versengt.

»Ich bin Ihnen unendlich dankbar, lieber Herr Böttger, so dankbar.« Sie holte seine Hand über den Tisch und küsste sie, dann sank auch sie zurück in ihre Lehne, um die Erschöpfung, die sich schon lange angekündigt hatte, endlich zuzulassen. Beide Hände am Bauch ... *das war die Geschichte mit deinem Opa, Kleines, jetzt weißt du auch das.*

Die Nebel hatten sich gelichtet, die glitschigen Steine an der Abrisskante waren überwunden. Kein Absturz. Piero hatte nicht gelogen. Was willst du noch? Die letzten Zweifel, die sich in der Gischt verstecken, auch noch tilgen? *Vielleicht hat Herr Böttger, um mich zu schonen, gelogen und den Fahrer zum Täter gemacht, weil er ahnte, wer der Zeuge war ... der Geliebte, der Mann, der Bruder ... wer immer. Gib ihm endlich eine Chance. Er war ein junger Verrückter, der Abenteuer generell für etwas Positives hielt. Vielleicht gibt es ja gar nichts zu tilgen.*

Noch dieses eine letzte Mal, in die Wüste fliegen und dort alles begraben, samt den versengten Fotos und allen Zweifeln – und dann Friede, endlich.

*

Sie hätte nie gedacht, dass die Trauer ihr noch einmal so naherücken könnte, mit dem sanften Wink von Endgültigkeit, dass sie aber gleichzeitig einen Platz bekäme in ihrem Leben, in dem sie sich in Würde und Respekt bewahren ließ. Es würde nun tatsächlich alles leichter werden und es bestätigte sich ihr fester Wille, die Dinge nicht liegen zu lassen, sondern einzuordnen in der Erinnerung.

Herr Böttger konnte es nicht glauben, noch einmal eingeladen worden zu sein an die Stätte seiner Triumphe, in der anderen, der heißen Welt, wo ihm die Komplimente einst zugeflogen waren wie Konfettiregen.

Flug und Hotel, alles auf Gerdas Rechnung. Alles im Eiltempo, sie hatte Angst vor der Augusthitze und organisierte Aufenthalt und Transport zwischen Kairo und Fayed vom Hotel Vorbach aus. Diesmal wenigstens die Hotelzeiten mit Klimaanlage ...

»Eine verrückte Henn bist du«, hatte Mutter am Telefon gemotzt und sich gesorgt. Gerda im Alpha-Modus – alles wird JETZT erledigt, genug gezaudert, gehofft, gefiebert, gewartet, auch wenn Mama schäumte, aber schon zu müde war, um gegen ihre Sturheit anzukämpfen. Gerda wusste, die Abende in der Wüste können zauberisch sein, als wäre die Nachtzeit durch ein Mirakel gebannt, das wundersam die Stunden dehnt, die Zeit nicht vergehen lässt – Papa hatte davon geschrieben –, wenn zwischen Fels und Dünen Echos aus dem Himmel tropfen wie Seufzer aus einer andern Welt, dabei saugt dir die trockene Hitze nicht die Seele aus dem Leib, wie die Tropen das tun – das hatte ihr Prof. Bildstein klargemacht, nachdem er zwei Wochen in Brasiliens Dschungelstadt Manaus verbracht hatte, um im Teatro Amazonas für Opern zu schmachten. Nein, dann doch lieber die Wüste, die trockene, die klare, die reine, die wie eine uralte Botschaft unterm Himmel wartet und sie einlud, noch einmal Adieu zu sagen, sie und ihr Kind und Opa unterm weißen Mond des Großen Bittersees. So und nicht anders.

Die Fahrt nach Fayed, in den Abendstunden des 18. Juli, war ein Segen. Die Temperaturen erträglich, die Sonne hinter Schleiern aus Dunst und Flugsand. Es hatte sogar kurz geregnet. Mr. Squibb hatte eine Art Kleinbus mit richtigen

Fenstern aufgetrieben und einen zusätzlichen Guide dabei, *der sich in der Wüste auskenne wie kein Zweiter, er kenne alle Schleichwege im Erg und im Sand.*

Ein schweigsamer Beduine in Schwarz; schwarzer Kaftan, schwarzes Kopftuch mit weißer Kordel gesichert, souverän, nicht arrogant, stolzer Abkömmling eines Feudalsystems, vielleicht Mitte dreißig, dunkle Augen, dezenter Unterlippenbart – er sei *Bedou*, stellte er sich vor, während seine rechte Hand flott über Stirn, Mund und Herz sprang.

»Salam, Miss Fässler«, dazu verneigte er sich, »Essam Mahmud Sharif von den Beni Sallah.«

Gerda war beeindruckt. Mr. Squibb hatte sie schon zuvor kurz eingeführt in die Stammeshierarchien der Wüstenvölker, der Tuareg und der Beduinen, und die Besonderheiten ihrer Kleidung, die Auskunft geben über ihren sozialen Rang in der Gesellschaft. Also ein Scharif der Beni Sallah.

»Hochstehende Persönlichkeit«, flüsterte Mr. Squibb ihr ins Ohr, »so eine Art Aristokrat der Wüste.«

Zu allererst wurden Herrn Böttgers Wünsche aus Dankbarkeit und Respekt berücksichtigt und Gerda kam in den Genuss, das Fußballstadion des FC Ismailiya bewundern zu dürfen: Toiletten, Spielerkabinen, Spielerfotos, Pokale, Umkleide und Duschen, den Tunnel zum Spielfeld, ja sogar die Handschuhe des Tormanns und die Adidas-Schuhe (die Schuhe des 54er-Weltmeisters Deutschland), die einige der teureren Spieler des Klubs schon tragen durften. Gerda war natürlich überwältigt, nicht zuletzt weil die Hitze dann doch noch zulangte, obwohl schon später Nachmittag war.

Essam, der stille Bedou, schien tatsächlich die filigranen Sensoren eines Edelmanns zu besitzen, denn er moderierte die folgenden Rundgänge im Great Bitter Lake Stadium und anschließend im (10 000 Zuschauer fassenden) Viktoria Lido Stadium Fayed mit ein paar höflichen Argumenten zu Kurzvisiten um, um Gerdas Aufnahmevermögen für Ballkultur nicht allzu sehr zu strapazieren, denn Herr Böttger war in seinem Element und in seinem Glück auch detailversessen. Geschichten von damals und von unerfüllten Zukunftsträumen ...

Am westlichen Horizont verharrte inzwischen ein gelb flimmerndes Band, in das die sinkende Sonne tauchte, bevor sie rubinrot zerfloss und der Expedition zum Aufbruch riet. Gerda wollte, wenn möglich, noch in der Abenddämmerung vor Ort sein, um das letzte Tageslicht und später den vollen Mond für ihre Nikon-Bilder zu nützen. Beide Stimmungen bescherten der Wüste einen unvergleichlichen Zauber, die angemessene Aura für ein letztes kleines Ritual.

Die Wege zu den ehemaligen Lagern führten direkt in lang gezogene Wadis, die von Felszügen oder moränenartigen Hügeln begrenzt waren. Die provisorischen Pfade, die einst schwere Truppentransporter in den Boden gespurt hatten, waren kaum noch zu erkennen, ausgelöscht von Wanderdünen und Treibsand.

Der Bedou schien den Weg auch blind zu finden – Mann der weglosen Welten. Er saß schweigend am Steuer und führte seine Passagiere zielsicher vorbei an stillgelegten Wasserreservoirs, entsorgten Rohrleitungen, Steinhalden und bizarren Felsformationen, die ihre rötlichen Sedimentschichten wie Trophäen herzeigten, in Richtung des Camps 380, dem Ort des Geschehens. Eine dieser Engstellen am Ausgang eines Wadis, westlich des Großen Bittersees, die Piero für seine Operationen gewählt hatte.

Als der Bedou schließlich auf einem dieser lang gezogenen Hügel, die tatsächlich wie riesige Baseballschläger aus dem Sand wuchsen, stehen blieb und die Handbremse anzog, spürte Gerda wieder ihr Herz im Ohr. *Er hatte sich absichtlich auf dieser Anhöhe eingeparkt, um den ganzen Bereich des Ein- und Ausgangs zum ehemaligen Camp im Blick zu haben.*

Ein böiger Wind spielte da unten, in Papas einstiger Heimstätte, mit Stofffetzen und leeren Dosen, man sah noch die gestuften Ausbuchtungen, die unter den Zelten gegraben worden waren, um sich vor der Hitze zu schützen, und schließlich zwei umgestürzte Wachtürme, allerletzte Zeugen einer Zeltstadt, die einst überquoll vor gefangenen Soldaten der deutschen Wehrmacht.

Wenige Meter vom Bus entfernt hatte jemand, offenbar vorsorglich, zwei sich überkreuzende Holzpfähle in den Boden gerammt, vielleicht ein Adlatus des Bedou, sie schienen jedenfalls irgendeine Bewandtnis zu haben. Marker oder Wegweiser.

Er holte aus dem Kofferraum zwei Sandbleche (eigentlich für Notfälle gedacht, um im Sand versunkene Autoräder wieder flottzukriegen), legte sie neben die Holzpfähle und begann darunter mit beiden Händen zielstrebig zu buddeln, bis ein Fladenbrot im Umfang eines Autoreifens zum Vorschein kam, in weißes Tuch gehüllt, fixfertig gebacken im Glutofen der Sonne.

Tatsächlich ein Herr der Wüste, eigenmächtig in allem. Auf den Blechen legten seine schlanken Pianistenfinger verschiedene Gemüsesorten und Früchte aus: Tomaten, Auberginen, Datteln, Zwiebel, Fenchel, sonnengetrockneten Käse, in Essig eingelegte Salate, kleine Gewürzbehälter mit Zatar, Chili, Zimt, Muskat und Koriander, dazu Besteck, und er begann seelenruhig Köstlichkeiten zuzubereiten, die am Ende ins Fladenbrot gewickelt wurden. Zwischen zwei Steinbrocken hatte er im Handumdrehen eine Feuerstelle eingerichtet. Alles ohne Worte, exotischer Wohlgeruch würde bald die Luft erfüllen. *Totenmahl nach der Beerdigung? Gram und Erlösung. Erschütterung und Trost.*

Squibb und Böttger sahen sich ungläubig an, auch sie hatten nichts von dieser Geste geahnt. Unaufdringlicher arabischer Charme, dachte Gerda und bat den stillen Scharif kurz um sein Messer, schnitt sich ein Haarbüschel vom Kopf und legte es zu den beiden versengten Fotos in eine kleine Schmuckschatulle aus Metall. Herr Böttger hatte sie dabei lächelnd beobachtet und genickt, hielt sie also nicht für verrückt. Er nahm sich einen Spaten. Damit gingen die beiden gemeinsam hinunter ins Wadi und Böttger führte sie zu exakt jener Stelle, an der Papas Leben beendet worden war. Das »Von-wem-auch-immer« hatte sie noch immer nicht aus dem Kopf verbannt. Nur eine unscheinbare Mulde, natürlich keine Spuren mehr. Ein ablandiger Flüsterwind bot die passende Musik, bis sich der Vollmond auf den Felsenzug setzte, um den verlassenen Geisterplatz taghell auszuleuchten. Dieses erhabene Licht machte alles, auch den banalsten Steinbruch, zur verwunschenen Kulisse eines Filmsets. Manche Formationen waren von weißem Sand überzogen, als hätte der Wind Schlagsahne über die Felsen geschlenzt. Mit ein paar kräftigen Stichen hatte Böttger ein kleines Grab ausgehoben, um sich dann taktvoll zurückzuziehen. Gerda versenkte die Schatulle und schaufelte mit Händen und Armen den warmen Sand ins Loch zurück, bis alles wieder eben und ohne Spur war. In die Nachwehen hatte sich noch eine schüchterne Frage der erwachsenen Gerda geschlichen, ob Papa in ihrem Kopf im Laufe der Jahre vielleicht größer geworden sein könnte, als er tatsächlich war – verklärt, verkannt, überhöht – was immer sich Liebe und Sehnsucht erlaubt hatten. War er vielleicht doch ein Patriarch, den sie sich weich geliebt hatte? ... um den Finger gewickelt zwar und neutralisiert, aber doch ...?

Agnes hätte ihn wohl eher so gesehen, war er doch einst einer der vielen Gründe für ihre Fluchtpläne ... Was auch immer. Gerda hatte ihn ins Herz genommen. Lebendig und tot.

Einen Moment lang überlegte sie, was die drei Männer dort oben wohl dachten über sie und das, was sie gerade tat. Ein britischer Anglikaner, ein deutscher Protestant und ein arabischer Moslem, drei Monotheisten und ein Ritual –

übertriebenes Pathos vielleicht? Ist doch schon elf Jahre her, esoteri-
scher Humbug, pathologische Trauerarbeit ...? Am liebsten hätte
sie hinaufgerufen: *Ich glaube nicht an das ewige Leben ...aber ich*
hätte ihn gerne länger bei mir gehabt. Das ist alles. So saß sie im
Schneidersitz im Sand, mit ihrem Kind im warmen Bauch,
leichter als je zuvor. Die Reise hatte sich gelohnt. Und sie
sah hinauf zur Anhöhe, wo die drei Männer, vom Mond
beschienen, aufgereiht standen wie Soldaten und für sie
und Papas Geist Wache standen – respektvoll, reglos. Wie
Statuen.

XXVII.

Hohenems, Donnerstag, 30. Juli 1959.
Die Wege wurden beschwerlicher. Bauch und Kind
wuchsen. Wenn sie an einem Spiegel (und davon gab es
genug im Haus) vorbeikam, sah sie stets ihren abgewinkel-
ten rechten Arm mit dem Handballen hinten an der Hüfte
aufgestützt, um den Bauch in Balance zu halten und dem
Kreuzweh vorzubeugen. Auf die Waage war sie schon länger nicht mehr gestiegen. Alles war rund und bereit, sie war
sich jedes Kilos bewusst und auch des mütterlichen Ins-
tinkts, der sehr einverstanden war mit der Vorsorge.

Die Ottomane war ihr Ruhepol geworden. Den Kopf nahe
am Samowar, dem Tee beim Köcheln zusehen. Manchmal
träumte sie einen Traum, der sich immer wieder einstellte,
wie ein ungebetener Gast. Über ölig schwerem Wasser, vielleicht ein Wellengekräusel im Bodensee, an einer tiefen
Stelle, die ein beunruhigendes Geheimnis barg. Über ihr
sah sie viele Gesichter, die über eine Mauerkante hinweg
auf sie hinabglotzten und aufs tückische Gekräusel, das zur
Strömung anschwoll und jeden Grashalm, der sich hinein-

wagte, schnappte und in die Tiefe zog – so schwer wog es noch immer, dachte sie. Dabei hatten Logik und Verstand den Fall Piero längst abgeschlossen. Das Offensichtliche wäre doch auszuhalten, mit der Zeit – hoffte sie. Ihre Sensoren waren nach all den plastischen Schilderungen der Ereignisse schon so malträtiert, dass sie ihre Restzweifel im Traum wiederfand. Wenig überraschend saßen auch dort ihre Richter, mit dem Hammer in der Hand. Von der *Geschworenenbank* kamen vereinzelte *Schuldig*-Rufe. Ihr!? *Ihr habt doch alle Dreck am Stecken. Sein Kind ist hier drin bei mir,* rief sie ihnen zu, *bleibt mir vom Leib mit euren Sprüchen, ihr habt mir nichts zu sagen. IHR nicht!*

Wie aus weiter Ferne drang Raimunds Stimme durchs halb offene Fenster, aber sie konnte nicht recht verstehen, was er ihr ausrichten wollte, zwei Kühe brüllten dazwischen – ein Schlachttermin bei den Rufs war im Gange. Dann noch mal Raimund und diesmal verständlich:

»Sag bitte der Mama, ich bin beim Micki ... eine ziemliche Zeit lang ... beim Micki unter der Bahn, Mama weiß Bescheid.« Der Micki unter der Bahn also. Unter der Bahn liegt das Herrenried. Damit war der noch dünn besiedelte Teil von Hohenems westlich der Eisenbahnlinie gemeint, der sich Richtung Alter Rhein hinzieht. Entschlossene Hüslebauer hatten sich hier den Traum vom Eigenheim erfüllt, mit Landkrediten und harter Arbeit.

Micki war übrigens kein unbeschriebenes Blatt, Mama war schon eingeweiht. Michael K., Sohn seriöser katholischer Eltern. Ein Internatsschüler wie Raimund, Gefangener des Sankt-Fidelis-Heims unterm Kreuz der Kapuziner – *dieselbe autoritäre Scheiße* (Raimund), ein paar Steinwürfe vom Xaveriushaus entfernt. Schicksalsgefährten. Das schweißte zusammen.

Eine ziemliche Zeit lang ... hieß: Mama würde sich wieder ärgern müssen. Die beiden steckten dauernd zusammen und niemand wusste so recht, wo sie sich herumtrieben. Am Alten Rhein draußen oder in den Wäldern um den Schlossberg. Einmal hatten sie sich bis zur Alpe Gsohl *verlaufen* (1000 m über dem Meer!), *um dort zu schauen, wie spät es ist* ...

Raimund kam des Öfteren nicht mal zum Essen heim, was Mama besonders kränkte.

Agnes hatte es in der Zeit, als Gerda in Ägypten unterwegs war, unter Androhung von Hausarrest immerhin geschafft, ihn zum Geschirrabtrocknen zu vergattern. Die Vorgabe, sich einzuordnen in eine Gemeinschaft, hatten die Patres mit Prügeln ins Gegenteil verkehrt und mit Altershierarchien hatte Raimund sowieso seine Probleme. Die *Herren vom kostbaren Blute* wollten ihn mit Schlägen servil machen und hatten ihm damit jeden Respekt vergällt, selbst vor dem Frauenregiment, das zu Hause herrschte.

Der rechte Weg, den ihm Mama in der Kapelle des heiligen Franz Xaver empfohlen hatte, erwies sich als Sackgasse. Sie wusste nicht wirklich, was sie von diesem *Duo* halten sollte, aber sie konnte beiden nicht wirklich böse sein. Raimund hatte einen Seelenverwandten gefunden. Wer konnte ihm das verdenken – Indianerehrenworte halten ein Leben lang, sollen sie sich geschworen haben. Geheimnisse bleiben Geheimnisse, bis ins Grab. Lauter solche Endgültigkeiten. Dabei gab sie sich in flüchtigen Momenten ja selbst einen Teil der Schuld – sie war sich so sicher gewesen, ihr Bub wäre im Heim wohl behütet und nirgends besser aufgehoben ... *und dann das!*

Ihre Felle schwammen dahin.

Auch Gerda musste sich an Raimund erst wieder gewöhnen, er war Monate nicht mehr im Haus gewesen und inzwischen fast schon zum Mann geworden. Stimme, Bartstoppeln, seine aufmüpfigen Antworten, sein Schlendergang, ein *neuer* alter Raimund. Im Gegensatz zu Roland, dem ordentlich Beflissenen, schlug er eindeutig den

Schwestern nach: trotzig, frech und mit Plänen im Hinterkopf. Flügge waren sie alle drei. Agnes' Koffer stand ja schon lange reisebereit und die Briefe aus Paris häuften sich, sie konnte kaum noch verbergen, was da in Wahrheit im Gange war. Immer war sie die Erste, die dem Briefträger die Post aus der Hand riss.

Eines Tages konnte sie nicht mehr hinterm Berg halten mit ihrer Wahrheit – Gerda hatte sie bei der Postübergabe abgepasst. Agnes tastete einen Brief ab, mit dem Rücken zur Schwester, öffnete ihn und zog grinsend ein Foto aus dem Kuvert.

»Voilà! ... Capitaine Antoine Neville.« Sie hielt das Bild an ihre Brust.

»Du hast schon telefoniert mit ihm, gib's zu!«

»Ja, hab ich ... en français und ich sag dir ... der hat Grips ... kann Briefe schreiben, das glaubst du nicht, drei, vier Seiten lang, richtige Geschichten. So g'scheit und erwachsen!«

Sie hielt Gerda kurz das Foto hin und versteckte es gleich wieder im Dekolleté, als hätte sie Angst vor ihrem Urteil.

»Jetzt mach's nicht so spannend, ich hab ja nix g'sehen.«

»Du wirst vielleicht überrascht sein.«

»Wieso denn, ich kenn doch deinen Geschmack, exquisit?«

Agnes nickte. Sehr exquisit.

»Jetzt zeig schon her, ist doch sicher ein schöner Mann.«

Agnes zierte sich noch immer.

»Kann man sich in einen verlieben, den man noch nie getroffen hat?«

»Ich schon«, sagte sie trotzig. »Was er schreibt, deckt sich mit dem, wie er's sagt, da weiß man schon sehr viel.«

Gerdas Hand bewegte sich langsam und zielsicher auf Agnes' Dekolleté zu.

»Jetzt gib her, das Ding! Was genau willst denn geheim halten, Schwesterlein?«

»Da kann man nix geheim halten, das ist es ja«, gab sie achselzuckend zurück. Dann zog sie das Foto flugs aus ihrem Busen und hielt es, zwischen Mittel- und Zeigefinger geklemmt, in die Luft. Gerda schnappte zu.

»Ui, hab ich's geahnt ... Schöner Mann! Nein, Geheimhalten geht da nicht, hast recht. Zu auffallend ... für hierzulande.«

Ein fescher Mann, schwarze Haut, in weißer Galauniform. Ein Offizier aus dem Bilderbuch.

»Soldat?«, fragte Gerda.

»Ja. Aus Guadeloupe gebürtig. Ein Hauptmann der französischen Luftwaffe, aber Bodenpersonal. Ein Bekannter des Colonel Nafissa.«

»Unser Colonel?«

»Ja, der mit dem Zucker im Helm. Was denkst du, was die Mama sagen wird?«

»Weiß sie noch gar nix?«

»Ein bissl nur. Die Briefe. Telefonate.«

»Die Farbe?«

»Noch nicht.«

»Tja ... dann steht sie jetzt vor der Probe aufs Exempel – als Christenmensch, mein ich.«

»Und dann die Leut ...«

»*Du* kümmerst dich plötzlich um die Leut?«

»Nein. Die Mama mein ich und *ihre Leut* ...«

»Da muss sie durch, wenn sie glaubt, was sie uns gepredigt hat ...«

»Hilf mir, bitte!«

»Erinnere dich: Der Mensch sei Gottes Geschöpf und Gottes Ebenbild ... hat sie uns beigebracht und vieles über Nächstenliebe, von Schwarz oder Weiß war da nix dabei.«

Agnes nickte zwar vor sich hin, schien aber nicht wirklich überzeugt. »Kannst du dich erinnern an die Marokkanerzeit im Ländle?«, fragte sie rhetorisch, »und die braunen Kinder, die den Müttern geblieben sind?«

»Ja, kann ich.«

»Denen rufen sie ›Negerpuppe‹ nach, noch immer und auch noch viel schlimmere Sachen, je dunkler die Haut, desto größer die Häme ... Verteufeln wird sie mich, die Mama!«

Gerda steckte ihr das Foto ins Dekolleté zurück und umarmte sie wie ein Stahlmantel.

»Gottes Ebenbild verteufeln, als Religionslehrerin? Das geht sich nicht aus, Liebes«, flüsterte ihr Gerda ins Ohr und verzog sich ein bisschen irritiert auf ihr Zimmer. Sie war nicht wirklich überrascht, aber doch beeindruckt von der Konsequenz ihrer Schwester, egal ob's nun reine Liebe werden oder ein schwelender Fluchtreflex bleiben sollte. Sie war richtig stolz auf sie. *Lebt die doch wirklich beinhart ihren Traum – Chapeau!*

Agnes hatte sich vorgenommen, die Karten noch in diesem Sommer auf den Tisch zu legen.

Natürlich fühlte auch Mama die zentrifugalen Kräfte unterm Dach. Die jungen Leben strebten nach draußen, weg von ihr. Die Gluckenzeit war längst vorüber, sie war weder Maß noch Zentrum. Das war auch ohne große Aussprachen offensichtlich und sie war einstweilen froh um die brave Françoise, die ihr tüchtig zur Hand ging. Raimunds anfängliche Zuneigung schien nur ein Strohfeuer gewesen zu sein. Er hatte gegen Ende des Trimesters in den Zehn-Uhr-Pausen (Olgas Tabakladen) in Micki den einen Kumpanen gefunden, der wie er von der Fuchtel der Präfekten *den Rand voll* hatte, bereit, Fluchttunnels zu graben. Zwei vereint in Auflehnung und Planung. Das war nicht mehr rückgängig zu machen.

Ihre Ideen befanden sich zwar noch im Frühstadium, aber die Entwicklung war absehbar. Die nächstliegenden Werkzeuge waren Gitarren und Schreibblöcke. Sie versuchten sich auf allen Linien, beide auf Teufel komm raus. Die hatten Lunte gerochen. Micki konnte sich von Dämonen reiten lassen, die ihm Sachen flüsterten, erzählte Raimund bei Kurzbesuchen in der Küche, verrückte gelogene Wahrheiten. Geschichten wie reißende Bäche waren das, dass man sich ducken musste vor der Wucht. *Unsichere Künstlerleben, Gott bewahre.* Mamas Ahnung. In trüben Minuten schienen sich all ihre Anstrengungen (für den rechten Weg) im zerfledderten Katechismus aufzulösen, der am Dachboden lag, von Raimund entsorgt. Und doch: Sie war weder hoffnungslos böse oder gar verbittert. Ihre *drei Verrückten* schienen glücklich zu sein, mit ihren Spleens. Woher und warum also Einwände? Mama am Scheideweg, ganz ohne Benzodiazepine.

Ein lauer Abend im August, draußen unterm Birnbaum, die Ziegen in Nachbars Garten standen geschlossen am Zaun, kauten und schauten den Frauen zu, neugierig, als wäre ihnen die Tragweite des Moments bewusst. Der Mond war voll. Raimund bei Micki. Françoise schon im Bett.

Mutter, Agnes und Gerda saßen im Dreieck zueinander auf Küchenstühlen, kein Tisch zwischen ihnen, keine Ablenkung. Ein paar brennende Kerzen vor ihnen im Gras. Die alten Loyalitäten würden nicht mehr ins Wanken geraten, die Stürme schienen überstanden, die Fronten abgesteckt, die Liebe war geblieben. Trotz allem – Mama in Schutzhaltung, nach vorn gebeugt, die Ellbogen auf die Oberschenkel gestützt. Ihre Hände drückte sie, in Bestellung verschränkt, gegen Nase und Mund, um das Lesen in ihrem Gesicht zu erschweren. Dabei wippte sie mit dem Oberkörper sanft nach vor und zurück und hörte zu. Sie nahm ihren Töchtern die Beichte ab. Agnes erzählte als Erstes (*Flucht nach vorn!*) vom schwarzen Mann in Uniform, dem Katholiken und guten Bekannten vom Colonel, *der so lieb zu uns war ... der Schwarze mit dem Zucker und dem Salz im Helm ... du erinnerst dich ... Mami!* (das ›i‹ bat um Vergebung).

»Ja, ja doch – der ... dunkelbraune«, murmelte Mama durch die verschränkten Hände.

»... und wie gesagt«, fuhr Agnes fort, »ein Katholik vom Scheitel bis ...«, und sie erzählte von ihrer Verliebtheit in seine Stimme, sein Gesicht, seine Briefe, das phosphoreszierende Glitzern der karibischen See und den Rhythmus der Menschen dort, die französische Sprache im Allgemeinen und Paris im Besonderen usw. Ein leidenschaftliches Plädoyer für eine Brieffreundschaftsliebe, die eigentlich noch ein Hirngespinst war.

Mama, in ihrer neuen Rolle als Gewährende, an der Schwelle zur neuen Zeit, schien, während sie Agnes zuhörte, alles abzunicken, manches mit geschlossenen Augen und straffer Stirnfalte. Gerda versuchte sich die stillen Kämpfe vorzustellen, die in ihr toben mussten, zwischen moralischen Vorgaben und praktischem Vollzug – vielleicht also ein farbiger Schwiegersohn. An manchen Stellen rutschten Mamas betende Hände bis hoch zur Stirn, verbargen das ganze Gesicht. Dann wieder ein mütterlich gütiges Lächeln, wenn sie das Leuchten in Agnes' Augen sah. Als Ratgeberin kaum noch gefragt, fügte sie sich den neuen Entscheidungsträgerinnen, schluckte großmütig jedes Wort und Gerda vermeinte ihr stummes Gebet zu hören: *Lieber Gott, lass diesen Kelch an mir ...*

Die Ziegen waren eingeschlafen.

Bevor Gerda an der Reihe war, musste Mama noch dringend aufs Klo. Sie hörten zwar zweimal die Wasserspülung, waren sich aber sicher, sie hatte sich eine kreislaufbedingte Auszeit genommen, um sich wieder ins Lot zu bringen. Natürlich hatte sie sich schon auf die Neuigkeiten, die von Agnes kommen würden, vorbereitet, hatte ihre verliebte Tochter über Wochen beobachtet und konnte sich alle möglichen Varianten zusammenreimen. Dennoch: sowohl *dunkelbraun* als auch *schwarz* mit Respekt verdaut, auch darin waren sich beide einig. Die Einschläge rückten näher – schließlich waren es schmerzliche Abschiede, die bald schon zu verkraften wären. Raimund lief ihr sowieso wie

Sand durch die Finger, da war nichts mehr festzuhalten, was blieb, waren ihre Sorgen um ihn und seine Zukunft. Dass Agnes eines Tages ihre Koffer packen würde und zwar für immer, war ihr schon in Wien klar gewesen. Eine Nomadin lässt sich nirgends festnageln. Irgendwann würde sie in einer fremden Sprache träumen können, das hatte sie sich fest vorgenommen *et ainsi de suite*. Die Nomadin, die wegwollte aus dem strammen Deutschtum, hin zum wippenden Gang.

Mutter hatte sich schnell erfangen, wollte sich keine Blöße geben, ihre Mädchen hatten das Heft in die Hand genommen, das war zu akzeptieren.

Sie setzte sich wieder zu ihnen und war bereit für die schwerere Prüfung. Überzeugt von Gerdas Recherchequalitäten machte sie sich auf eine detailgetreue Aufklärung der Umstände gefasst, die zum Tod ihres Mannes geführt hatten.

Ohne lange herumzudrucksen begann Gerda mit einer subtilen Entschuldigung für frühere Zeiten, in denen sie Mutters Argument, die Kinder könnten der traurigen Wahrheit über Papas Tod nicht gewachsen sein, wütend und verständnislos begegnet war. Mutter nickte großmütig in ihre Hände, die wieder zur Hälfte ihr Gesicht verbargen.

Ganz lückenlos funktionierte das nicht und Gerda hatte bei besonders sensiblen Stellen – als etwa Adi Böttger von den letzten Sekunden auf der Ladefläche des Pick-ups berichtete – versucht, in ihren Gesichtszügen zu lesen.

Wangen und Stirn waren grau geworden – vielleicht nur das Mondlicht …

Dabei versuchte Gerda, so neutral wie möglich Fakten zu schildern, ohne Umschweife, Beschönigung oder Drama. Mama zollte ihr Respekt für Mut und Klarheit und versuchte im Nachhinein, die hartnäckige Sehnsucht ihrer Tochter nach der Wahrheit zu begreifen.

Diese Tabula rasa lief ab wie eine konzertierte Aktion und es schien, als wollte das Leben jetzt leichter werden, wie ein Ballon, der ordentlich Ballast gelassen hat, trotz der Trauer, die sich kurz bei Mama gemeldet hatte. Die Tränen hatte sie nicht hergezeigt.

Die Stimmung war so milde geworden wie der Abend. Mama streichelte immer wieder über Gerdas Bauch und gab ihrem innigsten Wunsch Ausdruck, in nächster Zeit nichts wichtiger zu nehmen als *das kleine Kostbare da drin.*

Dann saßen sie noch eine Weile und schauten den unruhig werdenden Kerzenflämmchen zu, eine leichte Brise aus der Schweiz hatte sich eingemischt und ja, das Flackern kam auch vom Lachen der Frauen. Der Birnbaum begann zu wispern. Eins nach dem andern erlosch. Als sich nur noch kringelnde Rauchfäden auflösten, ließ sich Mama vernehmen, leise und erschöpft, ihre Worte sprangen wie flache Steine über glattem Wasser: »Das wär's also ... Kinder ... danke euch ... für die Ehrlichkeit ... Es hat weh- und auch gutgetan. Ach ja ... die Frau Nicolussi hat noch angerufen, Gerda ... wollte was besprechen mit dir ... Das wollt ich nur noch ...«

Dann gingen die drei, Mutter voraus, schweigend ins Haus zurück. Die Nacht fiel ein wie ein Segen.

*

Auf dem Weg zu Blankas Buchladen beobachtete sie ein Liebespaar, das sich im gesprenkelten Schatten der Schillerallee an eine Linde drückte – sie verschlangen sich, zärtlich, schamlos und weltvergessen. Der Anblick rührte sie, mehr als sie seit Langem etwas gerührt hatte. Sie fühlte sich plötzlich mutterseelenallein, so ging das schon die ganzen letzten Tage, als schwankten ihre Stimmungen mit den Mondphasen und ihre eigenen sinnlichen Feiertage, an denen sie mit Piero so radikal und glücklich gewesen war, schienen Lichtjahre entfernt und unwiederbringlich. Sie schämte sich fast, weil sie das Schicksal nicht hatte biegen können, um ihr Glück zu bewahren. Unwillkürlich griff sie sich an den Bauch, als hätte das Kleine mitgeseufzt. Für einen Moment hatte sie weiche Knie und musste sich bewusst am Riemen reißen, um nicht umzukippen in eine Verlorenheit, die sie zum ersten Mal gefühlt hatte, als Piero sie in Rom verließ, zum x-ten und vielleicht letzten Mal.

Die altmodischen Himmelsglöckchen, die Blanka fürs Türöffnen installiert hatte, brachten sie auf den Boden der Tatsachen zurück. Blanka kam auf sie zugestürmt, mit offenen Armen, ein verlässlicher Hort aus Optimismus und Kraft, in den man sich fallen lassen konnte. Und das tat sie auch. Sie hatte sich, ohne nachzudenken, in ein luftiges Sommerfetzchen geworfen, als ginge sie zu einem Rendezvous – das fiel ihr erst auf, als sie in Blankas Armen lag, Bauch voraus. Beide mussten kichern und Gerda gab die Schwache, das konnte sie gut, wenn sie Hilfe brauchte.

Ein ähnliches Ankommen wie bei Lotte (Horvath), Rat und Geborgenheit könnte es auch hier geben, verletzlich wie sie grade war und auf der Suche nach Beistand.

»Ja, halt mich bitte fest«, sagte sie wie erlöst, »... ich muss dir viel erzählen.«

Da standen sie, eng umschlungen, wie ein altes Paar.

Es war noch sehr heiß, obwohl schon später Nachmittag. Blanka hängte das *Geschlossen*-Schild an die Tür und bat sie in ein kühleres Hinterzimmer, in dem neue Ware, die noch nicht ausgepackt war, in Stapeln lagerte. Gerda ließ sich erschöpft auf eine alte Couch fallen, Blanka setzte sich gegenüber an ihr Lesetischchen, die Ellbogen aufgestützt, den Kopf in ihren Händen und bat sie loszulegen. Psychiater und Patientin, so sah das aus.

Und Gerda erzählte und erzählte – alles, wirklich alles – ohne Vorbehalte, bis ins Detail. Auch von ihrer Verunsicherung erzählte sie und der Verzweiflung über die Zukunftslosigkeit ihrer Liebe, von der Sehnsucht nach dem Kind, aber auch von Wut und Angst vor einem Ende, das unausweichlich schien. So radikal hatte sie ihre Geschichte noch keinem erzählt, frei von Scheuklappen, Schonung, Reue und Verantwortungsdünkeln, dass sie erschrak, als sie am Ende Blankas verblüfftes Gesicht sah.

»Du musst unendlich müde sein ... Ostia ... Madonna«, sagte sie trocken.

»Oh ja, bin ein paarmal gestorben ... Darf ich hier eine Weile liegen bleiben?«

Blanka zog ihr mütterlich eine leichte Decke über. Gerda lag auf dem Rücken, unbewegt, nicht eingerollt und heimelig, sondern steif wie aufgebahrt und schlief bald ein, wie tot.

Gegen Abend radelten die beiden noch hinaus zum Alten Rhein, mit Decke und Luftmatratze am Gepäcksträger und schwammen im klaren, grünen Wasser des Baggersees.

Blanka wusste nun, mit wem sie's zu tun hatte, und sah sich nur bestärkt in dem, was sie vorhatte mit ihr. Während sie schwammen, maßvolle Brustzüge, lächelten sie sich an wie Blutsschwestern. Wenn Blanka zwei, drei Züge unter Wasser machte und ihr Haar aus der Stirn floss, wirkte ihre Schönheit noch feenhafter. Die Glitzerperlen in den Brauen und Wimpern, wenn sie wieder auftauchte, und dann eine gespuckte Rheindusche in Gerdas Gesicht, ihr Kichern hallte übers weite Wasser. Vom aktuellen Emser Sommer hatte Gerda noch gar nichts gehabt, bis heute, vor lauter Reisen und Schuldigkeiten, die sie sich selbst auferlegt hatte.

»Wir sollten das öfter machen ... Das machen wir doch wieder einmal, nicht?!«, rief sie fröhlich, als wäre ihr eine neue Kraft erwachsen, legte sich paddelnd auf den Rücken und streckte ihren Bauch aus dem Wasser.

»Was meinst du? Das Schwimmen?«

»Ach ... den lieben Gott einen guten Mann sein lassen, mein ich. Im Moment könnt ich zerspringen.«

Heiß und kalt ging's heute her bei ihr. Die beiden waren auf einer Linie, könnte man sagen, und sie machten sich nichts vor. Es war, wie es war. Blanka schwamm nahe an sie heran.

»Ich seh dir in die Augen, Kleines«, dabei zog sie die Unterlippe leicht zurück und legte die obere Zahnreihe zum Lächeln frei, wie Humphrey Bogart. Auch Gerda legte ihre Lippen in Falten.

»Louis ... ich glaube, dies ist der Beginn einer wunderbaren Freundschaft.«

Dann tunkten sie sich gegenseitig ins kühle Grün, bevor es zu kitschig wurde, und umarmten sich unter Wasser (vier Meter unter ihnen konnten sie den Grund sehen) so lange, bis ihnen die Luft ausging.

25. August 1959, Hohenems.

Agnes streifte geistesabwesend ums Haus, nahm hie und da eine zermanschte Birne auf oder ein Stück zerronnenes Kerzenwachs, zupfte an Blumen herum, setzte sich auf die Gartenbank, ein paar Sekunden nur, stand wieder auf und drehte die nächste Runde. Sie sah dabei immer wieder hoch zu Gerdas Fenster und entschloss sich schließlich, an ihre Tür zu klopfen.

»Das war jetzt die dritte Runde ... hab dich beobachtet«, sagte Gerda.

Agnes nickte und setzte sich zu ihr aufs Bett. Gerda versuchte gerade, ihren Bauch einzucremen und bat sie bei Stellen auszuhelfen, die sie nicht mehr ganz im Blick hatte.

»Jetzt rück schon raus damit«, dabei hielt sie ihr den Bauch und die Körpercreme entgegen.

»Sei so lieb, bitte.«

»Gegen Schwangerschaftsflecken?«

»Dehnungsstreifen und Ausschlag, steht drauf ... nützt eh nix. Aber schau ma mal ...«

Agnes begann sie einzucremen.

»Du weißt doch, wie ich mich freue auf das kleine Menschlein da drin, das weißt du, oder?«, fragte Agnes, fast beschwörend. Sie kniete jetzt vor ihr und bearbeitete ihren Bauch mit beiden Händen.

»Ja, das weiß ich, Schwester, und was ist das Problem?« Gerda ahnte, was kommen würde, sie wusste, Agnes verging vor Sehnsucht, schon lange Zeit.

»Das Problem ist, Antoine wollte, dass ich schon kommendes Wochenende nach Paris ... seine Familie ist nur kurz da ... aus Guadeloupe ... und er wollte mich ihnen ... du weißt ...«

»Das ist doch keine Sache, Schatz! Ich hätt dich zwar gern dabei gehabt, ja, aber da machen wir doch kein Drama draus ... die Mama ist da, zwei *Männer* sind da, die Blanka, der Dr. Bauer ... ich bin gut aufgehoben.«

»Doch, das ist ein Drama ... dein erstes Kind und ich wär so gern ... aber ...«

»Zwei Termine überkreuzen sich hundsgemein, das ist alles ... Aber ... ich versteh schon, das könnte für dich ein neues Leben werden ... drüben in Paris ...«

»Ich hab so ein schlechtes Gewissen, aber es ist mein erstes ... wichtiges ...«

»Schon gut, Schwester, alles gut. Du bist wahnsinnig verliebt, ich weiß genau, wie sich das anfühlt.«

»Ich bin verrückt, ich weiß, hab ihn noch nie umarmt, weißt du, wie denn auch ... Noch nie einen so wirklich ... umarmt!«

Sie begann zu heulen und schmierte weiter beflissen Creme auf Gerdas Haut.

»Das reicht schon, alles gut, Schatz ... das reicht! Wir kriegen das alles hin, das wär doch gelacht.«

Sie konnte nicht verhindern, dass ihr Gesichtsausdruck noch eine andere Geschichte erzählte. Ein Hauch Kränkung – natürlich wäre sie froh gewesen, auch Agnes dabeizuhaben, das brutwarme Baby in ihren Händen. Offizieller Familienempfang, mit Mama, den Buben und Agnes ...

Die kniete noch immer vor ihr und hielt sich fest an ihrem Bauch.

»Es tut mir so leid, so leid. Kannst du mir das verzeihen?«

»Da gibt's nichts zu verzeihen, wir haben beide was vor, wünschen wir uns einfach Glück dabei und alles ist gut.«

»Danke, du bist so großzügig, so …«

Sie stand auf, hielt Gerda beide Hände entgegen und zog sie hoch vom Bett. Dann hielten sie sich gegenseitig fest, heulten los und kamen am Ende doch wieder ins Lachen, ging's doch eigentlich um erfreuliche Dinge; zwei neue Menschen, die sie bald ins Herz schließen würden – der eine noch im Kopf, der andere schon im Bauch.

17. September 1959, Kaiserin-Elisabeth-Spital, Hohenems.

Mit einem Schlag war alles anders. Die Gerda von gestern gab es nicht mehr. Das Warten am Samowar, den alterslosen Twen, alles anders – alles auf Anfang. Nun gab es ein neues Zentrum, das alles absorbieren würde. Dabei hatte sich der Planet nur einmal um seine Achse gedreht. Der Vollmond hatte den 17. Tag des Monats fest im Griff. Gegen fünf Uhr früh, als andere sich zum Sterben legten, hatte die Reise begonnen, mit dem kräftigen Händedruck einer Frau Clothilde, Hebamme, mit solidem Kampfgewicht (… *hab schon manchem Arzt die Leviten gelesen*), offenbar hatte sie Dr. Bauers blindes Vertrauen im Hinterkopf.

Ein Teil des Fruchtwassers war schon gebrochen, das Köpfchen *ausrotiert, alles auf dem Wege*, sagte sie … die Wehen zerrten bald schon Richtung Muttermund, ein Zentimeter erst … die Intervalle wurden kürzer, die Presswehen dann, minütlich oder minutenlang, diese hundsgemeinen Biester … *Soll ich sie dir nach Buenos Aires schicken allesamt …? ICH bin's, Piero, die PILOTENFRAU!! Hörst du mich dort drüben!! … der ganze scheiß Atlantik zwischen uns … Es ist auch deins … ihr Männer bekommt es ja ohne Weh …* Als zöge einer mit Drahtseilen alle Organe nach unten, es zieht und summt in jeder

Ader, jedem Muskel, *der Herzschlag des Babys habe kurze Aussetzer*, warnte Clothilde, *wir versuchen's mit der Wanne*, alles zog zum Steißbein hin, im Bauch schob eine Faust und eine Krallenhand hielt dagegen, aufstehen ... zur Wanne, sie stand auf und kam nur bis zum Heizkörper vis-à-vis, stützte sich vornübergebeugt mit beiden Händen auf ihn und erbrach sich, sah, wie ihre Kotze zwischen den Stahlrippen zu Boden tropfte, und jetzt ins Wasser, Hoffnung auf Linderung. Aber nichts, im Gegenteil, nur Brechreiz. Clothildes einziger Fehlgriff – Gerda musste sich noch mal übergeben, in der vollen Badewanne, das Abendessen schwamm hüpfend um sie herum, Galle und Halbverdautes, *lass mich sterben Clothilde ... alles egal ...* Auf die Pritsche zurück! Da war er wieder, der kleine schnelle Puls, und die Liebe und die Bürde, leben musst du, Schatz! ... LEBEN!! Und drücken, jaaa ... und drücken und ... jaaa, atmen! Zwerchfell. Guuuut, und atmen! Dann noch eine zweite Hand im Spiel, aus dem Nebel war Blanka aufgetaucht, durfte halten, was zu halten war, während Gerda die Sinne schwinden wollten ... Dann gleißte noch die Sonne ins Fenster, machte alles blind, bevor *er* kopfvoran in Clothildes Hände flutschte. Ein violettes Bündel – die Beinchen, die Händchen, die Brust, die Wangen, die Lippen. *Ist er tot? Er ist doch blau!* Clothilde winkte ab, *rosa ist das!! ... ROSA!!*, saugte ab, was das Zeug hielt, Nasenlöcher, Mund, Öhrchen, und dann lag er in ihrer großen Hand, in *einer* Hand, in weißem Tuch, mit gesticktem Mützchen auf dem Kopf, wie ein Geschenk – Paul. Gerda hängte noch ein kleines »o« hintendran, als Reminiszenz an den verschollenen Papa: *Paulo*. Der Schmerz noch fühlbar wie eine Ewigkeit, Rührung und Zauber stellten sich erst später ein, dann aber alle Schleusen offen und großer Friede. Jetzt erst wirkte die Sonne und ihr Glorienschein – Paulos erster Tag. Hungrig und müde lag er an ihrem Busen und hatte schnell begriffen, wie das geht. Sie waren schon eins und schliefen in den Nachmittag.

Am Abend des 17. waren Mama, die Buben und die treue Françoise mit Blumen und Geschenken zur Stelle, um Paulo zu begrüßen. *Hübsches ... goldiges ... süßes Kleines ... und natürlich Hauptsache gesund ... und na ja – Stirn und Nase spielten etwas in Richtung Piero*, meinte Mutter, aber das könne sich ja noch ändern, sie vertraue sehr auf Gerdas Gene, um *da was auszugleichen*. Françoise hatte übrigens auf Mamas Wunsch ihre Au-pair-Zeit verlängert, ein Segen, denn es gab viel zu tun, und Gerda würde im neuen Jahr keinen Mutterschutz mehr genießen.

Agnes fehlte. Sie wohnte inzwischen bei der Familie des Capitaine Deville in der Rue du Dragon im 6. Arrondissement von Paris und hatte unverzüglich ein Glückwunschtelegramm geschickt. Außerdem schrieb sie schon seit zwei Wochen Briefe nach Hohenems, herzhafte Geständnisse, die ihre Entscheidung bekräftigen wollten. Sie berichtete sogar von der Möglichkeit, sich an der Sorbonne zu inskribieren – Dolmetschstudium: Französisch–Deutsch.

In Hohenems schritt die Zeit nun gemächlicher voran. Von Tag zu Tag, war die Devise, die Zukunft kann warten. Stillen, Schlafen, Essen, Stillen, Schlafen, Essen, Schlafen ... Schlafen. Schlafen ... Der kleine Paulo war kein plärrender Tyrann. In wunderlicher Ruhe lag er zwischen Schreihälsen, wenn man ihn ins Bettchen legte. Meist lag er auf Mamas Bauch. Allein wenn sie ihn ansah, rann ihr schon die Milch. Frau Clothilde und Dr. Bauer hatten ihr respektvoll auf die Schulter geklopft und mit geschürzten Lippen genickt.

Vier Tage später wartete Blanka vor dem Haupteingang des Spitals, sie hatte extra ein Taxi bestellt für die zwei Fahrminuten, ausgepolstert für den Empfang der neuen Mama, mit einem aufgeblasenen Gummireifen im Fond (Clothildes Vorschlag), auf dem Gerda halbwegs schmerzfrei sitzen konnte, ohne die empfindlichsten Stellen zu arg zu belasten. Wie eine entlassene Königin saß sie auf diesem komischen Teil und hielt Blankas Hand fest. Ihren verlässlichen Druck war sie ja gewohnt von den hundsgemeinen Minuten, in denen sie befürchtet hatte, das Bewusstsein oder den Verstand zu verlieren. Bei anderen Frauen soll's doch ruckzuck gegangen sein und flutsch, hieß es; ein Stündchen oder zwei und *alles war erledigt*. Ihr waren ganze s-i-e-b-e-n! bestimmt gewesen, als hätte sie's verdient. Nein, hadern war nicht angebracht. Alles im Lot. Sie war zu Hause. Endlich.

Die *Watte*, von der Mama einst sprach, hatte sich tatsächlich ins Haus gelegt, ein behutsamer, behäbiger Rhythmus, der alle andern Wichtigkeiten nach draußen schickte. Gerda schien glücklich, abgesehen von den Wermutstropfen, die hängen geblieben waren in den Räumen. Die Ruhe zog sich hin, über Weihnachten und weit ins neue Jahr hinein.

*

Am 11. Mai 1960 ging ein Raunen um den Globus. Adolf Eichmann war dem Mossad in die Falle gegangen. Der israelische Geheimdienst hatte den Organisator des Holocaust, der unter dem Decknamen Ricardo Klement unbehelligt in Argentinien gelebt hatte, gekidnappt und für seine Taten in Jerusalem vor Gericht gestellt.

Die Medien auf der ganzen Welt waren voll davon. Ein aufmunterndes Signal für alle, die schon aufgeben wollten, weil bisher gegen die Blockaden maßgeblicher Behörden kein Kraut gewachsen war ... Einzelkämpfer wie Simon Wiesenthal rückten jetzt in den Fokus, Verjährung war kein Argument mehr. Das machte vielen Mut. Auch Mama begann einzusehen, dass Gerda nicht nur einem jugendlichen Gerechtigkeitsspleen verfallen war, den Teenager so an sich haben, sondern sich mit einer inneren Notwendigkeit herumschlug, die ihr Papa, ohne es zu wissen, eingeimpft hatte. Die Zeiten änderten sich. Die Prozesse gegen die Täter häuften sich. »Recht, nicht Rache.«

Etwas mehr als 13 Monate nach Prozessbeginn sackte Eichmann durch eine Falltür drei Meter in die Tiefe, in den Strang des Galgens von Ramla, einem Vorort von Tel Aviv.

XXVIII.

Nicht dass sich die Ereignisse in der Bergmannstraße überschlagen hätten, aber es gab auch dort empfindliche Veränderungen.

Françoise, die gute Seele, war schon seit Monaten wieder in Paris und schwärmte in lieben Briefen, in wackeligem Deutsch, von der schönen Zeit in Hohenems. Mutter und Paulo waren inzwischen unzertrennlich, das hatte sich abgezeichnet. Vormittags war Oma-Zeit, das Baby im Hochstuhl, auf Omas Schoß oder in der Gehschule, während Gerda Unterricht hielt.

Roland hatte sein Jusstudium abgeschlossen und würde wohl in Innsbruck wohnen bleiben, er hatte sich in eine Iris verliebt, der ein Abschied aus Innsbruck unvorstellbar war. Promotion und Verlobung standen an.

Weihnachten 1961: Raimunds Hinauswurf aus dem Internat war endgültig vollzogen worden. Zwei blaue Briefe waren vorausgegangen, er hatte zum Abschied noch zwei Spiegel im Waschraum zertrümmert und war in der Nacht zuvor über die Feuerleiter in den Schlafsaal zurückgekehrt, nach einem lehrreichen Kinoabend – »Lawrence von Arabien«, vier Stunden Filmkunst über den Ersten Weltkrieg.

Tags darauf beschlossen die Präfekten, das Maß sei voll und hatten im großen Studiersaal vor sämtlichen Heiminsassen das »*Consilium Abeundi*« einberufen; ein Ritual, das absichtlich sehr offiziell angelegt war, um möglichen Folgetätern die Konsequenzen vor Augen zu führen.

Nach der Veranstaltung hatte ihm der Superior eine Zehn-Schilling-Münze und eine De-Jong-Schokolade in die Hand gedrückt, für die Zugfahrt nach Hohenems. An diesem Tag begannen Raimunds Haare schon ein paar Millimeter über die Ohren hinauszuwachsen.

Trotz der tief hängenden Wolken, die fette Flocken ans Zugfenster warfen, lachten ihm die Häuser hinter den Schwaden zu, und auch wenn es dunkelste Nacht geworden wäre, an diesem Tag: Es war eine Reise zur Sonne, denn auch Micki war aus dem Heim geflogen, die Kapuziner hatten genug von ihm und er von ihnen. Alles war jetzt möglich. Als Raimund mit seinem vollgepackten Wäschekoffer vor der Haustür in der Bergmannstraße stand, konnte sich Mutter nur mit einer Umarmung retten, *der rechte Weg* und ihr schlechtes Gewissen halfen ihr dabei.

*

14. Juni 1963, Hohenems.

Die Sache mit Gerda und Blanka wurde enger. Sie respektierten einander und sie mochten sich. Gerda hatte ihre neue Freundin auch mit Judith Schwartz und Lotte Horvath vernetzt. Der kleine Frauenzirkel der Gleichgesinnten nahm Formen an. Pläne wurden umgesetzt.

Frau Horvath wollte gleich Nägel mit Köpfen machen und schlug den *brillianten* Autor Jean Améry, den sie schon vor Jahren kennengelernt hatte, für eine Lesung vor. Hans Mayer hieß er damals noch, als sie ihn zum ersten Mal gesehen hatte, in den frühen Dreißigern, kurz vor dem Bürgerkrieg. Er sei damals noch Buchhandelsgehilfe in der Volkshochschule in der Leopoldstadt gewesen und oft zwischen Schule und Fischerstiege gependelt, habe bei ihr nach Büchern gestöbert und mehr gewusst als die meisten andern, sehr belesen, eloquent und inzwischen Auschwitz-Überlebender, der eine lange Geschichte zu erzählen habe.

Gerda wollte prinzipiell festhalten: »Suffragetten werden wir keine mehr und Vereinsmeier schon gar nicht, aber das hier ergibt wirklich Sinn.«

»Ein bissl laut werden sollten wir aber schon«, warf Judith ein. Sie war extra aus Wien angereist, weil sie das Vorhaben der *Meydls* wichtig und richtig fand, und natürlich wollte sie auch den kleinen Paulo ans Herz drücken. (Sie hatte ihn bis dato nur einmal gesehen, bei seiner Taufe in Hohenems.)

Die vier Frauen saßen in Blankas Hinterzimmer und hatten sich darauf geeinigt, Hochkaräter ins Programm zu nehmen, die die Leute wieder zum Reden bringen sollten.

Für kurze Momente regten sich noch Zweifel, da ihnen Améry, der inzwischen in deutschen Radiostationen als Star herumgereicht wurde, plötzlich zu unnahbar schien, zu hoch gegriffen. Den Blicken nach zu urteilen, stand die Frage jedenfalls im Raum.

»Kein Hirngespinst, den kriegen wir«, beruhigte Frau Horvath, »im 34er-Jahr hat er eine Zeit lang sogar mit meinem Josef selig zu tun gehabt, ob ihr's glaubt oder nicht, die haben gemeinsam Gewehre geschmuggelt für die Schutzbündler und Kanonen von Wien nach Linz verschoben.« Das überzeugte schließlich. Allein die Geschichte seines Namens wäre es schon wert gewesen, ihn zu engagieren.

Den Hans Mayer, diesen deutschesten aller deutschen Namen, hatte er, als Jude, inzwischen so gehasst, nach allem, was ihm seine Landsleute angetan hatten, dass er sich eines Tages auf dessen frankophiles Anagramm versteifte, um sich fortan Jean Améry zu nennen.

In diesen neun Buchstaben allein lag die ganze Tragödie seines Lebens.

Ein paar Monate später nur hatte Gerda die Ehre, mit ihm eine halbe Nacht lang auf der Veranda eines Kulturredakteurs über Leben und Tod zu sprechen und ihn tags darauf für Radio Vorarlberg zu seinen Essays zu interviewen. Mehr noch – Blanka konnte ihn problemlos für eine Lesung im »Buachlädele« gewinnen, wo er aus Texten las, die etwa »den unguten Magus aus dem Allemannenland« Martin Heidegger und dessen Seinsphilosophie im Angesicht der Wirklichkeit eines KZs zu »ödem Geplapper« zerbröseln lassen, Texte, die erst zwei Jahre später Bestseller werden sollten – »Jenseits von Schuld und Sühne«.

Eine kleine Sensation. Judith war zur Lesung wieder aus Wien angereist, natürlich auch Paulos wegen. Seine Augen, seine Nase, seine Stirn – sein Vater ...

Das war der offizielle Beginn einer langen Zusammenarbeit, die, je länger sie dauerte, bessere Zeiten verhieß. Im Radio sangen die Rolling Stones »I wanna be your man« ... ein Geschenk der Beatles an ihre Hauptrivalen – die Welt war tatsächlich friedlicher geworden, der Krieg, ein kalter.

XXIX.

19. Dezember 1966, Buenos Aires.
Paulo war schon sieben Jahre und 93 Tage alt. Piero war endgültig zum Phantom geworden.

Eine Schimäre, ein Hörensagen, das an unerforschlichen Zeiten auftauchte am Horizont und wieder verschwand wie vages Wetterleuchten. Gerdas Sehnsucht war die Lunte, an der ihre Gedanken immer wieder zündelten, die Nächte mit ihm, radikale Ergebenheit und krude Wut im selben Herzen, seine kindhafte Zärtlichkeit, die sie fast traurig machte, weil sie wie ein Hilferuf in seinen Augen stand. Gerda hatte sich unschlüssig eingerichtet an diesem Ort, der Glück verheißen konnte und Abschied, der beides weckte – Verlangen und Verbitterung. Und es schwante ihr, sie hätte sich zu leichtfertig verlassen auf ihre Enklave, ohne Gewissheit und die Vertrautheit mit ihrer Seele schon im Wanken. Das zehrte an ihr. Auch Paulos Fragen wurden drängender – »Wo ist dein Papa?«, fragten sie in der Schule. »Abgehauen oder tot?«

Paulo streckte sich über Gerdas Schoß, die Ellbogen auf ihrem rechten Schenkel, das Kinn in seine Fäuste gestützt, die Nase am Bullauge einer Boeing 707 und bestaunte den mächtigen Trichter des Rio de la Plata, der seine Wasser in den Atlantik schob.

»Ist der Papa da unten irgendwo verschollen?«, fragte er, ohne Gerda anzusehen.

»Vielleicht, wissen tun wir's es eben nicht mit Sicherheit.«

»Was ist *verschollen*, Mama?«

»Wenn man jemanden für längere Zeit nicht auffinden kann ... und keiner weiß, wo er sich herumtreibt ... Er ist einfach weg – verschollen ...«

»Kann der auch tot sein?« Er sah noch immer ins schillernde Wasser des Stroms, der wie ein Meer aussah, ausgespuckt vom Kontinent.

»Ehrlich gesagt – ja ... wäre auch möglich, man weiß es eben nicht.«

»Du meinst, *wir* wissen es nicht, aber vielleicht weiß es ja jemand anderer?«

»Ja, um das rauszufinden, sind wir hier und werden bald da unten in Buenos Aires landen. Ungewissheit ist das Schlimmste, weißt du. Vielleicht gibt es hier Leute, die tatsächlich mehr wissen als wir.« Paulo nickte.

»Ja, vielleicht.« Es klang nicht sehr hoffnungsvoll, als hätte er sich schon abgefunden.

Blanka tätschelte Gerdas Hand, um sie auf die Stewardess aufmerksam zu machen, die sich vor ihrer Sitzreihe aufgebaut hatte und mit Blick auf Paulos Haltung rügen musste:

»Der junge Mann möge sich bitte wieder anschnallen, die Damen, wir sind schon im Sinkflug«, sagte sie freundlich, aber bestimmt.

Gerda hatte Blanka gebeten, sie zu begleiten bei dieser Reise, sie war ihr inzwischen am nächsten von allen, kannte ihre ganze Geschichte, war ihr nicht nur seelenverwandt. Auch ihre sinnliche Unbekümmertheit war Blanka nicht fremd und obwohl sie fast doppelt so alt war, glaubte sie Gerdas Komplimenten. Gerda hatte diese *Exkursion* mit einer ähnlichen Erwartungshaltung geplant wie den Ägypten-Trip – endgültige Erkenntnisse, wenn möglich, ein Schlussstrich, wie auch immer, bloß nicht mehr dieses Fragezeichen, das wie ein Störenfried durch die Nächte zog.

Logistisch kein Problem. Blankas Mutter hatte sich bereit erklärt, den Laden für ein paar Tage zu übernehmen. Auch Direktor Waibel hatte Verständnis für diese *Erkundungsreise*, er wollte ja selbst wissen, *was Sache sei*.

Gerda legte ihren Arm um Paulo.

»Hör zu, mein Schatz, ich hatte ein ähnliches Problem mit *meinem* Papa, der für mich auch lange verschollen war, das weißt du ja ... da war ich zwei Jahre älter als du jetzt.«

»Aber der war doch schon tot.«

»Das war nicht gleich so klar, die Oma hat's mir lange Zeit verschwiegen.«

»Weil sie nicht wollte, dass du traurig bist.«

»Ja ... so war's. Aber am Ende hab ich alles rausgekriegt. Ich hab mich auf die Suche gemacht, weil ich wissen wollte, was geschehen ist.«

»Vielleicht schaffen wir das auch«, sagte er und gab ihr einen tröstenden Klaps.

»Ja, vielleicht.«

Mit zwei Reifenquietschern setzte die Boeing butterweich auf und rollte aus, in den argentinischen Sommer.

Paulo konnte es nicht glauben. Sie waren aus dem Nebel von Hohenems in die hellblaue Wärme von Buenos Aires geflogen, später Nachmittag und noch immer 26 Grad plus, die Südhalbkugel hatte alles auf den Kopf gestellt, wie Papas Geschichte.

Gerda hatte ein 3-Sterne-Hotel gebucht, das immerhin an einer prominenten Avenida lag, um wenigstens den Hauch der Metropole zu ahnen – das Gran Hotel Argentino an der Straße des 9. Juli (*Unabhängigkeitstag*), ein Zimmer für alle drei, zwei getrennte Ehebetten und ein Zusatzbett für Paulo. Sein Fensterblick zeigte eine breit angelegte Flaniermeile, die beidseitig von Baumalleen gesäumt war, verbrämt durch Springbrunnen und kleine Teiche. Die Fenster schienen nicht ganz so dicht wie in Österreich, aber den Verkehrslärm und das Gehupe nahm man als Folklore in Kauf. Sie waren alle drei aufgeregt wie Pennäler, wobei Paulo noch den gelassensten Eindruck machte. Hier in der Gegend trieb sich also (vielleicht) sein Vater herum, dachte er, flackte sich wie ein Lausbub auf sein Bett und schob eine Strähne aus der Stirn.

»Da ist ja wieder Sommer, Mama, und noch eine Woche Ferien und dann noch Weihnachten, verrückt«, frohlockte er, klatschte in die Hände und lachte wie sie, wenn sie den Kopf in den Nacken warf.

Sie entschlossen sich zu einem kleinen Spaziergang im Schatten der Alleen, um die warme Luft zu genießen, bevor sie der Jetlag ins Bett treiben würde.

Den Buben nahmen die beiden in ihre Mitte.

»Wir sind hier eigentlich aufs Geratewohl, nicht? Siehst du das auch so?«, fragte Blanka über Paulos Kopf hinweg.

»Ja, mit Absicht, ins Blaue hinein, so wie er halt war, ein bissl kann ich ihn schon riechen ...«

»Wie viele Adressen hat sie dir gegeben?«

»Vier oder fünf ... weiß nicht so genau.« Judith Schwartz hatte in den letzten Jahren wenige, aber doch immer wieder Kontaktmomente mit ihrem Sohn gehabt. Zwei kurze Telefonate hatte sie zugegeben, beide aus Argentinien. Sie hatte noch immer Angst um seine Sicherheit und schien nicht alles preisgeben zu wollen, offensichtlich auf sein Geheiß. Ob das schon seine Paranoia war oder die Wirklichkeit, ließ sie dahingestellt. Jedenfalls hatte sie einige Adressen in Erfahrung gebracht und sie Gerda übergeben, da sie Rückschlüsse auf seine wechselnden Aufenthaltsorte zuließen.

»Und bei welcher Adresse beginnen wir morgen?« Keine Reaktion. Blanka musste Gerda in den Arm zwicken. Sie machte plötzlich den Eindruck, irgendwie abwesend zu sein. Sah sich immer wieder um und wunderte sich.

»Fällt dir nichts auf?«, fragte sie schließlich und blieb stehen. Auch Blanka sah sich um und begann zu begreifen, was sie meinte.

Das war nicht das leichtfüßige, lockere Getümmel, das man erwarten würde in einer südamerikanischen Großstadt, sondern eher ein gehemmtes Dahinschleichen, dazwischen hastig eilende Paare oder tuschelnde Grüppchen, die sich schnell wieder auflösten – erst nach und nach war ihnen aufgefallen, dass an jedem zweiten Eck Soldaten mit Stahlhelm und Gewehr patrouillierten. Sie setzten sich auf eine Parkbank, um die Szenerie genauer in den Blick zu nehmen. Mit Truppen beladene Militärlaster kreuzten die Avenida im Fünfminutentakt, manche blieben kurz stehen und spuckten Bewaffnete aus. Immer wieder traten harmlos aussehende Leute in Zivil oder auch Uniformierte an Passanten heran, verlangten Papiere und verwickelten sie in Gespräche, die bald schon wie Verhöre aussahen.

Gerda erinnerte sich unscharf an kurze Nachrichtenmeldungen, die sie vor Monaten über einen Machtwechsel aufgeschnappt, aber schnell wieder vergessen hatte. Derlei war ja inflationär in diesen Breiten.

Die Militärs waren erst ein halbes Jahr an der Macht, aber gefestigt schien hier noch gar nichts.

»Was machen all die Soldaten hier, Mama? Ist da Krieg?«, fragte Paulo, weniger geängstigt als interessiert, wo sie da hineingeraten waren.

»Nicht gerade Krieg, aber eine Revolution hat es gegeben ... vor einem halben Jahr schon.«

»Was ist eine Revolution?«

»Ein Aufstand ... ist das. Leute sind auf die Straßen gegangen, Arbeiter, Studenten und viele, die nicht zufrieden waren mit ihrem Leben, die haben demonstriert. Und das Militär hat das mit Gewalt niedergeschlagen.«

»Gegen die eigenen Leute?«

»Ja, gegen die eigenen Leute, der neue Chef ist ein General, das nennt man Militärdiktatur, Schatz ... die Männer, die jetzt regieren, sind nicht gewählt worden ... die haben einfach den letzten Präsidenten mit Gewehren aus dem Palast verjagt.«

In diesem Moment sahen sie, wie drei Blocks weiter zwei Männer und eine Dame, die sich offenbar nicht ausweisen konnten, in einen Lkw gezerrt und abtransportiert wurden.

»Vielleicht sollten wir doch besser ins Bett gehen«, meinte Blanka.

Im Zimmer hockte die Hitze des Tages, die Außentemperatur hatte nur wenig abgenommen. Sie legten sich alle in ihre Betten und genossen eine leichte Brise, die durch die offenen Fenster zog.

Blanka hatte gleich in der Früh ein Mietauto bestellt, um möglichst unabhängig und schnell von A nach B zu kommen.

Mit aktueller Straßenkarte bestückt, fuhren sie nun, trotz Schlafmanko und Jetlag, in einem alten Ford durch die

Straßen von Buenos Aires. Blanka hatte sich alle wichtigen Adressen notiert, die Gerda von Pieros Mutter bekommen hatte.

Der erste Weg führte sie direkt ins Verteidigungsministerium in der Azopardo 250.

Ein langer Gang, eine Zimmerflucht, etliche leere Räume, alles schien noch sehr provisorisch. Erst im fünften Raum schien so etwas wie Büroalltag stattzufinden.

Endlich bequemte sich ein Beamter, in holprigem Englisch auf die Namen zu reagieren, die Gerda ihm vorlegte. Er verwies sie an eine der Sekretärinnen des Ministers, eine Frau Alvarez, die, nach kurzer Suche, mit einem Stapel Unterlagen aus dem Archiv zurückkam. Natürlich erinnere sie sich an die Familie Burkhardt, *die beiden aufgeweckten Herrn und die Frau Judith,* und sie legte ein paar alte Fotografien vor, auf denen eine ganze Flugzeugstaffel zu sehen war. Sechs alte JU-52-Flugzeuge, die eine Zeit lang auch von der Luftwaffe genutzt worden waren, berichtete sie. Auf einem der Pilotenfotos war Piero zu erkennen, eines mit einer Pilotenmütze aus Leder und verchromter Glasbrille, grinsend, eines ohne Kopfbedeckung, mit wehendem Haar als seriöser JU-52-Pilot.

»Ich weiß nicht, wie gut Sie ihn kennen ... Er war immer zu Späßen aufgelegt«, sagte die Sekretärin.

»Oh ja, ich hab gehört davon«, sagte Gerda.

Frau Alvarez kannte die Burkhardts schon aus Bern und hatte den Kontakt zu Judith nie verloren. Sie war eine Zeit lang die Einzige, die Pieros Spur verfolgt hatte, um Judith ab und an mit Informationen zu versorgen. Das Problem – er war immer wieder unauffindbar.

»Damals war er auf die Junkers eingeschult worden«, sagte sie, »und hatte an der Maschine einen Narren gefressen.« Auch Paulo beugte sich jetzt über das Bild seines Vaters, andächtig und respektvoll, richtete sich auf und beugte sich ein zweites Mal darüber.

»Wie alt war er auf diesem Bild?«, fragte Gerda.

»Vielleicht 24 oder 25 ...« Sie sprach sehr gut Deutsch, war offensichtlich eine gefragte Anwältin und schon während der ersten Peron-Ära in diesem Hause tätig.

»Er war nicht lange bei uns, wie Sie sich denken können ... und sehen Sie hier ...«, sie zeigte auf seinen Pistolenhalfter.

»Er hatte immer seine Kanone dabei ... wir wussten nicht, wieso, es wäre gar nicht notwendig gewesen, aber vielleicht litt er unter Verfolgungswahn ... *pero lo que sea* ... man konnte ihm jedenfalls nicht böse sein.« Paulo lehnte sich leicht an Mamas Seite. »Siehst du?«

»Er hat, soviel ich weiß, noch ein paar Sanitätsflüge bei Armeemanövern in den Kordilleren in Rio Negro absolviert, hat sogar eine fixfertige Ambulanzkabine eingebaut, mit allem Drum und Dran. Die haben in dem Ding sogar Leute operiert.«

»Und wie ging's weiter?«, fragte Gerda ungeduldig.

»Er hat uns bald schon verlassen ... 1953/54 war das, da sind ein paar Maschinen ans Landwirtschaftsministerium übergeben worden – die haben dann Schädlingsbekämpfungsflieger draus gemacht. Da darf ich Sie weiterverweisen an das Ministerio de Agricultura.«

»Darf der Bub eines der Fotos behalten?« Frau Alvarez stutzte kurz.

»Eigentlich sind diese Akten unter Verschluss und äh ...«

»Er ist sein Sohn.« Das saß.

»*No puedo creerlo* ... ich, äh, ich dürfte es zwar nicht, aber man könnte ja ... Kopien ... ich komm gleich wieder.«

Paulo entschied sich für das eine mit den wehenden Haaren.

Es waren circa zwanzig Minuten Fahrt bis zum Ministerio de Agricultura in der Avenida Presidente J. Figueroa Alcorta, von wo aus sie immer wieder den Atlantik sehen konnten.

Paulo saß im Fond, Pieros Foto auf den Schenkeln, alle Fenster offen, während der ganzen Fahrt, der warme Wind fuhr ihnen in die Haare, es roch nach Meer und jeder dachte sich seinen Teil.

Im Autoradio sang Jimi Hendrix, ein neuer schwarzer Gitarrengott, den sie rauf und runter spielten:

Hey Joe, where you goin' with that gun in your hand?
Hey Joe, I said, where you goin' with that gun in your hand ...?
Oh ... I'm goin' down to shoot my old lady

Paulo klopfte den Rhythmus auf den Schultern der beiden Frauen mit.

You know I caught her messin' 'round with another man, yeah
Huh ... and that ain't too cool

Die Frauen sahen sich an ... messin' 'round with another man – lächeln oder nicht? Sie blieben ernst und legten auf der Mittelkonsole ihre Hände ineinander, nicht wie ein Liebespaar, sondern aus Befangenheit, als müssten sie sich gegenseitig beschützen. Die beiden haben sich was gedacht, vermutete Paulo, er machte sich Gedanken, die gleich wieder verflogen, verscheucht vom Fahrtwind. Dabei waren sie ihm gar nicht egal. Die Musik gefiel ihm.

Das Ministerium existierte eigentlich gar nicht mehr, seit General Onganía gegen den alten Präsidenten geputscht hatte, die Agenda der Agricultura wurde, wohl aus Spargründen der Militärs, im Wirtschaftsministerium abgehandelt.

Hier war es ein Dr. Diaz, der (in gutem Englisch) über die Causa Bescheid wusste und gar nicht bis ins Archiv laufen musste, um Brauchbares auf den Tisch zu legen.

Wieder eng beschriebene Aktennotizen und ein Foto, diesmal mit der umgebauten JU 52 – Piero stand breitbeinig auf einer der Tragflächen und deutete mit der Linken stolz auf seine Arbeit. Das Emblem des Agrarministeriums klebte an der Nase der Junkers. Aus den Papieren war ersichtlich, dass er auch hier viele Flugstunden absolviert hatte, allerdings mit unsteten Aufenthalten und Lücken in den Flugplänen. Die Ambulanzkabine, die immerhin Leben gerettet hatte, war dank Pieros geschickter Hände durch eine Sprüheinrichtung ersetzt worden, die massenhaft Schädlinge vernichten konnte. Effektive Arbeiten, was immer er tat.

»Damit hat er sich fast den Hals gebrochen«, begann Herr Diaz zu erzählen. »Das war auch für geübte Tiefflieger kein Honiglecken, müssen Sie wissen ... allein im Jahr 54 sind drei unserer Maschinen bei Sprüheinsätzen abgestürzt, zwei tote, ein schwer verletzter Pilot, Scherwinde, Pilotenfehler, Whiskey, weiß der Teufel, ich kann's nicht mehr sagen.«

»Wie lange hat er die Sprüheinsätze geflogen?«, fragte Gerda.

»100 Flüge vielleicht, dann hatte er die Schnauze voll. Ist dann eine Zeit lang nach Bolivien und hat dort Drogenfelder unschädlich gemacht ... im Auftrag der Regierung. Aber für uns ging er nicht mehr ins Cockpit. Ach ja, ich hab mir von Pilotenkollegen sagen lassen, dass er inzwischen auch Passagierflüge anbietet – Piper, Beechcraft, Cessna und auch Größeres. Letzthin hat man ihn öfters am Ezeiza-Flugplatz gesehen.«

Mehr wollte Gerda gar nicht mehr hören. Der Mann zog verwundert beide Brauen hoch, als sie sich plötzlich umdrehte und zuerst in die falsche Richtung, dann aber geradewegs zum Ausgang eilte. Das war gar nicht ihre Art. Es zog sie hin und sie ließ es geschehen. Egal was Sache war. Ihr Bauch. Die Teilchen. Die Fahrt dorthin dauerte circa dreißig Minuten. Einer der kleineren Airports am Rande von Buenos Aires, in dem auch etliche Kleinflugzeuge geparkt standen. Allmählich begann sie sich über sich selbst und ihre Anwesenheit hier zu wundern, immer auf seinen Spuren, inzwischen auf drei Kontinenten – wer sollte diesen Mann zur Räson bringen oder zu einem halbwegs vernünftigen Leben überreden können? Je näher sie der Einflugschneise kamen, je tiefer die Flugzeuge flogen, desto mehr wuchs die Angst vor der Entscheidung, die fallen musste, im Fall der Fälle; der Schlussstrich. Dabei war sie ja nicht die Einzige, die entschied, ihr Sohn und sein Recht standen neben ihr.

Sie hatten ihr Auto gegenüber einer Eisdiele geparkt, die sich 15 Gehminuten vor dem Flughafengebäude befand. Zwischen Parkplatz und Eisdiele lag eine viel befahrene Zubringerstraße. Blanka stellte noch keine Fragen, sie war einfach nur ihre stille Begleiterin, die sich überraschen lassen und staunen wollte, als hätte sie größtes Vertrauen in Gerdas Intuition. Sie kannte die Geschichte mit den amerikanischen Pilotenfrauen, die spürten, wann ihre Männer starben. Sie wusste auch von anderen Gleichzeitigkeiten, die auf dieser Welt durch Zufall geschehen können, für die die Physik zwar keine Beweise kennt, die aber trotzdem geschehen und so erscheinen, als schlummerten die Beweise nur. Gerdas Sturheit und ihre Sehnsüchte nach den Fäden des Universums bescherten ihr immer wieder Momente, die nicht alltäglich waren.

Denn was jetzt geschah, war wieder einer dieser herbeizitierten Augenblicke, weder geplant noch zu erwarten, aber es geschah, wie eine Ahnung oder doch ein Wunsch – am helllichten Tag, als ließe sich das Mirakel für einmal in die Karten schauen.

Vor der Eisdiele stand ein drei Meter hohes Tüteneis aus Pappe mit zwei moduliert tropfenden Eiskugeln darauf. So verführerisch, dass Paulo gleich und unbedingt ein Eis kaufen musste. Gerda erteilte ihm die Erlaubnis, vorausgesetzt er benehme sich wie ein vernünftiger Verkehrsteilnehmer.

»Wohin schauen wir, Paulo?«

»Erst links, dann rechts.«

»Gut. Und wie schaust in England?«

»Erst rechts, dann links.«

»Gut, also Augen auf wie ein Luchs!«

Er ging los, wie ihm geheißen.

Blanka und Gerda verhandelten inzwischen mit dem Parkwächter, der in seinem Häuschen im Schatten saß. Durch dessen Rückfenster war die Eisdiele, selbst durch den Verkehr, gut im Blick zu halten. Paulo gab schon seine Bestellung auf. Gerda konnte sie von seinen Lippen lesen – drei Kugeln, die Sorten hätte sie auch blind erraten: Kokos, Vanille, Karamell.

»Übrigens, meine Damen«, ließ sich der Parkwächter vernehmen, »die Gebühr können sie gerne nachher bezahlen, *paga despuez … despuez …* Ihr Auto rennt ja nicht davon, ich pass schon auf«, das konnten sie aus seinen Gesten lesen.

Während sich die beiden radebrechend in Spanisch bedankten und Blanka noch ein paar Höflichkeiten nachschob, hatte Gerda einen gefühlten Herzstillstand.

Als Paulo sich mit seinem Eis in der Hand etwas zu schwungvoll umdrehte, um gleich loszulegen, fielen ihm alle drei Kugeln vor die Füße. Da stand er nun – mit der leeren Tüte in der Hand. Das Eis zermatscht am Boden. Im selben Moment beugte sich ein bärtiger Mann zu ihm, um die vierzig Jahre vielleicht, und riet ihm mit Gesten, das im Staub liegende Zeug nicht aufzuheben. Paulo sah ihn nur entgeistert an und nickte. Während der Mann sich zur Verkaufstheke wandte, um eine neue Portion zu bestellen, setzte Blanka, die alles mitbekommen hatte, schon an, Paulo zu rufen. Gerda hielt ihr den Mund zu.

»Warte, oh mein Gott, warte …«

»Was ist?« Gerdas Mund stand offen, unbewegt. Sie schien nicht zu atmen.

»Was ist mit dir?«, fragte Blanka besorgt.

»*ER* ... er ist es ...« Sie sprach so leise, dass Blanka sie kaum verstehen konnte.

»Was? Der mit dem Bart?«

»Ja ... der ... die Bewegungen, die Augen, die Hände ...«

In dem Moment drehte sich Paulo verstohlen Richtung Parkwächterhäuschen. Gerda und Blanka duckten sich hinter ein halbzerfetztes Werbeplakat, das an der verglasten Rückwand klebte.

Als sie sich wieder vorwagten, beugte sich der Bärtige zu Paulo und überreichte ihm ein frisches dreistöckiges Eis: Kokos, Vanille, Karamell. Während Paulo die schon rinnende unterste Kugel am Tütenrand sauberleckte, strich ihm der Mann eine Strähne aus der Stirn, gleichzeitig suchte sein Blick die Umgebung ab. Ein Knie am Boden, auf das andere hatte er seinen Arm gestützt. Es waren etwas mehr Menschen versammelt als zuvor, die Warteschlange der Eiskunden war angewachsen. Etliche versuchten durch den Verkehr hindurch zu Fuß die Straße zu überqueren. Als er schließlich hinter sich blickte, konnte sie den Teil seiner Narbe erkennen, die der Vollbart nicht verbarg.

»Piero.« Blanka zuckte zusammen. Gerdas feuchte Augen konnte sie nicht sehen.

»Piero«, flüsterte Gerda wieder, ihre rechte Hand hatte sich in Blankas Arm verkrampft.

»Die Narbe ... alles ... die Augen ... ich liebe dich ... du Schuft ...«

»Soll ich? Ich könnte ... wir könnten ...«

»Nein«, flüsterte Gerda. »Bitte ... nein.« Die Zeit legte sich ins Gras, Gerda legte sich dazu, hielt den Atem an, *er* hatte sie noch nicht gesehen, der Parkwächter und die Werbewand machten sie unsichtbar, durch die Risse im Plakat aber konnten sie *ihn* sehen. Er sah Paulo in die Augen, wiegte seinen Kopf einmal leicht nach links, dann wieder leicht nach rechts, während er ihn betrachtete, strich ihm noch einmal durchs Haar und sagte ein, zwei Sätze, dann der nächste Rundblick, schnell und geübt. Der Agent. *Wo sind deine Eltern? ...* vielleicht. Da klopfte ihm eine elegante Dame, den Sommerhut tief im Gesicht, auf die Schulter und zog ihn weg von Paulo, dabei sah sie zweimal auf ihre Uhr und redete auf ihn ein.

»Willst du immer noch nicht ...? Jetzt fass dir ein Herz!«, flüsterte Blanka.

»Das zerreißt's mir gerade ... die Kraft geht mir weg ... Blanka ... es geht nimmer.« Ihre rechte Hand löste sich langsam von Blankas Arm, in dem Gerdas Fingernägel kleine rote Blutergüsse hinterließen.

Im Weggehen drehte *er* sich immer wieder um, nach allen Richtungen und die Frau redete weiter auf ihn ein, bis sie in einem Auto verschwanden, das in einer langen Reihe am rechten Straßenrand geparkt war. Gerda lehnte mit der Stirn am halb zerfetzten Plakat, die Augen geschlossen, Schweiß auf der Stirn. Auch Paulo stand wie gelähmt, sah ihm nach, bis das Auto losfuhr, und blieb auch noch stehen, als er sein Eis längst verdrückt hatte.

Auf der Rückfahrt zum Hotel wurde zehn Minuten lang nur geschwiegen, als hätte jeder Angst, einen falschen Satz zu sagen. Dann:

»Du weißt doch ... du solltest dich nicht von fremden Männern ansprechen lassen«, sagte Gerda in kulantem Ton in den Rückspiegel.

»Ja, ich weiß, Mama, aber das Eis ...«

»Wir haben's gesehen ... Hat er was gesagt zu dir?«

»*Espanol? English? Deutsch?*‹, hat er gefragt.«

»Und du?«

»Na, Deutsch.«

»Und dann?«

»Dann ... Das Zeug kannst du nicht mehr essen ... Ich bestell dir ein neues, okay?«

»Und du?«

»Oh – danke. Die Schminke ist dir verrutscht, Mama.«

»Was?«

Er zeigte auf ihr rechtes Auge. Der Kajalstrich hatte sich verwässert. Sie korrigierte im Rückspiegel mit dem abgeleckten Zeigefinger.

»Und dann?«, fragte sie so nüchtern, wie es ging.

»Schnell lutschen, sonst nimmt's dir die Sonne.«

»Und du?«

»Hab nur genickt. Dann hat ihn seine Frau geholt, glaub ich, die wollte zum Flughafen ... rapido.«

»Aber du weißt, eigentlich solltest du nicht ...«

»Ich weiß, Mama, aber der war ein Netter ...«

Dann schwiegen sie wieder, alle drei.

Auf Gerdas Bitte hin hatte Blanka den Rückflug am selben Abend noch auf den kommenden Morgen umgebucht. Sie wollte weg. Es war ihr zu eng geworden, trotz der großen leeren Weiten in diesem Land. Die waren für andere bestimmt.

Auf der Fahrt zum Flughafen haben sie noch immer wenig gesprochen, nur das Nötigste. Viel reden hätte den Moment verharmlost. Die Stimmung war friedlich, wie ein Geheimnis, das durchsichtig geworden war, einsichtig von allen Seiten. Alle Fenster standen wieder offen, der Sommer war im Auto, man konnte bald schon das Meer riechen. Auf der Mittelkonsole lagen die Hände der Frauen ineinander. Im Radio sang wieder Jimi Hendrix, die Platte lief in Dauerschleife: Eine Weile war ihr, als säße auch Piero im Fond. Neben seinem Sohn.

Hey Joe, I said, where you goin' with that gun in your hand?
Hey Joe, I heard you shot your woman down
You shot her down to the ground

Yes, I did, I shot her
You know I caught her messin''round, messin''round town
Yes, I did, I shot her

Während Blanka die Schlüssel des alten Ford beim Hertz-Büro abgab, setzte sich Paulo zu Gerda auf den Koffer, der beide gut aushielt:

»Ihr habt euch an den Händen gehalten. Blanka und du.«

»Ja. Sie ist ein lieber Mensch ... magst du sie?«

»Ja, ich mag sie auch.«

»Gut. Sie ist immer da. Das hat mir gefehlt, weißt du ... immer da. Man möchte irgendwo hingehören ...« Paulo nickte.

»Hast du sie so lieb wie mich?«

»Nein, Paulo ... das ist gar nicht möglich.«

»Gut.«

Als die drei über das Rollfeld gingen, Richtung Gangway, die schon an der Maschine eingerastet stand, ließ Gerda die beiden vorausgehen, und Blanka wusste, dass sie sich zurückfallen lassen würde, bis hinter die allerletzten Passagiere, für ein Stück Zeit, mit ihm, ein paar Augenblicke mit diesem Song im Kopf, der so sehr nach *seiner* Stimme klang, die sich davonmachen und bleiben wollte in einem.

Ain't no one gonna find me
Ain't no hangman gonna
He ain't gonna put a rope around me
You better believe that now
I gotta go now
Hey, Joe
You better run on down
Goodbye, everybody ...
Hey, hey, Joe, run on down ...

EPILOG

»Es geht euch nichts an, was geschah, denn ihr wusstet nicht oder wart zu jung oder noch nicht einmal auf dieser Welt? Ihr hättet sehen müssen und eure Jugend ist kein Freibrief und brecht mit eurem Vater.«

Jean Améry

Das »Nie wieder« habe ich von meinem Vater gelernt.

R.B.

Literatur:

Thomas Albrich: Displaced Persons. Jüdische Flüchtlinge nach 1945 in Hohenems und Bregenz. Herausgegeben von Esther Haber. Studien Verlag, Innsbruck, Wien 1998.

Rudolf Bilgeri: Bei den Partisanen in Athen. Tagebuch eines Deserteurs der Wehrmacht. Herausgegeben von Peter Pirker und Ingrid Böhler. Universitätsverlag Wagner, Innsbruck 2023.

Viktor E. Frankl: ... trotzdem Ja zum Leben sagen. Ein Psychologe erlebt das Konzentrationslager. Penguin Verlag, München 2018.

Uki Goñi: Odessa. Die wahre Geschichte. Fluchthilfe für NS-Kriegsverbrecher. Aus dem Englischen von Theo Bruns. Assoziation A Verlag, Berlin 2006.

Friedrich Nietzsche: Die fröhliche Wissenschaft (1882). Kritische Studienausgabe in 15 Bänden, Bd. 3, dtv, München 1999.

Meinrad Pichler: Nationalsozialismus in Vorarlberg. Opfer, Täter, Gegner. Studien Verlag, Innsbruck, Wien 2012.

Bertrand Russell: Warum ich kein Christ bin. Aus dem Englischen von Grete Osterwald. Matthes & Seitz, Berlin 2017.

Johannes Sachslehner: Hitlers Mann im Vatikan. Bischof Alois Hudal. Ein dunkles Kapitel in der Geschichte der Kirche. Molden Verlag, Wien, Graz 2019.

Gerald Steinacher: Nazis auf der Flucht. Wie Kriegsverbrecher über Italien nach Übersee entkamen. Fischer Taschenbuch Verlag, Frankfurt am Main 2010.

Musik und Text:
Jimi Hendrix: Hey Joe

Sie waren doch eigentlich ein stimmiges Paar: Amy, die ehrgeizige Amerikanerin aus gutem Hause, und der Journalist und Arthur Rimbaud verehrende Österreicher Tom. Stürmisch verliebt und einander bedingungslos ergeben heirateten sie. Doch nach und nach zeigen sich Risse, schleichen sich erste Misstöne in die Harmonie ihrer Ehe. Als eine Pandemie auch New York heimsucht und das alltägliche Leben zum Stillstand kommt, ist die Konfrontation mit ihren Problemen unausweichlich. Denn Stille ist nicht immer friedlich. Innere Konflikte, Ängste und Zweifel, Träume und Sehnsüchte kommen ans Licht und werden zur Zerreißprobe für das Paar …

....

Reinhold Bilgeri

Die Liebe im leisen Land

Roman

176 Seiten
ISBN 978-3-99050-197-9
eISBN 978-3-903217-70-6

Amalthea   amalthea.at

Als Erna von Gaderthurn im September 1953 das Große Walsertal betritt, ist es für sie Flucht und Neubeginn zugleich. Nach dem Tod ihres Vaters hat sie das elterliche Schloss im Pustertal verlassen, um eine Stelle als Lehrerin in Blons anzutreten. Sie findet in ihrem Kollegen Eugenio Casagrande eine neue Liebe. Doch der 11. Jänner 1954 schlägt eine Schneise, die alles verändern wird, für immer …

Reinhold Bilgeri verwebt meisterhaft das historische Lawinenunglück von Blons mit der Biografie seiner Mutter – ein packender Roman über eine tragische Liebe.

»Es ist ein Hammer von einem Buch.
Der Roman ist nicht nur gut, er ist ausgezeichnet.«
Michael Köhlmeier

....

Reinhold Bilgeri
Der Atem des Himmels
Roman

432 Seiten
ISBN 978-3-99050-217-4
eISBN 978-3-903217-86-7

Amalthea   amalthea.at